Diana Rowland a toujours vécu dans le sud des États-Unis, mais, à l'en croire, elle n'en a pas l'accent. Elle a été tour à tour barmaid, croupière de black-jack, agent de patrouille, inspecteur, spécialiste de la police scientifique et assistante à la morgue. Elle vit actuellement avec son mari et sa fille dans le sud de la Louisiane où elle bénit l'existence de la climatisation.

Du même auteur, chez Milady :

Kara Gillian :
1. *La Marque du démon*
2. *Le Sang du démon*

www.milady.fr

Diana Rowland

Le Sang du démon

Kara Gillian – 2

Traduit de l'anglais (États-Unis) par Olivia Bazin

Milady

Milady est un label des éditions Bragelonne

Titre original : *Blood of the Demon*
Copyright © 2010 by Diana Rowland

Cette traduction est publiée avec l'accord de
Bantam Books, une maison d'édition de
The Random House Publishing Group,
une division de Random House, Inc.

© Bragelonne 2012, pour la présente traduction

ISBN : 978-2-8112-0695-6

Bragelonne – Milady
60-62, rue d'Hauteville – 75010 Paris

E-mail : info@milady.fr
Site Internet : www.milady.fr

*À maman,
pour avoir soutenu les arts.*

Remerciements

Mon nom est peut-être le seul sur la couverture, mais ce livre n'aurait jamais vu le jour sans un certain nombre de gens.

Par conséquent, je remercie sincèrement :

Natasha Poe, Amanda Kleist, et les autres membres du bureau du coroner de Saint Tammany, pour avoir vaillamment tenté de m'aider à comprendre le principe des tests ADN. Toutes les incohérences concernant les tests ADN dans ce roman sont de moi.

Le docteur Michael DeFatta, pour avoir répondu à encore plus de questions relatives à la médecine légale.

Le docteur Peter Galvan, le juge Don Fendlason, Tara Zeller, le procureur de district Walter Reed et son équipe, pour avoir répondu à mes nombreuses questions concernant le financement des campagnes, la corruption, la confiscation de biens, et d'autres problématiques légales qui me donnent mal à la tête.

Nicole Peeler, parce qu'elle est une bêta-lectrice d'enfer.

Mon fantastique agent, Matt Bialer, et son assistante aussi extraordinaire que sympathique, Lindsay Ribar, pour *tout*.

Jamie S. Warren et Juliana Kolesova, pour avoir créé d'aussi incroyablement merveilleuses couvertures pour mes romans. Je suis une auteure particulièrement chanceuse.

David Pomerico, pour avoir continué à répondre à mes nombreuses questions stupides.

Ma fabuleuse et talentueuse éditrice, Anne Groell, pour m'avoir aidée à rendre ce livre bien meilleur qu'il ne l'était quand je le lui ai envoyé pour la première fois.

Ma sœur, Sherry Rowland, pour être ma plus grande fan.

Et enfin, je remercie tout particulièrement (avec des câlins et des bisous en plus !) mon mari et ma fille, pour leur patience hors du commun et pour m'avoir soutenue tout au long de cette année. On va à Disney World cette année, je vous le promets !

Chapitre premier

L e démon n'était pas grand-chose de plus qu'une mâchoire au milieu d'une nappe de brouillard, à peine visible à l'œil nu. Il serpentait en lentes ondulations sur le siège arrière de ma Taurus tandis que je filais à travers la nuit, et les vibrations de mes pneus sur l'asphalte offraient un accompagnement rythmé à ses mouvements. La lune presque pleine, qui jetait des ombres et baignait le paysage d'une lueur argentée, donnait même de l'allure à cette autoroute déserte, en plein marécage nauséabond. Je ne voyais pas luire d'autres phares à l'horizon, ce qui n'était pas étonnant puisqu'il n'y avait dans les parages ni habitations ni commerces, rien que le marais et quelques lopins de terre ferme qui se faisaient passer pour des bois.

J'entendais le démon affamé se parler doucement à lui-même, et je le fis cesser en appliquant une légère pression sur les liens arcaniques. Il se nourrirait bien assez tôt, et j'avais besoin qu'il accomplisse d'abord sa part du marché que nous avions conclu. J'avais déjà eu affaire plusieurs fois à ce genre de démon et je savais qu'il s'avérait bien moins utile après s'être nourri. Une fois rassasié, il préférait alors onduler confortablement plutôt que chasser.

Je continuais d'avancer jusqu'à ce que je sente un changement perturber le démon, une tension soudaine, comme s'il avait dressé des oreilles inexistantes. Je me garai sur le côté de la route, puis passai à l'arrière du véhicule pour ouvrir la porte. Transporter un démon sur ma banquette semblait un peu absurde, mais je ne pouvais pas vraiment me lancer dans une invocation au milieu du marécage. Il me fallait absolument le diagramme consacré qui se trouvait chez moi, au sous-sol.

Le démon se remit à murmurer et se faufila dehors, impatient de partir chasser. C'était un ilius, un démon de troisième niveau, à peu près aussi intelligent qu'un chien, mais mille fois plus doué pour suivre les pistes. Grâce à mon don d'autrevue, je distinguais sa forme, à peine plus épaisse qu'un brouillard flottant, une volute de fumée agrémentée de dents qui brillaient puis disparaissaient, comme une masse grouillante de piranhas vaporeux. Sans l'autrevue, ce sens au-delà des sens, qui révélait plus que le monde normal visible par la plupart des gens, le démon restait quasi imperceptible, hormis le profond sentiment de malaise qu'il laissait chez ceux qu'il touchait.

J'ouvris le sac en papier et en sortis une casquette de base-ball, pour que l'ilius s'enroule autour, s'imprègne de l'odeur et de l'impression laissée par celui que je voulais retrouver.

—Cherche, dis-je en renforçant mes paroles d'une pression mentale.

Mon don me permit de voir le démon miroiter, puis s'éloigner au-dessus des herbes et à travers les arbres, tel un zéphyr arcanique.

Je poussai un soupir dès qu'il fut parti, puis m'adossai à la voiture en attendant son retour. Le démon retrouverait le chasseur disparu, je n'avais aucun doute là-dessus. J'aviserais ensuite, selon que ce dernier serait encore en vie ou pas. Je croisais seulement les doigts pour que le démon ne mette pas trop longtemps. Même à 4 heures du matin, la chaleur de ce mois de juillet dans le sud de la Louisiane était étouffante, et là en plein marécage, l'humidité montait facilement à cent pour cent. J'essuyai du revers de ma manche la sueur qui perlait sur mon visage et mon cou, en espérant que je ne retirais pas trop l'antimoustique dont je m'étais aspergée. Ces petits suceurs de sang bourdonnaient par centaines autour de moi, mais jusqu'à présent, la lotion les gardait à distance. Au moins, l'ilius n'avait pas à se soucier d'eux.

Il existait douze niveaux de démons susceptibles d'être invoqués par ceux qui avaient la capacité d'ouvrir une brèche entre ce monde et le royaume démoniaque. Plus leur niveau était élevé, plus les démons étaient puissants, et plus leur invocation s'avérait difficile. Mais je n'avais pas eu besoin d'un démon de haut niveau pour cette tâche. Mon invocation tenait plus de l'entraînement que d'autre chose, c'était un moyen de me remettre dans le bain. Retrouver l'imbécile qui avait décidé d'aller chasser tout seul dans le marais serait la récompense. Ce démon était le premier que j'invoquais depuis deux mois, et j'avais eu besoin de vérifier que je savais toujours ce que je faisais.

Une cascade de cheveux blonds me tomba dessus comme une rivière de soie au moment où il se pencha pour m'embrasser.

—*Le contact de ma peau sur la tienne te manque-t-il, ma douce?*

Son regard ancestral brillait d'un amusement cristallin. Je levai la tête pour le regarder, les yeux plissés.

— *Oui et non.*

Il rit, me prit la main et m'emmena sur un balcon de marbre blanc, qui dominait une mer d'un bleu scintillant.

— *Est-ce une question si difficile que cela?*

Je regardais les démons qui volaient au-dessus de l'eau.

— *Ta présence me manque, mais tu me fais aussi vraiment flipper, tu comprends?*

Il vint derrière moi et me prit doucement dans ses bras.

—*Je ne te ferai jamais de mal, Kara. Invoque-moi. Tu seras en sécurité.*

Je laissai aller ma tête contre lui tandis que son étreinte se transformait en douce caresse. Il enfouit son visage dans mon cou et je fus parcourue de frissons.

—*Mais ton idée de la sécurité n'est peut-être pas la même que la mienne, dis-je avant de pousser un gémissement quand il mordilla le lobe de mon oreille.*

—*Je ne laisserai personne te faire du mal, Kara, murmura le seigneur démon. Invoque-moi. Tu as besoin de ce que j'ai à te donner.*

Je frémis, comme pour chasser le froid, encore perturbée par les souvenirs du rêve de la nuit précédente. Voilà ce que ça avait été : un rêve. Rien de plus.

Les poils de mes avant-bras se hérissèrent, malgré la chaleur de la nuit. J'aurais aimé en être aussi certaine.

Il existait un autre type de démons au-dessus des douze niveaux : les seigneurs démons. On considérait qu'il était pratiquement impossible d'invoquer l'un d'entre eux. Enfin, avec la puissance et la préparation nécessaires, c'était techniquement possible, mais survivre à l'expérience était une tout autre histoire. Cela étant, j'avais malencontreusement invoqué Rhyzkahl, l'un des seigneurs démons les plus importants, et j'y avais même survécu.

Si l'on peut dire.

Après son invocation accidentelle, Rhyzkahl avait créé un lien entre nous deux, et pendant un certain temps, je l'avais vu dans des rêves qu'il m'avait envoyés, tellement frappants et réalistes que je ne pouvais dire si j'étais éveillée ou endormie. De plus, des éléments de ces messages oniriques réussissaient à s'immiscer dans le monde éveillé. J'en avais eu la preuve la fois où il avait guéri une blessure que je m'étais faite pendant la journée. Mais tout cela s'était arrêté après qu'il m'eut sauvé la vie. J'avais rêvé de lui depuis, mais jamais de manière aussi viscérale qu'avec ses messages.

J'aurais dû m'estimer heureuse que le lien qui nous unissait soit apparemment rompu, je le savais. Malgré tout, mes sentiments là-dessus et par rapport à Rhyzkahl étaient confus. Surtout si l'on ajoutait à cela le fait qu'un grand nombre de ces rêves présentaient un contenu extrêmement érotique, et que j'y jouais un rôle très actif. Je me réveillais tremblante, emplie d'un plaisir avide qui se transformait rapidement en un sentiment de confusion et d'incertitude. M'envoyait-il ces rêves pour me rappeler ce que nous avions partagé, et ce qu'il pouvait m'offrir ? Ou bien ces visions n'étaient-elles que des manifestations de mon inconscient perturbé pour me rappeler que je n'avais pas de petit ami, pas de vie sexuelle et pas de perspectives d'avenir ?

Quoi qu'il en soit, je me serais bien passée de ces messages.

Je sentis le démon revenir avant de l'apercevoir. Je me redressai et me tins immobile alors qu'il tournoyait autour de moi en m'effleurant de ses dents irréelles. Je réprimai un frisson.

—Montre, ordonnai-je en fermant les yeux.

Des images dansèrent devant mes yeux, floues et difficiles à suivre, mais une odeur s'y rajouta, ainsi qu'un bruit et une impression de distance, comme si je parcourais le même chemin que le démon. J'aurais préféré qu'il m'épargne l'odeur. Le chasseur était bel et bien mort, le visage gonflé, difforme, et baignait dans la puanteur de son corps en décomposition. J'ignorais complètement les causes de sa mort, s'il s'était noyé ou blessé, mais l'important était que je connaissais sa position.

Je rouvris les yeux pour laisser l'ilius entrer dans la voiture. Il tourna de nouveau autour de moi et je perçus sa faim grandissante. Ayant accompli sa tâche, il voulait être nourri. Je resserrai mon étreinte mentale autour des liens arcaniques et sentis la sueur me picoter les aisselles.

—Pas ici. Bientôt.

Mon don d'autrevue me permit de voir le démon qui s'embrasait de rouge avant de se glisser de nouveau sur le siège arrière. Je m'assis au volant aussi vite que possible. Je n'avais jamais entendu dire que les ilius attaquaient les humains, mais il y avait beaucoup de choses que j'ignorais des démons. Je n'avais pas envie de découvrir ce qui se passerait si celui-ci devenait affamé. Heureusement, l'endroit où j'allais ne se situait pas loin de l'autoroute. Une nouvelle fois, j'arrêtai le véhicule et relâchai le démon.

— Suis-moi, ordonnai-je avant de m'élancer à petites foulées le long d'un sentier bien marqué, contente que la lune éclaire mon chemin.

Je sentais le démon derrière moi et tentai de passer outre à l'impression perturbante d'être suivie. Quelques centaines de mètres plus loin, je m'arrêtai au bord d'un bayou avant de me retourner vers l'ilius, l'image d'un ragondin à l'esprit. Ces gros castors aux longues dents jaunâtres avaient rapidement colonisé le sud de la Louisiane et abîmaient terriblement l'écosystème des marais, à tel point que des programmes d'éradication avaient été créés.

Je tenais là mon propre programme d'éradication des ragondins.

— Mange, dis-je à l'ilius, tout en gardant à l'esprit l'image de l'animal, et je lui soulignai mentalement qu'il devait se nourrir *uniquement* de cela.

Il fila si vite que je faillis tomber, et dans la seconde qui suivit, j'entendis un animal glapir. Il fut vite réduit au silence. Je détournai les yeux pour ne pas voir le démon s'enrouler autour de la bête. J'avais déjà vu un ilius se nourrir. Il n'y avait ni sang, ni chair déchirée, ni rien d'horrible ou de choquant. Pour quelqu'un dénué de sensibilité arcanique, la scène montrait un ragondin secoué de convulsions, en train de mourir sans raison apparente. Mais l'autrevue laissait voir que l'ilius tuait la créature doucement et sans lui causer de douleur, à l'aide de son pouvoir arcanique manié avec une précision quasi chirurgicale, puis lui aspirait sa force de vie, ou son essence.

Le démon lâcha le ragondin sans vie et s'abattit sur un autre. Je gardai les yeux braqués sur la lune au-dessus des arbres et tentai de ne pas imaginer les hurlements silencieux que devait pousser le rongeur. Après une demi-douzaine de ragondins environ, le démon revint lentement, en tournoyant au-dessus de l'eau, et s'enroula autour de moi, comme un chat qui se prépare à s'installer pour une sieste. Un chat brumeux, démoniaque et aux dents de piranha, qui se nourrissait de la vie des autres.

Je m'éloignai de lui en reculant et entamai la psalmodie de révocation. Le vent se leva sans prévenir et répandit une odeur de végétaux en décomposition, qui me donna la nausée. Mais je ne me laissai pas déconcentrer, et quelques battements de cœur plus tard, une brèche lumineuse s'ouvrit dans l'univers : le portail entre ce monde et la sphère des démons. Un craquement sonore déchira le silence du marécage, puis la lumière ainsi que le démon disparurent.

Je me donnai une minute pour reprendre mon souffle, puis repris le chemin de la voiture, sans regarder derrière moi les corps épars des ragondins sur la rive du bayou.

L'aube embrasait déjà l'orient de pourpre et d'or quand j'arrivai enfin au comté de Saint-Long. Mes recherches avec l'ilius m'avaient emmenée plus loin que je ne m'y attendais, presque jusqu'à la frontière entre la Louisiane et le Mississippi. Le chasseur avait visiblement réussi à parcourir une certaine distance, dans sa petite barge, avant de rencontrer des ennuis. Tout en conduisant, j'appelai une connaissance, maître-chien dans une équipe de sauvetage locale, et lui donnai les coordonnées GPS approximatives. Elle me remercia, sans me demander aucune explication. Je lui avais déjà fourni des tuyaux qui s'étaient évidemment vérifiés, en lui disant qu'elle pouvait s'en attribuer le mérite, à condition qu'elle ne me pose pas de questions. Elle s'imaginait que j'étais extra-lucide, et je n'allais pas la contredire.

Mon téléphone vibra alors que je me trouvais à huit cents mètres de chez moi. Je fis la grimace : si tôt le matin, ce ne pouvait être que le bureau. J'étais inspecteur à la police de Beaulac, et enquêtais sur des crimes et des homicides violents. Je n'étais de retour au travail que depuis une semaine, après un arrêt de près d'un mois pour raisons médicales et administratives, grâce au tueur en série connu sous le nom de Tueur au symbole. J'avais résolu l'affaire, mais je ne m'en étais pas sortie indemne, même si je n'avais pas une seule cicatrice pour le prouver.

Mon téléphone m'indiqua que l'appel provenait du portable du sergent. J'appuyai sur le bouton pour répondre.

— Je ne suis pas d'astreinte et mon service ne commence pas avant 10 heures, Crawford, alors fous-moi la paix.

Cory Crawford se mit à rire. Il avait été promu sergent quelques semaines auparavant, lorsque notre ancien capitaine avait été nommé chef de la police. Sa promotion avait laissé un poste vacant, provoquant un jeu de chaises musicales jusqu'en bas de l'échelle. J'avais eu quelques accrochages avec Crawford par le passé, mais j'avais été surprise et soulagée de voir qu'il était devenu quelqu'un de complètement différent après son changement de poste.

— Nan, c'est pas pour le boulot. Je me demandais si tu pouvais me rendre un service, puisque tu vis dans le trou du cul du monde.

Je souris. Ma maison n'était pas si isolée que cela, mais elle se trouvait suffisamment loin de Beaulac (et du monde civilisé) pour que j'échappe aux problèmes de promiscuité. Et puisque j'invoquais les démons dans mon sous-sol, j'étais plutôt attachée à ma tranquillité.

— De quoi as-tu besoin ? demandai-je.

— Il faudrait que tu passes chez Brian Roth et que tu lui secoues sérieusement les puces. Son service commençait à 6 heures ce matin. Il n'est toujours pas là, et il est censé s'entretenir avec un témoin à 8 heures.

Je passai devant chez moi sans m'arrêter. Brian vivait dans un lotissement sécurisé à quelques kilomètres de ma maison, sur un vaste terrain, presque aussi beau que les quatre hectares que je possédais.

— Son portable ne répond pas ?

— Tu crois que je t'appellerais, sinon ? répliqua-t-il sèchement. Le témoin est un ami du capitaine, et si Brian ne se pointe pas, je vais être obligé de faire un rapport.

Je sentais à sa voix qu'il n'en avait aucune envie.

Brian et moi étions entrés dans la police à peu près au même moment, et nous avions même été coéquipiers à l'époque où nous faisions des patrouilles. Puis nous avions tous les deux été promus inspecteurs, à quelques mois d'intervalle, mais il était entré à la brigade des stups alors que j'avais été envoyée à la brigade financière. Je jetai un coup d'œil à ma montre. Il était presque

7 h 30. Brian allait devoir mettre la gomme pour arriver à temps à son rendez-vous. Il me fallait pratiquement une demi-heure pour aller au bureau de chez moi.

— Je ne suis plus très loin, dis-je. Je vais tambouriner à sa porte et je te rappelle.

— C'est sympa.

Le portail donnant accès au lotissement était fermé, mais s'ouvrit obligeamment lorsque je composai le code d'accès de la police sur le petit clavier. Quelques minutes plus tard, je me garai dans l'allée qui menait à la maison de Brian, une bâtisse d'un étage en briques blanches, agrémentée de fausses colonnes autour de la porte d'entrée, d'un double garage et d'un jardin aménagé par un paysagiste. Le genre de maison qu'un salaire de flic n'aurait pas pu payer, mais le père de Brian étant juge et sa belle-mère avocate, ils la lui avaient prétendument offerte comme cadeau de mariage. Selon certaines rumeurs, il avait commencé par refuser pour finalement accepter à contrecœur après que son père eut montré la maison à sa nouvelle femme. Je n'étais pas surprise que Brian ait voulu décliner l'offre. C'était quelqu'un de bien, qui travaillait dur, pas le genre de personne à accepter sans s'inquiéter un cadeau aussi conséquent, même de la part de sa propre famille.

Un pick-up Ford rouge était garé dans l'allée, à côté d'une Taurus banalisée couleur or, sa voiture de fonction. J'en déduisis qu'il se trouvait très certainement chez lui, puisque le pick-up était son véhicule personnel.

Je fus parcourue d'un frisson en m'approchant de l'entrée et je m'arrêtai pour tenter d'identifier l'impression fugace de malaise qui m'avait traversée. Je posai mon regard sur la porte et plissai les yeux. Elle avait été poussée mais pas claquée, et restait entrouverte d'environ un centimètre. Je retournai rapidement à ma voiture et sortis l'étui contenant mon arme de la boîte à gants, puis revins jusqu'à la porte, en l'accrochant à ma ceinture. Pistolet en main, je ne constatai aucune trace d'effraction. *Peut-être a-t-il simplement mal fermé la porte ?* Je voulais y croire, mais le sentiment de malaise continuait à me tenailler.

J'entrouvris un peu plus la porte du pied, sans franchir le seuil.

— Brian ? appelai-je. C'est Kara Gillian.

Silence. Pas même le frottement d'un déplacement sur le tapis. S'il était bien là, il restait bizarrement discret. Je poussai légèrement la porte pour l'ouvrir entièrement, puis jetai un coup d'œil à l'intérieur.

Il me fallut plusieurs secondes pour comprendre ce que j'étais en train de voir. Mon esprit voulut d'abord me convaincre que Brian s'était endormi par terre devant sa télévision, avant de prendre en compte l'épaisse mare de sang qui s'étalait autour de lui.

— Fait chier, dis-je dans un souffle alors que le chagrin et l'horreur me nouaient la gorge.

J'aurais voulu me précipiter dans la pièce pour voir s'il était encore en vie, mais je me forçai à prendre les précautions nécessaires. Il était impossible de savoir ce qui s'était passé, et je n'avais aucune envie de finir comme Brian. Je me glissai prudemment dans la maison et fouillai la pièce du regard, mon Glock braqué devant moi, tout en sortant difficilement mon téléphone de sa housse avec ma main restée libre, pour composer le 911.

— Ici l'inspecteur Gillian. J'ai un homme à terre. Brian Roth. Je suis à son domicile.

Je dictai son adresse à toute allure. J'entendis à peine l'opératrice confirmer les informations : je compris en m'approchant du corps que Brian n'avait aucune chance d'être encore en vie. Pas avec les morceaux de crâne et de cervelle qui avaient éclaboussé le sol et le mur.

— Putain. Sachez que… Putain. On a un code 29.

Le code 29 signifiait un décès. C'était plus facile à dire comme ça, à plus d'un titre.

— Vous pouvez confirmer le code 4 ?

Elle me demandait si la scène était bien exempte de danger.

— Non. Je vais avoir besoin de renforts pour vérifier les lieux.

Je continuai à fouiller le salon en faisant de mon mieux pour ne pas déranger d'éventuels indices. Un morceau de papier posé au centre de la table basse attira mon attention. Je lus ce qui y était écrit, puis le relus une seconde fois alors que je prenais conscience de ce que j'avais sous les yeux. L'effroi et la consternation me tordirent le ventre.

Je n'ai jamais voulu la tuer. C'était un accident. Je l'aimais. On aimait seulement s'amuser. Je suis vraiment désolé.

Je me retournai vivement pour regarder de nouveau le corps, et vis le Beretta qui gisait à côté de sa main.

— Merde, poursuivis-je. Ça ressemble à un suicide. Et je crois qu'il a tué sa femme.

L'opératrice me dit quelque chose que je n'entendis pas. Mes yeux restaient rivés sur le corps de Brian, tandis qu'une vague d'horreur écœurante me submergeait. Des images de ragondins morts envahirent mon esprit, et je basculai désespérément vers mon autrevue en priant pour que mon intuition n'ait pas vu juste.

Mais j'avais raison. Je voyais les fragments arcaniques qui restaient, comme des tendons sur un os rongé. L'essence de Brian avait été aspirée de la même manière que celle du ragondin.

Chapitre 2

Paniquée, je pensai immédiatement à l'ilius. *Non. Non. C'est impossible. Je l'ai révoqué. N'est-ce pas ?* Mon regard restait braqué sur le corps de Brian pendant que mon esprit tourbillonnait. C'était impossible. Je l'avais bien révoqué. J'en étais certaine.

Dans ce cas, qu'est-ce qui avait consumé l'essence de Brian ?

Les doutes m'assaillaient. Je détournai les yeux de l'horrible cadavre. *Le mot. Sa femme.* Je devais me concentrer là-dessus à présent, plutôt que sur le cauchemar auquel je me trouvais confrontée. Je tentai de me rappeler le nom de son épouse, mais n'y parvins pas. Je l'avais rencontrée à plusieurs reprises sans que nous échangions jamais plus que « Quel plaisir de vous revoir ».

Ils aimaient s'amuser… Merde. Cela signifiait sans doute qu'il s'était produit un accident au cours de jeux sexuels.

Je pris le risque d'explorer rapidement le reste de la maison. Il y avait toujours une chance qu'elle soit encore en vie. Je savais que je ne pourrais plus jamais me regarder dans le miroir s'il s'avérait que j'étais restée les bras croisés à attendre les renforts, pendant qu'elle étouffait lentement ou se vidait de son sang.

Peut-être que Brian s'était trompé ? Peut-être qu'il l'avait seulement crue morte ?

Je ne trouvai aucun signe de sa présence. Je redescendis jusqu'à Brian, incapable de voir encore une fois son cadavre et cette affreuse crevasse par laquelle son essence lui avait été arrachée. *Le démon a-t-il réussi d'une manière ou d'une autre à ne pas se faire aspirer par le portail vers l'autre monde ? Et a-t-il pu se nourrir d'un être humain ?*

Je secouai brusquement la tête. Tout cela n'avait aucun sens. Même si le démon avait réussi Dieu sait comment à échapper à mon contrôle, l'endroit où je l'avais révoqué se trouvait à une heure de route de chez Brian. *Mais ils sont rapides, et ce démon a pu te devancer.*

Mais putain, pourquoi ? me demandai-je de nouveau, en gémissant intérieurement. *Pourquoi viendrait-il ici ?*

Je pris une inspiration hésitante et m'obligeai à envisager de manière logique les différentes possibilités. Peut-être que l'ilius avait été attiré par les ondes de violence funeste et échappé à mon contrôle pour venir consumer l'essence de Brian, une fois que la mort avait relâché son emprise sur le corps. Ou bien les démons étaient-ils peut-être appâtés par les suicides parce que la volonté de mourir rendait l'essence plus facile à consommer, par exemple ? Je ne savais pas du tout si cela était vrai, tout comme j'ignorais beaucoup de choses sur le monde démoniaque.

Je m'évertuai à trouver une explication plausible, la bouche aussi desséchée que le Sahara. Heureusement, le hurlement des sirènes se fit entendre, m'épargnant d'autres égarements intérieurs.

Je sortis au moment où deux unités et un véhicule banalisé débaoulaient devant la maison en faisant crisser leurs pneus, et je ressentis un sursaut de culpabilité pour m'être inquiétée à propos du démon. Je pris soudain conscience qu'un de mes collègues était mort. Quelqu'un avec qui j'avais travaillé et plaisanté avait décidé de braquer un flingue sur sa tempe et d'appuyer sur la détente. Deux policiers s'élancèrent vers la porte. Je me frottai le visage et fus surprise de constater que ma main tremblait.

— J'ai rapidement fait le tour pour voir si je trouvais sa femme, m'entendis-je déclarer aux agents, mais la maison n'a pas été correctement fouillée.

Mon moi professionnel reprenait les choses en main et faisait ce qu'il y avait à faire. Tant mieux. Je pouvais me désagréger intérieurement, et personne n'en saurait rien. Je regardai par-delà les agents et vis la silhouette corpulente de Crawford qui sortait de sa voiture et courait en direction de la maison. Je me tournai de nouveau vers les policiers.

— Occupez-vous de la maison, s'il vous plaît. Il faut que je dise certaines choses au sergent.

Ils hochèrent la tête et entrèrent, arme au poing. La présence de la lettre ne suffisait pas à prouver qu'il s'agissait d'un suicide, et on ne pouvait exclure qu'un sale type se cachait quelque part dans la maison.

Crawford s'arrêta devant moi, le souffle court, et je lus de la détresse dans son regard.

— Kara, est-ce que… est-ce qu'il…?

Ma gorge se serra, et j'acquiesçai d'un petit mouvement de tête. Un masque de douleur terrible s'abattit sur son visage, et je compris que ses efforts pour se contrôler étaient aussi intenses que les miens.

— On dirait qu'il s'est tué, sergent, dis-je d'une voix rauque. Mais ce n'est pas tout.

Il essayait de rester impassible.

— L'opératrice a dit que sa femme était peut-être morte elle aussi, c'est ça ?

— C'est ce que dit le mot, dis-je avant de secouer la tête. Mais j'ai fait le tour de la maison, et je ne l'ai pas trouvée.

Le cœur lourd, je me tus et il resta sans rien dire, jusqu'à ce que les deux policiers ressortent de la maison, quelques minutes plus tard.

— Vous avez vu quelqu'un d'autre ? demanda Crawford.

Ils firent signe que non, et je remarquai leur expression tendue et leurs yeux hagards.

— Personne, répondit l'un d'entre eux. Rien à signaler.

Crawford avança vers la porte en poussant un profond soupir. Je restai sous le porche, le laissant entrer et s'approcher jusqu'à moins de deux mètres du corps de Brian. Je le regardai qui contemplait la mare de sang et le revolver tombé par terre, conservant sa contenance sévère et professionnelle. Comme moi, il faisait ce qu'il avait à faire et se promettait à lui-même qu'il pourrait s'effondrer plus tard. Il baissa les yeux pour lire le mot, ressortit et se tourna vers les deux agents.

— Bon. Occupez-vous de sécuriser le périmètre, s'il vous plaît, et commencez à recenser toutes les personnes qui sont passées ici.

Ils s'éloignèrent.

— Je suis désolé de t'avoir fait subir ça, poursuivit-il après leur départ.

— C'est pas ta faute, répliquai-je avec un haussement d'épaules. Il fallait bien que quelqu'un soit le premier à le trouver.

Je jetai un coup d'œil à ma montre : cela faisait seulement dix minutes que je l'avais découvert. Ça m'avait paru une éternité.

— Je ne crois pas qu'il pourra se présenter à l'entretien avec le témoin, ajoutai-je.

— Le con, dit Crawford, une ébauche de sourire aux lèvres.

Je savais qu'il essayait de briser l'affreuse tension.

— Je vais devoir faire un rapport, finalement, poursuivit-il.

Nous eûmes le même petit rire nerveux, et l'instant d'après, je me retrouvai serrée dans les bras solides de Crawford. Je lui rendis son étreinte, consciente qu'il avait autant besoin de réconfort que moi. Il s'écarta quelques secondes plus tard, mais nous ne ressentions ni l'un ni l'autre pas la moindre gêne après cette manifestation d'émotion.

— Il faut que je passe quelques coups de fil, dit-il avec un soupir. La police scientifique est déjà en route.

— Et on doit retrouver sa femme. Quelqu'un sait-il où elle travaillait ? Est-ce qu'elle a de la famille par ici ?

— On va se renseigner, promit-il dans un grognement, avant de s'éloigner pour téléphoner.

La vue du van de l'équipe scientifique qui se garait dans l'allée m'évita de retomber dans des réflexions atroces sur la disparition de l'essence de Brian.

Le véhicule se gara derrière la voiture de Crawford, et l'enquêteuse spécialisée Jill Faciane en sortit d'un bond. C'était une femme de petite taille ; son visage délicat était surmonté de cheveux roux coupés court, et elle portait un pantalon de travail bleu et un tee-shirt arborant le logo de la police de Beaulac. Elle se dirigea vers moi, puis s'arrêta pour signer de son nom la fiche de présence avant de passer sous la bande de plastique qui avait été installée à la hâte pour délimiter le terrain.

— Désolée de le dire, lançai-je quand elle fut à ma hauteur, mais je suis vraiment contente que tu sois de service.

Nous avions beaucoup travaillé ensemble sur l'affaire du Tueur au symbole et étions devenues amies en prime. Mon penchant pour les invocations démoniaques m'avait rendue plutôt solitaire, et une amitié féminine était pour moi quelque chose de nouveau et de gratifiant. Elle m'adressa un petit hochement de tête compatissant.

— Comment tu te sens ? me demanda-t-elle.

— Ça va aller.

Elle secoua la tête, une lueur de colère dans ses yeux d'un bleu sombre.

— Je déteste quand l'un des nôtres disparaît. Même s'il s'agit d'un accident débile à domicile.

Je comprenais ce qu'elle voulait dire. La police était une famille, une confrérie qui ne faisait pas de distinction entre les sexes. Jill fronça un peu plus les sourcils.

— Mais un suicide… Bordel de merde !

— Dans le mot qu'il a laissé, il a dit qu'il avait tué sa femme, dis-je d'une voix sinistre.

Elle se passa une main dans les cheveux.

— C'est tellement difficile à croire. J'ai entendu dire qu'ils avaient des problèmes, mais bon, tout le monde connaît des moments difficiles.

— La façon dont c'est formulé laisse entendre qu'il s'agit d'un accident, dis-je en secouant la tête, mais j'ai fait le tour de la maison et je ne l'ai pas trouvée.

— Et donc il s'est tué ? Comment il a pu nous faire un coup pareil, putain ?

Je perçus la colère dans sa voix. C'était bien compréhensible.

— Ça faisait longtemps que nous n'avions perdu personne, répondis-je avec un soupir.

Je fis la grimace avant d'ajouter :

— Enfin, je veux dire…

— Mis à part toi, dit-elle doucement. Mais au moins, tu es revenue.

Elle frissonna et se frotta les bras.

— Ces deux semaines ont été horribles, poursuivit-elle.

Je ne savais pas quoi lui répondre. Après ma confrontation avec le Tueur au symbole, on m'avait crue morte. Beaucoup de preuves venaient appuyer cette hypothèse, y compris les témoignages de personnes ayant vu le démon du tueur m'éviscérer, ainsi que la présence de plusieurs litres de mon sang sur la scène du crime, même si mon corps n'y était pas. On avait ensuite inventé une histoire pour expliquer ma disparition et mon surprenant retour, mais il n'existait que deux personnes au monde qui savaient ce qui m'était réellement arrivé, qui savaient que j'avais bel et bien été morte. Du moins pendant deux semaines.

— Mais ton enterrement, dit-elle en se forçant à sourire, waouh, c'était quelque chose ! La procession faisait huit kilomètres de long !

Je m'obligeai à lui rendre son sourire.

— Les gens cherchaient seulement une excuse pour ne pas aller travailler.

Jill ricana et me donna un coup sur le bras.

— Qu'est-ce que tu peux être bête ! soupira-t-elle. Bon, je vais aller chercher mon matos pour commencer à passer les lieux au peigne fin.

Elle s'éloigna d'un pas vif en direction de son van. Crawford revint vers moi.

— Les grands patrons arriveront en temps voulu, et on a lancé les recherches pour retrouver Carol. (Il me lança un regard pénétrant.) Comment tu vas ?

— Bien, répondis-je en haussant les épaules. Je m'autoriserai à accuser le coup plus tard.

Il fit la grimace.

— Je sais ce que tu veux dire, mais ce n'est pas de ça que je parle. Sérieusement, comment ça se passe ? Je sais que tu n'es retournée travailler que depuis une semaine.

J'essuyai une goutte de sueur sur ma tempe. La chaleur augmentait au fur et à mesure que la matinée avançait.

— Ça va. Il y a une ou deux personnes qui ont encore des doutes sur ma… euh… disparition, mais elles s'en remettront.

Crawford se retourna et descendit les marches du perron en me faisant un signe de la tête pour que je le suive. Il passa de l'autre côté du ruban et avança jusqu'à la maigre flaque d'ombre qu'offrait un chêne tordu, puis sortit un paquet de cigarettes et un briquet de la poche de sa veste.

— Ça fait longtemps que je suis flic, Kara. Je croyais avoir tout vu.

Il alluma une cigarette et tira une longue bouffée. Il avait arrêté le tabac à chiquer et s'était mis à fumer à la place, ce que je ne comprenais pas. Il s'était aussi rasé la moustache, ce qui m'avait vraiment surprise. Mais il continuait à teindre ses cheveux châtains et à porter des costumes marron terne, agrémentés de cravates excentriques et criardes. Certaines choses ne changeaient donc jamais.

— Bref, poursuivit-il, j'ai vu assez de trucs bizarres pour être prêt à croire qu'il s'en passe beaucoup. Cette histoire selon laquelle tu as dû t'infiltrer si profondément que tu as été obligée de faire croire à ta mort, je ne marche pas, mais je me dis que s'il existe une autre version, c'est sans doute mieux que personne ne la connaisse.

Il haussa les épaules et souffla de la fumée. Je luttai contre l'envie de me déplacer pour ne pas rester sous le vent. Sa disposition à accepter l'inexplicable me surprenait. Je n'allais pas pour autant lui raconter ce qui s'était passé pendant ces deux semaines, mais j'étais réconfortée par l'étrange sentiment que si je devais le lui dire un jour, il se montrerait ouvert.

— Ce que je veux dire, dit-il, c'est que si tu as besoin de quoi que ce soit, tu peux me le demander. (Il leva les yeux vers moi.) Du nouveau pour ta tante ?

Je secouai sèchement la tête. Ma tante Tessa se trouvait dans un établissement de soins de longue durée, spécialisé dans les maladies neurologiques.

Je savais que ce n'était pas son cerveau qui avait été touché, mais je voulais qu'on s'occupe de son corps. Elle avait perdu son essence, même si la sienne n'avait pas été consommée de la même manière que celle de Brian. Elle avait juste… disparu. Elle s'était temporairement égarée, du moins c'était ce que j'espérais. Cela m'ennuyait de la laisser dans cette institution, mais au moins, je pouvais me consoler en me disant qu'elle n'en avait pas conscience.

—Non, répondis-je. Rien de neuf. J'ai essayé de ranger sa maison, de faire un peu de ménage, juste au cas où…

Ma voix se brisa et je fus incapable de poursuivre.

—Au cas où elle ne se réveille pas, dit Crawford sur un ton plus doux que je l'en aurais cru capable.

Je hochai la tête, même si ce n'était qu'une des raisons pour lesquelles je tentai d'organiser ses affaires. C'était surtout sa bibliothèque qui m'intéressait. L'essence de ma tante avait été utilisée pour renforcer la puissance d'un rituel arcanique très intense, et je m'accrochais encore à l'espoir que ce rituel pourrait être inversé, et Tessa réinvestir son corps. Sa bibliothèque rassemblait des centaines de textes, de manuscrits et de documents relatifs aux arcanes, et j'avais bon espoir que l'un d'entre eux contienne la solution pour que son essence lui soit rendue.

Mes recherches avaient malheureusement été interrompues avant même d'avoir commencé quand j'avais découvert que ma tante avait enveloppé toute sa collection de multiples couches arcaniques, et que celles-ci n'avaient pas été prévues pour m'y autoriser l'accès. Cette situation m'embêtait à plus d'un titre, surtout parce que sans pouvoir accéder à ces documents, je ne reverrais peut-être jamais plus Tessa vivante et en bonne santé.

Mes yeux revinrent se poser sur la porte d'entrée ouverte. Je voyais Jill se déplacer à l'intérieur, prendre des photos et des mesures. Je distinguais également la masse immobile du corps de Brian, mais je me trouvais heureusement assez loin pour ne pas sentir le vide béant laissé par son essence. Sa situation n'était pas celle de ma tante : ici, l'essence avait été consommée, et pas juste retirée entièrement. Même si ses fonctions vitales n'avaient pas été affectées, il aurait été impossible de rendre son essence à Brian, car elle n'existait plus.

Et qu'est-ce qui avait bien pu lui faire ça ? me demandai-je de nouveau, le ventre noué par l'inquiétude et la frustration. Les seules créatures qui, à ma connaissance, pouvaient consommer l'essence de quelqu'un étaient les ilius, mais cela ne signifiait rien. J'ignorais encore beaucoup de choses, et je ne pouvais me débarrasser de l'impression que j'avais commis une erreur lors de la révocation. Et si c'était ma faute ? Le démon avait-il pu sentir la mort de Brian et foncer sur son essence à l'instant même où elle commençait à quitter le tourbillon de vivre ? Une telle chose était-elle possible ?

Et merde ! Il y avait trop d'éléments que je ne comprenais pas. Il n'existait malheureusement que deux sources d'informations relatives aux arcanes. La première, qui aurait normalement dû être la plus simple, était la bibliothèque de ma tante.

La seconde était les démons. J'avais le sentiment que j'allais de nouveau procéder à une invocation ce soir-là, d'autant qu'un démon de plus haut niveau pourrait peut-être m'aider à pénétrer les barrières arcaniques qui gardaient la bibliothèque et avaient jusqu'à présent limité ma progression.

Je me tournai vers Crawford.

— Sergent, j'aimerais m'occuper de cette affaire.

Il eut l'air de réfléchir pendant quelques secondes.

— Eh bien, puisque tu étais la première sur les lieux, je vais te laisser gérer tout ça pour l'instant.

— Merci.

Cela me laisserait un peu plus de temps et la possibilité d'étudier les circonstances de la mort de Brian, voire de mieux comprendre ce qui avait pu dévorer son essence.

Et si j'en étais la responsable, j'espérais pouvoir m'assurer que cela ne se reproduirait plus jamais.

CHAPITRE 3

Quand je fus enfin prête à rentrer chez moi, je me sentis vidée, d'un point de vue physique autant qu'émotionnel. Il ne nous avait fallu que deux heures pour finir l'examen de la scène de crime, mais nous avions passé les heures suivantes à tenter de retrouver la trace de Carol Roth. Elle était allée travailler la veille, mais pas le matin même, et nous n'avions trouvé personne qui puisse assurer l'avoir vue depuis qu'elle avait quitté son bureau. J'avais même demandé une copie de la vidéo de surveillance de l'entrée pour les dernières vingt-quatre heures, dans l'espoir d'y trouver un indice. Mais le système de caméra était tout neuf, si bien que la compagnie de sécurité, qui ignorait complètement comment s'y prendre pour récupérer la vidéo, devait apparemment faire venir un technicien capable de télécharger ce dont j'avais besoin.

Nous avions épuisé toutes les autres pistes possibles, bien conscients que le corps de Carol Roth pouvait se trouver n'importe où, et la Louisiane ne manquait pas d'endroits où balancer un cadavre. *Mais pourquoi diable Brian serait-il allé balancer son corps loin de chez eux s'il s'agissait d'un accident ? Et pourquoi se tuer ? Ce n'était pas son genre de céder à la panique.* Cette affaire n'avait aucun sens et m'emmerdait drôlement.

35

Pour ne rien arranger, je m'étais ensuite arrêtée au centre neurologique pour voir ma tante, ou plutôt son enveloppe vide. Je n'étais pas restée longtemps, mais juste assez pour vérifier, avec mon autrevue, que son corps ne donnait pas la même impression que celui de Brian. Cela avait tout de même été déprimant de voir son visage, habituellement si animé, désormais cireux et immobile, et ma courte visite m'avait laissé une douloureuse inquiétude au creux du ventre.

Je tournai pour m'engager dans la longue allée qui menait chez moi, et ma mauvaise humeur s'envola sur-le-champ, lorsque j'aperçus, après le dernier virage, la voiture garée devant ma maison. Je connaissais bien cette Ford Crown Victoria bleu marine aux vitres teintées, hérissée d'une quantité anormale d'antennes à l'arrière. Avec la plaque minéralogique délivrée par le gouvernement américain en plus, le véhicule sentait l'agent fédéral à plein nez.

Je me surpris à sourire en me garant à côté de lui. Appuyé contre le capot de la voiture, les bras croisés, se tenait un homme assez grand aux cheveux brun-roux et au visage rude. Ses vêtements, un polo et un jean, montraient agréablement ses habitudes sportives. Je ne l'avais jamais vu l'air aussi décontracté, mais cela ne changeait rien : son attitude trahissait sa profession encore plus clairement que sa voiture.

Je me foutais pas mal de son métier à cet instant-là. Ma journée avait très mal commencé, mais il semblait que ma chance commençait à tourner.

Je sortis et balançai mon sac sur mon épaule. Il se redressa avec un grand sourire.

— Bien le bonjour, agent spécial Kristoff, dis-je.

Il poussa un faux soupir tandis que ses yeux verts aux reflets dorés brillaient d'amusement.

— Très officiel.

Je me mis à rire.

— D'accord, alors salut, Ryan.

Je l'avais rencontré au cours de mon enquête sur les meurtres du Tueur au symbole, lorsque nous avions tous deux été affectés à l'unité spécialement créée pour traquer ce tueur en série. Ma première impression de lui n'avait pas été très positive. Je l'avais trouvé arrogant, condescendant et dédaigneux. J'avais ensuite appris qu'il voyait les arcanes, et avais fini par lui faire suffisamment confiance pour lui avouer que j'étais invocatrice. Hormis ma tante, il était sans doute le seul à connaître ce petit détail me concernant.

Sur la base de cette confiance mutuelle, nous étions devenus amis, situation que je trouvais aussi gratifiante que déroutante. Tout comme mon amitié avec Jill, je tenais beaucoup à ma relation avec Ryan, et pourtant je ne cessais de me demander si nous deviendrions un jour plus que de simples amis. Je ne savais même pas si je le souhaitais. D'ailleurs, j'ignorais s'il était le moins du monde intéressé par quelque chose de plus que ce que nous avions déjà.

Et c'est la dernière chose dont je doive m'inquiéter, pensai-je en me grondant intérieurement. *Ma vie est déjà assez compliquée comme ça.*

— Puis-je me permettre de te demander ce que tu fais dans mon allée? demandai-je.

— Pendant que tu étais morte, quelqu'un a réparé ta porte.

Il se tourna pour regarder d'un air furieux ma jolie porte d'entrée toute neuve. C'était lui qui l'avait enfoncée, deux mois auparavant, après m'avoir entendue hurler. J'étais juste en train de faire un étrange cauchemar envoyé par un démon, mais Ryan avait cru à quelque chose de bien pire.

Je le soupçonnais fortement d'avoir changé la porte lui-même, même s'il ne l'avait jamais avoué.

— Oh, mon pauvre, dis-je. Tu es obligé de m'espionner de l'extérieur.

— En fait, j'étais dans la voiture, avec la clim à fond, quand je t'ai entendue arriver. Tu as remarqué qu'il faisait une chaleur à crever ?

Je ris et commençai à monter les marches qui menaient à la maison.

— On dirait un climat subtropical. Tu n'as plus l'habitude, avec tout le temps que tu passes à Quantico, en Virginie. Mais ne t'inquiète pas. (Je levai les yeux vers le ciel.) Dans deux heures, on aura droit à notre petit orage de l'après-midi. Ensuite, il fera chaud *et* humide.

Ryan émit un cri étouffé et me suivit à l'intérieur. J'habitais une maison de plain-pied, à l'architecture typique de la région acadienne, avec un large porche et de la peinture qui s'écaillait. Construite sur une colline suffisamment élevée pour que j'aie un sous-sol, la bâtisse était située au milieu d'un terrain de quatre hectares, au bout d'une longue allée sinueuse. Très isolée. J'adorais cet endroit.

— Je suis habitué à vivre dans le Nord, admit Ryan. Ici, je fonds comme un nazi à la fin des *Aventuriers de l'arche perdue.*

Je posai lourdement mon sac sur la table à côté de la porte et me tournai vers lui.

— Alors, qu'est-ce qui t'amène dans le coin ?

Ça faisait plus d'un mois que je ne l'avais pas vu. Nous avions échangé quelques e-mails, mais comme nous étions tous les deux réticents à y évoquer tout sujet relatif aux arcanes, ils étaient restés assez laconiques et ennuyeux.

— Eh bien, dit Ryan avec une grimace, je crois qu'il va falloir que je me fasse à cette chaleur infernale et à l'humidité. On m'a transféré dans la région pour un moment.

Mon cœur s'emballa de bonheur à cette nouvelle, et je dus me faire violence pour ne rien laisser paraître de plus qu'un heureux sourire.

— C'est vrai ? Les crimes liés aux arcanes sont assez nombreux par ici pour le justifier ?

— Il y a plusieurs raisons, dit-il en haussant les épaules, et on ne me met pas forcément dans la confidence pour tout, mais les décideurs en haut de la pyramide ont visiblement jugé la situation assez importante pour que notre petite équipe soit envoyée ici, du moins pour l'instant.

— J'approuve tout à fait, dis-je avec un hochement de tête aussi grave que possible.

Il se mit à rire.

— Je n'oublierai pas de transmettre ton approbation aux autorités concernées.

— Bonne idée ! dis-je en lui souriant franchement, incapable de me retenir plus longtemps. Sans rire, je dois avouer que c'est la meilleure nouvelle que j'ai eue depuis un bon moment.

Il pencha la tête.

— Je n'arrive pas à décider si c'est très flatteur, ou complètement pathétique.

Je levai les yeux au ciel.

— Pathétique, visiblement, parce que je me rends compte que j'avais oublié à quel point tu peux être bêcheur.

— Tu me connais trop bien.

Si seulement! pensai-je avant de chasser rapidement cette idée.

— Bon, et tu travailles sur quelque chose en ce moment?

— Rien de bien marrant, répondit-il avec une grimace. Je suis sur une affaire de corruption publique, tout ce qu'il y a de plus banal. Je ne peux pas vraiment en parler.

Je hochai la tête et résistai à l'envie de me montrer indiscrète. J'étais dans la police depuis assez longtemps pour savoir que certaines choses devaient rester confidentielles, du moins si je voulais rester amie avec Ryan.

Je poussai un soupir intérieur. Il était vraiment beau garçon, mais pas du tout dans le style mignon jeune homme. Il me dépassait d'une tête environ et avait de belles et larges épaules, une taille mince et des yeux magnifiques qu'en tant que mec il ne devait pas apprécier à leur juste valeur. C'était en tout cas ce que je me disais souvent. Mais je n'avais pas beaucoup d'amis, et – d'accord, je l'admets – j'étais trop dégonflée pour tenter quoi que ce soit et risquer de faire capoter notre amitié.

Mais, bon Dieu, par moments, j'avais vraiment envie de lui sauter dessus.

— Et où est ton coéquipier ? demandai-je.

Pendant l'enquête sur le Tueur au symbole, Ryan avait travaillé avec l'agent spécial Zack Garner, qui ressemblait bien plus à un maître nageur qu'à un spécialiste des incidents arcaniques et surnaturels.

— Ce connard de blond est en vacances. Californie.

— Il fait du surf ? demandai-je en riant.

— Bien vu. Et toi, alors ?

Il ouvrit mon frigo, chercha quelque chose à boire et prit une canette de panaché dans le tiroir du bas en me regardant, le sourcil levé.

— Du nouveau, dont tu aies le droit de me parler ? poursuivit-il.

Je fis la grimace.

— Ouais. J'ai eu une journée de merde. Le sergent m'a appelée ce matin pour me demander d'aller réveiller l'un de nos inspecteurs des stups, et je l'ai trouvé mort d'une blessure par balle. Suicide, apparemment.

— Merde, dit Ryan à voix basse. Je suis désolé de l'apprendre. On peut difficilement imaginer pire.

Je me frottai les yeux et m'appuyai contre le plan de travail.

— Figure-toi que si.

Il me regarda, incrédule. Je pris une profonde inspiration.

— L'essence de Brian avait disparu, poursuivis-je. Aspirée.

Ryan demeura silencieux le temps de plusieurs battements de cœur.

— Comme ta tante, tu veux dire ?

— Non, l'essence de Tessa a été prélevée pour décupler la puissance d'un rituel arcanique. Elle est restée intacte, comme quand on retire les piles d'une machine et qu'on les utilise pour autre chose. Mais celle de Brian a été… mangée. Il n'en restait que des lambeaux.

Ryan s'assit à la table et leva les yeux vers moi, le visage inquiet.

— Comment peux-tu en être sûre ? Je veux dire, l'essence ne quitte-t-elle pas le corps après la mort de toute façon ?

— Si, mais pas tout de suite, et d'une manière plutôt graduelle.

Je tirai une chaise de l'autre côté de la table et me laissai tomber dessus avant de reprendre :

— Tu veux vraiment que j'essaie d'expliquer tout ça ? T'es chiant ! Bon, disons que le corps, l'enveloppe physique, retient fermement l'essence. Quand il meurt, le lien se relâche et permet à celle-ci de se détacher doucement, tout entière, si on veut. Mais quand l'essence est aspirée par quelque chose d'autre, ça laisse des sortes de déchirures, comme de la viande arrachée d'un os.

— OK, je vois, dit Ryan en frissonnant. Ça a l'air assez immonde. Donc, ton ami… il ne pourra pas passer de l'autre côté à cause de ça ?

Je me frottai les tempes.

— C'est un peu plus compliqué que ça. D'après tout ce que j'ai pu apprendre, l'essence est bel et bien réutilisée, même si la réincarnation, du genre passer-d'un-corps-à-l'autre, n'existe pas en tant que telle. Imagine-toi de l'eau qu'on reverserait dans une carafe. À la naissance suivante, un verre est de nouveau versé. Mais si trop d'essence est aspirée par un tiers, alors il n'en restera plus assez pour recréer la vie, et on commencera à voir de vilains effets secondaires.

— Par exemple ?

— Des enfants mort-nés, dis-je doucement. Des malades qui meurent alors qu'ils auraient dû se rétablir. Une « carafe » vide avalerait toute l'essence disponible avec une sorte d'effet aspirateur.

— Et comment expliques-tu que la population s'accroisse ?

— De l'essence nouvelle peut se former ou croître à partir de l'essence existante, mais ça prend du temps. Un peu comme une tomate qui met des semaines à pousser, mais qu'on mange en quelques minutes.

— Je crois que tes connaissances me font un peu peur, dit Ryan, un petit sourire au coin des lèvres.

Je remuai sur ma chaise, mal à l'aise, sans lui rendre son sourire.

— Ce qui s'est passé, c'est peut-être ma faute, dis-je.

— Attends un peu, dit-il en se redressant. Qu'est-ce que tu racontes ? Pourquoi est-ce que tu imaginerais une chose pareille ?

Je lui parlai rapidement de l'ilius et de mon inquiétude quant au succès de ma révocation. Avant que j'aie pu finir mon explication, il secouait déjà la tête.

— Non, je n'y crois pas une seconde. Je ne m'y connais pas trop en invocations ni en démons, mais la théorie de l'ilius qui échappe à ton contrôle et se précipite sur ce type n'a aucune logique. Même s'il s'est bien suicidé.

— Je sais, dis-je avec un soupir. Mais je n'ai pas de meilleure explication.

— Alors c'est que tu n'as pas encore trouvé la réponse. Mais ça viendra.

Je lui souris faiblement. Sa confiance en moi était sans doute excessive, mais elle me rassurait quand même.

— Eh bien, puisque c'est ce que tu penses, je vais te laisser m'accompagner chez ma tante, pour tenter, une fois de plus, de pénétrer dans sa bibliothèque et y faire des recherches.

Il partit d'un gros rire et répliqua :

— De la même manière que Tom Sawyer « laisse » ses amis repeindre la barrière[1] ?

Je souris et me levai.

— Ça alors, j'ignorais que tu savais lire.

— Ouais, bon, c'était un livre audio.

— Petit malin, va. Je te retrouve là-bas.

Debout au milieu du couloir, dans la maison de ma tante, j'observai la porte de la bibliothèque en fronçant les sourcils. J'aimais beaucoup ma tante, profondément et sincèrement. Elle était la seule famille qui me restait depuis la disparition de mes parents. Ma mère était morte d'un cancer quand j'avais huit ans, et mon père d'un accident de voiture causé par un chauffeur soûl, trois ans après. Ma tante m'avait élevée et était devenue

---

1. Fait référence à un épisode où Tom Sawyer doit repeindre la barrière de sa tante. Avec ruse, il réussit à échapper à la corvée en présentant cette tâche comme un privilège. Ainsi, tous les garçons du village accourent pour hériter du pinceau. (*NdT*)

mon mentor après s'être rendu compte que j'avais le talent nécessaire pour devenir invocatrice de démons. Elle avait le pouvoir de me rendre chèvre, et j'avais parfois envie de l'étrangler, mais je l'aimais vraiment.

Cela dit, en cet instant, je penchais plus pour l'étranglement. Elle avait truffé sa bibliothèque d'une telle quantité de barrières tortueuses et autres sortilèges arcaniques que j'avais l'impression de faire partie d'une unité spéciale de déminage. Et même si je savais qu'elle avait des millions de protections surnaturelles autour de sa maison et de sa bibliothèque, j'étais partie du principe, bêtement donc, qu'elle avait fait une exception pour moi, sa seule famille encore en vie.

Je ne pouvais même pas ouvrir la porte de la bibliothèque et voir dans quel état se trouvait la pièce, à cause des sorts qui flottaient et pulsaient en formant de méchantes volutes violettes et noires, décelables uniquement par ceux qui voyaient les arcanes. Pour une personne lambda, cette porte était commune.

À vrai dire, la personne lambda ne s'en serait pas assez approchée, car une partie des barrières qui gardaient la pièce et la maison aussi, avait un effet répulsif complexe : grâce à lui, quiconque essayait d'entrer se rappelait soudain quelque chose d'urgent à aller faire ailleurs.

Je n'avais pas eu trop de mal à contourner ces barrières-là, mais il en allait autrement pour le reste des boucliers. Déjouer les pièges arcaniques n'était pas mon point fort. Cela demandait des compétences et de la force, comme pour une invocation. J'avais besoin d'acquérir plus d'expérience pour ce faire ; quant à ma puissance, elle était difficile à obtenir sans la pleine lune. Les rituels avaient habituellement lieu aux alentours de la pleine lune, car la force naturelle de l'invocateur était alors optimale et calme, alors que pendant les autres phases lunaires, elle se dispersait et devenait difficile à contrôler. Aux alentours de la nouvelle lune, la puissance était à son minimum, mais aussi régulière et donc moins dangereuse. Les variations de puissance pouvaient s'avérer dévastatrices lors d'une invocation démoniaque. J'avais invoqué l'ilius la nuit précédant la pleine lune, ce qui ne présentait pas trop de danger vu qu'il s'agissait d'un démon de troisième niveau. Mais pour une créature de huitième niveau ou plus, mieux valait s'y prendre une nuit de pleine lune. Les restrictions des phases lunaires m'emmerdaient, mais il n'y avait, à ma connaissance, qu'une seule autre méthode pour décupler sa puissance, celle qu'avait utilisée le Tueur au symbole : la torture et le meurtre. Inutile de préciser que je n'avais pas envie de m'engager dans cette voie.

Ryan poussa un petit sifflement.

— Ça m'a pas l'air joli, dis donc.

— C'est ridicule, répondis-je. Pourquoi est-ce qu'elle avait besoin de tout ça ?

— J'en sais rien, mais on dirait qu'elle ne plaisantait pas quand il s'agissait d'éloigner les gens.

— Merde, quoi ! Je suis sa seule famille. Je devrais pouvoir entrer.

Ryan observa les barrières arcaniques qui flottaient dans l'air. Il était capable de sentir les arcanes, mais pas au même degré que moi.

— Putain, dit-il, par où est-ce que tu vas commencer ?

—C'est bien le problème. Je m'acharne depuis deux semaines sur les barrières en périphérie, parce que ça n'a pas l'air trop difficile par là, mais dès que j'ai passé cette étape, tout se reforme.

Je regardai la porte et les sortilèges violacés en fronçant les sourcils. Je passais presque autant de temps dans la maison de Tessa que dans la mienne, à tel point que j'avais commencé à laisser des vêtements et quelques affaires de toilette dans sa chambre d'amis.

—Il va falloir que je plonge en plein dans le gros nœud du milieu, poursuivis-je.

Je pensais voir par où j'allais commencer à défaire ces satanés barrages. Tout ce qui me restait à faire à présent, c'était de prendre mon courage à deux mains et les toucher, à l'aide des arcanes. *Espèce de poule mouillée*, me dis-je. *Si tu te trompes, tu te prendras une grosse décharge. Tu n'en mourras pas!*

—Allez, c'est parti, murmurai-je en commençant à m'approcher mentalement. Ce n'est pas comme si ma tante pouvait essayer de…

Je reculai brusquement lorsque je vis, grâce à mon don d'autrevue, la protection surnaturelle se mettre à rougeoyer… *pour me tuer! Merde!* L'extrémité de l'éclair arcanique crépita au-dessus de moi, me causant une douleur intense qui fusa dans mes mains et mes pieds. Je tombai lourdement en arrière sur le parquet.

—Merde! Kara! cria Ryan. Est-ce que ça va?

Je clignai des yeux pour chasser les étoiles qui m'aveuglaient, et le vis penché au-dessus de moi, le visage empreint d'horreur et d'inquiétude.

—Aïe, dis-je d'une voix rauque.

Il repoussa d'une main les mèches de cheveux qui me cachaient les yeux.

—Ça va? répéta-t-il.

—Ouais, répondis-je faiblement, plus que surprise par son geste. Laisse-moi un moment pour que je puisse reprendre mon souffle.

Il dut lire mon étonnement dans mon regard, car il retira brusquement sa main et la passa dans ses propres cheveux.

—C'était incroyable, dit-il en soupirant. C'était un éclair, carrément?

Je parvins enfin à rouler sur le côté, puis à m'asseoir contre le mur opposé. Mes membres tressautaient encore, et les violents élancements commençaient à peine à se dissiper.

—C'est la poisse, dis-je, déçue. J'imagine que je vais devoir invoquer un démon pour arriver à passer cette barrière.

Ryan me tendit la main pour m'aider à me relever, et je lui en fus reconnaissante. Mes genoux tremblaient encore un peu, mais la douleur avait presque disparu. J'avais eu de la chance. La chute sur ce sol dur m'avait fait très mal, mais au moins, je n'étais pas carbonisée. Seule l'extrémité de l'éclair m'avait touchée, ce qui était amplement suffisant.

—Ta tante possède une chambre d'invocation ici, non? demanda-t-il.

—Oui, répondis-je avec un faible sourire. Et elle en a aussi barré l'accès.

Je rajustai mon tee-shirt avec un soupir et penchai ma tête à droite et à gauche pour tenter de tout réaligner.

—Il va falloir que j'invoque le démon chez moi, puis que je le ramène ici.

Ryan croisa les bras.

—Pourquoi ai-je l'impression que tu ne t'apprêtes pas à invoquer une gentille petite bête de la taille d'un chien ?

—Parce que tu es bien trop perspicace, et ça m'énerve. Je ne compte même pas le nombre de réponses dont j'ai besoin, et il se trouve qu'un reyza me doit un service.

Un reyza était un démon de douzième niveau, le plus élevé qui puisse être invoqué avec des moyens normaux. Les seigneurs démons pouvaient également être appelés, mais les rituels nécessaires étaient si complexes et exigeaient une puissance telle qu'ils s'avéraient presque impossibles à réaliser, sauf si le seigneur était lui-même demandeur, ce qui n'arrivait pratiquement jamais.

Ryan me regarda, un sourcil levé.

—Et je peux savoir comment tu comptes faire venir un démon de deux mètres cinquante de haut avec des ailes immenses, des cornes et une queue, depuis ton sous-sol jusqu'ici ? Dans le coffre de ta Taurus ?

Ryan avait de bonnes raisons pour savoir à quoi ressemblait un reyza. Il en avait vu un de bien plus près qu'il ne l'avait jamais souhaité, lorsqu'il avait été capturé par Sehkeril, le démon qui s'était allié avec le Tueur au symbole.

—Laisse-moi m'occuper de ça, dis-je avec un sourire confiant.

Je me dirigeai vers la porte, Ryan derrière moi.

— Bon, et… tu penses avoir besoin d'aide pour transporter ton démon ?

Il était parvenu à garder un ton désinvolte et nonchalant, mais je savais combien il désirait assister à une invocation.

Il en avait, bien sûr, déjà été témoin, mais d'un point de vue qu'il n'avait sans doute pas souhaité : depuis l'intérieur du cercle, en tant que future victime sacrificielle.

— Eh bien, dis-je en poussant un soupir dramatique, j'imagine qu'un peu d'aide pourrait m'être utile. Oui, tu peux venir pour l'invocation. (Je penchai la tête et lui lançai un regard noir.) Et la seule raison pour laquelle j'envisage de te laisser regarder, c'est que le reyza en question a une dette envers moi, si bien que je suis certaine qu'il n'essaiera pas de nous mettre en pièces.

Ryan me fit un grand sourire. Je levai les yeux au ciel, mais ne pus m'empêcher de sourire moi aussi. Parfois, son attitude d'agent fédéral disparaissait complètement, et il ressemblait à un adolescent. J'adorais voir les autres facettes de sa personnalité, et dans les moments où il acceptait de me les révéler, je me sentais presque sa complice.

Je fermai la porte d'entrée à clé et descendis les marches du perron pour me diriger vers nos voitures, garées dans l'allée. Je me retournai afin de lui dire quelque chose, mais me figeai devant le spectacle qu'offrait le jardin. La lumière de cette fin d'après-midi, reflétée par le lac, m'obligeait à plisser les yeux. Ryan remarqua mon expression perplexe et suivit mon regard, avant de se retourner vers moi.

— Qu'est-ce qu'il y a ?

— Quelqu'un a tondu sa pelouse.

Et assez récemment, d'ailleurs. La veille, peut-être.
Les parterres de fleurs devant la maison avaient aussi
été désherbés et arrosés. Je m'adressai intérieurement
de sévères réprimandes pour ne pas l'avoir remarqué
plus tôt. Ryan parcourut de nouveau le jardin des yeux
et haussa les épaules.

— Un des voisins a sans doute voulu lui rendre
service.

Je mordis ma lèvre inférieure et scrutai les deux
côtés de la rue.

— Peut-être, répondis-je sans conviction.

La maison de tante Tessa se trouvait au bord du lac,
dans un quartier très chic où les maisons coûtaient cher.
Elles étaient toutes anciennes et pleines de charme,
et avaient été très bien entretenues ou soigneusement
restaurées. La plupart d'entre elles servaient à présent
d'attractions pour les touristes. Tous les jardins de la
rue étaient impeccables, et une pelouse mal soignée
n'aurait pas été tolérée. Il semblait donc tout à fait
raisonnable de penser qu'un voisin s'en était chargé.

— Mais comment a-t-il réussi à contourner l'effet
répulsif ?

Ryan fronça les sourcils.

— Les sorts de ce genre sont-ils assez puissants
pour empêcher quelqu'un de tondre la pelouse ?
demanda-t-il.

— Eh bien, c'est vrai qu'ils sont placés sur la
maison, mais leur effet s'étend au moins jusqu'aux
fleurs. (Je haussai les épaules.) D'un autre côté, j'ai
du mal à me sentir vraiment contrariée parce que si

j'avais dû le faire moi-même, il ne resterait plus que des plantes mortes et des herbes folles.

La preuve, c'était qu'il m'avait fallu du temps rien que pour remarquer la pelouse. Mais par qui et comment cela avait été fait ? J'étais vraiment perplexe. Peut-être que les sorts de répulsion commençaient à faiblir ? Il m'était difficile de le dire, car j'avais l'habitude de ne pas y prêter attention.

Je n'avais malheureusement pas le temps de m'en inquiéter pour le moment, mais je me promis d'y regarder de plus près dès que possible. Il ne s'agissait que de son jardin, de toute façon. Si j'avais eu l'impression que quelqu'un s'était introduit chez elle, la situation aurait été différente. Je me retournai vers Ryan.

— Bon, je suis debout depuis hier soir et je dois encore m'occuper des préparatifs pour l'invocation avant de pouvoir faire une sieste. Il faudrait que tu partes un moment. Viens chez moi ce soir, à 22 heures.

Il me lança un sourire retors.

— Oh, je ne peux pas venir faire la sieste avec toi ?

— Quoi ? Pas question ! laissai-je échapper avant que mon cerveau se mette en marche.

Je lus dans son regard qu'il était contrarié, avant que son air malicieux soit remplacé par un sourire neutre d'agent fédéral. *Putain, Kara ! Pas la peine de flipper comme ça !* me dis-je en pestant intérieurement.

— Ce que je voulais dire, c'est qu'il faut vraiment que je me repose, ajoutai-je en essayant de retrouver un ton taquin, alors j'ai l'intention de dormir… À moins que tu me proposes une conversation soporifique ?

— Aïe ! s'esclaffa-t-il, mais je sentis malgré tout qu'il se forçait un peu. D'accord, à ce soir alors.

Il tourna les talons et s'éloigna en direction de sa voiture. Je le regardai partir tout en me mettant mentalement des gifles pour m'être comportée de manière aussi stupide. Qu'est-ce qui clochait, chez moi ? Je plaisantais tout le temps avec mes collègues. Pourquoi est-ce que je réagissais aussi violemment avec Ryan ? Lui aussi plaisantait. Pas vrai ?

Je poussai un soupir en le voyant faire marche arrière dans l'allée et disparaître dans le virage. Il fallait que je regarde la vérité en face : je n'étais pas douée avec les hommes. Je n'arrivais même pas à savoir si je l'intéressais. C'était complètement pathétique. Enfin, je ne pouvais pas dire que je le connaissais si bien que ça. Nous nous étions retrouvés tous les deux à plancher ensemble sur l'affaire du Tueur au symbole pendant un mois, et rien de plus. Je trouvais triste que mon meilleur ami soit quelqu'un que je connaissais à peine, mais même si nous avions été plus proches, aurais-je eu envie de sortir avec lui ?

Pas sûr. Voilà la meilleure réponse que je pouvais me donner. Non seulement je craignais de perdre son amitié, mais je n'en savais pas non plus assez sur lui. Rhyzkahl, le seigneur démon, avait laissé entendre que Ryan n'était pas seulement ce qu'il laissait paraître. Je n'avais malheureusement pas pu me renseigner davantage, car trouver un moyen d'aider ma tante était devenu ma priorité. D'ailleurs Rhyzkahl avait peut-être juste voulu dire que Ryan maîtrisait davantage les arcanes qu'il ne le disait, ou bien qu'il se teignait les cheveux. Mais cette information me dérangeait malgré tout, déjà parce qu'elle faisait naître chez moi

des doutes auxquels je n'avais pas envie de réfléchir.
J'aimais bien Ryan.

Mais je ne pouvais pas m'attarder sur cette question.
J'avais un démon à invoquer. Et une camionnette
à louer.

Chapitre 4

J'avais tout rangé chez moi la veille pour mon invocation et les choses étaient restées relativement en ordre, ce qui signifiait qu'il me suffisait de ramasser le linge sale que j'avais laissé traîner par terre et de passer un coup d'aspirateur. Le désordre pouvait abriter des poches d'énergie indésirables, du moins c'était ce que ma tante avait toujours dit… J'étais intimement persuadée que cela lui servait d'excuse pour m'obliger à ranger mes affaires de temps en temps, mais je ne comptais pas tenter le sort.

Le ménage ne me prit heureusement pas beaucoup de temps, et une fois que j'eus apporté les modifications nécessaires au diagramme pour invoquer un reyza plutôt qu'un ilius, je me mis au lit et dormis quatre bonnes heures. Je me réveillai à 21 heures, pris une douche et tentai de me convaincre que je ne faisais pas une erreur en laissant Ryan assister au rituel.

Je fronçai les sourcils en sentant mon estomac se tordre nerveusement. La peur avait aussi sa place dans une invocation, car la prudence s'avérait utile. Il fallait rester sur ses gardes et s'attendre au pire. En revanche, la peur qui faisait douter ou trembler les mains de l'invocateur pouvait causer sa mort.

Évidemment, réfléchir en ces termes n'aidait pas exactement à se contrôler. *Calme-toi, parce que sinon, eh bien, tu pourrais périr d'une mort atroce et lamentable.*

— Ce ne serait pas la première fois, marmonnai-je.

Je ne pus m'empêcher de sourire. Il était vrai que j'avais déjà plus ou moins vécu la pire expérience qu'une invocation pouvait entraîner, alors pourquoi m'inquiéter ?

Par chance, je n'eus guère le temps de tergiverser. À 22 heures pile, la sonnette retentit.

Je serrai la ceinture de mon peignoir, ouvris la porte et fis signe à Ryan d'entrer. Il était tout sourires.

— Tu vas trimballer un démon dans une camionnette de location ?

— Comme tu me l'as fait remarquer, je ne peux pas vraiment le fourrer dans mon coffre. Tu es prêt ?

Il hocha la tête.

— Aussi prêt que je peux l'être, en tout cas, dit-il en haussant les épaules.

J'avançai jusqu'à la porte menant au sous-sol, puis me retournai vers lui et levai une main.

— Règles de base, commençai-je d'une voix pleine du sérieux que la situation exigeait. Fais exactement ce que je te dis. Reste exactement là où je te dis de rester. Ne prononce pas un mot si je ne t'ai pas spécifiquement demandé de parler, et le cas échéant, dis exactement ce que je te demande de dire. Et… (je pris une profonde inspiration) n'essaie pas de sentir mentalement les arcanes.

Ryan eut l'air perplexe.

— Je… je ne sais pas comment faire ça, de toute façon.

— C'est ce que tu crois, dis-je en fronçant les sourcils, et tu as sans doute raison, mais au cas où tu commencerais à sentir quelque chose et que tu aies envie d'aller plus loin, surtout, arrête !

Il hocha gravement la tête.

— Je comprends.

J'espérais qu'il disait vrai.

— D'accord, dis-je en ouvrant la porte. Il y a deux cercles en bas, dont un grand et compliqué, entouré de bougies et décoré à la craie de jolies couleurs. L'autre, qui est beaucoup plus petit, se trouve près du mur, en face de la cheminée. Il est bleu et vert. Ce sera le tien. Descends, entre dans le cercle sans toucher les marques à la craie, mets-toi face au mur et ferme les yeux.

Il hocha de nouveau la tête et descendit l'escalier jusqu'au petit cercle. À mon grand soulagement, il suivit mes instructions à la lettre et se tourna vers le mur.

Je poussai un soupir. Oui, j'étais une vraie poule mouillée, mais je préférais passer ma tenue d'invocatrice au sous-sol. Il s'agissait peut-être de simple superstition, mais chaque fois que je m'étais changée ailleurs, un problème était survenu pendant le rituel, et je ne voulais prendre aucun risque cette fois-ci, avec le reyza. J'ôtai rapidement mon peignoir et le pliai avant de descendre. Une fois en bas, j'attrapai ma tenue d'invocation, une chemise et un pantalon de simple soie grise, extrêmement douce et assez ample pour ne pas entraver mes mouvements.

Quelle prude tu fais ! pensai-je. Mais je n'allais pas le laisser me voir nue. Même si l'idée perverse de lui dire qu'il devait lui aussi se déshabiller pour participer au rituel m'avait traversé l'esprit…

Heureusement que j'avais fait, là aussi, ma poule mouillée. Il fallait éviter toute distraction pendant l'invocation. *Et là, qu'est-ce que j'aurais été déconcentrée!*

Je m'avançai près du cercle que j'avais dessiné pour lui et pris une profonde inspiration pour me calmer.

— Tu peux te retourner et ouvrir les yeux.

Il obtempéra, et même si son expression ne laissa rien paraître, j'eus la certitude de voir une lueur d'amusement au fond de ses yeux. D'accord, on pouvait dire que je le méritais.

— Bon, tu peux rester debout ou t'asseoir à l'intérieur du cercle, mais décide-toi maintenant, parce qu'une fois que j'aurai commencé, je ne veux plus que tu fasses un seul geste. Et quoi qu'il arrive, ne sors surtout pas de ce cercle.

Il hocha de nouveau gravement la tête.

— Très bien. Des questions ?

— Non, répondit-il, pas pour l'instant.

Je souris et fis un effort pour contrôler la nervosité que je sentais au creux de mon ventre.

— Alors je vais commencer.

J'attirai à moi la puissance et activai les barrières que j'avais placées autour du cercle quelques heures auparavant. Je fus satisfaite de les voir s'embraser et briller d'une lumière bleu vert, assortie aux dessins à la craie. Je savais que Ryan pouvait voir les runes, et j'espérais qu'elles l'aideraient à se souvenir de rester immobile. Je me retournai et marchai jusqu'au plus grand diagramme en faisant tout mon possible pour ne pas voir Ryan. Il respectait ce que je lui avais demandé et restait sans bouger ni faire un seul bruit.

J'attachai soigneusement les liens et les barrières au diagramme principal sans oser précipiter les choses, même si ce démon-là m'avait soi-disant promis sur l'honneur qu'il paierait sa dette. Je l'avais invoqué juste avant qu'on me confie l'affaire du Tueur au symbole, et n'avais pas eu l'occasion de le rappeler depuis.

Je pris une profonde inspiration et commençai le chant scandé. Je sentis autant que je vis les protections et les liens s'animer et leurs couleurs scintiller. Les arcanes frémirent au moment où le portail entre les deux sphères commença à se former. Une fente de lumière apparut dans la structure du monde et fit naître un souffle et une puissance qui luttaient contre mon emprise. Tout en restant extrêmement concentrée, j'empoignai le couteau, m'entaillai légèrement l'avant-bras et laissai tomber sur le diagramme les gouttes de sang que les invocations de haut niveau nécessitaient. Marquer ma peau, restée lisse et sans entaille depuis que j'étais revenue d'entre les morts, provoquait une sensation étrange. La blessure n'était jamais profonde – je n'avais jamais eu besoin de points de suture – et laissait une cicatrice de l'épaisseur d'un cheveu. Je m'entaillais en général toujours au même endroit, pour éviter qu'on prenne ces coupures pour des scarifications, mais ma peau était redevenue intacte, du moins pour une courte durée.

Je constatai avec satisfaction que les runes brillaient plus fort et que le passage s'agrandissait, répondant parfaitement à ma volonté.

—Kehlirik.

Le nom du démon emplit le sous-sol. Il s'agissait de la dernière étape d'une invocation, où ma volonté était tout aussi essentielle que mes paroles. Le souffle s'apaisa, la fente lumineuse se referma d'un coup, et je me retrouvai soudain dans l'obscurité. Je sentais les mouvements du démon à l'intérieur du cercle, et je maintins fermement les liens, prête à entamer le dialogue.

— Je suis Kara Gillian. Je t'ai invoqué, Kehlirik, pour que tu me serves d'après les clauses qui nous honorent tous deux.

Je tins soigneusement les liens au cas où il se rebellerait. Allait-il se souvenir de ce qu'il me devait ?

— C'est un honneur de servir celle que le seigneur Rhyzkahl a gratifiée d'une telle faveur, gronda la voix au centre du cercle.

Je restai l'espace de plusieurs battements de cœur à cligner des yeux, déconcertée, le regard rivé sur la forme immobile du démon. Une faveur ? Rhyzkahl m'avait sauvé la vie, cela devait effectivement constituer une faveur importante. Je m'inquiéterai plus tard de ce que tout cela signifiait.

— Kehlirik, lorsque je t'ai invoqué, la dernière fois, tu as affirmé que pour rembourser une dette d'honneur, tu m'apprendrais des méthodes arcaniques.

— En effet.

Le démon se tapit sur le sol, replia les ailes et posa ses pattes griffues sur ses genoux. Le bout de sa queue remuait à ses pieds. Mes yeux s'étaient habitués à l'obscurité, et à présent qu'il s'était baissé, je distinguai sa tête à la même hauteur que la mienne. Ses yeux brillant d'intelligence compensaient l'air bestial que lui donnaient son nez aplati et sa grande bouche agrémentée de deux crocs recourbés. Une crête épaisse lui couvrait le haut de la tête, et il avait deux cornes noires.

—Je rembourserai cette dette, si tel est ton désir.

Son regard se porta alors sur Ryan, et je fus choquée de le voir montrer les dents et se mettre à siffler. Instinctivement, je renforçai mon contrôle sur les liens.

—Honorable reyza, dis-je avec empressement, cet homme est sous ma protection.

Le démon braqua de nouveau ses yeux sur moi et un grondement s'éleva du fond de sa gorge. Puis, à mon grand soulagement, il baissa la tête en signe d'acquiescement.

—Je me soumets à ton désir, invocatrice, et je promets de ne pas faire de mal au kiraknikahl tant qu'il reste sous ta protection.

Au quoi ? J'interrogeai Ryan du regard, et il me répondit par un haussement d'épaules perplexe. J'ignorais complètement le sens de ce mot, mais je ne pouvais pas prendre le risque d'en demander trop au cours de cette invocation. Les démons, en particulier les reyza, étaient assez enclins à la rétention d'information. Tout avait un prix, et je devais poser d'autres questions bien plus urgentes que celle-ci. *Par exemple, ai-je foiré la révocation de l'ilius, et la créature a-t-elle pu s'en prendre à l'essence de Brian ?*

Mais avant tout, j'avais besoin d'entrer dans la bibliothèque de Tessa, et j'allais être obligée d'utiliser tous mes talents de négociatrice pour qu'il m'aide, dette ou pas dette.

Je pris mentalement note du mot qu'il venait d'utiliser, pour pouvoir le rechercher plus tard. Peut-être qu'une fois dans la bibliothèque, je serais en mesure de vérifier.

— Kehlirik, j'ai besoin de ton assistance ce soir, et plus précisément de tes compétences en matière de barrières et de protections.

Le démon pencha la tête.

— Je maîtrise remarquablement cet art, dit-il.

Je souris. La flatterie menait à tout.

— Je le sais. Tessa Pazhel est ma tante, et j'ai besoin d'entrer dans sa bibliothèque pour accéder à tous les documents qu'elle renferme, ainsi que dans sa chambre d'invocation.

Il se dressa et le bout de ses cornes toucha presque le plafond.

— J'accepte cette tâche et ces termes en remboursement de la dette.

Je laissai échapper un soupir et relâchai les liens avant de refermer le portail et d'ancrer son énergie. Kehlirik monta les marches qui menaient au rez-de-chaussée avec une promptitude et une grâce surprenantes pour une créature de sa taille. Dès qu'il fut hors de vue, je me tournai vers le diagramme où se tenait Ryan et désactivai les protections. Je levai les yeux vers lui.

— Bon, ma question est peut-être stupide, dis-je, mais est-ce que tu as déjà rencontré Kehlirik ? Et qu'est-ce que c'est qu'un kiraknikahl ?

Il sortit du cercle avec un geste d'exaspération.

— Comment tu veux que je le sache, bordel ?

Soudain, il écarquilla les yeux.

— Merde alors, ajouta-t-il, mais si, je le connais, ce démon!

— C'est vrai?

— Ouais, il est venu chez moi pour regarder la finale, répondit-il sans même essayer de dissimuler son sourire moqueur. On s'est bu quelques bières. C'est mon meilleur pote!

Je levai les yeux au ciel et commençai à monter l'escalier, incapable de m'empêcher de sourire moi aussi.

— Laisse tomber, dis-je. Kiraknikahl, ça veut sans doute dire «connard».

CHAPITRE 5

La cabine du camion puait la cigarette, mais puisque la climatisation ne fonctionnait pas, nous devions de toute manière conduire les fenêtres ouvertes. Heureusement, comme la nuit était chaude, le souffle d'air rendait le trajet presque agréable.

De façon surprenante, Kehlirik s'était montré bien disposé à se laisser transporter telle une cargaison dans le coffre du véhicule, et il semblait considérer la situation comme une anecdote de plus à raconter à ses amis démons. Je savais que les expériences dans d'autres dimensions permettaient aux démons de gagner en prestige, et j'imaginais qu'une balade en camion avait son importance. En fait, il avait presque semblé impatient, du jamais vu pour un démon de douzième niveau.

La camionnette avait malheureusement été la meilleure idée que j'avais trouvée pour déplacer le démon, puisque, comme l'avait si judicieusement souligné Ryan, Kehlirik ne serait jamais entré dans ma Taurus. J'aurais aussi pu louer un 4 × 4, mais je n'étais pas sûre que ça aurait suffi. Le démon s'y serait trouvé trop à l'étroit, en particulier à cause de ses ailes, mais je craignais par-dessus tout que quelqu'un se rende compte que je trimballais un putain de gros démon dans le coffre de ma voiture.

Enfin, le reyza n'était pas du genre démon-tout-droit-sorti-de-l'enfer. Les créatures que j'invoquais s'étaient vu attribuer leurs noms des milliers d'années auparavant, bien avant qu'une religion de notre monde désigne les démons comme des agents du mal venus de l'enfer. Mes faibles connaissances théologiques ne me permettaient pas de savoir d'où tout cela était parti, mais les démons que je connaissais résidaient dans une autre sphère d'existence qui convergeait avec la mienne, et n'étaient pas plus maléfiques qu'un pistolet. Puissants, dangereux et mortels, oui. Le mal incarné, non.

Une demi-heure de route séparait ma maison isolée en pleine cambrousse de celle de ma tante au bord du lac. Le petit comté tranquille de Saint-Long, essentiel-lement rural, se situait à une distance confortable de La Nouvelle-Orléans. Beaulac, son chef-lieu, était à peine assez grand pour qu'on le qualifie de ville, et seule la présence du lac Pearl expliquait pourquoi la population y était si élevée. La ville s'étendait tout autour, comme pour serrer cette pièce d'eau dans une étreinte possessive, et la mairie se donnait beaucoup de mal pour garantir que ses environs restaient propres et attrayants. Le tourisme, la chasse et la pêche étaient les activités principales à Beaulac, mais une population très friquée vivait aussi dans la région, surtout au bord du lac. Ces gens-là n'avaient aucun besoin de faire la navette jusqu'à leur lieu de travail, étant soit à la retraite, après une carrière lucrative, soit disposant d'une fortune personnelle.

Tessa avait eu la chance d'hériter sa maison d'une grand-tante éloignée, peu après la mort de ma mère. Bien conservé, l'intérieur était décoré avec goût, et mis à part quelques modifications qu'elle avait apportées, cette demeure aurait mérité sa place aux côtés des autres maisons-musées du secteur.

Seulement, très peu de monde avait eu l'occasion d'y pénétrer.

Je m'engageai sur la route à deux voies, parallèle au chemin plus paisible qui bordait le lac. Je fronçai les sourcils et levai le pied dès l'instant où j'aperçus des voitures de police, garées sur le talus un peu plus loin.

— Merde.

— Qu'est-ce qu'il y a ? demanda Ryan en me lançant un regard.

Je fis la grimace et jetai un coup d'œil dans mon rétroviseur. Impossible de faire demi-tour, et même si j'avais pu, j'aurais eu l'air très louche.

— C'est la police de Louisiane. Ils doivent procéder à des contrôles d'alcoolémie.

Ryan prit un air inquiet et regarda les lumières qui clignotaient devant nous.

— Tu es sûre que ce n'est pas quelqu'un de ton unité ?

— Certaine, répondis-je en continuant de ralentir. La police de l'État utilise des gyrophares bleus. Les nôtres sont rouges et bleus, comme ceux du shérif. Merde !

J'essuyai mes mains sur mon jean. Il n'y avait pas de raison qu'ils veuillent regarder dans le coffre de la camionnette, mais je ne pouvais pas non plus prévenir Kehlirik et lui dire de rester tranquille. Ce véhicule ne comportait pas de fenêtre entre la cabine et l'arrière. Il faudrait donc prier pour que le démon attende que je lui ouvre la porte pour sortir. Je n'avais même pas envie d'imaginer ce qui se passerait s'il surgissait au milieu d'une dizaine d'agents.

Un sourire méchant illumina le visage de Ryan.

— Cap' ou pas cap' de leur lâcher le démon dessus ?

Je fis un effort pour ne pas rigoler, sans y parvenir.

— Arrête.

— On n'a qu'à parier. J'aimerais tellement les voir courir dans tous les sens, en hurlant comme des fillettes.

— Tais-toi ! Je savais que c'était une erreur de t'amener.

Je lui donnai une tape sur le bras, mais il m'avait mis l'image en tête, et je ne pus m'empêcher de ricaner.

— J'avoue que ce serait quand même super drôle, dis-je.

Je me tournai vers lui et lui rendis son sourire, m'autorisant à profiter de ce court moment de bêtise partagée, avant de forcer mon visage à prendre une expression hyper sérieuse.

— Bon, tiens-toi tranquille maintenant, ordonnai-je.

Je ralentis jusqu'à rouler au pas et rejoignis la petite file de voitures qui attendaient pour passer le contrôle.

— Oui m'dame ! répondit-il en affichant une mine si sévère et si froide que je faillis encore exploser de rire.

— Pourquoi est-ce que je te supporte ? demandai-je en feignant le désespoir.

— Tu es folle amoureuse de moi, c'est évident, dit-il avec un soupir tragique.

68

Je laissai échapper un petit rire amusé, malgré le frisson idiot qui me parcourut.

—Et toi, tu as fumé quelque chose, c'est évident!

Nous étions arrivés au barrage et je dus me faire violence pour redescendre sur terre. Je ne reconnus pas l'agent qui me fit signe de m'arrêter, mais je n'avais pas souvent eu affaire avec la police de l'État. La route sur laquelle nous étions relevait de sa juridiction, pourtant tout le monde se foutait de ce détail, hormis en cas d'accident, lorsqu'il fallait désigner quelqu'un pour écrire le rapport.

—Papiers du véhicule, s'il vous plaît, récita-t-il en levant la tête pour pouvoir me regarder, et je vis que ça ne lui plaisait pas du tout.

J'avais moi-même été en fonction à pas mal de barrages routiers, et je préférais aussi pouvoir regarder dans les voitures et sentir l'haleine des conducteurs.

Je lui adressai un sourire et lui tendis les papiers de l'agence de location, puis mon permis de conduire glissé dans mon portefeuille, en prenant soin de le présenter de telle façon qu'il voie mon badge. Je m'attendais à ce qu'il fasse un commentaire, mais il ne dit rien, ce qui me rendit encore plus nerveuse. Je n'estimais pas que le badge doive dispenser de toutes les contraventions et de tous les contrôles d'alcoolémie, mais cette fois-là, j'aurais vraiment apprécié qu'il me fasse simplement signe de poursuivre mon chemin. Je surveillai l'arrière du camion d'une oreille, tandis que le policier examinait mes papiers. Un peu plus loin sur la droite, un autre agent procédait à un contrôle d'alcoolémie sur un jeune homme brun, debout à côté d'une Mustang jaune. Je pinçai les lèvres en voyant celui-ci chanceler et manquer de s'écrouler, face contre terre, alors qu'il essayait de marcher sur un fil imaginaire. Il n'allait pas tarder à se retrouver à l'arrière d'une autre voiture.

Je me tournai de nouveau vers le policier à ma gauche, au moment où il relevait la tête. Il observa l'arrière de la camionnette et fit la moue.

— Pourquoi conduisez-vous une fourgonnette de location à minuit ?

Je haussai les épaules en souriant.

— J'ai travaillé tard aujourd'hui, et c'était le seul moment que j'avais pour me rendre chez ma tante et faire un peu de tri dans ses vieilles affaires.

Le policier ne se dérida pas.

— Avez-vous bu de l'alcool, ce soir ? demanda-t-il.

— Non, je planchais sur un dossier.

J'entendis alors des griffes grincer sur le métal du coffre de la camionnette, et il me fallut tout le sang-froid que j'avais en réserve pour m'empêcher de réagir. Pendant un quart de seconde, j'eus l'espoir que le bruit n'avait pas été si fort et que je l'avais seulement entendu parce que je m'y attendais, mais la chance ne me sourit pas. Le policier tourna vivement la tête et il fronça un peu plus les sourcils.

— Vous avez quoi dans le coffre ?

— Je crois qu'un de mes cartons est tombé, soupirai-je. Écoutez, je ne veux pas être désagréable, mais je préférerais éviter de passer la nuit à trimballer tout ça.

Il plissa les yeux.

— Ça ne vous embête pas que je jette un coup d'œil ?

Je sentis Ryan se crisper à côté de moi. Il avait beau plaisanter à tout va, je le savais tout à fait conscient du désastre qui s'ensuivrait si quelqu'un apercevait le démon, et je me sentis soudain ravie d'être flic. Non pas parce que mon badge pouvait me sortir de situations problématiques – ce qui visiblement ne serait pas le cas ce soir – mais parce que je connaissais mes droits. Je regardai l'agent dans les yeux et lui répondis, sur un ton calme et courtois :

— Je ne crois pas que vous ayez une raison valable pour regarder dans mon coffre. Je n'ai vraiment pas le temps pour tout ça, et à moins que vous n'ayez un motif raisonnable… (j'insistai légèrement sur ces deux mots) qui vous pousse à croire que je suis impliquée dans quelque chose d'illégal, j'apprécierais que vous me laissiez poursuivre ma route.

C'était quelque chose que trop de gens ignoraient : lorsqu'un agent de police vous demande s'il peut regarder dans votre véhicule, cela ne veut pas forcément dire que vous êtes obligé d'obtempérer.

Son expression se durcit, mais je voyais qu'il se retrouvait coincé. Il pouvait toujours décider de m'embêter et me faire sortir du véhicule pour un contrôle d'alcoolémie, ou trouver d'autres moyens pour me retarder. Il était même possible qu'il demande qu'on lui amène un chien, et je ne voulais pas découvrir quelle serait la réaction de l'animal. Mais, à mon grand soulagement, il me tendit les papiers sans un signe de tête ni un sourire.

— Bonne soirée à vous, dit-il.

Je voyais bien qu'il n'en pensait pas un mot.

Je pris les documents et mon permis, en conservant un sourire figé.

— Merci. À vous aussi !

Je mentais à mon tour.

Il recula et je fis doucement avancer la camionnette. Une fois le barrage derrière nous, mon pouls retrouva un rythme normal.

—Eh ben, quel coincé ce type! dit Ryan comme s'il commentait le temps qu'il faisait.

Je me mis à rire.

—Je suis sûre qu'il aurait crié comme une fillette s'il avait vu le démon.

Le reste du trajet fut merveilleusement calme, et je fus soulagée d'arriver chez ma tante. Je fis marche arrière dans l'allée et m'approchai autant que possible du garage, tout en m'assurant de pouvoir quand même ouvrir la porte. Après avoir coupé le moteur, j'appuyai sur la télécommande du garage et descendis du véhicule.

En soulevant le rideau de fer, à l'arrière du véhicule, je découvris Kehlirik, couché au milieu du camion, qui se retenait aux sangles que je lui avais installées. Il me regarda au moment où j'ouvris le coffre.

—Tout s'est bien passé ici? lui demandai-je.

Il souffla en grognant. Je n'avais jamais vu un reyza sourire, mais l'expression de son visage ressemblait à s'y méprendre à de la joie.

—Une expérience unique, répondit-il. Je suis reconnaissant d'avoir pu la vivre.

Je dus me mordre la lèvre pour ne pas rire. Je ne voulais pas l'offenser, et gardai un air grave en me contentant d'incliner la tête.

—Je suis heureuse que tu sois satisfait, dis-je avant de faire un pas de côté pour lui désigner le garage. Si tu veux bien me suivre, honorable démon?

Il lâcha les sangles et sauta gracieusement de la camionnette. Il semblait comprendre l'importance de rester discret, ce qui m'arrangeait, car je n'avais vraiment pas besoin qu'un voisin aperçoive une énorme bête ailée entrer chez ma tante.

—Allez, monsieur l'agent spécial, dis-je à l'attention de Ryan qui descendait du véhicule. Ramène tes fesses à l'intérieur, que je puisse fermer derrière nous.

Il claqua la portière de la fourgonnette et se dépêcha d'entrer avant que j'appuie sur le bouton pour refermer la porte du garage. Dès que cela fut fait, j'allumai la lumière et les guidai tous les deux jusqu'à l'entrée de la maison.

Même si la maison de Tessa avait plus de cent ans et se trouvait dans la partie touristique de la ville, il était clair, du moins pour moi, qu'elle avait l'habitude de recevoir des invités de la sphère démoniaque. L'escalier menant au grenier en constituait l'indice le plus flagrant. Presque deux fois plus vaste que la normale, construit en matériaux solides, il avait clairement été conçu pour faciliter le passage des démons qu'elle invoquait entre le grenier et la bibliothèque. Une fois que je me serais débarrassée des barrières qui bloquaient l'accès à cette pièce, il faudrait d'ailleurs que je monte jusqu'à la chambre d'invocation. Là-haut, elles ne semblaient pas y être aussi puissantes, mais après mon essai avec celles de la bibliothèque, je ne me sentais pas prête à prendre de risque.

J'adorais ma propre chambre d'invocation, mais je voulais avoir la possibilité d'utiliser celle de ma tante. Après tout, la location de la camionnette m'avait coûté presque 100 dollars pour la nuit, ce qui ne faisait qu'ajouter à ma contrariété. J'étais flic. Je n'étais pas riche.

J'entrai dans le vestibule et m'arrêtai à quelques mètres de la porte de la bibliothèque. Je me retournai vers Kehlirik et la lui montrai d'un geste.

— J'ai besoin d'entrer dans cette pièce et d'avoir accès à tous les documents qui s'y trouvent. Il faudrait aussi que tu retires les barrières interdisant l'accès à la chambre d'invocation au grenier. Penses-tu pouvoir y arriver ?

Kehlirik plissa les yeux et s'approcha lentement. Il s'aplatit au sol et observa le chambranle, la porte et même le mur. Je savais ce qu'il regardait. Pour quelqu'un qui ne percevait pas les arcanes, il ne s'agissait que d'une jolie porte blanche, percée dans un mur tapissé d'un élégant papier peint fleuri, rose pâle et or. Mais quelqu'un doué de la moindre sensibilité arcanique pouvait voir une force provoquer craquements et sifflements dans la porte et le mur, et des barrières bleues et violettes flotter et tourbillonner tout autour, de manière inquiétante. Je fis la grimace. Ces foutues protections n'étaient pas aussi fortes avant ma tentative ratée pour les retirer. J'avais apparemment déclenché quelque chose, et le niveau de sécurité semblait avoir quintuplé depuis, comme si j'avais coupé l'une des têtes de l'hydre. Ryan émit un sifflement.

— On dirait que c'est pire maintenant.

Le reyza se détourna des énergies sinistres pour me regarder.

— Tu as tenté de passer.

Ce n'était pas une question. Je haussai les épaules d'un air gêné.

74

—Oui. Sans succès, comme tu peux le voir.

—Et tu as survécu, dit-il en gonflant les narines. Cela me surprend.

Mon ventre se noua.

—Je… J'ai eu de la chance, dis-je, la bouche un peu sèche en y repensant. Je n'aurais jamais cru que ma tante mettrait en place un système aussi meurtrier.

—Ce n'est pas elle qui l'a installé, répondit le démon en posant de nouveau les yeux sur la porte.

Les pattes sur les genoux et les ailes repliées dans le dos, il demeura silencieux. J'observai moi aussi les sortilèges tournoyants.

—Qui est-ce, alors?

Le reyza émit un grondement, à la fois doux et profond, avant de répondre.

—Elle a invoqué quelqu'un pour le faire. Ceci ressemble fort à l'œuvre de Zhergalet. Il n'est qu'un faas, mais son talent pour les barrières est unique et admiré de tous.

—Je vois. Donc ma tante a sous-traité pour son système d'alarme, dis-je en riant avec soulagement.

Kehlirik tourna la tête vers moi et cligna des yeux.

—Pardon, repris-je. Je pensais qu'elle avait réalisé tout cela elle-même, et je me sentais plutôt incompétente, vu que même en rêve, je serais incapable de construire quelque chose d'aussi complexe. Savoir qu'elle a fait appel à quelqu'un pour s'en charger me soulage un peu.

Kehlirik se retourna vers la porte, puis se releva en faisant bouger ses ailes, avant de croiser les bras.

—Cet ouvrage est impressionnant. Il y a là un ensemble de barrières basiques qui semblent assez standard. Elles évitent qu'un humain moyen entre à l'intérieur. La plupart des gens ne remarqueraient d'ailleurs même pas l'existence de la porte. Des répulsifs… (il désigna d'un geste les volutes d'énergie violette) pour les éloigner d'ici. (Il secoua la tête.) Mais ceux-ci ont été mis en place il y a des années. Zhergalet a placé ses barrières récemment. Trois révolutions lunaires dans cette sphère ont dû s'écouler depuis, pas plus.

Un projet de ma tante datant de trois mois ? Soudain, je me figeai. C'était à l'époque où les meurtres du Tueur au symbole avaient recommencé. À peu près au moment où j'avais rencontré Rhyzkahl pour la première fois. Était-ce la raison pour laquelle Tessa avait voulu fermer l'accès de sa bibliothèque ? Pour que je n'y entre pas ? Ou pour que Rhyzkahl n'y pénètre pas ? Elle me faisait quand même plus confiance que cela. Je me sentais vide, mais aussi complètement perdue. Les barrières en place étaient extrêmes et mortelles. Pourquoi diable avait-elle ressenti le besoin de se protéger ainsi, il y a trois mois ? Je me frottai le visage, perturbée à plus d'un titre.

—Bon… et peux-tu entrer ?

Le démon resta silencieux plusieurs secondes avant de hocher gravement la tête.

—Je ne pourrai pas être rapide. Je finirai demain soir. (Il me regarda alors droit dans les yeux et retroussa les babines, laissant apparaître ses dents terriblement pointues.) En temps normal, je réclamerais une renégociation des clauses ou j'exigerais une reconnaissance de dette, mais puisque tu reçois l'attention de Rhyzkahl, je te ferai cadeau de ce service.

Je fis un effort pour effacer rapidement l'expression choquée qui se lisait certainement sur mon visage, et j'affichai un faible sourire en cogitant à toute allure. J'ignorais à quel seigneur Kehlirik obéissait. Je partais du principe qu'il en servait un, puisque avoir un seigneur haut placé était, pour les démons, l'un des meilleurs moyens, et l'un des plus faciles aussi, pour gagner en prestige. Et d'après ce que j'avais appris et ce que ma tante m'avait dit du royaume démoniaque, Rhyzkahl était l'un des plus puissants seigneurs.

Mais Kehlirik servait-il Rhyzkahl, ou bien cherchait-il à gagner sa faveur ? Quoi qu'il en soit, je ne savais pas ce que je risquais en acceptant un tel cadeau. Peu de chose s'avérait gratuit dans la sphère des démons. D'un autre côté, refuser un cadeau pouvait évidemment être interprété comme une offense majeure.

Merde. Il fallait vraiment que j'accède à cette bibliothèque. Je me retournai vers le reyza.

— Honorable Kehlirik, ton cadeau m'est précieux, et je ne l'oublierai pas.

Il inclina gravement la tête, et je dus réprimer un soupir. Rien ne m'assurait que je ne venais pas de faire une erreur colossale en acceptant, mais un refus risquait de me valoir la vengeance d'un démon vexé.

Peu importait. Je n'avais pas la force de m'en inquiéter pour l'instant, j'avais déjà beaucoup de soucis. En temps normal, j'aurais aimé rester à regarder le démon travailler et en profiter pour apprendre de nouvelles techniques, mais malgré la sieste que je venais de faire, la fatigue me rattrapait. Les invocations du reyza demandaient beaucoup d'énergie.

— Kehlirik, as-tu besoin que je reste à tes côtés pendant que tu travailles ?

Le démon, qui avait déjà commencé à démêler les différentes couches d'énergie arcanique, secoua la tête.

— Non, invocatrice. Mais tu vas devoir ajuster l'ancrage des liens qui me retiennent dans ce monde pour me permettre de rester pendant la journée.

Je me sentais soudain très bête. Je n'avais même pas envisagé la possibilité que la tâche dont il avait la charge prenne plus de quelques heures. Je l'avais fait venir et ancré dans mon monde grâce à la puissance lunaire. Une fois le jour venu, ces liens se desserreraient et sa propre sphère l'attirerait à elle. De plus, puisque se retrouver attiré ainsi n'était pas une révocation en bonne et due forme, le processus était assez douloureux pour le démon, d'après ce qui se racontait.

Je n'avais qu'un seul souci : n'ayant jamais eu à ajuster des liens, je n'avais pas la moindre idée de la marche à suivre. Je doutais fort que Kehlirik me l'apprenne sans rien demander en retour. Je m'éclaircis la voix.

— Honorable démon, je ne possède pas cette science. Je te serai redevable si tu acceptais de me l'enseigner.

Il baissa les yeux sur moi et resta sans rien dire, assez longtemps pour que j'aie envie de courber l'échine de honte. Il se tourna ensuite entièrement vers moi et étendit ses ailes, du moins autant que le couloir le lui permettait. Il croisa ses énormes bras musclés.

— J'accepte que tu sois ma débitrice, Kara Gillian. Nous négocierons les termes lorsque tu m'invoqueras de nouveau.

Je commençais à attraper un torticolis à force de lever la tête pour le regarder.

— Oui, honorable démon.

— Je souhaiterais aussi m'entretenir avec toi… (il jeta un coup d'œil à Ryan avant de me regarder de nouveau) en privé, avant que tu me renvoies dans la sphère d'où je viens.

Oh, oh… Voulait-il me parler de Ryan ? Ou bien préférait-il seulement que ce dernier n'entende pas ce qu'il avait à me dire ? Quoi qu'il en soit, cette remarque me laissa une impression de malaise au creux du ventre.

— Entendu, dis-je en essayant de dissimuler à quel point sa requête m'avait perturbée.

Kehlirik poussa un grognement en observant encore Ryan. Remarquant l'expression malveillante de son visage, je m'attendais à ce qu'il se mette à siffler et gronder, mais il n'en fit rien. Il renifla, narines gonflées, puis décroisa les bras et porta de nouveau son attention sur moi. Je vis Ryan lever les yeux au ciel et lui adresser un bras d'honneur derrière son dos, ce qui m'aurait fait rire à gorge déployée quelques minutes auparavant, mais à présent, j'étais trop préoccupée. L'espace d'un instant, je ressentis de la haine pour ce démon, qui me privait de ma complicité naturelle avec Ryan, mais je savais que je ne pouvais pas tout lui mettre sur le dos. Rhyzkahl avait commencé à semer le doute en moi, en insinuant que je ne savais pas tout à propos de Ryan. Kehlirik n'avait fait que montrer ouvertement la même chose en affichant son antipathie évidente. *Et comment se fait-il que des démons sachent qui est Ryan, bordel ?*

— Approche donc, invocatrice, dit le démon en me tirant de ma rêverie morose, et je te montrerai comment ajuster l'ancrage.

La leçon fut rapide, même si j'en ressortis en sueur. La procédure ne présentait pas de difficulté, mais elle était étrangement complexe. Kehlirik m'expliqua consciencieusement chaque étape et sembla satisfait de mes capacités.

Une fois le processus achevé, je reculai et observai les liens réajustés. Lorsque la nuit laisserait place au jour et que la puissance lunaire serait remplacée par la puissance solaire, les ancrages se reformeraient autour de nous. C'était un travail intéressant, et je crus saisir quelque chose de plus, au-delà de l'ancrage, mais encore une fois, j'étais fatiguée, à cran, et je n'avais pas l'énergie nécessaire pour y regarder de plus près.

Une autre idée me traversa l'esprit pendant la leçon. Si c'était mon ilius qui avait bien fait disparaître l'essence de Brian, il s'agissait d'un événement ponctuel puisque la créature aurait été attirée par sa sphère d'origine au lever du soleil. L'idée que ce puisse être ma faute me faisait horreur, mais restait préférable à celle d'une créature dévoreuse d'essence en liberté.

— Tu appréhendes vite les concepts, dit le démon en hochant la tête. Très bien, je vais rester ici et travailler.

— Je vais sécuriser la maison, fermer tous les rideaux, etc. Si jamais quelqu'un arrive…, ne t'approche pas de l'entrée.

Le reyza gronda encore. Je supposais que ce bruit était l'équivalent démoniaque de : « Sans blague, ça alors ! »

— J'installerai un répulsif sur la porte après ton départ, dit-il. Et je devrais être capable de sentir si quelqu'un approche, suffisamment tôt pour pouvoir dissimuler ma présence.

Comment un démon de deux mètres cinquante, pourvu d'ailes, de cornes et d'une queue, pouvait-il parvenir à se cacher ? Cela me dépassait, mais je décidai qu'il valait mieux ne pas m'en inquiéter. Je fis rapidement le tour de la maison, fermai les portes et les fenêtres, m'assurai que tous les rideaux étaient tirés, puis donnai à Kehlirik quelques instructions pour utiliser le téléphone de la cuisine au cas où il aurait besoin de me contacter. Je retrouvai son expression ravie, et devinai qu'il devait faire un effort pour ne pas essayer de s'en servir immédiatement.

— Très bien, alors je vérifierai que tout va bien de temps à autre, pendant la journée.

Le reyza se contenta de souffler doucement, déjà absorbé par sa tâche. J'adressai un signe de tête à Ryan et partis en direction du garage. Je m'attendais vaguement à ce qu'il refasse un bras d'honneur au démon, mais il parvint à se contrôler et me suivit à l'extérieur.

— J'ai changé d'avis, dit-il une fois dans la voiture, le garage refermé derrière nous.

— À propos de quoi ?

— De ce démon. Je ne crois plus que ce soit mon meilleur pote. S'il s'attend à ce que je l'invite à ma prochaine soirée foot, il peut toujours rêver.

Je secouai la tête et mis le moteur en marche.

— Et les gens trouvent que c'est moi qui suis bizarre...

CHAPITRE 6

— *Tu es inquiète.*

Je me blottis contre le torse de Rhyzkahl, réconfortée de sentir le poids de son bras autour de moi. Le soleil perçait le vaste feuillage de l'arbre sous lequel nous nous tenions et projetait sur nos corps sa dentelle de lumière. Je sentais la chaleur du souffle de Rhyzkahl sur le haut de mon crâne et fermai les yeux pour savourer l'exquise paix de cet instant. Je n'avais pas envie de lui répondre, et d'ailleurs sa question n'en était pas vraiment une.

Il se redressa malgré tout, sans tenir compte de mon petit soupir de protestation au moment où il retira son bras, puis se mit debout. Je fronçai les sourcils.

— J'étais confortablement installée.

— Le confort est un piège.

Je me levai et chassai d'une main les feuilles accrochées à ma robe, une adorable création en brocart de soie d'un bleu profond, rehaussé de pierres précieuses brodées sur un corsage plongeant. J'avais l'impression qu'il s'agissait de ma préférée, alors que quelque chose en moi me disait que je ne l'avais jamais vue auparavant.

— Évidemment, je suis inquiète. Ma tante me manque, et une créature vole l'essence.

— Je serais heureux de t'offrir mon assistance pour apaiser tes craintes.

— M'offrir ? répétai-je avec un regard mauvais. Tu n'offres jamais rien. Tu es un démon.

— Les prix ne sont pas toujours élevés.

Comme pour appuyer son argument, il s'approcha de moi, me poussa contre le tronc de l'arbre et captura ma bouche en un baiser passionné. Il saisit mes poignets et les leva au-dessus de ma tête tandis que ses lèvres descendaient jusqu'à mon cou. Je basculai la tête en arrière. La chaleur qui embrasait mon corps me fit pousser un gémissement.

— Je ne demande rien de plus que ce que tu es capable de donner, ma douce, murmura-t-il contre ma peau.

Il continua de tenir mes poignets. Je remuai en essayant de me libérer, et il resserra son étreinte. Je sentis ses dents contre mon cou et fus parcourue de frissons.

— Je peux te montrer ce dont tu es réellement capable, ajouta-t-il.

— Oui, chuchotai-je. Montre-moi.

Il leva des yeux triomphants vers moi, puis me lâcha brusquement et se redressa.

— Le soleil se lève, dit-il.

Cela n'avait aucun sens, puisque le soleil brillait haut dans le ciel.

— Tu ne vas pas trouver cela agréable, mais ça s'arrangera.

Je me réveillai en sursaut, prise de nausées. J'inspirai une goulée d'air et crispai mes mains sur les draps. J'éprouvai une sensation semblable à la pire gueule de bois que j'aie jamais eue telle une grande vague, de la tête aux orteils. Nausée, migraine, faiblesse. Soudain, plus rien. Je restai en sueur et tremblante, même si ça n'avait duré qu'une demi-douzaine de secondes.

Je pris une profonde inspiration et me relevai lentement. Les images et les sensations du rêve qui résonnaient dans ma tête commençaient déjà à se dissiper comme le brouillard au soleil levant. N'avait-ce vraiment été qu'un rêve? Rhyzkahl semblait savoir que j'allais me sentir mal. D'un autre côté, il était souvent arrivé que la sonnerie de mon réveil se retrouve incorporée à mon rêve, juste avant que j'ouvre les yeux. Ça avait peut-être été la même chose cette fois-ci.

Par la fenêtre de ma chambre, je voyais l'aurore colorer l'orient d'orange et de pourpre. Je pris soudain conscience de ce qui venait de se passer. Les puissances lunaire et solaire s'étaient succédé, et mon lien avec Kehlirik devait se reformer. Je respirai profondément. La nausée avait pratiquement disparu. *Bon, ce n'était pas cool du tout. Kehlirik a-t-il senti la même chose?*

Je regardai l'heure et poussai un soupir. Il était à peine 6 heures du matin, ce qui signifiait que je n'avais réussi à dormir que quatre heures environ.

Avec en prime un rêve à propos de Rhyzkahl. *J'ai rêvé de lui uniquement parce que Kehlirik m'en a parlé. C'est tout. J'avais juste son nom à l'esprit.*

Mais bien sûr!

Je faillis fourrer ma tête sous l'oreiller pour essayer de dormir encore un peu, mais la sonnerie intempestive de mon bipeur sur ma table de nuit mit fin à mes projets.

Je lus le message en soupirant: Code 29, dom. Ruby. Un décès, mais au moins il ne s'agissait pas d'un meurtre, sans quoi j'aurais reçu un code 30. Quelqu'un avait dû mourir dans un accident ou d'une maladie. J'espérais qu'il s'agirait d'une affaire simple que je pourrais classer vite fait, bien fait, mais au moment même où cette pensée traversa mon esprit, je sus que j'étais probablement en train de tenter le diable.

L'adresse indiquait une partie de la ville où j'avais très rarement l'occasion d'aller. Le domaine Ruby était *le* quartier ultra-chic pour ceux qui avaient de l'argent à ne plus savoir qu'en faire. C'était un lotissement fermé, sécurisé et surveillé, même si la compagnie de sécurité, comme toutes les autres, employait des gens qui travaillaient pour 8 dollars de l'heure. Tous les terrains, d'un demi-hectare minimum, donnaient plus ou moins sur le lac. Le coin était dans l'ensemble calme, boisé et très joli. J'étais certaine que ces murs renfermaient leur part de consommation de stupéfiants et de violences domestiques, mais les cas n'étaient pas ébruités, et on nous demandait rarement d'aller nous en occuper.

Je n'eus pas de mal à trouver. Il n'y avait qu'une maison devant laquelle plusieurs voitures de police et une ambulance étaient stationnées, révélant beaucoup plus de gravité qu'une simple chute dans un escalier. Il s'agissait de la demeure de Davis Sharp, conseiller du comté et incarnation de ce qu'un énorme paquet de fric pouvait vous apporter. Il avait rasé la majorité des arbres de son terrain pour que les passants puissent admirer son manoir de deux étages flanqué d'une immense volée de marches absurde, qui menait au premier étage. On aurait dit une résidence coloniale partie en vrille. Je trouvais personnellement que les quelques millions de dollars qu'il avait dû y mettre étaient du gaspillage. Mais je vivais dans une maison à la façade écaillée, au milieu de nulle part, alors qui étais-je pour le juger?

En plus d'être élu au conseil du comté, Davis Sharp était le propriétaire d'un restaurant très en vue où l'on allait pour se montrer, dans le comté de Saint-Long. Il avait du charisme et des relations, et une rumeur courait selon laquelle il se portait candidat pour le siège vacant du Congrès du district.

Il ne s'agissait pas exactement d'une scène de crime, mais une barrière avait été dressée autour du jardin malgré tout. Le ruban jaune et noir claquait mollement dans la brise maussade qui venait du lac. La vue était jolie, je devais l'admettre, mais la sérénité du lac contrastait nettement avec les véhicules de police garés le long de l'allée. J'avais passé ma tenue d'inspecteur, un pantalon et une chemise à manches courtes complétés de mon arme et de mon badge, mais sans la veste. Pas avec une chaleur pareille! Je ne pouvais m'empêcher de souhaiter que le vent s'intensifie un peu: il était 8 heures à peine, et je transpirais déjà sous les aisselles.

Je me baissai pour passer sous la barrière, pressée de rentrer dans la maison plus pour la promesse d'air climatisé que par désir d'ouvrir l'enquête. Un agent en uniforme se tenait à côté de la porte, les bras croisés, avec une expression de profond ennui sur son visage bronzé: Allen Demma, un caporal qui, après une vingtaine d'années de service, ne serait probablement plus jamais promu. Il était d'ailleurs déjà caporal lorsque j'avais commencé à patrouiller. Il savait très bien suivre les ordres et respecter les règles, mais il n'avait pas le dynamisme nécessaire pour mener une équipe. Personnellement, je ne pensais pas qu'il resterait encore bien longtemps dans la police. Je savais qu'il n'en pouvait plus, qu'il était frustré de se voir systématiquement refuser toute promotion. D'un autre côté, il n'avait pas encore atteint l'âge de la retraite, et je ne voyais pas ce que quelqu'un comme lui, qui avait été flic toute sa vie, pourrait faire s'il quittait la police.

Je n'aimais pas penser à la direction que je prendrais si jamais je décidais de ne plus faire ce métier. Il faisait tellement partie de moi que j'avais du mal à m'imaginer travailler ailleurs.

— Salut, Allen, dis-je. Qu'est-ce qu'on a ?

Il me salua d'un petit signe de la tête et sortit un carnet de la poche de sa chemise. Il récita sur un ton plat et sec :

— La dernière personne à avoir vu Davis Sharp vivant est sa femme de ménage, Auri Cordova, hier soir. Elle a préparé le dîner et elle est partie vers 18 heures. À 5 heures du matin environ, elle est revenue, est entrée dans la maison et a trouvé Sharp par terre, dans la douche de la salle de bains principale, avec le robinet encore ouvert. Elle l'a fermé et s'est rendu compte que Sharp était mort. Elle a alors composé le 911.

Je griffonnai à mon tour sur mon carnet.

— Merci, Allen. Y a-t-il une Mme Sharp ?

Il baissa les yeux sur ses notes.

— La femme de ménage a dit que M. Sharp l'avait informée du départ d'Elena Sharp avant-hier. Elle est partie passer peu de temps dans leur appartement de Mandeville. Le médecin légiste l'a déjà contactée pour la mettre au courant.

Je fronçai les sourcils.

—Tu sais si elle compte revenir?

—Aucune idée. Désolé.

—OK. Bien, merci beaucoup. Tu m'as été d'une grande aide.

Il hocha sèchement la tête. *Je parie qu'on lui a encore récemment refusé une promotion.* Je ne voyais pas quoi lui dire. Je choisis donc la solution de facilité, et entrai sans rien ajouter.

Deux agents en uniforme qui se trouvaient à l'intérieur m'indiquèrent l'escalier pour monter à l'étage, avant de revenir à leur discussion sur l'équipe de football américain de l'université d'État de Louisiane. La maison était encore plus impressionnante de l'intérieur. Papier peint qui ressemblait à une tenture onéreuse, sols en marbre, boiseries, et de nombreux beaux objets décoratifs parfaitement placés pour attirer le regard. L'escalier monumental décrivait une courbe majestueuse, comme dans ces films où la belle héroïne descend lentement, sous les regards admiratifs de l'assemblée amassée au pied des marches. Tout en montant, j'avais la forte impression que tout le monde me regardait. Je ne me sentais pas à ma place et fis la grimace en pensant à ma démarche sans grâce. En arrivant sur le palier, je me retournai, pour constater, bêtement soulagée, que personne ne m'avait prêté la moindre attention.

L'étage ressemblait au rez-de-chaussée. Les rideaux de la chambre principale étaient assortis à la parure de lit, et la salle de bains semblait occuper toute une aile de la maison. C'était justement dans cette pièce que j'entrai.

Je n'avais jamais rencontré Davis Sharp en personne et n'avais jamais été assez friquée pour me sentir prête à dépenser la somme d'un repas dans son restaurant, mais j'avais vu assez de photos de lui dans la rubrique « Société » du journal pour savoir qu'il était un homme soigné, à l'apparence très sérieuse, comme on pouvait s'y attendre de quelqu'un qui se destinait à la politique. Ce qui rendait sa situation actuelle encore plus grotesque et ridicule, même si toutes les personnes présentes sur la scène de crime faisaient extrêmement attention à ne pas laisser transparaître leur envie de rire, pour ne pas risquer de se faire descendre en flammes plus tard.

Perplexe, je dus observer la scène pendant plusieurs secondes, avant de comprendre ce qui s'était passé. Je décidai enfin que M. Sharp, membre du conseil, ayant glissé et s'étant cogné la tête, ou bien s'étant évanoui dans sa douche, avait réussi à tomber face contre terre, la tête dans un angle du mur et le menton presque contre la poitrine, de telle sorte que son postérieur était pointé en l'air. J'avais déjà vu des cas d'asphyxie posturale, et celui-ci semblait s'ajouter à la liste.

Je n'assimilai ces détails qu'en arrière-plan. Mon ventre se noua et je fus parcourue d'un frisson glacé en sentant une discordance dans la situation. Je passai immédiatement en autrevue pour vérifier et vis alors les restes d'essence déchirés encore accrochés au corps. *Un de plus*, pensai-je, frappée d'horreur. Qu'est-ce qui pouvait bien commettre cela ? Je savais que ça ne pouvait être mon ilius, puisqu'un démon était incapable de rester dans cette sphère sans y être ancré.

J'ignorais ce que c'était, mais l'événement n'était plus isolé.

Était-il possible qu'il s'agisse d'un autre invocateur ? Mais les gens comme moi ne couraient pas les rues, et les chances pour qu'un autre se trouve dans la région, qui plus est pour invoquer un démon capable de dévorer l'essence, semblaient très faibles.

Avais-je donc affaire à quelque chose d'entièrement différent ? La frustration me rongeait et chassa un moment mon sentiment d'horreur. J'ignorais encore bien trop de choses.

Et quel que soit le coupable, que se passera-t-il s'il n'est pas seul ?

Je répugnais tellement à envisager les conséquences désastreuses de cette hypothèse que je me forçai à me concentrer sur les aspects terre à terre de l'enquête. Je reculai et sortis mon calepin pour noter les éléments dont j'aurais besoin. La salle de bains et la chambre étaient propres et en ordre, et lorsque j'ouvris la penderie, je trouvai des rangées ordonnées de chemises et de pantalons, et des paires de chaussures bien alignées par terre. Un autre placard était vide, ne contenant que quelques cintres en bois, du genre de ceux que je comptais acheter un jour, pour remplacer les métalliques de mauvaise qualité que j'avais récupérés gratuitement au pressing. Je retournai dans la salle de bains et regardai dans les tiroirs. Il n'y avait rien d'inhabituel, mise à part l'absence de produits pour femme.

Sa femme séjournait dans leur appartement à Mandeville ? songeai-je. *Il ne s'agissait apparemment pas d'un simple week-end au bord du lac Pontchartrain.*

91

C'était un détail intéressant et important. J'examinai une dernière fois la chambre à coucher, puis m'en allai dans une autre chambre, au bout du couloir, pour parler à la femme de ménage.

Elle était sous le choc, mais pouvait s'exprimer de manière cohérente. Je lui posai quelques rapides questions sur son identité, sans chercher à vérifier ma quasi-certitude qu'elle était immigrante illégale. Je m'estimai plutôt heureuse qu'elle parle un bon anglais. Auri travaillait pour les Sharp depuis deux ans et venait faire la cuisine et le ménage les lundis, jeudis et samedis. Mais cette semaine, elle était aussi venue le vendredi, à la demande de Davis Sharp. Elle paraissait extrêmement nerveuse, ce que j'interprétai comme une inquiétude causée par sa situation, mais après mon habituel discours comme quoi « j'étais bien plus intéressée par mon enquête que par les questions d'immigration », je fus surprise de la voir secouer vigoureusement la tête.

— Non. Je pas inquiète pour ça. C'est M. Sharp. (Elle agita une main tremblante vers la grande chambre.) Lui très énervé hier.

— À cause de sa femme ?

— *Sí*. Miss Elena partie jeudi matin et pris toutes ses affaires. Mais il y a autre chose.

— Quoi ?

— Une autre dame venue jeudi après que Miss Elena partie. Je l'entends parler à M. Sharp et puis eux viennent en haut. (Elle fit une moue désapprobatrice.) Quelques minutes après, il descend dire à moi que je peux partir, demande de revenir vendredi parce que Miss Elena revient pas et il a besoin linge propre et manger.

Je clignai des yeux.

— Une minute. Aviez-vous déjà vu cette femme ici ?

Elle secoua lentement la tête.

— Non… Je crois non. Je viens surtout matin et je vois Miss Elena partir pour promener avec voisines, mais je crois pas cette dame une voisine. Mais hier, je reviens. Je nettoie et je cuisine pour dîner comme M. Sharp a dit, mais lui pas content. Il reste en haut presque toute la journée. Cette dame, elle vient par porte de derrière et puis elle monte comme si cette maison à elle. (Auri fronça les sourcils et secoua la tête.) M. Sharp, il ouvre sa porte et crie pour dire à moi je peux partir tôt. (Elle ouvrit les bras et haussa les épaules.) Je laisser manger dans le frigo et je pars. (Sa lèvre inférieure se mit à trembler.) Aujourd'hui je viens, je trouve manger toujours dans le frigo. Alors je vais dans la chambre pour prendre le linge. J'entends l'eau, alors je crois que lui dans sa douche. Je nettoie, prends le linge, et l'eau *toujours* couler. C'est presque une heure, alors j'appelle et puis je regarde… Je crois que lui très mal. Je vois lui dans la douche par terre, pas respirer. (Ses yeux s'emplirent de larmes.) Je tourne l'eau et appeler la police.

Je lui demandai si elle avait d'autres détails à me donner, si elle pouvait me décrire la femme, mais Auri n'avait fait que l'apercevoir quand elle avait monté les marches. Les cheveux clairs, une silhouette élancée, vêtue de ce qui semblait être des vêtements onéreux. *Ce qui correspond à la description de la moitié des femmes dans cette circonscription*, me dis-je, un peu agacée.

Je pris ses coordonnées – enfin, ce qu'elle pouvait me donner –, et la laissai partir.

Sharp s'amusait-il donc en secret? Si oui, depuis combien de temps? Était-ce la raison du départ de sa femme? Cette autre fille était-elle revenue ensuite?

Je revins à la salle de bains, attirée par le cadavre, malgré la discordance qui en émanait. Je dus serrer les poings pour empêcher mes mains de trembler. *Est-il possible que je me fasse des idées? Est-ce que mon jugement est détraqué?*

Je poussai un soupir mal assuré et regardai autour de moi en prenant du recul pour voir si je trouvais des similitudes entre la mort de Sharp et celle de Brian Roth. Mais rien ne me sauta aux yeux. Quartiers différents, classes sociales différentes.

Peut-être la cause du décès est-elle la même? Brian semblait s'être suicidé, mais beaucoup de questions demeuraient sans réponse, et tant que nous n'aurions pas retrouvé Carol, nous ne serions sûrs de rien. À en juger par ce que je savais pour l'instant, le cas de Davis Sharp ressemblait à un simple accident ou peut-être à une crise cardiaque, mais le fait que sa femme l'ait apparemment quitté apportait un nouvel élément. Il ne fallait pas que j'exclue la possibilité d'un meurtre déguisé en accident. Je verrais plus tard avec Jill si la Police scientifique avait trouvé quelque chose, et je me renseignerais autant que possible sur la femme de ménage.

J'entendis Crawford arriver derrière moi et se racler la gorge à la vue de la croupe encore humide de Sharp.

— Charmant, dit-il en évaluant la scène. Tu as trouvé quelque chose, Kara?

—Je n'ai que les éléments de base pour l'instant.

Je lui fis un compte-rendu rapide puis fermai mon carnet, le regard inexorablement attiré par le cadavre. Le vide laissé par l'essence semblait se moquer de moi. Je ne pus m'empêcher de me demander, à cet instant, si je voyais le mal là où il n'était pas. Peut-être que quelque chose avait changé dans la manière dont l'essence quittait un corps après la mort ? Une modification de l'univers en général ? Peut-être que cela arrivait à chaque décès, et pas seulement pour ceux que j'avais vus la veille et ce jour-là. On ne m'avait pas confié d'enquête sur des morts naturelles ou des homicides, pas depuis ma propre « mort ». Peut-être qu'avoir traversé les sphères avait changé quelque chose à ma perception ?

Non, ça n'avait aucun sens. Il était évident que l'essence avait été arrachée dès que la mort avait relâché son emprise. Je voyais les lambeaux d'essence, et je n'imaginais pas comment une chose pareille pouvait survenir naturellement.

La voix de Crawford me tira de mes pensées.

—Kara, tu es toujours là ? dit-il avec un mélange d'agacement et d'inquiétude.

Je rougis et hochai brièvement la tête.

—Ouais, sergent. Pardon. Eh bien, on dirait un accident, mais sa femme l'a quitté et il a peut-être eu une liaison, alors il est possible que quelque chose de louche se soit passé. Je vais vérifier l'alibi de son épouse et voir si je peux découvrir qui était cette autre femme.

—Parfait, dit-il en reniflant. Bon, on a là un homme d'affaires en vue dans la région doublé d'un conseiller du comté, alors on va faire le maximum pour comprendre comment ce type a fini le cul en l'air dans sa putain de douche.

Je lui fis le sourire amusé auquel il s'attendait, mais je n'avais pas envie de rire. J'étais sous le choc. Bordel, il fallait absolument que je sache si la disparition de l'essence arrivait à tout le monde ou seulement à quelques personnes. Et encore une fois, comme pour l'affaire du Tueur au symbole, je ne pouvais pas informer mes supérieurs de ce qui se passait réellement. *Ouais, sergent, je cherche le lien entre ces deux affaires qui n'en ont pas, parce que quelqu'un a dévoré leur essence.* Tu parles !

Crawford poussa un profond soupir.

— D'accord, Kara. Je sais que tu es déjà sur la mort de Brian, mais là, ça ne devrait être que de la paperasse. Avec un peu de chance, tu auras bouclé tout ça très bientôt et tu pourras t'en laver les mains. (Il eut un petit rire.) Sans mauvais jeu de mots. (Il me regarda avec un sourire en coin.) Tu piges ? La douche... se laver les mains...

Je le regardai par en dessous.

— T'as pas honte ?

— Très bien, dit-il en souriant. J'espère qu'il ne s'agit que d'un accident débile avec un richard qui a glissé sur du savon. (Il baissa les yeux sur la paire de fesses nues de Sharp.) Et je resterai *derrière* toi pour te soutenir.

Je poussai un grognement.

— Que quelqu'un m'achève, par pitié...

Le temps que la scène soit complètement inspectée et le corps emmené par le médecin légiste, la matinée tirait à sa fin. La chaleur s'était intensifiée au point que le court trajet de la maison jusqu'à ma voiture suffit à tremper ma chemise de transpiration. Je montai dans le véhicule, heureuse de m'être garée à l'ombre par hasard. Je réglai malgré tout la climatisation sur une température arctique et me laissai fouetter par l'air qui, loin d'être aussi froid que prévu, restait tout de même moins chaud qu'à l'extérieur.

J'allais me mettre en route lorsque j'aperçus Crawford venir vers moi à petites foulées, le visage grave. Je baissai la vitre quand il fut à mon niveau.

— On a trouvé la femme de Brian, dit-il.

Je compris à son expression qu'elle n'était plus en vie.

— Où ça?

— *City Hotel*, répondit-il avec un air dégoûté.

— Qu'est-ce qu'elle pouvait bien foutre là-bas?

Il soupira.

— C'est ce que tu vas devoir découvrir. J'ai deux, trois trucs à finir ici, et je te rejoins.

— Ça marche, sergent.

CHAPITRE 7

J e ne sais comment, mais la température parvint à monter encore d'une dizaine de degrés pendant mon trajet jusqu'au *Beaulac City Hotel*. Ou du moins, ce fut mon impression. Le mauvais asphalte du parking de l'hôtel n'aidait en rien, et absorbait la chaleur pour mieux la réverbérer en vagues concentrées, dans le but de tirer le plus de sueur possible des pauvres fous qui se trouvaient encore à l'extérieur.

L'établissement, où l'on pouvait louer une chambre à l'heure ou à la semaine, n'avait pas été repeint à neuf depuis des décennies. Plusieurs fenêtres avaient été remplacées par du contreplaqué, des tas d'ordures traînaient dans les coins, et le cendrier près de la porte menant au bureau d'accueil avait dépassé sa capacité maximale d'une bonne centaine de mégots. Une odeur âcre de transpiration et de pisse se mélangeait de façon déplaisante à celle de l'asphalte brûlant et elle m'enveloppa lorsque je m'approchai. Une bande de plastique jaune et noir, tendue entre les poutres de métal rouillé qui soutenaient le balcon du premier étage, annonçait la scène de crime, et j'aperçus l'agent qui s'occupait du recensement de tous les passages, debout dans l'ombre qu'offrait la saillie. Après avoir observé les poutres abîmées, je n'étais plus très sûre que rester à l'ombre du balcon était la meilleure solution.

Je signai la fiche de présence, puis me baissai pour passer sous la barrière. Un autre policier en uniforme était appuyé contre la porte ouverte d'une des chambres. Son crâne habituellement chauve était recouvert de cheveux très courts : Scott Glassman. Je le connaissais depuis des années, et nous avions fait équipe à l'époque où je patrouillais. C'était un flic sérieux, dénué de tout désir de devenir inspecteur, un gars du Sud qui se contentait tout à fait de passer sa vie en patrouille. Il semblait préoccupé, et son expression se transforma en un sourire triste quand il me vit. Je me souvins tout à coup que Brian Roth et lui étaient des amis proches et qu'ils chassaient ensemble en dehors du travail. La situation devait être difficile à supporter pour lui.

— Salut, Scott, dis-je. On est sûrs qu'il s'agit de la femme de Brian ? Qui l'a identifiée ?

Il garda un visage maussade.

— C'est moi. Je pensais la reconnaître, et j'ai vérifié sur son permis de conduire, dans son sac. La Prius bleue sur le parking est bien la sienne.

— Merde, dis-je. J'espérais vraiment que ce que Brian avait écrit n'était qu'une façon de parler.

J'embrassai cet hôtel minable du regard, puis demandai :

— Un indice sur la raison de sa présence ici ?

— Eh bien, j'ai parlé au responsable. Il a dit qu'elle est arrivée avant-hier soir, seule, et s'est présentée sous le nom de Jane Smythe, mais apparemment, c'était une habituée.

— Dans un trou à rats pareil ?

J'avais du mal à me faire à l'idée. Scott passa une main sur son crâne.

— J'imagine que c'était un jeu auquel ils ont joué plus d'une fois. J'en sais rien. Mais le responsable dit qu'il n'a vu personne d'autre entrer dans la chambre. (Il fronça les sourcils.) Il ne sait pas grand-chose sur quoi que ce soit, d'ailleurs, mais je vais décortiquer son dossier pour voir s'il y a moyen de le faire parler, parce qu'il me fait sérieusement chier.

— Si tu pouvais lui mettre la pression, ce serait bien utile. Pourquoi a-t-il fallu si longtemps pour la retrouver ? (J'observai l'extérieur du bâtiment.) Dans un endroit comme ça, j'aurais tendance à penser que les chambres tournent assez rapidement.

— Le responsable a dit qu'elle partait au bout de quelques heures d'habitude, dit Scott en fronçant les sourcils, et donc il n'est pas allé voir le lendemain matin.

Je fis la grimace, et Scott hocha la tête en soupirant.

— La nana qui fait le ménage a appelé hier pour dire qu'elle était malade, poursuivit-il, et ce type est de toute évidence trop flemmard pour le faire lui-même.

— Au moins, la femme de Brian a été retrouvée, dis-je en grimaçant, avant d'essuyer la sueur qui me dégoulinait du front. Peut-être qu'à présent, on va réussir à comprendre ce qui s'est passé. Je suppose que des caméras de surveillance, ce serait trop demander pour un endroit pareil ?

— Pas en état de marche, dit-il en secouant la tête. J'ai déjà vérifié.

Je posai une main compatissante sur son bras.

— Je te remercie pour tes efforts.

— Ouais, dit-il dans un soupir. J'aimerais seulement que la situation ne soit pas aussi tordue.

Je me contentai de hocher la tête, soudain très contente que personne ne soit au courant de l'autre détail affreux concernant la mort de Brian. Il était déjà assez pénible pour tout le monde de perdre un collègue, surtout dans de telles circonstances. Savoir que, par-dessus le marché, son essence avait été dévorée serait encore pire.

Un frisson me parcourut l'échine, et je me retournai pour entrer dans la chambre lugubre, en me préparant à la possibilité que ce cadavre soit comme les autres et qu'il ne reste que des loques d'essence suspendues dans un vide impalpable.

Jill prenait des mesures à l'intérieur de la pièce. Elle leva les yeux et me salua d'un signe de tête en me voyant.

— Sympa comme journée, hein? dit-elle en levant les sourcils. Enfin, moi, j'ai fini. Elle est toute à toi.

Jill fit un geste pour désigner le sol de l'autre côté du lit. Je fis le tour et découvris, en guise de récompense, le corps d'une femme, entièrement nu hormis une écharpe de soie rouge qui pendait à son cou comme un accessoire. Elle était couchée sur le côté, comme si elle dormait, mais ses yeux, à demi fermés, reflétaient l'aspect terne de la mort. Ses cheveux auburn et soigneusement méchés, étaient collés ici et là par de la sueur et de la salive séchées. Elle était jeune – elle devait avoir moins de trente ans – et avait une silhouette que je ne pourrais jamais espérer avoir, même en pratiquant beaucoup de sport. Le côté de son corps sur lequel elle reposait était marbré de rouge.

Un observateur naïf aurait pu croire qu'il s'agissait de contusions importantes, mais j'avais vu assez de cas de lividité cadavérique, ou *livor mortis*, pour savoir que la teinte rougeâtre était due à la stagnation du sang une fois que le cœur s'était arrêté de battre.

Je m'accroupis à côté d'elle en prenant garde à ne pas poser les pieds n'importe où, même si la scène avait déjà été photographiée et examinée. Je ne connaissais pas encore toutes les ficelles en matière d'enquête criminelle, mais je faisais ce métier depuis assez longtemps pour savoir que sur une scène de crime, il fallait faire attention à ne marcher sur rien.

Je ne pouvais pas dire depuis combien de temps elle était morte. Le médecin légiste se chargerait de le déterminer. Mais malgré mon expérience limitée, je savais que sa mort remontait à bien plus de quelques heures. Cela n'était cependant qu'un détail mineur pour l'instant.

Je me préoccupais beaucoup plus de son essence, ou de ce qu'il en resterait. Je passai en autrevue et chancelai presque de soulagement, en constatant qu'il n'y avait rien d'autre qu'un faible miroitement. Oui, c'était bien cela que j'étais censée trouver. Pas d'horribles lambeaux, pas de déchirures. Seul un petit résidu laissé par l'essence lorsqu'elle avait quitté son enveloppe de façon normale et naturelle, au lieu d'en être arrachée. Cette lueur resterait encore un jour ou deux, peut-être plus, puis se dissiperait spontanément.

Je sortis de mon autrevue et regardais la femme et l'ensemble de la scène. Des vêtements étaient éparpillés sur le sol, mais je ne vis pas de valise ni de sac. Je me retournai vers Jill.

— Elle avait un sac à main ?

— Il est sur la table.

Je suivis son regard. Il s'agissait plutôt d'une pochette, et pas d'une de ces monstruosités pour femmes d'affaires où l'on pouvait caser ses vêtements pour une semaine entière. Il ne semblait pas qu'elle ait prévu de s'absenter longtemps. Ni même pour la nuit.

— Il y a des traces ? Des empreintes digitales, quelque chose ?

Jill fit la grimace.

— Oui, des tonnes, et c'est justement le problème.

Je fis la même tête qu'elle.

— Quelques centaines de personnes ont dû passer ici, ça doit être un sacré bordel.

— Tu l'as dit, bouffi. Je vais faire de mon mieux, mais je crois que les meilleurs indices sont ceux que j'ai trouvés sur le corps.

Je hochai la tête, et Jill s'éloigna pour noter la date et l'heure sur les sacs en plastique contenant ses prélèvements. Je regardai de nouveau les vêtements et murmurai tout bas la phrase que Brian avait écrite dans sa lettre de suicide : « On aimait seulement s'amuser. » Bordel.

— T'as trouvé quelque chose, Kara ?

Je levai les yeux et vis Crawford arriver dans la chambre.

— Il y a bien plus de choses que je ne trouve pas, malheureusement.

Il s'accroupit à côté de moi.

— Qu'est-ce que tu veux dire ?

Il examina la scène, pour en assimiler les détails. Je voyais ses yeux passer des fringues au lit défait, puis à l'écharpe, mettre tout cela bout à bout et arriver sans doute à la même conclusion que moi.

— Je ne vois aucun signe de bagarre, dis-je, pas de blessure indiquant qu'elle se serait défendue, rien de tout cela.

Son visage afficha une expression de regret.

— Continue, dit-il.

— Je crois que notre première hypothèse était la bonne, sergent, dis-je en soupirant, on a là un jeu sexuel qui a mal tourné. (Je désignai l'écharpe du menton.) Il n'y a pas eu vol, puisqu'elle porte encore ses boucles d'oreilles et sa bague de fiançailles. (Je lui montrai les boucles en diamant et la bague à sa main gauche, ornée elle aussi d'un diamant de belle taille.) Je ne vois pas quel cambrioleur laisserait tout cela derrière lui. Je suis prête à parier que Brian et elle se livraient à une sorte de jeu d'asphyxie érotique, et que c'est allé un peu trop loin. Je pense qu'il l'étouffait doucement et relâchait l'étreinte pour lui procurer le flash que procure l'hypoxie... Quel putain de gâchis! Brian aurait dû savoir que c'est une vraie connerie de jouer à des jeux comme ça.

— Ouais, dit Crawford d'une voix faible et rauque. Je n'aurais pas cru que c'était son genre. On ne connaît jamais vraiment personne complètement, je suppose.

Je pris une profonde inspiration et me forçai à poursuivre.

— Je pense qu'il jouait à ça avec elle, et qu'à un moment donné, il l'a relâchée et elle ne respirait plus. Il a essayé de la ranimer, on voit même les marques qu'il a laissées sur sa poitrine, et comme elle ne revenait pas à elle, j'imagine qu'il a paniqué et qu'il s'est barré.

(Je secouai la tête.) Je ne sais pas. Ça semble absurde. Ce n'était pas son style de céder à la panique. Je n'arrive pas à croire qu'il n'ait pas appelé les secours, au moins pour faire venir de l'aide.

— Je veux bien être pendu si j'y comprends quoi que ce soit, dit Crawford.

Je lui lançai un regard noir et il fit une grimace gênée, en secouant la tête.

— Sans mauvais jeu de mots cette fois, ajouta-t-il. Juré.

Même si elle avait été involontaire, l'horrible blague brisa quelque peu l'atmosphère sinistre qui planait, ce qui nous soulagea tous les deux. Il me regarda en inclinant la tête, un petit sourire aux lèvres.

— Comment ça se fait que tu t'y connaisses si bien, en jeux d'asphyxie ?

— Quand je bossais à la brigade financière, je me suis occupée d'une affaire de fraude dans le vidéo-club pour adultes du centre-ville. C'était assez compliqué, et j'ai passé tellement de temps là-bas que j'ai fini par en apprendre plus que je ne voulais en savoir.

Crawford hocha la tête, le regard perplexe.

— Je me souviens de cette histoire, dit-il avant de se lever pour aller jusqu'à la porte. Tu penses faire quoi maintenant ?

Je le suivis et grimaçai, une fois dehors, en sentant la chape de chaleur se refermer sur nous.

— Je vais attendre que le doc fasse les autopsies. La suite dépendra de ce qu'il dira.

Il me regarda dans les yeux.

— Tu as l'air crevée. Dès que tu auras fini, tu devrais rentrer chez toi dormir un peu.

Je soupirai en guise de réponse, mais ne pus m'empêcher de sourire.

— C'est ce que je compte faire, dis-je. Assure-toi seulement que personne d'autre n'ait l'intention de mourir aujourd'hui.

CHAPITRE 8

Les équipes du service de médecine légale m'empêchèrent malheureusement de satisfaire mon intense envie d'une sieste, même si je dus admettre à contrecœur que ce n'était pas leur faute. Un accident violent – et mortel – sur l'une des autoroutes proches de la frontière nord du comté les obligeait à aller récupérer les victimes d'abord avant de pouvoir venir chercher Carol Roth.

La chaleur continuait d'augmenter. Je me réfugiai dans ma voiture en gardant la climatisation allumée au maximum et commençai à taper mes rapports sur mon ordinateur portable. À 14 heures, il n'y avait toujours aucun signe du médecin légiste. Je ne me souvenais que trop bien d'avoir promis à Kehlirik que je passerais le voir dans la journée, et on ne faisait pas de promesse à un démon sans être sûr de pouvoir la tenir.

Cela dit, je n'ai pas promis de vérifier sur place que tout allait bien, pensai-je avec un sourire roublard. Je sortis mon téléphone mobile et appuyai sur la touche de raccourci pour appeler la maison de ma tante.

Au bout de la quatrième sonnerie, j'en arrivai avec réticence à la conclusion que soit Kehlirik avait oublié comment répondre au téléphone, soit il était trop occupé avec les barrières pour pouvoir s'en éloigner.

109

Mais à la cinquième sonnerie, il décrocha le combiné et j'entendis un gargouillis sourd qui ne pouvait être émis que par un reyza.

— Kehlirik, c'est Kara Gillian.

— Salut à toi, invocatrice.

La basse puissante de sa voix semblait faire vibrer le téléphone contre mon oreille.

— Pareil à toi. Est-ce que tout se passe bien ? As-tu besoin de quelque chose ?

— Tout se déroule normalement, répondit-il. Les barrières qui empêchaient l'accès à la chambre d'invocation ont été retirées. Celles de la bibliothèque vont prendre plus de temps, mais aucun obstacle créé par un simple faas ne peut me résister.

Je l'entendis émettre un petit ricanement.

— Je place toute ma confiance en toi, honorable démon, dis-je en gardant un ton sérieux, malgré mon envie de rire. Je ne vais sans doute pas pouvoir venir te rejoindre avant quelques heures.

— C'est acceptable. J'utiliserai cet appareil pour te contacter si besoin.

Je perçus de la hâte dans le ton de sa voix et j'eus un grand sourire. Combien de temps allait-il réussir à attendre avant de trouver une raison pour utiliser de nouveau le téléphone ? Je raccrochai après l'avoir assuré qu'il pouvait m'appeler s'il avait une question, soulagée de m'être acquittée de ma promesse. Je basculai la tête en arrière contre le siège et observai la chaleur s'élever en miroitant au-dessus de l'asphalte. Tout le monde s'était abrité dans sa voiture, hormis un agent qui se tenait sur le seuil de la chambre d'hôtel. Pour se rafraîchir un peu, il avait mis l'air conditionné en marche dans la pièce et était au téléphone depuis une heure.

Je laissai mes pensées revenir au sentiment de responsabilité que j'éprouvais envers Kehlirik. Je croyais l'avoir appelé surtout pour une question d'honneur, mais je pris conscience que ce n'était pas la seule raison. J'invoquais les créatures comme lui, depuis un niveau d'existence différent, et c'était bien moi la responsable de leur sécurité et de leur bien-être. Même si, en théorie, ils ne pouvaient pas se faire tuer dans cette sphère puisqu'une blessure mortelle ne ferait que les renvoyer dans la leur, je savais fort bien qu'une telle expérience n'était ni facile ni agréable à vivre.

Invocateur et démon partageaient une relation complexe, et je devais encore en apprendre toutes les nuances. Lorsque j'avais commencé mon entraînement pour devenir invocatrice, l'idée que les invocateurs arrachaient les démons à leur monde et les faisaient venir dans le nôtre pour en faire leurs serviteurs m'horrifiait un peu. Mais quand j'en sus un peu plus, je compris que les choses n'étaient pas aussi simples ni aussi schématiques. Certes, les démons n'aimaient pas spécialement être invoqués, et leur honneur exigeait qu'ils luttent et demandent un sacrifice ou une offrande en échange. Cela dit, ils gagnaient aussi beaucoup en réputation parmi les leurs, quand ils étaient invoqués, et je ne pouvais m'empêcher de penser qu'ils retiraient aussi d'autres bénéfices de leur séjour dans notre sphère.

Je finis mes rapports, puis remplaçai le policier qui gardait la porte afin qu'il puisse faire une pause. La chaleur était trop insoutenable pour qu'une personne soit capable de tenir ce poste, et tous les collègues encore présents se relayèrent. La soirée s'annonçait déjà lorsque la camionnette noire du service de médecine légale se gara sur le parking de l'hôtel. À notre grand soulagement. L'enquêteuse de la police scientifique et son assistant semblaient tous deux à bout et peu disposés à faire la conversation. Je ne pouvais pas leur en vouloir : ils étaient restés à cuire sur le bas-côté d'une autoroute pendant que les pompiers découpaient des véhicules pour en sortir les victimes, vivantes ou mortes. J'avais moi aussi hâte d'en finir avec cette affaire. Une fois sûrs de l'absence de blessures antérieures que nous aurions pu manquer sur le corps de Carol, les scientifiques la mirent dans un sac, l'étiquetèrent, la chargèrent dans leur camionnette et l'emmenèrent à la morgue.

J'ôtai à toute vitesse les rubans qui bloquaient l'accès à la pièce et m'installai au volant moins d'une minute plus tard. J'étais fatiguée, de mauvaise humeur et n'avais qu'une envie, rentrer chez moi et m'enfouir sous les draps pour me cacher du reste du monde. Mais je n'avais pas le choix, j'étais obligée de retourner chez ma tante pour révoquer Kehlirik.

J'allumai la radio dans ma voiture, cherchai une station de musique country et me mis à chanter à tue-tête avec Carrie Underwood, pour combattre la fatigue qui m'accablait. Quand je tournai enfin dans l'allée menant à la maison de Tessa, j'avais l'impression d'avoir évité de justesse un tas de panneaux de signalisation et d'autres voitures. Le soleil rougeoyant commençait à disparaître derrière l'horizon et embrasait le lac Pearl. Je me garai sur l'accotement et sentis soudain un accès de nausée arcanique m'envahir. Je dus faire un effort pour sortir du véhicule, chancelante, et posai une main sur le capot pour recouvrer l'équilibre. Je respirai profondément en attendant que la vague s'apaise. *Et hop, voilà qu'on repasse du solaire au lunaire. Aïe.*

Je comprenais à présent pourquoi les invocateurs prolongeaient rarement l'opération plus de quelques heures, même si la transition que je venais de ressentir ne semblait pas aussi intense que celle du matin. Je pris une inspiration lorsque la nausée disparut, puis me redressai et avançai jusqu'au porche, en désarmant les barrières et les répulsifs enroulés autour de la porte.

L'entrée était vide, et la porte de la bibliothèque ouverte, ce que je considérai comme un signe positif. Au moins, le reyza avait réussi à aller jusque-là.

Je passai malgré tout la tête par la porte avec précaution, et poussai un soupir de soulagement en voyant Kehlirik accroupi au milieu de la pièce, bras croisés sur les genoux, ailes repliées le long du dos. Sa peau brillait d'un éclat verdâtre, et je crus déceler dans ses ailes un tremblement imperceptible. *Eh bien, voilà qui répond à la question de savoir si Kehlirik le sent aussi ou pas.*

Je fis prudemment un pas en avant, mais ne sentis aucun des horribles sorts qui s'étaient trouvés là auparavant. Je regardai le démon avec inquiétude.

— Est-ce que ça va ? lui demandai-je. As-tu réussi ?

Il hocha la tête.

— Oui, dit-il en gonflant les narines. J'ai… j'ai faim. Pardonne-moi, mais la tâche s'est avérée plus difficile que je ne l'aurais cru.

—Aucun besoin de t'excuser, honorable démon. Je peux te préparer de la nourriture.

Il avait vraiment une sale mine. Je n'avais jamais vu aucun reyza si pâle et immobile. La bataille contre les barrières avait dû être sacrément éreintante.

—Heu, peux-tu manger la même chose que nous ? demandai-je.

Il bougea légèrement les ailes.

—Oui, dit-il, même si je préfère ne pas manger de chair.

Je clignai des yeux. Un démon végétarien.

—D'accord. Attends-moi ici. Je reviens dans un instant.

Je fis demi-tour et me dépêchai d'aller jusqu'à la cuisine en grimaçant. Je n'étais même pas sûre de trouver quelque chose à manger dans cette maison. Aucune denrée périssable, assurément. Je fouillai dans le garde-manger en fronçant les sourcils. J'avais vidé le réfrigérateur plusieurs semaines auparavant, et il ne restait pas grand-chose parmi les provisions. Quelques sachets de pop-corn à préparer au micro-ondes, un paquet de bretzels. Des biscuits salés. Une boîte de haricots rouges et du riz instantané.

—Il faudra qu'il se contente d'une pauvre assiette de haricots et de riz, on dirait, me murmurai-je à moi-même.

Les haricots étaient un plat végétarien, pas vrai ? J'espérais qu'il n'était pas végétalien, parce que j'ignorais comment ces boîtes de conserve étaient préparées. Mais je n'avais pas vraiment d'autre solution. J'ouvris la boîte de haricots et la versai dans une casserole, puis mis de l'eau à bouillir dans une autre. Je pris aussi le pop-corn et le fourrai dans le micro-ondes. Kehlirik semblait avoir besoin de nourriture, et tout de suite.

Le pop-corn explosait dans le four tandis que je remuais les haricots en laissant mes pensées vagabonder. Le soleil couchant projetait des rayons roses et bleus sur le lac. Je ne pourrais vivre en centre-ville qu'à condition d'avoir une vue comme celle-ci. J'adorais mon isolement, mais le spectacle que j'avais sous les yeux depuis la fenêtre de la cuisine de Tessa était absolument splendide.

Le minuteur du micro-ondes retentit et je retirai le sac. J'étais en train de le vider dans un bol, lorsque j'entendis des hurlements provenant du couloir. Et ce n'était certainement pas Kehlirik.

Puis, un grondement retentit. Là, c'était bien lui.

Je me précipitai en direction des bruits, le bol de pop-corn toujours serré dans les mains. Jill se tenait dans le couloir et dévisageait Kehlirik, qui lui se tenait dans l'encadrement de la porte de la bibliothèque. Je voyais ce qui était en train de se passer, comme dans une de ces putains de scènes au ralenti, et je regardai Jill sortir son pistolet. *Merde!*

— Non! criai-je à l'intention des deux.

Je ne pensais pas vraiment que Jill parvienne à blesser Kehlirik. En revanche, je savais à quel point un reyza pouvait être puissant et rapide, et je craignais surtout que sa vengeance soit fatale à Jill.

— Kehlirik, non! criai-je. Jill, arrête!

Jill tourna vivement la tête vers moi, les yeux agrandis par la peur, l'arme toujours braquée sur le démon. Kehlirik restait immobile, mais je sentis la tension qui l'habitait et compris que s'il décidait de réagir, malgré sa grande fatigue, il serait si rapide que je n'aurais même pas le temps de le suivre des yeux.

— Jill, ce n'est pas ce que tu crois, dis-je en faisant la grimace. Enfin, peut-être que si. Mais il ne te fera pas de mal, je te le jure.

Je me retournai vers Kehlirik. Il ne bougeait toujours pas et observait la minuscule technicienne d'un regard noir. Je m'avançai et lui tendis le bol de pop-corn. Il baissa lentement les yeux vers le récipient, puis les braqua sur moi. Un grondement sourd s'éleva du fond de sa gorge. Il essayait peut-être de grogner, mais je n'en étais pas certaine.

— Je suis en train de te préparer plus de nourriture, dis-je, mais en attendant que ce soit prêt, voici du pop-corn.

Je poussai le bol vers lui.

Il souffla, prit le récipient entre ses mains et s'accroupit. Désormais à la même hauteur que Jill, il la regarda de nouveau.

— Un grand merci à toi, Kara Gillian, dit-il.

Sa grosse voix résonna dans le couloir. Il prit un grain de maïs soufflé entre deux griffes, l'examina d'un air perplexe, puis le broya consciencieusement avec ses redoutables crocs.

— Kara ? dit Jill d'une voix tremblante.

J'étais quand même impressionnée qu'elle n'ait pas déjà pris ses jambes à son cou en hurlant.

— Ça t'ennuierait de m'expliquer ce que c'est que ce bordel ? poursuivit-elle.

— C'est… difficile à expliquer, dis-je avec un soupir. Mais je vais le faire, je te promets.

J'étais encore en train d'essayer de comprendre comment elle avait pu s'introduire dans la maison.

— Tu ferais sans doute mieux de ranger ton arme, ajoutai-je. Ça ne te servira pas à grand-chose avec lui, de toute façon, et il ne te fera pas de mal, d'ailleurs.

Jill resta plusieurs secondes à me dévisager, puis se tourna vers le démon qui mangeait à présent le pop-corn par grosses poignées. Elle finit par baisser son pistolet et le remettre dans son étui. Je poussai un soupir de soulagement.

— Comment as-tu fait pour entrer ? demandai-je.

Elle me lança un regard exaspéré.

— À ton avis ? J'ai ouvert la porte, tiens. J'habite à une rue d'ici et je passe devant cette maison tous les jours. J'ai vu ta voiture garée devant et je me suis dit que j'allais venir voir comment tu tenais le coup, après la journée que tu as eue. J'ai sonné, mais il n'y a pas eu de réponse.

Je ne parvins pas à retenir mon envie de rire.

— Eh bien, la sonnette ne marche plus, et tu n'étais pas censée pouvoir ouvrir la porte comme ça. (Je fis une grimace.) Merde, j'ai ôté les barrières arcaniques quand je suis entrée !

Bien joué, Kara. Heureusement que ce n'était que Jill.

Elle me lança un regard furieux et mit les mains sur les hanches.

— Kara, qu'est-ce que c'est que ce truc, putain ?

Elle tendit le bras pour désigner le démon, qui semblait considérer mélancoliquement les profondeurs vides du bol de pop-corn. Je me passai une main dans les cheveux.

—Bon, viens avec moi dans la cuisine pendant que je finis de faire cuire les haricots, et je vais t'expliquer. Enfin, je vais essayer. (Je me tournai vers Kehlirik.) Si tu viens aussi, je peux te refaire du pop-corn.

Il se leva en hâte.

—Cela me contenterait, invocatrice. Je trouve ce *pocorne* tout à fait plaisant.

Vraiment super bizarre. Je fis demi-tour et retournai à la cuisine pour remuer la casserole dont le contenu était sur le point de brûler. Je baissai le gaz et versai le riz dans l'eau bouillante. Je n'avais jamais prétendu être un cordon-bleu. Sans l'invention du micro-ondes, je serais morte de faim depuis longtemps.

Jill me suivit et se hissa lentement sur un des tabourets, de l'autre côté du plan de travail, les yeux braqués sur le démon qui restait au seuil de la pièce. Je remarquai d'ailleurs qu'il bloquait ainsi la seule issue. Je sortis un autre sachet de pop-corn et le mis dans le four. Une fois la cuisson lancée, je me tournai vers Jill.

—Bon, c'est toute une histoire, mais pour faire court, j'ai le pouvoir d'invoquer des créatures qui viennent d'un autre niveau d'existence. On les appelle démons, mais il ne s'agit pas des démons infernaux dont tu as entendu parler au catéchisme.

Jill me lança un regard plein de mépris.

—Je suis juive, dit-elle.

Je clignai des yeux.

—Avec un nom de famille comme le tien? Faciane? Elle eut un petit haussement d'épaules.

—C'était celui de mon défunt mari. Je n'ai pas eu envie de reprendre mon nom de jeune fille après sa mort.

Jill était veuve?

—Oh! Je suis désolée, je…

Elle eut un geste impatient.

—Notre mariage n'a pas duré longtemps. Vraiment pas longtemps. Mais ça aussi, c'est toute une histoire. Revenons à nos moutons, tu veux bien?

—Bien sûr. Désolée. Bref, les démons sont des créatures arcaniques venant d'une autre sphère. Je suis capable de créer un portail entre nos deux mondes. Et… euh… je les invoque.

Jill plissa les yeux. J'entendis le minuteur du micro-ondes sonner et me détournai d'elle pour sortir le pop-corn et le verser dans le bol auquel le démon s'agrippait encore. Je mis ensuite le riz dans une assiette et les haricots par-dessus. Je remuai rapidement le tout, puis le tendis au démon qui avait déjà fini le pop-corn. Jill poussa un grognement.

—Des haricots en boîte et du riz instantané? Dieu du ciel, ma mère aurait une crise cardiaque si elle voyait ça.

Jill venait de La Nouvelle-Orléans et sa mère cuisinait sans doute des haricots rouges et du riz tous les lundis, comme le voulait la tradition là-bas. Avec de vrais haricots qui avaient trempé toute la nuit, et du vrai riz.

—Quoi, tu as cru que ma tante allait m'apprendre à cuisiner? répliquai-je avec un petit ricanement.

Je jetai un coup d'œil à Kehlirik, qui raclait soigneusement les dernières gouttes au fond du bol avec sa cuillère. Ma bouche se contracta.

—As-tu trouvé cela acceptable, honorable démon? lui demandai-je.

— Tout à fait acceptable, dit-il avec un grognement. Je n'avais jamais eu l'occasion de goûter la nourriture de cette sphère. Je la trouve fort intéressante.

— Génial, dit Jill d'un ton amer. Fais-le passer dans une émission culinaire. On peut revenir à cette histoire d'invocation de démons ?

— Écoute, ils ne sont pas méchants. « Démon » est juste un nom qu'on leur donne depuis des siècles, et sur lequel différentes religions se sont plus ou moins mises d'accord. Elles l'ont utilisé pour qualifier toute créature du mal. Mais en fait, les démons seraient plutôt des extraterrestres, sauf qu'ils ne viennent pas d'une autre planète mais d'un autre niveau d'existence.

Jill m'observa d'un air revêche, ses yeux bleus braqués sur moi. Je me rendis soudain compte que j'étais terrifiée à l'idée qu'elle me tourne le dos pour s'en aller et ne plus jamais me parler. Je n'étais pas sûre de pouvoir le supporter.

— Jill, dis-je en m'efforçant d'empêcher ma voix de trembler, je suis toujours la même. Je ne suis pas quelqu'un de mauvais.

Elle plissa les yeux.

— Je sais que tu n'es pas quelqu'un de mauvais, dit-elle, l'air de trouver cette idée aberrante.

Elle garda le silence pendant plusieurs secondes, puis leva ses mains en l'air.

— Eh ben merde, alors ! Dans le genre noir secret, celui-ci est pas mal, mais tu restes la nana la plus cool de tout le service.

Elle me fit un sourire et je le lui rendis, soulagée, les mains toujours agrippées à la table derrière mon dos, pour ne pas m'écrouler.

Kehlirik s'essuya délicatement le coin de la bouche d'une patte et me rendit le bol.

— Mes remerciements, invocatrice. Les barrières installées dans la demeure par Zhergalet ont été enlevées. (Il gonfla les narines.) Il te faudra les remettre toi-même en place, ou invoquer un autre démon qui puisse te les renouveler. (Il souffla doucement.) Tu devrais tenter de t'en charger, même si cela implique que tu invoques un guide. À défaut d'expérience, tu as la force pour le faire.

J'avais l'impression de recevoir les conseils d'un professeur.

— Connais-tu la raison pour laquelle ces obstacles ont été placés autour de la bibliothèque ? demandai-je.

Il fronça ses épais sourcils.

— J'ai formé quelques hypothèses, mais il me faudrait rassembler de plus amples informations avant de pouvoir les énoncer. (Il replia ses ailes et croisa les bras.) Seigneur Rhyzkahl a un message pour toi. Il désire que tu l'invoques, et il a donné sa parole qu'il n'y aurait pas de représailles en contrepartie.

Je fus clouée sur place. Je ne m'étais absolument pas attendue à une telle nouvelle. Le petit détail concernant l'absence de représailles était sacrément important, mais ma bouche se desséchait déjà à l'idée d'invoquer Rhyzkahl. Les seigneurs démons considéraient l'invocation de leur personne comme un affront, une insulte de premier ordre, autrement dit ils avaient la fâcheuse tendance de massacrer tous les invocateurs qui parvenaient à les amener avec succès dans la sphère terrestre. Mais si Rhyzkahl avait réellement promis qu'il ne se vengerait pas, je pouvais faire un rituel beaucoup moins rigoureux puisque je n'aurais pas besoin de maintenir trente-six milliards de niveaux de protection différents pour éviter d'être réduite en bouillie. De plus, s'il avait envie d'être invoqué, le passage entre les deux sphères ne serait, par conséquent, pas aussi difficile que d'habitude. Sans doute pas bien plus qu'une invocation de premier niveau.

À présent, j'hésitais beaucoup. Au cours des semaines passées, je m'étais faite à l'idée que je ne reverrais plus la beauté angélique du seigneur démon à la puissance meurtrière. Rien ne m'avait permis de penser que je le reverrais un jour en chair et en os. Pas tant que les invocations resteraient aussi dangereuses. Je rêvais toujours de lui, mais ces songes n'avaient rien à voir avec les messages si réalistes que j'avais reçus auparavant dans mon sommeil et qui étaient peut-être dus à un lien que Rhyzkahl avait établi avec moi lors de mon invocation accidentelle. J'en étais arrivée à la conclusion que ce lien avait été brisé quand j'avais traversé les sphères, et s'était reformé ensuite sur terre, mais je n'en étais pas entièrement certaine. Pouvait-il encore m'atteindre grâce au lien ? Ou rêvais-je encore de lui parce que mon subconscient ne se contrôlait pas ?

Cela dit, si le seigneur démon souhaitait que je l'invoque, mes interrogations quant à ces rêves semblaient n'avoir aucune importance pour l'instant.

—A-t-il dit…, commençai-je avant de me racler la gorge. A-t-il dit pour quelle raison il voulait que je l'invoque ?

—Il ne m'en a pas informé. Il m'a simplement enjoint de te transmettre le message, répondit Kehlirik en baissant la tête pour me regarder de ses yeux rougeâtres. La lune est encore assez pleine pour ce soir.

Je faillis me frotter les bras pour chasser ma chair de poule.

— Tu peux lui dire que tu m'as donné le message.

Je ne savais pas encore si j'allais obtempérer ou non. Mais bizarrement, Rhyzkahl me manquait. J'étais tout à fait consciente qu'il voulait se servir de moi, mais il m'avait bien laissé une chance de vivre alors que rien ne l'y obligeait. Il m'avait ensuite informée qu'il s'était déjà octroyé une récompense pour cela, et fait comprendre que je n'avais contracté aucune dette d'honneur envers lui. Et cela avait son importance, car l'honneur jouait un rôle essentiel dans le monde démoniaque. Les promesses avaient valeur de lois, et on portait atteinte à l'honneur d'un démon à ses risques et périls.

— Kehlirik, y avait-il autre chose dont tu souhaitais me parler ? demandai-je.

Quelque chose concernant Ryan ? ajoutai-je en moi-même. Le démon sembla hésiter un bref instant avant de secouer la tête.

— Oui, mais cela n'a plus d'importance à présent.

Peut-être que ça n'avait aucun rapport avec Ryan, finalement, me dis-je, mais Kehlirik parla avant que j'aie eu le temps d'aller au bout de mes pensées.

— Invocatrice, dit-il, je suis déjà resté ici trop longtemps.

Je me rendis compte à cet instant que je le sentais aussi, même si je ne m'en étais pas aperçue avant qu'il n'en parle. J'avais l'impression d'avoir atteint ma limite, les nerfs à vif, comme lorsqu'on est persuadé que quelque chose de terrible est sur le point d'arriver. Mais maintenant que Kehlirik en avait identifié la cause, je me détendis. Il ne s'agissait pas d'une prémonition. Simplement, les liens arcaniques rattachés à moi s'étaient étirés et tordus après avoir servi si longtemps, et ils n'étaient pas prévus pour.

— Oui, évidemment, Kehlirik. Je te remercie pour ton aide et pour ton offrande.

Il inclina la tête.

— Et moi, pour ce repas.

Il se coucha devant moi. J'hésitai, ne sachant pas si je devais opérer une révocation devant Jill. Mais bon, tant qu'à faire, autant lui donner l'initiation complète dès à présent. Je levai les bras et entamai le chant scandé en me servant des mots qui donnaient vie à ma volonté. Un vent froid se mit à souffler dans la pièce, et j'entendis le cri surpris de Jill. Une fente de lumière aveuglante apparut derrière le démon, comme une fissure dans le cosmos, ce qui n'était pas très éloigné de la réalité. Kehlirik bascula la tête en arrière et poussa un mugissement sonore tandis qu'il se faisait avaler. L'instant d'après, le démon et la lumière disparurent tous les deux, dans un craquement tonitruant, pareil au bruit d'un glacier qui se rompt.

Je me passai les mains dans les cheveux, puis regardai Jill du coin de l'œil. Lèvres pincées et sourcils froncés, elle avait les yeux rivés sur l'endroit où s'était tenu le démon. Elle finit par prendre une inspiration profonde et me regarda.

— Bon, dit-elle d'une voix terriblement calme. J'exclus donc la possibilité que tu aies préparé une blague très élaborée, avec l'aide d'un type *super* bien déguisé, pour te moquer de moi.

J'eus un rire fébrile et me hissai sur un tabouret. Les révocations demandaient beaucoup d'énergie, et j'étais déjà épuisée avant de commencer le rituel.

— Désolée, ma grande, c'était bien réel, dis-je en la regardant avec prudence. Est-ce que tu… enfin, est-ce que ça va être… ?

Ma phrase resta en suspens. Je ne savais pas comment formuler ma question.

— Arrête, Kara, ça va. J'ai toujours su que tu étais un peu barrée. Maintenant, j'en connais la vraie raison ! Ça me permettrait même plutôt de te comprendre un peu mieux.

Je souris, étourdie de soulagement et de gratitude. Je sentis mes yeux s'emplir de larmes, et me mis à renifler. Jill me regarda d'un air faussement furieux.

— Ne t'avise surtout pas de me chialer sur l'épaule, pétasse.

J'éclatai de rire et m'essuyai les yeux.

— Aucun risque.

— Si je n'étais pas d'astreinte, je t'aurais bien proposé de regarder si ta cinglée de tante n'a pas un truc à boire planqué dans cette maison, parce que je crois qu'on a bien besoin de se bourrer la gueule, toutes les deux.

— Je n'aurais pas dit mieux.

— Mais, ajouta-t-elle avec une lueur de malice au fond des yeux, j'ai quelque chose de presque aussi bon dans mon coffre. Par chance, je revenais du supermarché quand je me suis arrêtée !

Sur ce, elle tourna les talons et se précipita dehors. Moins d'une minute plus tard, elle revint en tenant fièrement une barquette de quatre litres de glace aux deux chocolats.

— Eh ben, qu'est-ce que tu attends ? Ça fond. Va chercher les cuillères, allez !

Je me dépêchai d'obtempérer.

CHAPITRE 9

Nous ne finîmes pas la barquette entièrement, mais ce ne fut pas faute d'essayer. Cela suffit à mettre derrière nous cette étrange soirée.

Je n'avais jamais eu d'ami proche. Ryan était celui qui y ressemblait le plus, mais je ne le connaissais que depuis quelques semaines. *Et les démons le détestent*, pensais-je. *Du moins Kehlirik. Pourquoi ?* Et comment se faisait-il que n'importe quel démon le connaisse assez pour le haïr ? J'aimais bien Ryan. Je l'aimais vraiment, mais je ne pouvais plus passer outre aux doutes que j'avais sur lui. Et mon côté angoissé se demandait si nous n'étions pas amis seulement parce qu'il savait que j'étais invocatrice et qu'il sentait lui aussi les arcanes.

Mais Jill était aussi au courant à présent, et elle n'en faisait pas une histoire. Ou peut-être que si, mais elle feignait que tout allait bien pour ne pas me blesser, et je ne pouvais rien espérer de plus. J'avais confiance en elle.

Et Ryan, à quel point ai-je confiance en lui ? chuchota une petite voix au fond de moi.

J'avais fini par raconter à Jill toute l'affaire du Tueur au symbole, y compris les détails que j'avais judicieusement omis dans mes rapports. Je lui avais même parlé de Rhyzkahl, et surtout de ce qui s'était passé la première fois que je l'avais invoqué. Je n'avais jamais avoué tout cela à Ryan. *Hé, j'ai invoqué un seigneur démon et ensuite on a baisé comme des fous sur le tapis devant la cheminée.* Ryan était un *mec*, et les mecs, même ceux avec qui vous étiez simplement amis, pouvaient avoir de drôles de réactions en entendant les détails de votre vie sexuelle, si elle ne les incluait pas. Ou bien peut-être faisais-je encore ma poule mouillée. C'était plus probable, vu mon peu d'expérience en matière d'hommes.

Mais Jill comprenait. Et lorsque je lui avais dit que Rhyzkahl m'avait sauvé la vie, elle avait lentement hoché la tête, avant d'ajouter : « C'est vraiment trop cool. »

Je remplaçai les barrières arcaniques par mes propres barrages médiocres, puis retournai chez moi en faisant de mon mieux pour ne pas penser à l'invocation de Rhyzkahl. Je m'assis à la table de la cuisine et tentai de m'occuper l'esprit en me concentrant sur les notes que j'avais prises au cours de mes enquêtes, mais la grande porte qui menait au sous-sol m'attirait, et mes pensées me ramenaient incessamment au seigneur démon. Une partie de moi voulait vraiment le revoir et savoir où j'en étais avec lui. Mais j'étais aussi tout à fait consciente qu'il servait avant tout ses propres intérêts. C'était un démon, pas un humain, et ses valeurs morales différaient de celles de mon monde. Les démons n'étaient pas gentils ou méchants, pas dans le sens où nous autres, humains, l'envisagions. Pour eux, l'honneur avait une importance primordiale, mais d'un autre côté, ils ne faisaient jamais rien sans raison.

Je savais donc qu'il voulait quelque chose, mon aide, mes compétences ou une occasion que j'étais en mesure de lui donner. Il ne me demandait pas de l'invoquer parce que je lui manquais ou qu'il avait envie de moi, ni juste parce qu'il m'aimait bien.

Cela me poussa à me demander pour quelle raison il m'avait sauvé la vie, mais j'eus malheureusement l'impression d'avoir déjà répondu à cette question. *Parce qu'il veut quelque chose.* L'altruisme n'existait tout simplement pas dans l'éthique démoniaque.

Cependant, la situation pouvait aussi m'être bénéfique. Il y avait des choses qu'il pouvait faire pour moi. J'avais, par exemple, des questions urgentes concernant l'essence et d'autres problèmes d'ordre arcanique, auxquelles j'espérais qu'il pourrait répondre.

Je sortis un carnet de mon sac et déchirai une page vierge. Les questions se bousculaient, et je n'étais pas sûre d'avoir le temps de fouiller parmi le maelström désordonné qu'était la bibliothèque de Tessa. *Ou peut-être cherches-tu seulement une excuse pour invoquer Rhyzkahl?*

Je sentis grandir mon exaspération envers moi-même, et posai la mine de mon stylo sur le papier. Pas moyen de faire autrement. J'avais déjà plus ou moins pris la décision de le faire venir, et cette nuit était la dernière occasion avant que la lune se mette à décroître jusqu'au mois prochain.

D'après Kehlirik, Rhyzkahl avait donné sa parole que je pouvais l'invoquer sans danger. Et les chances que Kehlirik mente à ce propos se situaient quelque part entre zéro et zéro. Tant qu'il se conformait au sens de l'honneur démoniaque. Les démons pouvaient être mauvais, dangereux et sournois, mais ils ne mentaient jamais. En revanche, ils avaient l'art de dire les choses en manipulant la vérité de façon à vous faire croire ce qu'ils voulaient.

Rien à foutre. Si je devais le faire, autant que j'en tire quelque chose. Tant que j'aurais un seigneur démon à ma disposition, je verrais bien ce que j'arriverais à lui faire cracher.

J'avais sur les bras deux corps dont l'essence manquait. Je commencerais par là. Je me penchai sur le papier et me mis à écrire.

1) Un autre invocateur pourrait-il se servir d'un ilius pour dévorer les essences ? Et pourquoi ?

2) Et s'il ne s'agit pas d'un ilius, qu'est-ce qui est responsable de tout ça ?

3) Comment puis-je l'empêcher de recommencer ?

Je m'arrêtai un instant, le stylo posé sur la feuille, la gorge soudain serrée. La question qui me venait ensuite n'avait rien à voir avec les deux victimes.

4) Y a-t-il un moyen de récupérer l'essence ?

Celle-ci concernait ma tante. S'il n'existait aucun moyen de retrouver une essence qui avait été prélevée, alors garder ma tante artificiellement en vie ne servait à rien.

Je n'avais pas envie de m'appesantir là-dessus pour l'instant. Je pris une profonde inspiration et continuai d'écrire. J'avais d'autres questions auxquelles Rhyzkahl pouvait répondre, j'en étais persuadée. Je n'étais pas sûre d'avoir le courage de les lui poser, mais je continuai de les écrire malgré tout.

5) Un kiraknikahl, c'est quoi ce truc ?

6) Pourquoi Kehlirik a-t-il réagi avec autant d'hostilité envers Ryan?

Je relus ma liste, puis la pliai soigneusement.

J'allai invoquer le seigneur démon.

Je me sentais en général nerveuse avant une invocation. Cela présentait un certain nombre de dangers, en particulier dans le cas d'invocations de haut niveau. Il était donc recommandé de faire preuve d'une prudence et d'une méticulosité extrêmes.

La dernière fois que je m'étais préparée à invoquer un seigneur démon, j'étais terrifiée, persuadée que mes chances de survie étaient des moindres. Mais cette fois, j'avais sa parole, même indirecte, qu'il n'y aurait pas de représailles, à la suite du rituel.

Les démons ne manquaient jamais à leur parole.

J'avais quand même la trouille. Des dangers autres que le démon lui-même m'inquiétaient. Je me tenais au bord du diagramme et regrettai soudain de ne pas avoir mangé un peu plus au déjeuner et pris le temps de faire une sieste. La lune commençait à décroître cette nuit, ce qui n'aurait pas eu d'importance pour des invocations inférieures au huitième ou neuvième niveau, mais il s'agissait là d'un seigneur démon. Kehlirik m'ayant assuré que la puissance lunaire suffirait, j'espérais seulement que puisque Rhyzkahl souhaitait que je l'invoque, le léger décalage par rapport à la pleine lune s'en trouverait compensé.

Je pris un profond soupir, forçai mon esprit à se mettre en situation et entamai le chant rituel qui donnait forme à ma volonté. Le portail refusa tout d'abord de s'ouvrir. Je tentai de me concentrer encore plus, mais autant essayer de ne *pas* penser à un éléphant rose. La fente s'ouvrit et commença à s'agrandir, mais je me sentais ramollie, comme si je nageais dans du goudron. Je pris une autre inspiration en m'efforçant de trouver cet équilibre dans ma volonté qui me permettrait d'ouvrir le passage à ma guise. Lentement, douloureusement, l'ouverture s'élargit, et un vent arcanique se mit à souffler et tournoyer dans la pièce, tandis que je prenais une violente inspiration, les dents serrées. Mes muscles tremblaient sous l'effet de la difficulté inattendue que je rencontrais pour ouvrir le portail. Je n'avais même pas encore nommé le démon, mais je me demandai si la résistance à laquelle je m'opposais était due à celui, ou plutôt à *ce que* j'avais l'intention d'invoquer. Les paroles et le chant scandé étaient des aspects mineurs du rituel, et depuis le début, j'avais Rhyzkahl à l'esprit en formant le portail. *Je me fais flipper toute seule. Voilà une super idée pour me faire tuer.*

Le vent se mit à souffler plus fort, et une douleur soudaine s'empara de moi. Je me mordis la lèvre pour retenir un gémissement, puis serrai les mâchoires et me forçai à articuler le nom.

— Rhyzkahl.

Le vent s'apaisa et le portail lumineux se referma d'un seul coup. J'avais envie de me laisser tomber au sol, mais je n'osais pas montrer ma faiblesse. Ma vision devint plus claire et, à mon immense soulagement, je distinguai la silhouette accroupie devant moi. Je retins les liens arcaniques, tremblante, même si j'avais conscience que s'il s'agissait bien de Rhyzkahl, ils ne me serviraient à rien. J'en étais arrivée au point où je priais tous les dieux, peu importe lesquels, du moment où ils me prêteraient attention, pour que ce soit bien Rhyzkahl devant moi. Il avait juré qu'il ne me ferait pas de mal, mais si j'avais invoqué, je ne savais comment, un autre démon, j'étais morte. Je ressentais déjà de la fatigue en commençant, et ce rituel s'était avéré beaucoup plus épuisant que je ne m'y attendais. *Idiote*, me dis-je. *Idiote et présomptueuse. Génial de mourir comme ça.*

J'entendis un petit sifflement provenant de l'intérieur du diagramme, un susurrement qui pouvait traduire le plaisir autant que la menace. Puis le démon se leva, s'étira lentement comme s'il remettait chaque vertèbre à sa place et secoua sa chevelure d'un mouvement gracieux qui la fit tomber en cascade dans son dos. Je ne l'avais pas vu depuis des semaines. Il était grand, musclé, et irradiait cette aura familière de puissance mêlée de beauté attirante et d'indicible danger. Il portait une chemise blanche rentrée dans des hauts-de-chausses noirs, bien ajustés sur ses fesses et ses jambes incroyablement bien faites, et paraissait presque plus magnifique, parfait et angélique que la fois précédente.

—Ce… ce n'était pas une expérience très agréable, dit-il d'une voix grondante, ses yeux brillant d'un bleu cristallin braqués sur moi.

Je fus parcourue d'un frisson de terreur qui me sortit de l'hypnose provoquée par sa plastique. Je m'étais montrée un peu cavalière, en l'invoquant sans garder à l'esprit l'entité si puissante qu'il représentait. Je n'avais pas correctement ouvert le portail, et son arrivée lui avait sûrement causé une douleur certaine.

Je restai agrippée aux liens, même si la fois d'avant, il les avait balayés d'un geste comme si de rien n'était.

— Seigneur Rhyzkahl, dis-je en m'efforçant de ne pas laisser trembler ma voix. Le reyza Kehlirik m'a dit que tu souhaitais être invoqué et que… que tu avais promis de ne pas me faire de mal si je m'exécutais.

L'espace de plusieurs battements de cœur angoissants, il baissa la tête et m'observa en silence, puis un sourire effaça son air menaçant, comme s'il n'avait jamais existé.

— Je tiendrai parole. Coupe les liens, Kara. Tu sais bien qu'ils sont inutiles.

Je respirai, tremblante, et relâchai mon emprise sur les liens arcaniques. Rhyzkahl sortit du diagramme pour s'approcher de moi.

— Tu as bien meilleure mine que la dernière fois où j'ai posé les yeux sur toi, ma chérie.

La dernière fois qu'il m'avait vue, mes entrailles étaient répandues sur le sol, devant moi.

— Je ne pourrai jamais assez te remercier de m'avoir sauvée, dis-je en inclinant la tête.

Il agita la main comme pour écarter l'idée, puis glissa un doigt sous mon menton et bascula ma tête en arrière pour me forcer à le regarder. Il plongea son regard profond et ancestral dans le mien afin de me sonder. Je tentai de réprimer un frisson sans trop y parvenir. Je me sentais mise à nu. Il me libéra, les sourcils à présent froncés.

— Kehlirik m'avait prévenu de ta fatigue. Il ne s'était pas trompé.

— Je vais bien, dis-je.

Un muscle de ma mâchoire se contracta. Il leva un sourcil soyeux.

— Je t'ai donné une chance de vivre, et tu veux gaspiller ce cadeau ? C'est pour le moins offensant !

Génial ! Il commençait à s'en prendre à moi. Je fronçai les sourcils.

— Je ne voulais pas t'offenser. Je n'ai pas beaucoup dormi dernièrement, et j'ai beaucoup de travail. (Je pris une profonde inspiration et essayai de reprendre mes esprits.) Tu m'as ordonné de t'invoquer. J'ai obéi. Que veux-tu de moi ?

— Directe, comme toujours. Je t'admire. Tu es si différente des démons, de leurs intrigues et de leurs machinations sans fin.

— Ce n'est pas ce qui manque ici non plus. Je ne le supporte pas. Alors, que veux-tu ?

Je parlai d'un ton plus cassant que je ne l'aurais voulu, mais il se contenta de sourire et de me tourner le dos pour se diriger vers la cheminée froide où ne brûlait aucun feu. Je n'allais certainement pas allumer un feu en plein été, dans le sud de la Louisiane. Il caressa le dossier du fauteuil, puis se retourna vers moi.

— Je veux que tu sois mienne, dit-il.

Je le regardai fixement, parcourue de picotements tandis que je me remémorais notre dernière entrevue dans ce sous-sol. *Le meilleur coup que j'aie jamais eu, pas de doute là-dessus. Et il veut que je sois sienne ? Il me veut, moi ?* Je fis un effort pour rester rationnelle. Il me voulait, mais en tant que quoi exactement ? Comme sa femme ? Sa petite amie ? Quel genre de relation pouvait-on bien avoir avec un seigneur démon ? Et était-ce quelque chose que je désirais moi aussi ? Il me fallut quelques secondes supplémentaires pour réussir à ouvrir la bouche.

— Tienne ? Mais comment ça ? Tu parles de mariage ? D'adoption ? De location avec possibilité d'acquisition ?

Son sourire s'élargit.

— Je veux que tu sois mon invocatrice.

Sympa, la douche froide. *Pas sa femme, ni sa copine. Espèce d'abrutie.*

— Ton… invocatrice.

— Oui.

Je m'efforçai de chasser la douleur cuisante que je ressentis en comprenant qu'il ne voulait pas faire de moi son épouse. Oui, c'était complètement irrationnel. Je le savais bien, et j'aurais dû me sentir flattée qu'il soit plus attiré par mes capacités en matière d'arcanes. Mais je n'avais jamais prétendu être très sûre de moi.

— Et qu'est-ce que cela impliquerait ? demandai-je avec prudence.

Je m'estimai heureuse de ce réveil brutal ; j'avais failli oublier ce qu'il était. Il s'affala dans le fauteuil, juste assez pour se donner une allure sexy sans être négligée.

— Tu m'invoquerais périodiquement pour m'octroyer un meilleur accès à cette sphère, mais toujours sous la contrainte du protocole d'invocation. (Il me lança un regard.) Ne crains rien, ma chérie. Je ne resterais pas sans entraves. Mon temps serait limité, tout comme celui de n'importe quel autre démon.

Je marchai lentement jusqu'à la cheminée et me hissai sur la table pour m'y asseoir, curieusement satisfaite d'avoir désormais à baisser les yeux pour le regarder. Non pas que je me sente ainsi supérieure à lui, en quoi que ce soit. Il rayonnait toujours d'une puissance stupéfiante. Et pourquoi était-il si séduisant, merde à la fin ?! Je retins un gémissement, à la pensée que j'avais un jour profité de ses charmes.

— Et qu'est-ce que j'y gagnerais ? demandai-je.

Ses yeux brillèrent d'un plaisir non refréné.

— Ton court séjour au royaume des démons a fait des merveilles sur toi. Pour commencer, tu aurais accès à moi.

Il effectua un grand geste pour désigner l'ensemble de sa personne. Je levai le menton d'un air de défi.

— Et si je n'ai pas envie de recoucher avec toi ?

Il bascula sa tête en arrière et partit d'un rire si franc que je ne l'aurais jamais cru possible chez un démon. Je lui lançai un regard noir. Puis, d'un mouvement qui était bien trop rapide pour que je puisse le suivre, Rhyzkahl se retrouva debout devant moi et prit mon visage entre ses mains.

— Ce n'était pas ce à quoi je faisais allusion, ma chérie, mais si c'est la première chose qui te vient à l'esprit, tu y as visiblement beaucoup pensé.

Mes joues s'enflammèrent, et je me sentis rougir, puis soudain sa bouche fut sur mes lèvres et une autre sorte de chaleur commença à m'envahir. Sa langue chercha la mienne et je n'opposai pas de résistance. Il glissa ses mains dans mon dos. Je laissai échapper un petit gémissement quand son corps se plaqua contre le mien. J'enserrai sa taille de mes jambes, sans même y penser, et il se pressa contre moi pour me faire comprendre qu'il était plus que prêt à poursuivre dans cette direction. Bon Dieu, qu'est-ce que ça m'avait manqué! *Me sentir sexy… désirable. Mais il se comporte ainsi uniquement pour influencer ma décision…*

Il introduisit sa main sous ma chemise de soie et effleura mon sein. J'en eus la chair de poule et sentis mon téton durcir sous sa paume. Je serrai un peu plus mes jambes autour de lui. Il réagit en se frottant à moi et la sensation me coupa le souffle. Je tirai instinctivement sur sa chemise, pressée de toucher la perfection exquise de sa peau. Elle était aussi incroyable que dans mon souvenir, pareille à du satin sur des muscles d'acier. *Ce n'est que du sexe.* Une partie de jambe en l'air vraiment géniale, oui, mais… Je pouvais trouver ça avec n'importe qui, pas vrai ?

Avec Ryan, par exemple ?

Je frémis et reculai sous l'effet de la surprise, mettant fin au baiser. Je ne pouvais pas faire cela, je ne pouvais pas prendre le genre de décision qu'il attendait, alors que j'étais submergée par mes sensations et que je n'avais pas les idées claires. Il se redressa, souriant toujours.

— Ce n'est pas aussi merveilleux que dans tes souvenirs ? demanda-t-il.

J'eus un rire mal assuré et reculai de quelques centimètres sur la table, assez loin pour que la preuve de son excitation ne soit pas directement collée à la mienne.

— Si, c'était… merveilleux, seigneur Rhyzkahl, je ne peux pas le nier. Mais il faut que je reste capable de réfléchir. (Je pris une profonde inspiration.) Qu'entends-tu par « avoir accès à toi » ?

— Mes connaissances, mon pouvoir, mes compétences. (Il croisa les bras.) Nies-tu que tu désires en apprendre davantage sur les arcanes ?

Merde. Je ne pouvais pas dire non, pas alors que la liste des sujets que je voulais approfondir avec lui était posée sur la table de la cuisine.

—J'admets qu'il y a beaucoup de choses que je désire apprendre. Mais je ne suis pas sûre d'être prête à… euh… m'engager ainsi auprès de toi.

—Ah, il faut donc que je te fasse la cour, dit-il, les yeux brillants. Je n'ai jamais eu besoin de recourir à cela. (Il se pencha vers moi et laissa courir ses doigts sur ma joue.) Je ne sais pas si je vais me rappeler comment on fait.

Je ricanai et éloignai sa main d'un geste.

—Pas comme ça en tout cas.

Je sentis un bref tressaillement de puissance. Il retira sa main et se redressa, le regard empli de la force sinistre qui couvait en lui.

—Oui, dit-il doucement. Ton bref séjour dans la sphère démoniaque t'a fait grand bien.

La peur m'envahit de nouveau, mais avant que j'aie eu le temps de me sonner intérieurement les cloches – *J'ai éloigné sa main d'un geste ? Bordel de merde, mais je ne suis pas bien ?* –, il se retourna, croisant lentement les doigts derrière son dos.

—Très bien. Je vais te faire la cour. J'accepte de répondre à trois questions, sans que tu me sois redevable.

—Tu plaisantes ? Trois questions sans contracter une dette d'honneur ?

Je me mordis soudain la lèvre. *Bien joué, abrutie. Tu viens d'en poser deux à l'instant.*

—Trois questions. Pas de dette. Un cadeau courtois, pourrait-on dire.

Je me relevai d'un bond, soulagée qu'il ne se montre pas trop tatillon sur les conditions du questionnaire. D'un autre côté, s'il essayait de me courtiser, ce genre de comportement ne gagnerait pas mon affection.

— Je reviens tout de suite, dis-je en m'élançant vers l'escalier.

Pieds nus, je courus jusqu'à la cuisine, au bout du couloir. J'attrapai le bout de papier que j'avais laissé sur la table, puis fis demi-tour pour retourner au sous-sol.

Et lui rentrer en plein dedans. Je faillis tomber en arrière, mais il me saisit par les bras pour me rattraper, sans me relâcher ensuite. Son corps était ferme et chaud contre le mien, et je m'attendais presque à ce qu'il se baisse pour m'embrasser. Je levai même un peu le visage, instinctivement, et me sentis bien bête lorsque je me rendis compte qu'il ne me regardait même pas.

Au lieu de cela, il balayait ma petite cuisine du regard, et j'eus l'impression qu'il n'avait jamais vu de cuisine moderne. Ce qui était probablement le cas. On invoquait très rarement les seigneurs démons, pour ne pas dire jamais. Les autres démons des douze niveaux, reyza, syraza, zhurn, mehnta et ainsi de suite, étaient ceux qu'on invoquait habituellement et qui avaient la chance de venir dans la sphère terrestre. Cependant, même eux n'avaient pas vraiment l'occasion de « voir du pays », pour ainsi dire. Lorsque je procédais à une invocation, en tout cas, il était extrêmement rare qu'un démon quitte la pièce dans laquelle je l'avais appelé. Le risque était bien trop élevé qu'il soit vu par quelqu'un. Tessa faisait parfois descendre des démons du grenier où elle les invoquait, mais seulement jusqu'à la bibliothèque. J'avais fait sortir l'ilius uniquement parce qu'il était pratiquement invisible. Et bien sûr, les seigneurs n'étaient presque jamais appelés par un invocateur, si celui-ci tenait à la vie. Pas étonnant que Kehlirik se soit montré si enthousiaste à l'idée de faire une balade en camionnette.

— Es-tu déjà venu dans cette sphère? demandai-je d'une voix hésitante. Je veux dire, hormis la fois où je t'ai invoqué. Et… euh… l'autre fois où le Tueur au symbole t'a appelé. Est-ce que tu es déjà sorti d'une chambre d'invocation?

Il continua son observation des lieux.

— Il y a des siècles. Dans mes souvenirs, les choses semblaient bien différentes.

J'eus un petit rire.

— Je veux bien te croire.

Je ramenai doucement mes bras vers moi et il me relâcha, un peu comme s'il ne remarquait même plus ma présence. Je reculai, et il avança jusqu'à la porte qui donnait derrière la maison, pour l'ouvrir. Je me dis soudain qu'il valait peut-être mieux ne pas le laisser sortir, au cas où quelqu'un arriverait, avant de me rappeler que, d'une part, il ne ressemblait pas à un démon, et d'autre part, personne ne venait jamais chez moi. De plus, je n'aurais rien contre le fait d'être vue en public en sa compagnie.

Il descendit les marches qui conduisaient au jardin. Il s'arrêta au bout d'une dizaine de pas, avant de lever les yeux vers la lune. Il prit une inspiration, pas spécialement profonde ou dramatique, mais seulement comme quelqu'un qui voudrait sentir l'odeur des lieux. Je le suivis lentement et m'arrêtai en bas de l'escalier. Au bout de plusieurs minutes, il se retourna, le visage impénétrable. Il revint jusqu'à moi et baissa la tête pour me regarder.

— Trois questions.

Je déglutis et hochai la tête, me souvenant que je tenais le bout de papier froissé dans ma main. J'y jetai un coup d'œil, mais l'obscurité m'empêchait de lire correctement.

— Il faut… que je retourne à l'intérieur.

Il me désigna la maison. Je fis demi-tour. Il referma la porte derrière nous, pendant que j'examinai ma liste. Merde, seulement trois questions ? Je me passai la main dans les cheveux en essayant de décider quelles étaient les plus importantes.

J'agrippai une mèche, que je relâchai en levant les yeux vers le seigneur démon. La pensée soudaine que le seigneur Rhyzkahl se trouvait dans ma cuisine me fit brièvement tourner la tête.

— Bon. Est-il possible qu'un ilius ait été invoqué ici et dévore l'essence d'êtres humains ?

— Non, répondit-il en croisant les bras.

J'attendis un instant, puis me maudis intérieurement pour avoir si mal posé ma question. Il prit apparemment conscience que se comporter trop sévèrement n'était pas le meilleur moyen de m'impressionner, et il poursuivit au bout de quelques secondes :

— Un ilius ne dévorerait jamais d'essence humaine. Non seulement c'est interdit, parce qu'une disparition excessive d'essence déséquilibrerait les puissances de cette sphère, mais en plus, les ilius n'aiment pas les humains.

Un léger sourire effleura ses lèvres. Je me mordis pour m'empêcher de lancer une remarque stupide comme : « C'est vrai ? Ils n'aiment pas l'essence humaine ? » Il s'était montré magnanime en étoffant sa réponse à ma première question. Je ne voulais pas exagérer. Très bien, il ne s'agissait donc pas d'un ilius. Qu'est-ce que ça pouvait bien être alors ? Il fallait que je réfléchisse à la façon dont j'allais formuler cette question pour obtenir une réponse qui me soit utile.

Je me concentrai une minute, puis décidai de passer à une autre demande. Celle-ci était d'une importance vitale pour moi, et je voulais absolument la lui soumettre. Je préparai d'abord soigneusement la question dans ma tête.

— Comment puis-je rendre à ma tante l'essence qui lui a été arrachée pendant le rituel qu'a pratiqué le Tueur au symbole pour t'invoquer ?

Ce n'était peut-être pas la phrase la mieux tournée du monde, mais elle exprimait ce que je voulais demander.

Il fit le tour de ma cuisine, comme s'il ne m'avait pas entendue, ouvrit les tiroirs et les placards, regarda dans le frigo, le visage complètement impassible. J'allais répéter ma question, quand il parla enfin.

— Il faut procéder à une série de rituels ; chacun d'entre eux ressemble à une invocation, mais c'est son essence que tu appelleras. Rassemble différents éléments lui appartenant : du sang, des cheveux, et des objets qui lui sont chers.

Tout en marchant jusqu'à l'avant de la maison, il me décrivit ensuite la structure des barrières à utiliser pour les rituels. Je le rattrapai en griffonnant comme une forcenée, au dos de ma feuille de papier. Il se tut enfin, et se retourna vers moi.

— Mais ce n'est pas un processus rapide. Cela te demandera peut-être du temps, et tu devras prendre garde à chaque étape.

Je faillis lui demander de combien de temps j'aurais besoin, mais je me retins pour éviter qu'il ne considère cela comme ma troisième question. Je me contentai de hocher la tête.

— Merci, dis-je.

Il continuait d'explorer ma maison et s'arrêta lorsqu'il trouva ma chambre.

— Je n'ai vu ce lieu que grâce au lien que j'avais avec toi en rêve. C'est tout à fait fascinant d'être ici en chair et en os, et de tout avoir devant les yeux.

Il effleura mon bureau et mon ordinateur du bout des doigts, puis s'avança jusqu'à la cheminée où il resta à contempler les photos que j'avais posées dessus. Il n'y en avait que deux. Sur la première, on pouvait me voir à côté de ma tante, un jour de Mardi gras, quelques années auparavant. Nous portions toutes les deux des tenues violettes, nos déguisements pour incarner les « Bonshommes violets » de la chanson populaire [1].

L'autre image représentait mes parents, une année environ avant que ma mère tombe malade, assis côte à côte sur la branche basse d'un des chênes du City Park de La Nouvelle-Orléans. Ma mère, les mains posées sur un genou, était appuyée contre mon père qui la serrait dans ses bras, et une brise soulevait ses cheveux blonds.

---

1. *The Purple People Eater*, chanson de l'Américain Sheb Wooley, 1958, racontant l'histoire d'un monstre mangeur de bonshommes violets. (*NdT*)

Ce souvenir était fixé à tout jamais dans mon essence. J'avais pris cette photo lorsque j'avais six ans, après avoir demandé, supplié et pleurniché pour que mon père m'autorise à utiliser son appareil argentique. J'avais utilisé presque toute la pellicule, et cette image-là était la meilleure des quelques photos que j'avais réussi à prendre.

Rhyzkahl resta les yeux rivés sur le cliché, assez longtemps pour que je sois prise d'un désir violent de la lui confisquer. Pour une raison que je ne m'expliquais pas, je n'aimais pas savoir qu'il la regardait, en rêve comme dans la réalité.

— Es-tu toujours lié à mes rêves ? demandai-je.

Cette fois, je vis son regard briller d'une vraie malice.

— Ma présence dans ton lit te manque ?

Je lui lançai un regard noir et refusai de mordre à l'hameçon. Peu importait que ses paroles contiennent une part de vérité.

Il vint jusqu'à moi et passa une main dans mes cheveux, puis la laissa reposer sur ma nuque et m'attira à lui pour m'embrasser encore. Son baiser intense prouvait bien qu'il contrôlait la situation. Il me relâcha ensuite et me laissa pantelante. La peau brûlante, je fis un effort pour recouvrer mon équilibre.

— Le lien onirique qui nous unissait s'est brisé lorsque tu es morte dans ma sphère, dit-il en inclinant la tête vers moi, tandis que je luttais pour calmer les battements effrénés de mon cœur. Tu as posé ta dernière question. Quel dommage ! À présent, tu vas devoir m'invoquer de nouveau pour obtenir des réponses à d'autres interrogations.

Et avant que j'aie eu le temps de lui répondre ou de réagir, il avait fait un pas en arrière et disparu dans un éclair blanc.

Chapitre 10

Je n'étais pas certaine de parvenir à fermer l'œil un jour, énervée comme je l'étais contre Rhyzkahl, mais aussi contre moi-même. Trois verres de vin m'aidèrent à me détendre et, ajoutés à mon état d'épuisement, me permirent de dormir jusqu'à 7 heures, le lendemain matin, ce qui était une bonne chose, car je savais que la journée serait longue. Même si nous étions dimanche, le docteur Lanza procéderait le jour même aux autopsies de Brian et de Carol Roth et une fois que cela serait terminé, je voulais encore rendre visite à Tessa.

— Trois questions, grommelai-je en me lançant un regard méchant à moi-même dans le miroir, avant de me passer une brosse dans les cheveux. Tu n'as même pas réussi à gérer trois simples questions.

J'avais eu la chance de les écrire noir sur blanc, et j'avais pourtant réussi à tout foirer. À présent, j'allais devoir attendre un mois avant de pouvoir faire revenir Rhyzkahl.

Il était plus sournois que je ne l'avais cru. Soit c'était ça, soit j'étais encore plus stupide. J'appliquai du mascara sur mes cils en faisant la grimace.

— C'est moi qui suis stupide. À tous les coups.

La porte de la morgue restait ouverte à l'aide d'un bloc de béton. Le doc n'était pas à son bureau devant la porte, et je fis un pas en avant pour jeter un coup d'œil à l'intérieur, en grimaçant à cause de l'odeur. Pas celle des cadavres ; cette morgue ne sentait jamais cela. Carl, le technicien, était un maniaque du ménage et la puanteur de l'eau de Javel et des autres produits nettoyants prenait à la gorge.

La porte de la chambre froide de l'autre côté de la pièce s'ouvrit en grand, et Carl en sortit en poussant devant lui un brancard sur lequel se trouvait une grande housse noire. Carl était le bras droit du médecin légiste et apportait souvent son aide pour les transferts de corps. Je ne l'avais jamais vu agité, même face aux scènes de crime les plus ignobles ou les plus bizarres. Il faisait son travail avec une efficacité silencieuse, qui aurait presque pu être qualifiée de froide, mais le terme n'était pas assez dénué d'émotion pour pouvoir s'appliquer à lui.

Il m'aperçut et m'adressa un signe de tête quasi imperceptible.

— Bonjour.

— Bonjour, Carl. Sympa comme activité, pour un dimanche.

— Semaine chargée. Le frigo est plein.

La manière dont il m'en informa donnait l'impression qu'il venait de rentrer de courses.

— Où est le doc ?

— Dans les embouteillages. Il arrive.

Il poussa le brancard contre la table en métal qui était fixée au sol, à côté de l'évier.

— On va découper les Roth aujourd'hui, poursuivit-il en ouvrant la housse d'un geste fluide. Le conseiller passera plutôt demain.

Je me sentis presque submergée par ce qui constituait l'équivalent d'un flot de paroles de la part de ce technicien habituellement taciturne et imperturbable. Je ne pus m'empêcher de ressentir une pointe de déception, en apprenant que le doc ne ferait pas les trois autopsies pendant que je me trouvais là, même si je savais bien que ce n'était pas réaliste, surtout pour un dimanche. Mais je voulais vraiment trouver un lien entre Brian Roth et Davis Sharp, n'importe quoi qui puisse m'indiquer la raison pour laquelle leur essence à tous les deux avait disparu. Le doc jouissait d'une sacrée expérience, il avait travaillé à Las Vegas, puis à Houston, avant de venir dans le comté de Saint-Long, et je faisais entièrement confiance à son jugement.

Enfin, je ne pouvais rien faire d'autre que prendre mon mal en patience.

— Est-ce que vous… Vous avez besoin d'aide ? demandai-je à Carl.

Il tourna la tête vers moi, comme s'il ne m'avait jamais réellement vue auparavant. Je n'arrivais pas à décider si je trouvais son regard direct flippant ou non.

Ses lèvres esquissèrent un mouvement ténu, peut-être une ébauche de sourire, et Carl désigna une autre table du menton.

— Y a des gants et des blouses, là-bas.

Je me tournai vers l'endroit qu'il m'avait indiqué, en me retenant de faire la grimace. J'avais surtout offert mon aide par courtoisie, plutôt que par désir de toucher des cadavres, mais je ne pouvais plus reculer à présent.

Je trouvai une blouse de plastique bleue que j'enfilai et attachai au niveau de la taille, comme j'avais vu faire le doc et Carl. Je pris également une paire de gants dans la boîte indiquant la plus petite taille.

Carl avait dégagé la housse noire pour exposer le corps de Carol Roth. L'écharpe était toujours nouée autour de son cou, humide et froissée d'être restée dans la chambre froide, formant une traînée d'un rouge profond qui contrastait violemment avec la pâleur cireuse de sa peau. À présent que le sang s'était arrêté de circuler et que la lividité était installée, je discernais de légères traces de liens sur ses poignets et ses chevilles. Petit jeu de *bondage* avant l'asphyxie, ou était-ce autre chose ? À mon grand soulagement, je percevais encore le faible frémissement de son essence. Je savais qu'elle ne tarderait plus à quitter son corps. J'effleurai furtivement son bras de mon doigt ganté pour m'assurer que tout était bien « normal ».

— Une mort vraiment débile…, marmonna Carl.

Il continuait à me surprendre par sa conversation. Ou peut-être m'étais-je fait de lui l'idée d'un homme imperturbable et froid parce que je n'avais jamais vraiment eu l'occasion de parler avec lui.

— Tout à fait d'accord, dis-je.

Je ne comprenais pas comment l'excitation érotique pouvait justifier qu'on s'expose à un danger mortel. Carl passa de l'autre côté de la table en métal, tendit les mains et attrapa le bras et le genou de la femme pour tirer d'un coup sec et la positionner correctement.

— Facile, celle-là, dit-il en ajustant ses membres.

Je me souvins tout à coup du commentaire de Jill sur les problèmes de couple entre Brian et Carol et fronçai les sourcils.

— Vous voulez dire qu'elle couchait à droite et à gauche?

Il resta sans bouger, les mains toujours posées sur les jambes de Carol, et leva les yeux vers moi.

— En fait, je faisais référence à son poids et à la facilité que j'ai eue pour l'installer sur la table. Le spectacle n'est pas aussi beau à voir, quand la victime pèse deux cents kilos.

— Ah, bien sûr. Désolée.

Il continuait de me dévisager, les mains immobiles sur les cuisses de sa « patiente ».

— Mais c'est drôle que vous ayez dit ça.

— Quoi? Qu'elle couchait à droite et à gauche?

Il ébaucha un petit mouvement qui ressemblait fort à un hochement de tête.

— Elle avait cette réputation.

Ce nouvel élément ouvrait une dimension supplémentaire.

— Est-ce qu'elle trompait Brian?

— Je l'ignore. Elle avait déjà été mariée avant, à un avocat de Mandeville. J'ai entendu dire qu'il l'avait prise sur le fait avec un des collègues de son cabinet. Il a demandé le divorce.

Peut-être que Brian ne l'avait pas tuée, finalement. L'idée me procura un frisson de soulagement. J'avais conscience de mettre beaucoup d'espoir dans ce qui n'était, pour l'instant, qu'une rumeur concernant Carol, mais je savais aussi que beaucoup de gens dans mon service ressentiraient la même chose que moi si le nom de Brian pouvait être épargné. Je penchai la tête et observai Carl sous un jour complètement nouveau.

— Comment savez-vous tout cela ?

Son esquisse de sourire réapparut.

— La plupart des gens n'aiment pas le métier que je fais, et ils me chassent de leur esprit aussi vite que possible. Ils oublient ma présence, et j'entends ainsi beaucoup de choses.

Je ne pus m'empêcher de rire.

— Vous devez connaître les petits secrets de tout le monde !

Son air amusé se fit presque visible cette fois.

— Je sais beaucoup de choses sur beaucoup de gens.

Je me demandai alors ce qu'il savait sur moi.

Au bout du couloir, la porte d'entrée claqua, et je relevai la tête, aussitôt imitée par Carl, pour voir débarquer le docteur Jonathan Lanza. Il jeta ses clés et son téléphone sur le bureau et entra dans la pièce en attrapant au passage une paire de gants et une blouse, sans jamais ralentir le pas.

— Bonjour Kara, Carl, lança-t-il en enfilant un masque avant de venir jusqu'à la table.

Il regarda l'un des poignets de Carol, puis le reste du corps en secouant la tête.

— Dieu sait que j'ai vu d'autres décès stupides, ajouta-t-il, mais il est certain que je n'aimerais pas mourir comme elle. C'est bel et bien un homicide, mais je pencherais aussi pour l'hypothèse du jeu sexuel qui a dégénéré. Des liens ont laissé des marques assez faibles, et je ne vois pas de traces de lutte. Je ferai quand même des analyses complètes pour confirmer qu'elle n'a pas été droguée au préalable. Homicide involontaire, peut-être ? De toute façon, ce n'est pas moi qui décide de l'inculpation. Je me contente de vous dire comment elle est morte. (Il poussa un petit soupir.) Enfin, si Brian est responsable, tout ça importe peu.

—J'envisage tous les scénarios possibles, dis-je.

Le doc hocha la tête, puis se tourna pour me regarder et remarqua mon accoutrement.

—Carl vous a convaincue de mettre la main à la pâte, à ce que je vois, dit-il. Continuez comme ça, et je finirai par vous débaucher des services de police pour vous faire venir ici.

Je fis la grimace.

—Non merci, doc. Là je m'en sors, mais si on avait eu un cadavre en décomposition depuis une semaine, il aurait été inutile de compter sur moi.

Il se mit à rire.

—Ah oui, c'est comme ça ?

—Oui. Comme ça et pas autrement.

Il me sourit et prit son bloc-notes pour commencer l'examen du corps. Carl saisit une seringue hypo-dermique et me la tendit.

—Vous avez dit que vous vouliez aider, dit-il calmement. Vous avez envie de prélever la vitrée ?

—Beurk ! Hors de question !

J'eus un frisson de dégoût, et le doc s'esclaffa une fois de plus. Même Carl se fendit d'un sourire. Prélever le corps vitré signifiait planter une aiguille dans le globe oculaire pour en retirer le fluide. Lors de la première autopsie à laquelle j'avais assisté, Carl avait insisté pour me montrer qu'on arrivait à voir la pointe de la seringue à travers la pupille, après l'avoir insérée. J'étais capable de supporter un certain nombre de choses, mais une aiguille dans un œil me soulevait systématiquement le cœur.

Carl poussa un petit soupir en secouant la tête, et planta la seringue d'un geste vif et expert dans le côté d'un œil, puis de l'autre, pour en extraire le fluide clair.

— Je dois tout faire moi-même, dit-il d'un ton moqueur.

Comment avais-je pu le trouver froid et sévère ?

Il versa le liquide dans une éprouvette et jeta la seringue. Pendant ce temps, le doc avait mis son bloc-notes de côté et tira de sous un placard une boîte noire qu'il ouvrit pour en sortir trois lunettes de protection teintées et un appareil qui ressemblait à une lampe de poche compliquée. Il s'agissait d'une lampe à U.V.

— Éteignez les lumières, s'il vous plaît, Kara.

Je fis ce que le doc me demandait et mis les lunettes jaunes. Il commença à passer la lampe au-dessus du corps de Carol.

— Regardez ça, dit-il en montrant les ecchymoses bien visibles au niveau du cou. Ça ne se voyait peut-être pas beaucoup, mais là, on se rend bien compte à quel point l'écharpe l'a serrée.

Il descendit ensuite vers le torse et les cuisses.

— Bingo, poursuivit-il lorsque plusieurs morsures apparurent. Des preuves d'amour. Rien de trop violent ni de trop profond.

Je me penchai plus près en fronçant les sourcils.

— Attendez, dirigez la lampe ici, dis-je en désignant une marque sur son sein gauche.

— Vous voyez quelque chose ? demanda le doc.

Mon cœur se mit à battre un peu plus vite.

154

— Diriez-vous que les dents qui ont laissé ces morsures sont toutes en bonne santé ?

Il haussa les épaules.

— Je ne suis pas dentiste, mais on dirait que oui. Il y a au moins toutes celles de devant.

— Il en manquait une à Brian, dis-je en me redressant. Il avait perdu une incisive la semaine dernière, suite à un coup pendant un match de basket improvisé, et il n'avait pas eu le temps de s'en occuper.

Carl émit un sifflement.

— Et si Brian ne l'a pas tuée, pourquoi aurait-il mis fin à ses jours ?

— Exactement. S'il ne l'a pas tuée, je doute que ce soit lui qui ait appuyé sur la détente.

L'idée qu'un collègue inspecteur se soit fait assassiner était odieuse, mais toujours plus tolérable que le fait qu'il ait lui-même été un assassin. J'observai de nouveau les traces de morsure, et le doc se pencha pour les voir de plus près. Malheureusement, elles n'étaient pas bien nettes et je ne parvenais pas à déterminer si oui ou non ces marques révélaient la présence d'un trou.

Quelques secondes plus tard, le doc poussa un soupir en secouant la tête.

— Je ne sais pas. Le tueur n'a pas mordu très fort. Il faut faire appel à un spécialiste. Sinon, on peut aussi le découvrir par un autre moyen. Kara, pouvez-vous me passer un Coton-Tige, s'il vous plaît ?

Je lui tendis la boîte et la bouteille d'eau stérile. Il trempa le coton dans l'eau et le frotta soigneusement sur les morsures.

— Celui qui l'a mordue a forcément laissé de la salive, expliqua-t-il.

Il renouvela l'opération à différents endroits du corps, puis éteignit la lampe et retira ses lunettes pendant que j'allai rallumer le plafonnier. Il glissa les échantillons dans une enveloppe spéciale.

— Comme ça, cela ne change rien que l'agresseur ait porté un préservatif ou pas, poursuivit-il. La salive donne les mêmes résultats.

Il mit l'enveloppe de côté, puis saisit une seringue agrémentée d'une méchante et longue aiguille qu'il planta dans l'aine de Carol. Il la fit bouger jusqu'à ce qu'il trouve l'artère fémorale pour lui faire une prise de sang. Une autre aiguille servit ensuite à prélever son urine, juste au-dessus du pubis.

— Je vais faire un check-up complet, me dit-il tout en remplissant divers tubes. Ça ressemble toujours à une asphyxie accidentelle, mais il faut nous assurer qu'elle n'a pas été droguée.

J'allai me passer la main dans les cheveux, quand je me souvins brusquement que je portais des gants pleins de *cadavre*. Je soupirai, et mon nez se mit à me gratter atrocement. Ça marchait à tous les coups : dès lors qu'il m'était impossible de me toucher le visage, j'en ressentais le besoin pressant.

Si on ne trouve pas l'ADN de Brian, ça voudra sans doute dire qu'il ne l'a pas tuée, et que sa mort a été mise en scène pour faire croire à un suicide. Ce qui soulevait la question suivante : dans ce cas, Carol et lui ont-ils été tués par la même personne ?

Je secouai la tête : il ne fallait pas trop se précipiter. Je devais d'abord savoir si les prélèvements excluaient bien Brian.

— On sera fixés avec certitude grâce à ça ?

— Je vais passer un coup de fil au labo pour leur dire qu'on a besoin d'une comparaison en urgence, répondit le doc. Je mentionnerai l'air de rien que c'était le fils d'un juge, mais il faudra malgré tout compter au moins une semaine ou deux. Ça tombe bien qu'on ait accès à l'ADN de Brian.

Il désigna la chambre froide d'un signe de tête. Je le regardai ensuite finir les différents prélèvements requis lors d'une suspicion d'agression sexuelle : vaginal, rectal, oral, ongles et résidus qui s'y trouvaient, cheveux et sang.

L'autopsie fut rapidement terminée. Carl emporta les prélèvements dans le bureau pour fermer hermétiquement l'enveloppe et l'envoyer au labo. Silencieux et efficace, le doc fit des incisions, retira les organes, pesa, découpa, et retira enfin la peau et les muscles au niveau de la gorge.

— L'os hyoïde n'est pas cassé, on peut donc écarter l'étranglement forcé, comme pour les victimes de ton Tueur au symbole. (Il se redressa, puis haussa les épaules.) Les voies respiratoires sont restées bouchées à peine trop longtemps. Vous savez, Carol avait la réputation de ne pas être très sélective concernant ses compagnons de jeu. Je crois que presque tous les policiers et la moitié des employés du bureau du procureur avaient couché avec elle.

— C'est fou que je sois si peu au courant des rumeurs, dis-je en riant.

— Ça vaut mieux comme ça, croyez-moi. Et puis, vous étiez un peu préoccupée dernièrement. (Le doc me jeta un coup d'œil.) Comment se porte votre tante ?

Je sentis ma gorge se serrer.

— Pas d'amélioration.

Il me lança un sourire compatissant.

— Ça fait seulement, quoi, six ou sept semaines ? Elle n'a pas subi de trauma, donc elle a toutes les chances de s'en sortir.

Je poussai un soupir et dus encore une fois refréner une envie machinale de me passer la main dans les cheveux.

— Ouais, je sais.

J'aurais aimé que les choses soient aussi simples.

— Le doc a raison, dit Carl, qui se tenait derrière moi. (Il me fit sursauter.) Elle va s'en sortir. Mais vous êtes trop stressée. Il faut que vous mangiez mieux, vous avez meilleure mine avec un peu de chair sur les os. (Il me tendit une scie.) Ça vous dit d'ouvrir un crâne ?

Je laissai échapper un gémissement.

— Non. Et merci pour le passage sans transition de la nourriture au découpage de tête.

Il haussa les épaules et brancha la scie, tandis que je courais me réfugier dans la salle d'observation.

Je faillis ne pas ressortir pour l'autopsie de Brian. Même de l'autre côté du mur, je sentais que quelque chose n'allait pas avec son corps. Avant l'autopsie, j'entretenais encore le faible espoir de m'être trompée sur la scène du crime, autant pour Brian que pour Davis Sharp, mais le trou béant et ses bords déchiquetés n'avaient pas disparu.

Je me forçai à retourner dans la morgue une fois que le corps de Brian fut disposé sur la table. Il n'était pas beau à voir, surtout à cause de tout le sang qui avait coulé de ses blessures à la tête et s'était répandu dans le sac. Quelqu'un avait enroulé un drap autour de son crâne pour essayer de contrôler le saignement, mais malgré cela il y en avait partout quand Carl ouvrit la housse. Le doc écarta les lèvres de Brian et examina ses dents, les yeux plissés.

— Il manque l'incisive droite. Vous aviez raison, Kara.

Je me permis un sourire satisfait.

— Très bien, doc. Alors est-ce qu'il a appuyé sur la détente lui-même, ou bien a-t-il été assassiné ?

— Aucune idée, dit-il en se penchant, un scalpel à la main, pour commencer à raser les cheveux autour des trous que les balles avaient laissés dans le cuir chevelu et le crâne. Mais j'espère trouver une réponse très rapidement.

Il observa les plaies, puis replaça des morceaux de boîte crânienne restés dans la housse autour des parties osseuses encore intactes. Lorsqu'il tendit la main, Carl lui donna une longue baguette en plastique sans que le doc ait eu à la lui demander, signe qu'ils collaboraient depuis longtemps.

Le doc enfila la tige dans le trou de la tempe droite et la fit doucement glisser jusqu'à ce qu'elle ressorte de l'autre côté du crâne. Malgré l'aspect morbide de l'opération, il n'existait pas de meilleur moyen pour se faire une idée précise de la trajectoire de la balle. Le doc observa le résultat, puis me regarda avec un haussement d'épaules.

— Eh bien, l'angle est cohérent…, commença-t-il avant de secouer la tête. Le coup a été tiré à bout portant, c'est sûr, mais je ne vois aucun signe indiquant que l'arme était braquée tout contre sa tempe.

— Que voulez-vous dire ?

Il désigna la zone rasée du crâne de Brian.

— On peut voir de la poudre, mais pas de brûlure ni de traces noires sur les côtés, et… (il repoussa la peau pour découvrir l'os) à bout portant, il y aurait une blessure étoilée au niveau de l'impact ainsi que des noircissements sur le crâne.

— Donc… il ne s'est pas suicidé ?

Il se contenta d'un haussement d'épaules exaspérant.

— Je ne peux pas non plus l'affirmer. Il aurait pu tenir le revolver un peu éloigné.

— Vous ne m'aidez pas, dis-je d'un ton amer. Des traces de poudre sur ses mains, peut-être ?

— Il pourrait en avoir simplement en se trouvant dans la même pièce lorsque le coup de feu a été tiré, souligna le doc.

— Je vois.

— Ne perdez pas espoir, dit-il pour me rassurer, en désignant les mains de Brian protégées par des sacs en plastique. Je les examinerai pour voir s'il y a des résidus, et je vais demander au labo d'analyser l'arme au cas où elle soit entrée en contact avec de l'ADN. S'agissait-il de son arme de service ?

— Oui.

— Alors si on y trouve l'ADN de quelqu'un d'autre, ça nous mettra sur la piste.

Il libéra les mains de Brian et les souleva pour que je puisse regarder et permettre à Carl de prendre des photos.

— Ça non plus, ça n'aide pas beaucoup, ajouta le doc.

— Non, dis-je en fronçant les sourcils. Elles sont couvertes de sang.

— Ouais. Elles sont restées dans une flaque de son propre sang.

— Donc pour l'instant, on n'est sûrs de rien, c'est ça ? demandai-je, même si je connaissais déjà la réponse.

— Non, dit le doc. Désolé.

Je retirai mes gants, puis le reste de la tenue de protection.

— D'accord. Je crois que je devrais passer quelques coups de fil.

Et continuer à réfléchir sur ce qui pourrait dévorer les essences, me dis-je.

— Vous m'appellerez si vous faites une découverte intéressante à propos de Davis Sharp ?

— Vous serez la première informée.

Eh bien, moi qui voulais me réfugier dans le travail, pensai-je en quittant la morgue. *À ce rythme-là, je n'aurai pas le temps de me préoccuper de quoi que ce soit d'autre.*

Chapitre 11

Sur ma liste de choses à faire figurait ensuite une visite à ma tante Tessa. Un peu avant midi, je me garai sur le parking du Centre de soins neurologiques Nord du lac. Nord Neuro, comme tout le monde le surnommait, était un établissement de deux étages, situé en face de l'hôpital du comté de Saint-Long. Les propriétaires avaient fait de leur mieux pour donner à l'endroit un air chaleureux et accueillant : joli jardin, extérieur propre, façade repeinte à neuf. Mais rien ne pouvait rendre un tel lieu sympa. J'appréciais malgré tout le fait qu'il ne ressemblait pas complètement à un trou à rats. J'avais largement puisé dans mes économies et celles de ma tante pour payer ses soins, contente d'avoir une procuration qui me le permette. Nord Neuro était une clinique privée, ce qui signifiait que ça me coûtait la peau des fesses, même avec l'assurance maladie de Tessa. Je savais cependant que quoi qu'il arrive, je n'aurais à payer les factures que pour deux ou trois mois.

Je coupai le contact et restai immobile à écouter le cliquetis du moteur qui refroidissait, les mains agrippées au volant. Je détestai venir ici, mais j'avais encore plus horreur de savoir que ma tante s'y trouvait. Je haïssais cette situation de tout mon être, et savoir qu'elle n'avait conscience de rien était la seule chose qui me permette de supporter la situation. En tout cas, j'espérais qu'elle ne se rendait compte de rien. Rhyzkahl avait dit qu'une essence pouvait être restituée. Il était possible qu'elle revienne d'elle-même, mais il était plus sûr de l'attirer. C'était la raison de ma présence à la clinique ce jour-là. J'avais l'intention de récupérer ce dont j'avais besoin pour le rituel qui me permettrait, avec un peu de chance, de faire revenir l'essence de ma tante.

Je sortis de ma voiture et balançai mon sac à dos sur mon épaule. *Ne te fais pas trop d'idées*, me dis-je. Il était important de garder espoir, mais la déception sans doute inévitable aurait un goût amer. *Et si d'autres essences disparaissent, quelles conséquences cela aura-t-il sur Tessa ?* Son essence flottait en liberté pour l'instant, mais si le déséquilibre devenait trop grand, elle serait «aspirée» par le vide que créeraient celles qui avaient été dévorées, au lieu de revenir investir son corps.

Je n'aimais pas m'appesantir sur le sujet.

Les portes vitrées coulissèrent, et je me préparais à affronter l'atmosphère que je trouverais à l'intérieur. Ici, pas d'odeur âcre de nourriture mélangée à celle de l'urine, comme dans la plupart des maisons de retraite, mais on y utilisait assez d'antiseptique hospitalier pour que les effluves me fassent frissonner.

Tessa avait sa chambre dans une zone de l'hôpital où l'on accueillait les patients qui n'avaient pas besoin d'assistance respiratoire. Elle pouvait en tout cas s'en passer pour l'instant. Elle partageait sa chambre avec une autre patiente dans le coma, une femme d'une cinquantaine d'années qui se trouvait là depuis plusieurs mois. En entrant, je vis son mari assis à côté du lit. Il parlait à voix basse avec une autre femme, qui devait être avocate ou médecin, à en juger par son apparence, très professionnelle. Elle portait un tailleur bleu foncé, des bijoux d'une élégance discrète, et des mèches blond doré relevaient le châtain de ses cheveux attachés en un chignon soigné.

L'homme leva la tête et, me voyant arriver, me lança un sourire du genre de ceux que l'on échange dans des circonstances difficiles. Je le lui rendis, puis la culpabilité m'envahit. Il se trouvait là chaque fois que je rendais visite à ma tante, et lisait toutes sortes de livres à sa femme. Quant à moi, je pouvais compter le nombre des visites que j'avais rendues à Tessa sur les doigts de la main.

— Content de vous voir, Kara, dit-il. Voici notre avocate, Rachel Roth.

Celle-ci se tourna vers moi avec un sourire neutre, mais agréable.

— Enchantée. J'espère que notre discussion ne dérangera pas votre visite. N'hésitez pas à nous le dire, nous pouvons tout à fait sortir dans le couloir.

— Non, ça ira très bien, dis-je tout en prenant soudain conscience que cette femme était la mère de Brian.

Non, sa belle-mère. Je me souvenais de l'avoir entendu dire que sa mère biologique était décédée depuis un certain temps. J'hésitai un instant avant d'ajouter :

— Je vous présente toutes mes condoléances. Brian était un de mes collègues.

Elle poussa un petit soupir.

— Merci. Ces derniers jours n'ont pas été faciles. Vous êtes dans la police ?

— Oui.

— Kara est inspecteur à la police judiciaire, expliqua monsieur Camarade de chambre. C'est elle qui a remonté la piste du Tueur au symbole.

Madame Roth haussa les sourcils et me regarda avec un regain d'intérêt.

— Vous devez avoir des histoires fascinantes à raconter.

— Un peu trop, dis-je en hochant la tête. Excusez-moi, je vais vous laisser poursuivre votre conversation. Enchantée d'avoir fait votre connaissance, madame Roth.

Je m'éloignai rapidement pour passer de l'autre côté de la pièce, près de ma tante. Je n'avais aucune envie d'annoncer à cette femme que c'était moi qui avais découvert le corps de son beau-fils, ni qu'on m'avait confié l'enquête.

Ils reprirent leur discussion à voix basse et j'en entendis des bribes : négligence, accident, assurance. J'en déduisis que la patiente qui se trouvait dans la pièce, à côté de Tessa, et dont j'avais encore une fois oublié le nom, avait eu un accident de la route et que Rachel Roth s'occupait apparemment du procès lié à l'affaire.

Je posai mon sac à dos par terre, au pied du lit. Il existait bien une différence entre Tessa et l'autre patiente. Cette dernière était dans le coma à la suite des blessures subies dans un accident, tandis que le corps de ma tante n'avait pas été touché. Seule son essence manquait.

Je fis appel à mon autrevue pour jeter un coup d'œil à l'autre femme alitée. Oui, elle était bien là, toujours dans son corps, à attendre qu'il guérisse et aille mieux. Je ne pouvais pas savoir si cela arriverait, mais c'était une possibilité. Je soupirai et sortis de l'autrevue, puis m'assis sur le siège à côté de ma tante. Je l'observai avec inquiétude. Elle était pâle et ses pommettes semblaient plus saillantes qu'avant. Sa respiration avait l'air superficielle si bien que je me demandai pendant combien de temps encore elle tiendrait avant d'avoir besoin d'un respirateur. Son état de santé ne s'arrangeait pas, en tout cas. *Combien de temps me reste-t-il ?*

Je déglutis pour essayer de chasser le nœud d'angoisse qui me serrait la gorge, et sortis un livre. Je commençai à lire à voix haute, pas trop fort, pour ne pas déranger la conversation de monsieur Camarade de chambre avec son avocate, tout en espérant qu'ils ne prêtaient pas attention à moi. J'avais pris un livre au hasard sur les rayons du supermarché, une histoire romantique assez crue et délibérément comique, qui mettait en scène des vampires sexuellement frustrés, et je fus obligée d'étouffer mes fous rires dès la troisième page.

Mon souhait se réalisa enfin, et mes deux voisins terminèrent leur discussion. Monsieur Camarade de chambre raccompagna Mme Roth, et j'en profitai pour tirer le rideau de séparation entre les deux lits. Je n'avais pas osé le faire auparavant, par peur de sembler impolie, mais ça me laisserait le temps de dissimuler ce que j'étais en train de faire, si jamais quelqu'un entrait dans la pièce.

Parce qu'il trouvera certainement ça très louche, pensai-je en sortant une seringue de mon sac. Même en faisant preuve d'imagination, j'aurais été incapable de me trouver une seule qualification médicale, mais j'avais besoin d'un peu de son sang. Utiliser la méthode traditionnelle des invocateurs – une coupure légère à l'avant-bras – aurait soulevé beaucoup trop de questions, et je m'étais dit qu'une piqûre ne se remarquerait pas, surtout vu le nombre d'autres aiguilles qu'on lui avait plantées dans le corps.

Je parvins à trouver une veine au troisième essai, bien contente que ma tante ne soit pas en mesure de me reprocher mon incompétence totale. Je poussai un soupir de soulagement en voyant la seringue se remplir de sang. Je versai ensuite son contenu dans une éprouvette, la rebouchai et rangeai le tout. Puis je lui arrachai une cinquantaine de cheveux en prenant garde de retirer aussi le bulbe. Je les glissai dans une enveloppe que je refermai. Je sortis ensuite deux Coton-Tige et prélevai de la salive, en frottant l'intérieur des joues de Tessa. *Comme pour une constatation d'agression sexuelle*, pensai-je.

Je repoussai enfin le rideau, pris mon coupe-ongles et commençai à lui faire une manucure, même si ses mains n'en avaient pas spécialement besoin. Une infirmière avait dû s'en occuper récemment, mais les petits bouts que je parvins à récupérer me suffiraient quand même. Monsieur Camarade de chambre revint pendant l'opération et m'adressa un sourire approbateur, que je lui retournai avec un petit hochement de tête, en m'efforçant de ne pas laisser voir que je récupérais les ongles dans une enveloppe.

Je venais de la glisser dans mon sac, lorsqu'une jeune rousse élancée, en uniforme d'infirmière, entra dans la pièce, l'air affairé. Elle lança à monsieur Camarade un sourire on ne peut plus guilleret, mais cligna des yeux, l'air visiblement surpris, dès qu'elle m'aperçut.

— Oh, bonjour! dit-elle gaiement. Je ne crois pas qu'on se soit déjà croisées. Vous êtes un membre de la famille?

— Sa nièce, répondis-je sur la défensive, prête à me défendre si elle me reprochait la rareté de mes visites. Je m'appelle Kara Gillian.

— Oh, mais bien sûr! dit-elle de sa voix haut perchée. Votre nom figure dans son dossier.

Comme pour prouver sa bonne foi, elle prit la liasse de papiers accrochée au pied du lit et se mit à la feuilleter.

— Eh bien, mademoiselle Kara, je me présente: Mélanie.

Elle fit un large sourire et désigna fièrement le badge qu'elle portait épinglé sur la poitrine. Je me demandai si elle oubliait parfois son prénom, et se voyait obligée de baisser les yeux pour vérifier.

— Et je peux vous assurer que je mets tout en œuvre pour que mademoiselle Tessa soit aussi à l'aise que possible!

— Je… Je vous remercie, répliquai-je, presque intimidée par son exubérance.

— Il faut dire que je me rendais à la boutique de mademoiselle Tessa presque tous les jours, dit-elle. Elle me rajoutait toujours des graines germées dans mes sandwichs à la dinde, comme je les aimais, sans jamais me facturer un centime de plus. J'ai un peu l'impression que c'est un signe du destin si je suis chargée de prendre soin d'elle, maintenant!

Mélanie me regardait avec un sourire rayonnant alors que je tentais de trouver quelque chose de cohérent à répondre. Je voyais, dans son dos, monsieur Camarade de chambre cacher son air amusé derrière sa main. Je lui adressai un regard désespéré, mais il se contenta de répondre par un haussement d'épaules impuissant, comme pour dire « Elle est cinglée, mais pas méchante ». Je me retins de soupirer.

— Eh bien, Mélanie, je suis sûre qu'elle serait rassurée de savoir qu'elle est entre de si bonnes mains.

Je n'aurais pas pensé que c'était possible, mais son sourire sembla s'élargir encore plus.

— Oh, c'est tellement gentil de dire ça! s'écria-t-elle. Et ça me fait vraiment chaud au cœur de vous voir venir, les uns et les autres. Ce n'est peut-être que mon imagination, mais elle a l'air plus vigoureuse après chacune de vos visites.

Je clignai des yeux.

— Une seconde. Quelqu'un d'autre lui rend visite, à part moi?

— Absolument! Il y a un homme qui vient souvent, en fin d'après-midi. Je me suis dit que ça devait être un autre membre de sa famille, puisque ce sont les seuls visiteurs autorisés à cette heure-là.

Qu'est-ce que c'est que ce bordel?

— Vous pourriez me le décrire?

Elle se mordit la lèvre.

— Mince… Euh… Bon, il est plus vieux que moi. Et puis assez grand, je crois. (Elle secoua la tête et me lança un regard abasourdi.) Je suis désolée. J'ai essayé

170

de discuter avec lui et de me présenter, mais il m'a juste regardée et n'a presque rien répondu. J'en ai déduit que c'était son mari, son frère ou un truc comme ça.

— Elle n'a ni l'un ni l'autre, répondis-je en fronçant les sourcils.

Mélanie écarquilla les yeux.

— Oh, non… Il a dû mentir et dire qu'il était de la famille ! (Son visage s'illumina soudain.) C'est peut-être son amoureux, et il a raconté ça pour pouvoir être près d'elle ! Vous savez, par amour. Il était si grave, silencieux et flippant… En fait, tout ça, c'était parce qu'il se sentait tellement triste de la voir ici.

Elle posa une main sur sa poitrine et poussa un soupir tragique. Je la dévisageai, et monsieur Camarade de chambre fut tout à coup pris d'une quinte de toux inexplicable qui ressemblait étrangement à un fou rire. Au fond de moi, j'avais envie de la saisir et de la secouer en exigeant qu'elle m'explique comment quelqu'un pouvait être aussi naïf, mais mon côté rationnel me rappela que le monde manquait de ce genre d'exubérance innocente, et que la violence physique n'était sans doute pas la meilleure solution. Je me raclai la gorge avant de parler :

— Mélanie, y a-t-il quoi que ce soit que vous puissiez me dire sur ce visiteur ? Pouvez-vous me le décrire ?

Elle se mordit de nouveau la lèvre inférieure.

— Mmm… Il est grand, mince, super discret. Jamais un sourire. Il reste assis à côté de son lit pendant un moment, puis se lève pour partir. (Elle poussa un autre gros soupir.) Je suppose qu'il se languit d'elle. Le pauvre.

Je sentais la migraine arriver.

—Ses cheveux? Ses yeux? N'importe quoi d'autre?

Elle hocha fermement la tête.

—Oui, je suis sûre qu'il a des cheveux. Et ses yeux sont clairs. Verts, peut-être. Ou bleus. Ou alors couleur noisette.

Elle m'adressa un grand sourire, visiblement aux anges de m'avoir apporté une aide si précieuse. Je restai tout d'abord bouche bée, puis réussis finalement à articuler un compliment:

—Vos capacités mémorielles sont… incroyables.

Elle gloussa de plaisir.

—Oh! Je suis si heureuse d'avoir pu vous aider! (Elle accrocha le dossier de ma tante au pied du lit.) Très bien, je vais finir mon petit tour. Enchantée de vous avoir rencontrée!

Sur ce, elle ressortit de la pièce d'un pas pressé. Je gardai les yeux rivés sur la porte après son départ, puis me retournai vers monsieur Camarade de chambre, qui pleurait de rire.

—Oh, mon Dieu, dit-il. Je suis désolé d'avoir ri comme ça. Mais elle est complètement toquée, non?

—Difficile de croire qu'elle ne fait pas semblant, dis-je sans pouvoir m'empêcher de sourire. Et vous, vous n'auriez pas vu ce visiteur mystère?

Il fit «non» de la tête, tout en s'essuyant les yeux.

—Désolé. Je ne peux jamais rester très tard. Cet homme doit arriver chaque fois après mon départ. Mais vous verrez peut-être son nom dans le registre à l'entrée?

—Bien vu, dis-je. Vous feriez un bon inspecteur.

— Je suis une mauviette, dit-il l'air amusé. Je préfère regarder les séries policières à la télévision.

— Ne le répétez à personne, dis-je en rassemblant mes affaires, mais moi aussi, je suis une vraie mauviette.

La bonne idée de monsieur Camarade de chambre fut malheureusement un échec. Personne n'avait signé pour venir voir Tessa.

Je montai dans ma voiture brûlante, mis tout de suite la climatisation en marche, puis sortis du parking. Est-ce que quelqu'un rendait vraiment visite à ma tante ? Mélanie avait l'air d'une imbécile finie, et peut-être confondait-elle Tessa avec une autre patiente ? Ou bien l'homme était peut-être un de ses clients ou voisins ? Mais dans ce cas, pourquoi n'y avait-il pas de trace de son passage dans le registre ?

Je m'engageai dans l'allée qui conduisait chez moi et fis de mon mieux pour faire taire mes inquiétudes à propos de ce visiteur. Je devais être capable de me concentrer, pour procéder à la première étape du rituel que Rhyzkahl m'avait décrit. *J'ai au moins réussi à lui soutirer cette information avant de gaspiller mes questions avec cette histoire débile de lien onirique*, pensai-je, énervée contre moi-même.

Je descendis au sous-sol pour passer un coup de balai et nettoyer par terre, afin de mettre en place le nouveau diagramme. Je m'étais forcée à prendre l'habitude d'effacer le dessin au sol et de ranger tous mes instruments après chaque invocation, mais je ne voulais courir aucun risque. Un trait de craie oublié pouvait perturber ce que je m'apprêtais à faire, d'autant plus que je n'étais pas exactement sûre de mon coup.

Je commençai à tracer les lignes du diagramme avec précision, selon les paramètres que Rhyzkahl m'avait communiqués en détail, pour faire appel à l'essence de Tessa. Heureusement que j'avais pris des notes, parce que ce truc était hyper compliqué. Le dessin ne ressemblait pas du tout aux diagrammes d'invocation que j'utilisais habituellement. En effet, il ne s'agissait pas d'une invocation cette fois-ci, mais de quelque chose d'entièrement différent. D'après Rhyzkahl, une fois terminé et avec la juste dose de puissance correctement canalisée à travers lui, ce diagramme enverrait un appel destiné à l'essence de Tessa et, avec un peu de chance, la rapatrierait dans cette sphère.

Après avoir fini le dessin, j'ouvris mon sac à dos et en sortis tout ce que j'avais prélevé sur Tessa à la clinique. Je mélangeai le tout dans un bol en argent – son sang, ses cheveux, sa salive et ses ongles –, de manière à obtenir une espèce de soupe visqueuse dégoûtante, puis l'appliquai sur les bords du diagramme. Lorsque j'eus terminé le dessin, je posai le bol de côté et m'assis sur mes talons pour admirer mon travail. J'avais l'impression d'avoir fait tout ce qu'il fallait, mais n'ayant jamais préparé un tel rituel auparavant, je n'étais pas sûre de pouvoir repérer un problème, même s'il s'agissait de quelque chose d'évident. Je poussai un soupir et me frottai les yeux. Il n'y avait plus rien d'autre à faire que de continuer et d'espérer que tout se passerait bien.

Je me levai et rassemblai de la puissance. Je sentis ma volonté en prendre le contrôle lentement et irrégulièrement, mais comme je n'avais pas l'intention d'ouvrir un portail, peu importait si l'énergie se propageait de manière imprévisible. C'était du moins ce que j'espérais. Rhyzkahl m'avait expliqué que les phases de la lune n'avaient pas d'influence, ce qui tombait bien puisque le rituel comportait de nombreuses étapes, que je devrais franchir dans les jours à venir.

Je canalisai la puissance vers le diagramme, comme Rhyzkahl m'avait dit de le faire, et je la regardai se fixer dans les runes, avant de la relâcher. À mon grand soulagement, le cercle commença à vibrer doucement, mais je ne pus m'empêcher de trouver tout cela décevant. *Attends un peu, ce n'est pas fini*, me dis-je. Il restait beaucoup de travail à faire. J'étais trop habituée aux invocations, au cours desquelles les diagrammes et les rituels complexes conduisaient à des résultats spectaculaires : bourrasques, éclairs et, bien sûr, démons. Cette fois-ci, je ne sentais rien de plus qu'un vrombissement.

Carrément médiocre.

J'espérais seulement que Rhyzkahl savait de quoi il parlait.

CHAPITRE 12

Dès mon arrivée au poste, le lendemain, je me rendis dans le bureau de Crawford pour lui faire le compte-rendu de ce que le doc avait trouvé au cours des autopsies de Brian et Carol Roth. Quand j'eus fini, il hocha lentement la tête.

— D'accord, dit-il sans arrêter de tripoter son stylo. Donc Carol Roth a peut-être été tuée par quelqu'un d'autre que Brian, ce qui jette un sérieux doute sur la théorie du suicide.

— Exactement. Et si l'on attend les résultats d'analyses, il sera peut-être trop tard pour remonter les pistes.

— Mon Dieu, ce serait vraiment bien de pouvoir l'innocenter, dit le sergent en tapotant le stylo sur le sous-main, tandis qu'il ébauchait une grimace. Ça ne m'enchante pas de faire ça, mais… je vais confier ces deux dossiers à Pellini.

Je le regardai fixement, certaine d'avoir mal entendu.

— Sergent, dis-je en faisant un effort pour ne pas bégayer d'indignation, Pellini a des tonnes de dossiers en retard. Il est incapable d'écrire un rapport cohérent. Il piétine en attendant la retraite. Tandis que la autre affaire dont je m'occupe en ce moment, c'est la mort de Davis Sharp. Je peux gérer !

Crawford secoua la tête.

— Je sais que tu en es capable, Kara, mais… j'ai reçu l'ordre de redistribuer les dossiers.

Il semblait énervé, et le voir dans cet état me calma un peu. Au moins, s'il voulait m'ôter l'affaire, ce n'était pas parce qu'il était convaincu que je n'étais pas à la hauteur.

— La théorie, d'après ce que j'ai compris, c'est que tu vas faire des jaloux si tu commences à t'occuper de toutes les affaires intéressantes. Les meurtres ne courent pas les rues dans la région, et les autres inspecteurs veulent leur part du gâteau.

Il affichait une triste mine, et je compris qu'il se fichait pas mal de créer des ressentiments dans le service. Je n'essayai pas pour autant de prendre sur moi, et continuai à faire la tête. Malheureusement, il y avait une part de vérité dans ce qu'il disait. J'avais déjà ressenti de la jalousie et de la malveillance à mon égard, à la fin de l'affaire du Tueur au symbole, lors de mon étrange disparition, et le sergent ne faisait qu'appliquer les ordres qu'il avait reçus.

Mais pourquoi Pellini ? Je m'estimais heureuse de n'avoir jamais eu à travailler avec cet inspecteur obèse et austère. Il n'était entré à la police de Beaulac que quatre ans auparavant, après une quinzaine d'années à La Nouvelle-Orléans, et jusqu'à présent, il m'avait semblé au mieux être un homme paresseux, incompétent et, de façon générale, désagréable. Il paraissait malheureux, et je devinais que rendre les autres aussi malheureux que lui devait être sa seule joie dans l'existence. Mais les dossiers devaient-ils être redistribués simplement à cause de ses lamentations ? Il se lamentait à propos d'absolument tout. La plupart du temps, les gens n'y prêtaient pas attention.

— Explique-lui où tu en es pour l'instant, Kara, dit Crawford.

Il se tut un instant avant d'ajouter :

— Laisse-lui sa chance. Il a quand même beaucoup d'expérience.

Je lisais malgré tout dans son regard qu'il était sceptique, mais je me contentai de hocher la tête, marmonnai que je devais mettre mes notes à jour, puis retournai à mon bureau. Je n'eus besoin que d'une vingtaine de minutes pour taper tout ce que j'avais sur les deux victimes, mais je m'appliquai à donner autant de détails que possible, pour que personne ne puisse critiquer la qualité des informations que j'allais communiquer à Pellini. J'avais envie de prendre le temps de réfléchir avant de lui remettre les dossiers, malheureusement j'avais trop de choses à faire. Dès que j'eus fini de taper mes notes, j'imprimai le tout et me dirigeai vers le bureau de Pellini.

Sa porte était ouverte et je l'aperçus affalé sur sa chaise, en train de regarder quelque chose sur son ordinateur. Je ne voyais pas l'écran de là où je me trouvais, et ne pouvais donc pas savoir de quoi il s'agissait. Mais lorsqu'il me vit dans l'embrasure de la porte, il ouvrit une autre page. Je soupçonnai qu'il n'était pas en train de travailler, mais je n'étais pas vraiment en position de le critiquer, car je me livrais parfois aussi à des séances de surf sur Internet, aux frais du contribuable. Son bureau faisait une fois et demie la taille du mien, c'est-à-dire qu'il ressemblait à un *grand* placard. Pellini était gros et colérique, avec des cheveux noirs et gras et une moustache épaisse qui semblait appartenir à une star du porno des années 1970. Le reste de sa personne n'avait rien de pornographique, cela dit. Il avait abandonné toute velléité d'entretien physique plus d'une décennie auparavant, et son ventre débordait tellement au-dessus de sa ceinture que j'avais du mal à imaginer comment il réussissait à enfiler un pantalon. Non pas que ce soit une habitude chez moi de rêver à Pellini et à ses pantalons…

Je lui tendis ma liasse de papiers. Il la regarda de loin, puis se redressa à contrecœur dans sa chaise et se pencha pour la prendre, me l'arrachant presque des mains, tout en soufflant comme si l'effort l'avait mis hors d'haleine. Ce qui était probablement le cas. Je me dis d'ailleurs que je ferais bien d'emmener mes propres fesses ramollies à la salle de gym. Je n'en étais pas au même point que Pellini, c'était certain. Je restais capable de courir trois kilomètres sans cracher mes poumons, même si je ne devais pas être belle à voir à l'arrivée. Mais je savais qu'il était de mon devoir de rester à peu près en forme, ne serait-ce que par respect pour les autres flics avec qui je travaillais. Je ne voyais même pas comment Pellini aurait pu venir en aide à un de ses collègues pris dans une bagarre ou une poursuite.

Tandis qu'il lisait mon travail, j'affichai un sourire professionnel figé, même lorsqu'il émit un petit reniflement qui ressemblait étrangement à un rire étouffé.

— Je vais devoir vous apprendre à faire un suivi, dit-il sur un ton pompeux, avant de lever les yeux vers moi, un sourire méprisant aux lèvres. Vous avez eu de la chance avec cette affaire de Tueur au symbole. À présent, il est temps d'apprendre comment mener une enquête correctement.

Je serrai si fort les dents, pour éviter de dire quelque chose qui pourrait détruire ma carrière, que je les entendis grincer.

— Je ne crois pas avoir eu de la « chance », comme vous dites, rétorquai-je sèchement. J'ai passé beaucoup de temps…

— Vous avez eu de la chance, dit-il sans me laisser finir.

Je dus faire un effort pour contrôler ma fureur.

— Mais ne vous vexez pas, poursuivit-il. La plupart des flics forgent leur carrière simplement sur leur bonne étoile. (Il me lança un sourire arrogant.) Moi, je vais vous apprendre à résoudre une affaire en travaillant dessus.

Je me forçai à hocher la tête.

— D'accord, Pellini. Peut-être qu'on pourrait aller se boire une bière, et vous me parlerez de tous les meurtres que vous avez élucidés à La Nouvelle-Orléans.

Il rougit, et je compris que j'avais touché un point sensible. Pellini avait surtout patrouillé, puis travaillé comme agent de sécurité en salle d'audience. Il n'avait commencé à mener des enquêtes à La Nouvelle-Orléans qu'un an avant de venir à Beaulac, et ce à la brigade financière. Il n'y avait pas de honte à cela, j'y avais moi-même travaillé, deux ans avant l'affaire du Tueur au symbole, mais je pouvais en déduire que j'avais plus d'expérience que lui en matière d'enquêtes criminelles. Et j'avais aussi le sentiment qui si on se mettait à comparer nos statistiques, je resterais meilleure que lui, même s'il avait travaillé en zone urbaine et moi dans la cambrousse. Je n'avais toujours pas compris comment il avait réussi à se faire nommer inspecteur à la crim' de Beaulac, mais je savais aussi que me poser ce genre de questions constituait une perte d'énergie.

Il se leva en soufflant et tira sur son pantalon pour le réajuster sous son gros ventre proéminent.

— Je vais aller parler au père de Brian. Je vous aurais bien proposé de venir avec moi, mais le juge et moi, on s'est connus il y a un bail, à l'époque où on était collègues à la police de La Nouvelle-Orléans. Je suis sûr qu'il traverse une période difficile, et il sera rassuré d'apprendre qu'un inspecteur de grade supérieur est désormais chargé de l'enquête. Et puis on va parler d'homme à homme, ça vous dépasserait sans doute.

Je fis de mon mieux pour ne pas tenir compte de la myriade d'insultes que recelait cette déclaration, et m'obligeai plutôt à me sentir soulagée de ne pas avoir à passer plus de temps avec lui.

— Pas de problème, dis-je joyeusement. Tenez-moi au courant si vous avez besoin d'aide.

Tant que ce n'est pas pour retrouver ta queue sous ce gros tas de gras qui te sert de ventre, pensai-je en retournant dans mon bureau.

Je refermai la porte derrière moi, pour me laisser le temps de fulminer quelques minutes, puis de m'apitoyer un peu sur mon sort. *Est-ce grâce à ce lien avec le juge Roth qu'il a obtenu la charge de ces dossiers? Il a fait jouer le piston?* Dans ce cas, le juge avait-il conscience de la situation dans laquelle il se mettait? Je fus brièvement tentée de balancer quelque chose de lourd et cassable à travers la pièce, mais le seul objet de cette catégorie dans mon bureau était mon ordinateur, et je n'en eus pas le courage.

Je me contentai finalement de froisser les feuilles du bac de chargement de mon imprimante et de jeter les boules de papier contre le mur. Ce n'était pas aussi satisfaisant, mais lorsque j'eus fini de ranger le bazar que j'avais mis, ma colère s'était presque entièrement consumée.

Mon téléphone sonna soudain et me sortit de mes idées noires.

— Kara Gillian, annonçai-je après avoir décroché.

— Salut Kara, c'est le doc. J'ai une mauvaise nouvelle à propos de votre conseiller.

— Quoi encore?

— Eh bien, il ne s'agissait pas d'un accident.

Mon ventre se noua.

— Vous en êtes sûr?

— Oui, à moins de s'être cogné la tête deux fois, en tombant. L'impact et le positionnement ne correspondent pas du tout à une chute dans la douche. Le trauma n'est pas suffisant pour causer la mort, mais je suis certain qu'on l'a assommé deux fois, avec quelque chose de lourd, assez pour qu'il tombe dans les pommes ou reste dans les vapes, et puis on l'a placé ensuite dans la douche, de manière qu'il étouffe.

— Je vous hais, dis-je machinalement.

C'était de toute façon la réaction à laquelle il devait s'attendre. Cela ne m'empêcha pas pour autant de réfléchir à toute allure.

—Désolé, répondit-il en riant. Je reviendrai vers vous avec les détails.

Je raccrochai en proie à un étrange mélange d'angoisse et de soulagement. *Deux homicides.* Voilà qu'il existait soudain un lien entre Brian Roth et Davis Sharp. Mais pouvait-il y en avoir un autre ? Brian le connaissait sûrement, au moins de réputation, à cause du restaurant, mais c'était aussi le cas de la moitié des habitants de Beaulac.

Je bougeai ma souris pour faire disparaître mon écran de veille et commençai à taper des mots-clés sur Internet comme « essence », « âmes » et n'importe quoi d'autre susceptible de me donner un indice sur ce qui pouvait bien dévorer les essences à part un ilius. Je n'étais peut-être plus responsable de l'enquête sur la mort de Brian, mais j'avais la ferme intention de découvrir pourquoi son essence et celle de Sharp avaient disparu. *Et ces recherches ne représentent pas un gaspillage de l'argent du contribuable,* me dis-je, *puisque sur le plan technique, elles relèvent de l'investigation policière, même si je ne ferais jamais part de mes découvertes dans un rapport.*

Les résultats que j'obtenais en ligne pour ce genre de chose étaient assez aléatoires, mais j'avais déjà été agréablement surprise par les informations que j'avais pu trouver, et je me disais qu'il valait toujours mieux essayer. Je savais qu'il existait d'autres personnes, de par le monde, versées dans l'art des arcanes, et pas uniquement des invocateurs. Il semblait donc logique que quelqu'un, quelque part, ait pu un jour faire allusion à quelque chose qui m'intéresse. Il m'était d'ailleurs déjà arrivé de trouver d'obscures informations sous l'apparence de récits de fiction, un peu de la même manière que j'avais appris des choses sur le Tueur au symbole dans une bande dessinée.

Je n'eus pas cette chance ce jour-là. Je perdis une heure entière à naviguer de site en site. Je découvris beaucoup de choses sur les vampires, les mangas japonais, et tombai même sur des romans érotiques saugrenus, qui mettaient en scène des succubes zombies mangeuses d'âmes chevauchant des licornes, mais rien qui me fasse crier « Eurêka ! »

J'effaçai l'historique de navigation de mon explorateur et vidai le cache, puis poussai un soupir et m'attaquai à un après-midi de tâches administratives banales, mais nécessaires. Ah, la vie trépidante d'un inspecteur...

Chapitre 13

Le jour suivant, je me garai sur le parking de l'église Saint-Luc, juste après midi. En tant qu'inspectrice chargée d'enquêter sur le meurtre de Davis Sharp, je trouvais sage – c'était presque un devoir – d'assister à son enterrement, même si je n'avais pas les mêmes raisons de le faire que les personnages de romans policiers, qui en profitent pour coincer et questionner les suspects.

Dans mon univers, si un inspecteur essayait d'interroger des suspects lors d'un service funéraire, il se faisait suspendre ou renvoyer, avant d'avoir eu le temps de dire : « Mais c'est comme ça qu'ils font à la télé ! »

C'était plus symbolique, pour montrer à la famille en deuil et au public que les services de police s'impliquaient et avaient l'intention de s'occuper sérieusement et personnellement de l'affaire.

J'enfilai ma veste juste avant de pousser la porte, en remarquant, amusée, que je n'étais pas la seule personne présente à éviter de me couvrir par cette chaleur accablante. Je portais mon seul tailleur de bonne qualité, celui que je mettais pour les audiences et les enterrements, et même des chaussures à petits talons ainsi que quelques jolis bijoux pour l'occasion.

Faire acte de présence ne me dérangeait pas ; après tout, nous étions en majeure partie financés par des fonds publics, et murmurer quelques condoléances polies ne coûtait pas grand-chose. Mais d'un autre côté, cela m'intéressait vraiment de voir qui serait là, même sans pouvoir poser de questions. Et après le témoignage d'Auri, j'avais envie de savoir si une blonde, grande et mince, allait se montrer.

Je tins la porte ouverte pour laisser passer un couple qui s'approchait, puis suivis ces gens, imitant leur soupir de soulagement au moment où l'air conditionné nous enveloppa. L'instant d'après, je dus faire un effort pour réprimer un claquement de langue qui aurait montré mon agacement. *C'est une putain de blague ou quoi ?*

Pratiquement toutes les femmes présentes étaient blondes. Et minces. Et sur leur trente et un.

Je continuai d'avancer, tout de suite moins confiante quant au chic de mon tailleur. Je me sentis observée, jaugée, et me félicitai de ne pas avoir mis mon badge. Les contribuables se seraient peut-être montrés prêts à payer de nouvelles taxes par pitié pour les inspecteurs de police, visiblement si mal payés qu'ils se voyaient forcés d'acheter du prêt-à-porter. Quelle horreur !

J'affichai un sourire doux et poli, signai consciencieusement le registre, puis trouvai une place un peu à l'écart, dans le fond de l'église, d'où je pouvais observer les gens. Je parvins assez facilement à repérer Elena Sharp, la veuve de la victime, ayant téléchargé la photo de son permis de conduire avant de venir. Elle était d'une beauté frappante, avec ses yeux en amande, son teint légèrement cuivré et ses cheveux châtain foncé aux reflets auburn, qui lui tombaient en une cascade joliment dégradée dans le dos. D'ailleurs, elle était une des rares femmes de l'assemblée à ne pas être blonde.

Et elle faisait partie des suspects.

Crawford n'avait pas été ravi, loin de là, lorsque je l'avais enfin informé que les causes de la mort du conseiller n'étaient pas accidentelles.

— Fait chier, avait-il grommelé. Le meurtre d'un homme comme lui, riche avec beaucoup de contacts, c'est bien la dernière chose dont on avait besoin.

Je voyais ce qu'il voulait dire. La pression pour qu'on trouve des suspects, obtienne des confessions et boucle rapidement l'affaire, de préférence « d'ici à la fin de la journée », serait énorme.

Elena Sharp avait quitté Mandeville la veille de la mort de son mari, mais cela ne suffisait pas à la rayer de la liste des suspects. Et oui, elle avait un semblant d'alibi : le témoignage d'un agent de sécurité dans son immeuble, qui affirmait que sa voiture était restée au garage toute la nuit. Mais elle aurait aussi bien pu utiliser un autre véhicule, et il ne fallait pas tant de temps que ça pour revenir à Beaulac.

J'avais téléphoné à Mme Sharp le lundi, pour lui demander de venir répondre à quelques questions. Elle était restée cordiale, mais m'avait bien fait comprendre que si je voulais l'interroger, je devrais me déplacer jusqu'à Mandeville, car elle ne prévoyait pas de rester à Beaulac, une fois la cérémonie terminée. Je savais qu'il m'était possible de l'obliger à venir, mais je ne pouvais pas exclure qu'elle se trouve alors un avocat.

Par ailleurs, cela ne me dérangeait pas de prendre une heure et quelque pour aller jusque chez elle.

Pour l'instant, je me contentai de regarder autour de moi et d'attendre.

— Semaine difficile, n'est-ce pas ?

Je me retournai. L'homme qui venait de parler me sembla vaguement familier : il était assez beau, la quarantaine, avec des traits un peu hispaniques. Il portait un costume sombre, approprié vu les circonstances, mais loin d'être aussi outrageusement chic que ceux de certains autres participants.

— Je vous demande pardon ? dis-je.

— Beaucoup de morts ces dernières semaines, expliqua-t-il. C'est ce qu'on dirait, en tout cas. (Il soupira et secoua la tête.) D'abord le couple Roth, et maintenant Davis. Jamais deux sans trois pour ce qui est des malheurs, pas vrai ?

— Peut-être, répondis-je évasivement.

J'avais plutôt l'habitude de voir les malheurs arriver par vagues d'une dizaine, du moins c'était ainsi que je le ressentais.

— Connaissiez-vous Brian et Carol Roth ? demandai-je.

— Oui. Je me présente : Adam Aquilo, je travaille avec le père de Brian, je suis son assistant.

Il me tendit la main et je la lui serrai poliment.

— Kara Gillian, répondis-je. J'ai déjà dû vous croiser au tribunal.

— Je vous ai reconnue, dit-il en hochant la tête. Comme vous êtes habillée en flic, c'est plus facile. Votre visage me disait quelque chose, et ça m'a aidé à vous replacer.

Je regardai mes vêtements, puis levai les yeux au ciel.

—Oui, je fais un peu tache au milieu du défilé de mode.

Il se mit à rire doucement.

—À votre avis, pourquoi est-ce que je me suis aussi trouvé une place contre le mur du fond? Mon costume vient du centre commercial de Beaulac.

—Je vois, les juristes gagnent assez d'argent pour éviter de s'habiller dans les hypermarchés!

—Ouais, je roule sur l'or, dit-il avec un grand sourire.

—Et vous êtes un ami des Sharp, alors?

—Je connais Elena… Enfin je connaissais Davis aussi, si l'on peut dire, par son restaurant, mais je suis plutôt venu de la part du juge Roth. Les sphères sociale et politique ont tendance à fonctionner ensemble, vous savez.

Je hochai la tête. Personne ne pouvait s'attendre à ce que le juge soit présent ce jour-ci, pas alors que l'enterrement de Brian avait lieu le lendemain.

Je regardai vers l'avant de l'église. Elena Sharp se tenait à côté du cercueil de son mari et acceptait de bonne grâce les témoignages de sympathie et les embrassades polies des amis du défunt, qui la saluaient les uns après les autres.

—C'est une très belle femme, dis-je. Davis avait de la chance.

Adam fit la moue.

—Entre vous et moi, c'est elle qui avait de la chance. C'était une vraie bouseuse avant qu'il l'épouse.

—Ah bon? dis-je en haussant un sourcil.

Parfait. Inutile de se livrer à des interrogatoires, quand les gens se montraient tout à fait disposés à échanger des potins.

—Oui, c'est pour ça que tout le monde était si choqué d'apprendre qu'elle l'avait quitté. Et apparemment, elle avait demandé le divorce le jour même.

J'ignorais ce détail.

—Mais elle obtiendra malgré tout un règlement de divorce convenable, non?

—Je suppose, dit-il en haussant les épaules, mais l'argent n'était qu'une de ses motivations. Elle adorait être Mme Davis Sharp, femme du monde. (Il eut un petit rire qu'on aurait pu trouver moqueur.) Elle aimait tout le décorum, les soirées, les événements. Elle voulait se montrer, elle souhaitait qu'on la remarque. Pareil pour sa voiture: Davis leur avait acheté comme cadeau de mariage deux Mercedes décapotables rouges assorties, mais elle voulait la sienne en jaune flashy, pour que tout le monde sache bien qui était au volant quand elle passait. Seulement le modèle n'existait pas en jaune, et Davis, Dieu merci, a refusé qu'elle fasse repeindre sa voiture. (Il secoua la tête et se redressa.) Bon, je ferais mieux d'aller m'acquitter de mon devoir. Enchanté d'avoir pu vous parler.

—Moi de même, répondis-je avec un sourire.

Et merci pour les ragots, ajoutai-je silencieusement.

Je n'allais pas tarder à partir. Je n'avais pas de raison de présenter mes respects à la veuve, d'autant plus qu'elle restait l'un des suspects dans l'affaire du meurtre de son mari.

Un coup de tonnerre m'accueillit au moment où je sortis de l'église. Le temps que je sorte la voiture du parking, il pleuvait des cordes et je me vis obligée de mettre les essuie-glaces à leur vitesse maximum pour pouvoir distinguer quelque chose.

Mon téléphone me signala que j'avais reçu un texto. Comme j'avais les deux mains crispées sur le volant, j'attendis d'être arrêtée à un feu rouge pour le lire.

C'était Ryan.

« C'est quoi ce temps de merde ? Tu peux me dire pourquoi j'emménage ici ? Le surfeur te passe le bonjour. »

Je souris et pianotai une réponse rapide.

« Mauviette. C juste une tite averse. Tu emménages paskon est les seuls à te supporter. Tous les autres te détestent. C la triste vérité. Dis bonjour au surfeur pour moi. »

Le feu passa au vert juste au moment où je reçus un nouveau texto, et je gardai la priorité aux trois intersections suivantes. Je finis par abandonner et me garai sur un parking pour lire sa réponse.

« J'en étais sûr. C pour ça q personne ne vient à mes soirées de Noël spécial Star Trek. Mais tu m'aimes tjs pour toute la vie ? »

Je ne pus m'empêcher de sourire comme une idiote, même si je savais bien qu'il plaisantait.

« Seulement pcq tu me fais pitié. Et seulement quand tu m'apportes des beignets. »

J'envoyai le message, puis attendis. Trente secondes plus tard, mon téléphone retentit de nouveau.

« L'amour des beignets. Ça me va. Si tu as le tps, passe nous voir au bureau. Zack a hâte de te revoir. »

— Qu'il est con, murmurai-je en faisant demi-tour. Mais je souriais toujours.

Chapitre 14

Je n'étais jamais allée dans les bureaux locaux du FBI, et je me rendis compte en entrant que je n'avais pas raté grand-chose. Il n'y avait pas de réception, ni de secrétaire, ni de téléphone. L'endroit ressemblait en fait à une pièce blanche de la taille de ma cuisine, avec deux bureaux en métal, un meuble noir à tiroirs et quelques chaises qu'on aurait dit achetées chez Emmaüs. Par ailleurs, j'étais convaincue que Ryan et Zack avaient été obligés de mendier, d'emprunter et de soudoyer pour obtenir le peu de chose qu'ils avaient.

Un couple se tenait à l'intérieur, de l'autre côté de la porte, mais je ne voyais aucune trace de Zack ou de Ryan. Avant que j'aie le temps de poser la question, la femme me désigna du pouce le mur en face de nous.

— Ils sont au fond, dit-elle.

Je regardai dans la direction qu'elle me désignait et aperçus l'embrasure d'une porte que je n'avais pas remarquée jusque-là.

— L'agent Kristoff cherche un parapluie, ajouta-t-elle en jetant un regard noir par la fenêtre.

La pluie s'était considérablement calmée durant mon trajet, et personnellement, je n'estimais pas qu'un parapluie soit nécessaire pour franchir les cinq mètres qui séparaient ces gens de ce que j'imaginais être leur voiture, la seule sur le parking qui ne ressemblait pas à un véhicule officiel. Mais puisque ce n'était pas à moi d'aller leur dégotter un parapluie, je gardai mon opinion pour moi.

—Merci, dis-je simplement.

L'homme du couple me fit un gentil sourire, mais la femme conserva son regard mauvais. Ils devaient avoir près de soixante ans tous les deux. Lui avait le teint très pâle, ce qui me fit penser qu'il devait être malade, et pas seulement de la grippe.

La porte du fond s'ouvrit, et Ryan apparut, un grand parapluie noir à la main.

—Voilà, monsieur et madame Galloway. Je vous raccompagne à votre voiture.

Il me sourit et me fit un signe de tête, puis leur tint la porte pour les laisser passer. Il marcha à leurs côtés en les protégeant soigneusement des quelques gouttes de pluie qui tombaient encore, puis revint au pas de course tandis que leur voiture sortait du parking.

Il avait perdu son air enjoué.

—Tout va bien ? demandai-je.

Il se racla grossièrement la gorge.

—Ça irait mieux si j'avais des victimes qui comprennent que tant qu'elles refusent de témoigner, je ne peux pas faire grand-chose pour les aider.

Je fis une moue compatissante.

—C'était qui ? À moins que tu n'aies pas le droit de me le dire ?

—Sam et Sara Galloway. Ils étaient autrefois propriétaires d'un restaurant assez connu et qui marchait bien, au bord du lac. *Chez Sam et Sara.*

Je me rappelais vaguement l'endroit. Comme je ne sortais pas souvent pour dîner, je n'étais pas spécialiste des bonnes adresses de la région.

— Ils ont fermé il y a un moment, c'est ça ?

— Il y a une dizaine d'années environ. Ils ont été obligés de mettre la clé sous la porte, mais je ne peux pas vraiment te donner plus de détails pour l'instant.

Je secouai la tête.

— Je comprends. Où est Zack ?

D'un signe de tête, Ryan montra la porte du fond, au moment où Zack en sortait. Avec son teint hâlé et ses cheveux blonds, il ressemblait plus à un surfeur qu'à un agent fédéral. Il ne semblait pas dépasser les vingt ans, ce qui n'arrangeait rien, même si je savais bien qu'il devait en avoir plus pour occuper un tel poste.

— Content de te revoir, inspecteur Gillian, dit-il avec un large sourire.

— Moi de même, agent Garner.

Je lui souris en retour, et il s'approcha pour me prendre dans ses bras.

— Bon Dieu, Zack, qu'est-ce que tu as fait à tes cheveux ? Tu as essayé de les teindre ou quoi ?

Il passa une main dans sa tignasse et prit un air penaud.

— Ouais. Je voulais éclaircir les pointes, mais ça n'a pas vraiment marché.

Je le dévisageai.

— Tu avais déjà les cheveux blonds, dis-je. Mais maintenant…

— Orange, dit Ryan. Tourne autour du pot tant que tu veux, mais le fait est qu'il a les cheveux couleur carotte.

—Seulement les pointes, dis-je, mais ça en jette.
Il faut que tu arranges ça.

—J'ai déjà pris rendez-vous, assura-t-il en souriant.
Tu es chic aujourd'hui. Tribunal?

—Non, enterrement, répondis-je avec une grimace.
La victime d'une affaire dont je m'occupe depuis ce
week-end. Un conseiller du comté qui s'est retrouvé
le cul en l'air dans sa douche. On a cru à une asphyxie
posturale accidentelle, au début, mais finalement ça
a tout l'air d'être un homicide. (Je pris une profonde
inspiration et me tournai vers Ryan.) C'était comme
pour Brian Roth. Autrement dit, on lui a aussi volé
son essence.

—Elle avait disparu, ou quelque chose l'avait
dévorée? demanda Ryan en fronçant les sourcils.

—Dévorée, dis-je en réprimant un frisson. La mort
de Brian n'était donc pas un événement isolé.

—Vous pouvez me dire de quoi il s'agit? demanda
Zack.

Je le mis au courant en lui exposant rapidement
les éléments pertinents. L'agent spécial Zack Garner
connaissait lui aussi l'existence des arcanes, mais
j'ignorais en revanche s'il avait un talent particulier
dans ce domaine. Quand j'eus terminé, une expression
inquiète assombrit son visage.

—Il n'y a eu que ces deux cas-là pour l'instant?

—Oui, mais ça fait deux de trop… À dire vrai,
c'est bien pire que ça. Ça me fait complètement flipper.

—Je peux comprendre. Comment s'appelait
le conseiller?

—Davis Sharp. Il était propriétaire d'un restaurant
qui portait son nom, entre autres choses.

Zack fronça un peu plus les sourcils, et Ryan et lui se regardèrent.

—Y a-t-il un lien entre lui et l'autre victime? demanda Zack.

—Je ne sais pas encore. Il me reste beaucoup de recherches à faire. Brian allait sûrement dîner au restaurant de Sharp de temps en temps, mais à part ça, je n'ai rien trouvé. Pourquoi, vous avez des éléments là-dessus?

Zack s'appuya contre l'un des bureaux en métal.

—On a déjà rencontré le nom de Davis Sharp dans l'affaire sur laquelle on travaille en ce moment. Je ne vois pas comment il pourrait y avoir un rapport avec les dossiers sur lesquels tu enquêtes, mais je vais quand même demander l'autorisation de te laisser accéder à nos infos, au cas où.

—Ce serait sympa, dis-je. On ne sait jamais ce qui peut s'avérer important.

—Tu es vraiment sûre qu'il ne s'agit pas d'un phénomène naturel? demanda Ryan. Ce n'est peut-être pas quelque chose de sinistre du tout.

—Non, je ne suis sûre de rien, répondis-je en toute honnêteté, mais je trouve peu plausible que ce soit un phénomène naturel. (Je me tournai de nouveau vers Zack.) Tout comme j'ai du mal à croire que tu puisses sortir en public avec une coiffure pareille.

—Tu n'étais pas si cruelle naguère, Kara, dit-il d'un air faussement tragique. Tu as passé trop de temps avec Ryan, à ce que je vois.

—Hé, c'est pas juste! s'écria Ryan en riant. Elle invoque des démons, et c'est moi le méchant?

— Au moins, ce n'est pas moi que les démons détestent, dis-je sur un ton moqueur.

Zack sembla tout à coup se crisper.

— Que veux-tu dire, Kara ?

J'hésitai à répondre, pensant que Ryan n'apprécierait peut-être pas que je révèle ce qui s'était passé pendant l'invocation, mais il ne semblait pas s'en inquiéter.

— Elle m'a laissé assister à l'invocation d'un reyza, expliqua-t-il. Une grosse bestiole du nom de Kehlirik, qui apparemment s'est mise à me détester dès qu'elle m'a vu. Elle m'a traité de krakkahl ou un truc comme ça.

— Kiraknikahl, dis-je en surveillant la réaction de Zack.

Il ne bougea pas, ne cilla pas, n'eut aucune réaction en entendant l'histoire de Ryan et resta tellement impassible que j'eus le sentiment étrange qu'il luttait justement pour ne pas réagir. Soudain, il eut un large sourire et mon impression s'envola.

— Tu vois ? C'est la vérité, Ryan. Tout le monde te hait. Même les démons.

Ryan poussa un soupir dramatique.

— Dire que je m'apprêtais à vous inviter tous les deux à dîner.

— C'est un bon début, dis-je gaiement. Mais je refuse de m'asseoir à la même table que lui. (D'un signe de tête, je désignai Zack et ses cheveux poil-de-carotte.) Pas tant qu'il ne portera pas de bonnet.

— Comme elle est cruelle ! gémit Zack.

Mais il ouvrit le dernier tiroir du meuble de classement et en sortit une casquette qui portait l'inscription

«FBI» en grandes lettres dorées au-dessus de la visière. Il la mit sur sa tête et me regarda, attendant mon approbation.

— C'est mieux comme ça? demanda-t-il.

— Beaucoup mieux. Bon, allons-y avant que Ryan change d'avis pour l'invitation.

Je sortis du petit immeuble, suivie des deux agents.

— Où est-ce qu'on va? On ferait sans doute mieux de prendre deux voitures, puisque je…

Je ne pus finir ma phrase, soudain envahie par une étrange sensation d'écœurement.

— Vous l'avez senti aussi? demandai-je quelques secondes après.

J'avais remarqué qu'ils s'étaient eux aussi arrêtés de marcher et de parler. Zack hocha la tête.

— Oui, dit Ryan. Qu'est-ce que c'était?

— J'en sais rien. Une force arcanique, mais…

Je me tus de nouveau. J'avais l'impression cette fois que quelque chose venait de se faufiler à côté de nous, quelque chose d'un peu menaçant, même si je n'arrivais pas à déterminer quoi exactement. Je fis appel à mon autrevue et balayai lentement le parking du regard, mais ma perception décuplée ne fit qu'accentuer cette impression désagréable.

— C'est dangereux, chuchotai-je en retrouvant ma vision normale.

— Il vaut mieux qu'on parte, murmura Zack, la main posée sur son pistolet. Kara, monte dans ta voiture. On va attendre que tu sois installée. Éloigne-toi, et on t'appellera sur la route pour se mettre d'accord sur le restaurant.

Je marchai d'un pas vif jusqu'à mon véhicule sans demander mon reste et me glissai à l'intérieur, avant de verrouiller toutes les portes. Je commençai à sortir du parking et me retournai pour voir Ryan et Zack monter dans leur voiture avec la même promptitude. Environ une minute plus tard, mon téléphone portable sonna.

—Tu as une idée de ce que c'était? demanda Ryan.

—Pas du tout, répondis-je. Je n'ai rien pu distinguer. C'était peut-être une sorte de perturbation énergétique. Mais ça m'a bien foutu les boules, donc ça m'arrangeait bien de fuir à toute vitesse.

—Pareil pour nous. Écoute, je préfère qu'on remette notre dîner à plus tard. Zack a reçu un coup de fil à propos de cette affaire avec les Galloway, et il a des trucs à faire.

—Pas de souci, dis-je. Mais tu peux me rendre un service, s'il te plaît?

—Oui, quoi?

—Emmène-le chez le coiffeur d'abord.

CHAPITRE 15

J e lançai un regard mauvais à mon propre reflet dans la psyché qui se trouvait dans ma chambre. Les funérailles de Brian Roth avaient lieu dans une heure, et mon uniforme de cérémonie bleu marine me tombait des épaules comme un sac trop grand. Je n'avais pas eu de mal à choisir ma tenue pour l'enterrement de la veille, et je m'étais habillée comme un inspecteur. Mais ce jour-là, il s'agissait d'un de mes collègues, et tout le monde, y compris le chef de la police, sortirait son uniforme. Avant cet instant, je ne m'étais pas rendu compte à quel point j'avais maigri depuis le régime trop-stressée-pour-manger que je suivais depuis quelques mois. D'un côté, j'exultais de m'être débarrassée de ma petite bedaine. Ventre plat ! Hourra ! Mais d'un autre côté, la perspective de refaire ma garde-robe ne me réjouissait pas tant que cela. Pas avec mon salaire de flic.

Je soupirai et resserrai ma ceinture d'un cran pour essayer d'éviter de perdre mon pantalon. Le tissu superflu créait des plis désagréables à la taille, mais cela valait mieux que de me donner gratuitement en spectacle à la communauté de Beaulac. Je regardai mon habit de clown avec désespoir, contente de ne pas être obligée d'y ajouter un ceinturon complet, avec holster, menottes et matraque, auquel cas le pantalon se serait déjà retrouvé au niveau de mes chevilles.

Je tripotai le badge qui portait mon nom, en essayant de me rappeler la dernière fois que j'avais enfilé ce satané uniforme. *Cela fait deux ans,* me dis-je, *à la cérémonie annuelle de remise des médailles du département durant laquelle on m'a décerné un insigne pour mes cinq ans de service.* Je fis la grimace et me penchai un peu plus vers le miroir, pour repositionner correctement le fameux insigne sur la poche droite de ma veste. Depuis que j'étais passée inspecteur, je n'avais pas eu de nouvelle occasion de porter cette tenue. J'étais rarement envoyée en détachement, comme cela arrivait à beaucoup d'autres inspecteurs, et fort heureusement, aucun homme de mon département n'avait trouvé la mort dans l'exercice de ses fonctions, depuis mon arrivée.

Sauf moi, pensai-je en laissant reposer ma main un instant, sur mon badge. Au fond de moi, je me sentais encore coupable d'avoir fait subir à mes collègues la douleur de me penser morte, même si ce n'était pas ma faute, et que l'autre solution aurait impliqué que je meure de façon permanente. Mais les enterrements étaient horribles et déchirants pour la communauté très unie des policiers. La perte d'un collègue s'apparentait à la perte d'un proche parent, et je savais que je n'étais pas la seule à appréhender la cérémonie qui allait se dérouler.

Et je parie que ça va être bien trop excessif pour Brian. Puisqu'il était le fils du juge Harris Roth, tous les avocats, politiciens et lèche-culs de la région allaient venir.

Je grimaçai et me reprochai mes pensées peu charitables. Brian était un policier, et il recevrait les honneurs qui lui étaient dus, même s'il n'était pas mort dans l'exercice de ses fonctions et que les questions soulevées par les circonstances de sa disparition n'avaient pas encore trouvé de réponses. Cependant, les interrogations quant à la responsabilité de Brian dans la mort de Carol semblaient avoir filtré. Je soupçonnais Pellini d'avoir laissé échapper quelque chose à ce propos, mais dans une telle situation, je n'avais pas le cœur de lui reprocher d'avoir parlé de l'enquête. Apprendre qu'il y avait une chance pour que Brian soit innocent avait suffi à remonter énormément le moral de tout le monde.

L'enterrement de Brian n'aurait sûrement rien à voir avec celui de Carol, dont les parents avaient souhaité une cérémonie privée et très personnelle. Celle-ci avait eu lieu la veille dans la plus grande discrétion. Je ne savais pas si le juge Roth, son beau-père, était venu, ni même s'il avait été invité. Je ne pouvais pas en vouloir à la famille de Carol. Tant qu'on supposait que Brian avait peut-être tué son épouse, je comprenais que les proches ne souhaitent pas la présence de sa famille à lui. De plus, le juge Roth devait traverser une période assez difficile comme ça.

Je poussai un soupir et reculai pour me regarder de nouveau dans le miroir. Je ne ressemblais à rien. Je m'en rendais compte moi-même. J'avais des cernes sous les yeux en permanence, le teint cireux et un uniforme qui devait bien faire trois tailles de trop. *Ouais, en même temps, peut-être que trois heures de sommeil par nuit, ce n'est pas une moyenne terrible. Sans parler du fait que tu n'y parviens qu'avec l'aide de quelques verres de vin.*

Des coups frappés à la porte vinrent interrompre ma séance d'auto-flagellation. Je tirai la langue au miroir, puis me dirigeai jusqu'à la porte et regardai par le judas. C'était Ryan. J'ouvris, les sourcils froncés.

—La classe, lui dis-je.

Il était vraiment chic, et j'eus l'impression de paraître dix fois plus débraillée que je ne l'étais déjà. Il avait un look cent pour cent fédéral, avec un costume bleu marine parfaitement taillé, une chemise blanche impeccable et une cravate grise.

—En quel honneur ? demandai-je.

—Je me suis dit que j'allais venir avec toi à l'enterrement.

Mes genoux se mirent à trembler de soulagement, et je pris conscience que l'idée de faire face à tout le département me rendait vraiment nerveuse. Je savais que c'était ridicule, mais comme le dernier enterrement en date avait été le mien, je ne pouvais m'empêcher de me sentir mal à l'aise.

—Merci, dis-je avec ferveur.

Inutile d'en dire plus. Il comprenait.

—Tu as besoin d'un nouvel uniforme, observa-t-il, les yeux plissés.

J'attrapai mon trousseau de clés en ricanant.

—Je porte ce machin à peine une fois par an, et on ne touche pas notre budget uniforme avant janvier prochain. D'ici là, j'aurai sans doute regagné tout mon poids.

Je sortis et fermai la porte.

— Tant mieux, dit-il en descendant derrière moi.
Tu es tout osseuse et pointue en ce moment.

Je lui lançai un regard noir.

— Toi, tu sais parler aux femmes.

Il me fit un grand sourire.

— D'accord, alors que dis-tu de ça : s'il y a quelqu'un
pour rendre sexy un uniforme trop grand en polyester,
c'est bien toi.

Je dus me faire violence pour ne pas montrer à quel
point l'idée qu'il puisse me trouver sexy me faisait
plaisir. Non pas qu'il le pense vraiment. Il venait de dire
que j'étais osseuse et pointue. Au lieu de lui montrer
ma joie, je regardai mon pantalon avant de lever les
yeux au ciel.

— De toute évidence, tu es terriblement en manque
de compagnie féminine.

— Peut-être que j'ai un faible pour les intellos en
uniforme, dit-il en haussant les épaules.

Cette fois, je ne me retins pas de rire.

— Et en plus, la chaleur te fait délirer. Allez, monte
donc dans la voiture.

Je ne m'étais pas trompée sur le nombre de
personnes qui viendraient assister à l'enterrement.
Le service funéraire avait été transféré au dernier
moment à l'auditorium municipal, parce qu'aucune
des églises du coin n'était assez spacieuse pour
accueillir la foule de gens qui souhaitaient rendre un
dernier hommage à Brian, malgré les soupçons qui
pesaient toujours sur lui. Je trouvai un coin près du
mur et fis de mon mieux pour me fondre dans la
masse et passer inaperçue, même si la tâche se révéla

difficile, avec l'agent spécial Ryan Kristoff à côté de moi, en mode FBI total.

La file pour accéder au cercueil serpentait à travers l'auditorium, et je ne pus m'empêcher de me dire que l'espace aurait été optimisé, si une file d'attente délimitée par des cordes avait été mise en place, comme dans les parcs d'attractions. Je ne suivis pas le mouvement. Je n'avais jamais ressenti le désir d'aller regarder les visages soigneusement cirés et maquillés des défunts, et je ne souhaitais pas non plus aller offrir mes condoléances aux parents. Je ne les connaissais pas, ils ne me connaissaient pas : inutile de rallonger la file, à mon humble avis.

Je parcourus la foule des yeux. Environ une personne sur trois était un fonctionnaire de police, soit du département de Beaulac, soit de la région. Je comprenais qu'il y ait tant de collègues, car Brian connaissait beaucoup de monde et avait aussi travaillé pour le shérif pendant un temps. Je dus en revanche me forcer à ne pas lever les yeux au ciel en voyant le nombre astronomique de parasites du monde politique qui se trouvaient là. Cette assemblée aurait fait le bonheur d'un lobbyiste du coin. Je repérai presque tous les conseillers municipaux et ceux du comté, le personnel du palais de justice pratiquement au complet, tout le service du procureur, le maire, des dignitaires de la police, des magistrats, des juges d'instance…

Je finis par abandonner mon recensement. *Regarde les choses en face, tout le monde est venu.* Je pouvais au moins me dire que plus la foule était grande, mieux je serais cachée.

Malheureusement, cela ne suffisait apparemment pas. Je me raidis en entendant quelqu'un près de moi chuchoter suffisamment fort pour que je le remarque :

— Dommage que le dernier enterrement n'ait été qu'une vraie connerie.

Je grinçai des dents et me retins de me retourner pour regarder celui qui venait de parler, peu encline à lui faire ce plaisir. D'ailleurs, je n'avais pas besoin de cela pour savoir de qui il s'agissait : l'accent bouseux de l'inspecteur Boudreaux était reconnaissable même lorsqu'il parlait en aparté. *Connard*, l'insultai-je intérieurement. Je fourrai les mains dans mes poches pour ne pas montrer que je serrais les poings.

Ma tension devait être palpable, car Ryan se tourna et me lança un regard inquisiteur.

— Tout va bien, dis-je à voix basse. Juste deux, trois abrutis qui jouent aux cons. Ils se calmeront tout seuls.

Je ne comprenais toujours pas comment on pouvait s'imaginer une seconde que j'avais mis ma propre mort en scène pour attirer l'attention, mais je savais que la stupidité de certaines personnes restait parfois insondable.

Ryan plissa les yeux et tourna la tête vers Boudreaux. C'était du moins ce que j'imaginai, car je refusais toujours de regarder dans sa direction.

— C'est qui, le gros porc debout à côté de l'autre porc à boutons ? demanda-t-il d'une voix calme, comme s'il était en train de me demander à quelle heure le déjeuner serait servi.

Je me tournai et jetai un coup d'œil.

— Le gros porc, c'est Pellini, et le porc à boutons, Boudreaux, dis-je avant de secouer la tête. Peu importe. Ne fais pas attention à eux.

Ryan ne répondit rien et balaya le reste de la pièce du regard.

— Je suis désolé, Kara, dit-il au bout d'un moment.

— Pourquoi ?

Une ombre de regret et d'ennui passa sur son visage.

— Je n'avais pas conscience qu'il y avait des gens convaincus que tu avais fait semblant de mourir. Je pensais que ça ne concernait que quelques abrutis.

Je me forçai à hausser les épaules.

— Mais ça concerne seulement quelques abrutis, je t'assure. Ne t'inquiète pas. Ça va se calmer. Il finira bien par se passer quelque chose d'autre qu'ils pourront se mettre sous la dent, et ils oublieront toute cette histoire.

— Ouais, dit-il, la bouche crispée. Ils oublieront toute cette histoire.

Je le sentis se détendre quelque peu.

Je poussai un gros soupir de soulagement, lorsque le service commença enfin, et je fus encore plus contente en voyant Jill arriver. Elle tendit le bras et prit ma main pour la serrer dans la sienne. Je lui souris, soudain consciente de la chance que j'avais. Il était bien trop facile de céder à la complainte « Oh, pauvre de moi ! »

La cérémonie funèbre fut longue et fastidieuse, et toutes les personnalités politiques possibles et imaginables se rendirent jusqu'à l'estrade, larmoyantes, pour chanter les louanges de Brian. Ce défilé semblait surréaliste et insolite, étant donné l'enquête en cours. Comme je m'y attendais, l'événement se transformait en une séance de lèche intense, donnée par tous ceux qui voulaient être en faveur auprès du juge Harris Roth, ou du moins y rester. La climatisation à l'intérieur de l'auditorium avait du mal à fonctionner efficacement, avec l'affluence exceptionnelle, et quand le service se termina enfin, tout le monde était en nage, à cran et blasé.

J'attendis dans le fond, tandis que les gens se massaient pour sortir, et je vis Harris Roth passer à côté de moi, vêtu d'un costume noir qui semblait fait sur mesure et ne provenait certainement pas d'un grand magasin. Je ne l'avais vu qu'en photos jusque-là, et fus forcée d'admettre qu'elles ne le flattaient pas. Il était grand, imposant, et loin d'être laid ; mais sa beauté n'avait rien à voir avec les traits de son visage et s'expliquait plutôt par son assurance et son autorité. Il avait une mâchoire carrée, des cheveux de jais, sauf sur les tempes où ils grisonnaient, et des yeux noirs braqués droit devant lui, qui semblaient ne voir personne. Je ne remarquai aucune larme sur son visage, mais ne doutais pas de la profondeur de son chagrin, qui se lisait dans son expression et paraissait l'envelopper comme du brouillard. J'avais du mal à imaginer l'horreur que représentait la perte d'un enfant, surtout dans de telles circonstances.

Je reconnus la femme à qui il donnait le bras : Rachel Roth. C'était la deuxième Mme Roth, mais je n'en savais pas vraiment plus. J'étais terriblement ignare pour tout ce qui touchait à la haute société. Tout comme Harris était un bel homme aux traits marqués, Rachel Roth était une belle femme aux traits marqués, elle aussi. Son physique n'avait rien de déplaisant, mais elle devait se donner du mal pour se mettre en valeur. Il fallait reconnaître qu'elle faisait de son mieux, et s'en sortait plutôt bien. Elle se tenait avec aplomb et aisance, sa silhouette était tonique et musclée, ses cheveux savamment colorés, son maquillage parfait et ses vêtements très chic. Même sa façon de pleurer était admirable : elle se tamponnait doucement les yeux à l'aide d'un vrai mouchoir en tissu, tout en restant calme et digne, ce que, personnellement, je trouvais agaçant. Lorsque je pleurais, je ressemblais à Elephant Man, et après les films émouvants, j'avais pris l'habitude de sortir des salles de cinéma par la porte de secours, pour que les autres spectateurs ne voient pas mes yeux bouffis et mon nez rouge.

Cependant, même les larmes discrètes de Rachel étaient trop difficiles à supporter pour Harris. Je le vis lui lancer un regard et détourner rapidement les yeux, et je lus de la souffrance sur son visage, comme si les larmes de son épouse lui rappelaient brutalement ce qu'il avait perdu. L'espace d'un instant, j'eus l'impression qu'il essayait de s'éloigner d'elle, mais elle garda son bras autour du sien. Le besoin de soutien de sa femme devait l'emporter sur son envie de tourner le dos au chagrin qu'elle manifestait.

— Brian et elle étaient très proches, murmura Jill à côté de moi.

Je lui jetai un coup d'œil interrogatif, et elle secoua la tête.

— Non, ajouta-t-elle en prenant un air de dégoût, pas « proches » dans ce sens-là. Elle était sa belle-mère, mais d'après ce que j'ai entendu dire, elle a plus joué le rôle de mère pour lui que sa propre génitrice.

— Qu'est-il arrivé à la vraie mère de Brian ?

— Mme Roth première du nom ? Oh, elle est décédée, il y a un peu plus de dix ans. D'un cancer, je crois.

Je fis la grimace appropriée.

— Le juge a épousé Rachel moins d'un an après, poursuivit Jill. Je pense que la plupart des gens ne croyaient pas à leur histoire et se disaient qu'elle n'était qu'un palliatif à son chagrin, mais ça fait maintenant presque dix ans qu'ils sont ensemble. (Elle haussa les épaules.) Ça a donné une leçon aux mauvaises langues. Et puis, c'est une super bonne avocate. Elle défend parfois certains clients bénévolement, surtout dans des maisons de retraite ou de santé, comme là où est ta tante. Assistance aux victimes, problèmes de maltraitance et de négligence, ce genre de truc. (Elle suivit des yeux Harris et Rachel Roth qui franchissaient la porte.) Il faut bien admettre qu'il n'est pas désagréable à regarder, et il y a un tas de nanas qui auraient bien aimé avoir une chance de devenir la nouvelle Mme Harris Roth.

Je regardais Ryan, curieuse de voir sa réaction en entendant ce que disait Jill, mais il parcourait la foule des yeux, sans prêter attention à notre conversation. Je me retournai vers Jill.

— Il a du charme, c'est sûr, mais il reste un juge local.

— Avec une certaine influence, tout de même. Comme tous les juges. On l'a aussi réélu pour la troisième fois, le mois dernier, puisque personne d'autre n'était assez qualifié pour se présenter contre lui.

Ryan se retourna vers nous.

— Disons plutôt que le juge Roth a eu de la chance que Ron Burnside se casse la jambe, la veille du début de la campagne, dit-il.

Apparemment, il nous écoutait plus que je ne le croyais. Je restai à le regarder, les yeux écarquillés, tandis que Jill poussait un petit sifflement.

— Ça alors, dit-elle dans un souffle. Je ne savais pas que Burnside comptait se présenter.

Ryan hocha sèchement la tête.

— Sa campagne n'avait pas commencé, mais la rumeur circulait déjà dans le comté.

— Comment est-ce qu'une jambe cassée l'en a empêché ? demandai-je.

— Parce qu'il est mort le jour suivant, sur la table d'opération, pendant qu'on lui installait une broche, répondit-il d'un air préoccupé. Il avait des antécédents de fibrillation auriculaire, et les médecins en ont conclu que son accident avait provoqué une crise.

— Ah.

J'étais légèrement déçue. Je ne connaissais pas bien Ron Burnside, mais je l'avais croisé de nombreuses fois au tribunal. Je le trouvais avenant et accommodant, avec son sourire facile et sa poignée de main ferme ; il travaillait à l'aide juridictionnelle et faisait ce qu'il pouvait pour les clients merdiques dont il écopait. Contrairement à beaucoup de flics, je ne partais pas du principe que tous les avocats étaient le mal absolu, et certainement pas les avocats commis d'office. Ils occupaient une place essentielle dans le système judiciaire, qui n'était pas parfait, mais dont nous devions nous contenter. Je savais en tout cas que si je m'étais fait arrêter, j'aurais aimé avoir la possibilité d'être défendue par quelqu'un.

J'enfonçai mes poings dans mes poches et fronçai les sourcils.

— Je me souviens que c'était un type sympa, mais je pense qu'il n'aurait eu aucune chance face à Roth. Enfin, je ne suis pas spécialiste en politique, mais il semble inutile de se présenter contre un juge en exercice, à moins d'avoir des informations sur un gros scandale ou quelque chose comme ça.

— Tu as raison, dit Ryan. Mais Roth aurait malgré tout été obligé de préparer une campagne.

— Ce qui lui aurait sûrement coûté une fortune, ajouta Jill en hochant la tête d'un air entendu.

Je les regardai l'un puis l'autre, me sentant un peu idiote.

— Comment savez-vous autant de choses sur la politique, tous les deux ? Et de quelle somme parle-t-on exactement ?

— Mon père était conseiller à La Nouvelle-Orléans, répondit Jill avec un grand sourire. Et je suis prête à parier qu'une campagne, même dans ce petit comté et contre un adversaire ridicule, coûterait, oh, peut-être 100 000 dollars ou quelque chose de ce genre. Tu dirais la même chose ?

Elle se tourna vers Ryan, qui croisa les bras et recommença à scruter la foule.

— Ça me paraît correct.

J'en restai bouche bée.

— Cent mille dollars ? Vous plaisantez ? Pour une campagne électorale de rien du tout à l'échelle du comté ?

— Un juge a beaucoup d'influence, me rappela Ryan. Et les dépenses s'additionnent vite pour une campagne. Si on ajoute la télévision, ça va chercher encore plus loin.

— C'est vrai, dit Jill. Mais tout cet argent ne sort pas de sa poche à lui. La plus grande partie provient de contributions extérieures. Mais quand on se présente à l'élection d'une fonction officielle, on doit s'attendre à sacrifier une petite somme rondelette. Évidemment, un juge déjà en exercice aura plus de facilité à obtenir des contributions.

Du coin de l'œil, j'aperçus quelque chose bouger et me raidis. Ma première intention fut de ne pas regarder les deux personnes qui s'approchaient de moi, puis je changeai d'avis. Non, je refusais de laisser cette paire de crétins m'intimider. Je pris une profonde inspiration, puis me tournai pour faire face à Pellini et Boudreaux, me préparant à subir encore un de leurs commentaires détestables concernant mon enterrement. *Heureusement, j'ai Ryan et Jill à mes côtés.*

À ma grande surprise, au lieu de me lancer une plaisanterie narquoise, Boudreaux s'arrêta devant moi et me tendit la main. L'espace d'une seconde, je restai à la regarder, puis je relevai les yeux, perplexe. Qu'est-ce que c'était que ce délire ?

— Kara, dit-il d'une voix calme et sérieuse, je tenais à vous dire que je suis content que tout se soit bien fini pour vous, avec cette affaire du Tueur au symbole.

Le département est très fier de vous, et je suis heureux que vous vous en soyez sortie saine et sauve.

Je continuai de le dévisager. Qui êtes-vous, merde ? Et qu'avez-vous fait de Boudreaux ? Je fis un effort pour le quitter des yeux et regarder Pellini, dont l'expression était tout aussi honnête et sincère. Comme Boudreaux restait la main tendue, je réussis, au bout de quelques secondes, à lever le bras pour la lui serrer. Il me sourit, puis recula. Pellini fit de même, et l'espace d'un instant, je crus qu'il allait m'attirer contre lui pour me serrer dans ses bras. Il se contenta cependant de me faire un sourire que j'aurais presque juré sympathique. Heureusement qu'il ne tenta rien, car j'aurais été capable de lui envoyer un coup de genou dans l'entrejambe, par pur réflexe.

Ils se dirigèrent vers la sortie, me laissant complètement ébahie. Je me tournai vers Jill et fus rassurée de voir qu'elle semblait aussi choquée que moi.

— Qu'est-ce qui leur est arrivé, à ces deux-là ? dit-elle. On est passé dans un monde parallèle ou quoi ?

Je haussai les épaules d'un air incertain.

— C'est l'explication la plus logique, je crois, dis-je en secouant la tête. Trop bizarre, putain. Ils préparent sans doute un mauvais coup. Bon, je suis pressée de sortir d'ici.

Jill regarda sa montre avec une grimace.

— Il faut que je file, moi aussi. J'ai des tonnes de travail qui m'attendent.

Elle me serra brièvement dans ses bras et s'éloigna vers la porte.

— Allez, monsieur l'agent fédéral, dis-je à Ryan qui était resté adossé au mur.

Je m'aperçus alors qu'il avait le regard toujours perdu dans le vide, et claquai les doigts devant son nez.

—Ohé, Ryan ! C'est l'heure de partir.

Il s'écarta du mur, et son visage se crispa soudain. Il se passa une main sur le front et chancela légèrement. Je le saisis par le bras.

—Ça va ? lui demandai-je.

Il se redressa, se frotta le visage et me lança un faible sourire.

—Ouais. Je crois que j'ai un début de migraine. Ça doit être la chaleur.

Sa voix était ferme, mais ses yeux ressemblaient à deux puits au milieu de son visage.

—Tu veux que j'aille chercher la voiture ?

—Non, je peux marcher jusqu'au parking. Ça va aller. J'ai juste besoin de me poser quelques minutes.

Il hocha la tête et me sourit, mais je sentis qu'il se forçait. Je l'accompagnai jusqu'au véhicule en essayant de ne pas trop le coller. Pour n'importe qui d'autre il devait sans doute avoir l'air de marcher lentement, rien de plus, mais j'avais l'impression troublante qu'il luttait pour ne pas s'écrouler. Je n'avais jamais eu de migraine, mais je me doutais que le soleil éblouissant et la chaleur du Sud ne pouvaient qu'aggraver les choses.

Ryan monta dans la voiture et s'écroula à moitié sur le siège, avant de claquer la porte et de laisser aller sa tête contre le dossier. Je voulus m'installer au volant, puis m'immobilisai soudain en remarquant une voiture un peu plus loin. *Combien de Mercedes décapotables rouge flashy peut-il y avoir à Beaulac ? Et je doute que celle-ci soit conduite par Davis Sharp.* Je n'avais pas vu Elena Sharp dans l'auditorium, et j'étais persuadée

218

que je l'aurais repérée si elle avait été là. Pourquoi se trouvait-elle sur le parking, dans ce cas ?

Pendant que je l'observais, la Mercedes démarra dans un rugissement et s'éloigna à toute vitesse, m'offrant ainsi une belle démonstration d'ingénierie allemande. J'aperçus la femme qui était au volant : elle portait des lunettes de soleil, mais je restais convaincue qu'il s'agissait d'Elena Sharp.

Je m'en inquiéterai plus tard, pensai-je en mettant le contact pour allumer la climatisation.

— Mets ta ceinture, dis-je à Ryan. Comment tu te sens ?

Il obtempéra.

— Ça va aller, répéta-t-il. Je vais juste fermer un peu les yeux.

— Tu as une sale gueule, dis-je en m'engageant dans la circulation.

— Tu peux parler.

Il m'avait répondu sur un ton dénué d'humour, et je lui lançai un coup d'œil, mais me retins de lui répondre. De toute évidence, il ne se sentait pas bien. Inutile de dramatiser.

Je conduisis jusqu'à chez moi en gardant le silence, et lorsque j'arrivai devant la maison, je me rendis compte qu'il s'était assoupi. Du moins, j'espérais que c'était le cas. J'eus soudain très peur qu'il soit arrivé quelque chose, mais je fus rassurée de voir, aux mouvements de sa poitrine, qu'il respirait calmement.

Je me garai et lui secouai légèrement l'épaule, en espérant que je parviendrais à le réveiller, car je n'avais aucune envie d'essayer de le porter jusqu'à l'intérieur. Mais il ouvrit les yeux dès que je posai la main sur lui.

— On est arrivés chez moi, dis-je. Tu veux entrer te reposer un moment?

Il se frotta le visage, puis hocha la tête.

— Ouais. Ouais, bonne idée.

Je le regardai marcher jusqu'à la maison et monter l'escalier du perron. Il semblait tenir un peu mieux sur ses jambes. La petite sieste de vingt minutes dans la voiture lui avait visiblement fait du bien.

— Tu as faim? demandai-je en me dirigeant vers la cuisine.

Il hésita, puis hocha de nouveau la tête.

— Je ferais bien de manger quelque chose.

Je fouillai dans le frigo à la recherche d'un plat simple et rapide à préparer, et me décidai finalement pour une minipizza réchauffée au micro-ondes. Je m'attendais presque à ce qu'il me sorte une vanne à propos de mes talents culinaires, mais il ne cilla même pas et se contenta de la dévorer en trois bouchées à peine. Je fus soulagée de voir qu'il reprenait quelques couleurs, même s'il avait toujours des cernes sombres sous les yeux, comme s'il n'avait pas dormi depuis une semaine. Je croyais pourtant que cela m'était réservé.

Je mis une autre pizza au four, et lorsque je me retournai, il avait une bouteille vide dans les mains et la regardait en faisant la moue. *Merde*, pensai-je.

— Ne t'inquiète pas, je ne suis pas alcoolique. J'ai simplement essayé de me détendre hier soir, pour pouvoir dormir un peu. Et pour information, j'ai mis environ une semaine à la vider.

Il leva les yeux vers moi.

—Je n'ai jamais dit que tu étais alcoolique.

—Mais tu l'as pensé très fort, répondis-je en lui prenant la bouteille des mains.

Je la jetai dans la poubelle et fis la grimace quand elle tomba avec fracas en heurtant les deux autres bouteilles vides qui s'y trouvaient déjà.

—On est bien susceptible aujourd'hui.

Je pris une profonde inspiration pour me calmer.

—C'est vrai, dis-je, tu as raison.

Je sortis la pizza du micro-ondes pour la lui servir, avant d'ajouter :

—Désolée.

Il prit la pizza et souffla dessus afin de la refroidir.

—Tu as refait une invocation, samedi soir ? demanda-t-il.

—Euh… oui, dis-je, étonnée par cet abrupt changement de sujet.

—Cool.

Un silence tendu s'installa pendant que nous mangions. Au moins, il avait meilleure mine. Je pensais qu'il me poserait d'autres questions sur l'invocation, mais s'il ne disait rien, je me garderais bien de lui raconter quoi que ce soit. Il se laissa enfin aller contre le dossier de sa chaise et repoussa son assiette.

—Ouf, ça va mieux ! dit-il en me souriant d'une manière un peu plus normale. Bon, et qu'est-ce que tu as invoqué qui puisse bien porter des bottes ?

Je le regardai fixement, puis me retournai et vis une jolie empreinte, bien nette, près de la porte qui donnait sur le jardin. Génial ! *Ça m'apprendra à passer la serpillière tous les trente-six du mois.*

—Je… j'ai invoqué Rhyzkahl.

Il fronça les sourcils. Ou plutôt, il prit une expression au moins dix fois plus désapprobatrice qu'un froncement de sourcils.

—Hein ? Mais comment ? Et *pourquoi* ?

Je me forçai à rire en essayant de ne pas lui laisser voir le sentiment de culpabilité que je ressentais pour une raison que je ne m'expliquais pas.

—Je sais, je sais. Mais c'est lui qui voulait que je l'invoque, et il avait promis de ne pas me faire de mal.

Il baissa la tête et me lança un regard perçant.

—Que voulait-il ?

—Il… il veut que je devienne « son » invocatrice.

L'expression de Ryan resta la même.

—Et comment ça fonctionne exactement ?

Je lui expliquai rapidement ce que je savais, et soulignai que Rhyzkahl restait contraint par les protocoles d'invocation.

—Je crois qu'il n'était pas venu dans cette sphère depuis des siècles, sauf lors d'invocations bâclées et la fois où je l'ai appelé. Il n'a pas vraiment eu l'occasion de voir du pays.

—J'essaie de l'imaginer en train de se promener dans un centre commercial, dit Ryan en ricanant.

—Les gens se retourneraient sur son passage, dis-je en riant avec lui.

—Il se ferait sans doute repérer par le recruteur d'une agence de mannequins.

—Exactement ! Je le vois bien en couverture de *GQ Magazine*.

—Oui, en train d'arracher la tête à quelqu'un comme à une mouche.

Je me tus soudain, choquée par ce commentaire qu'il avait fait d'une voix égale.

— N'oublie pas ce qu'il est, Kara, dit-il d'une voix grave, en me regardant fixement.

Son ton blagueur avait disparu. Je me sentis tout à coup très agacée.

— Je sais parfaitement ce qu'il est, Ryan, répondis-je d'une voix plus calme que je ne m'y attendais. C'est moi l'invocatrice, tu te rappelles ?

J'avais du mal à croire qu'il était en train de me mettre en garde contre les démons. Je me livrais à cette activité depuis dix ans, tandis qu'avant ces deux derniers mois, Ryan n'avait même pas vu un démon.

— Je me rappelle. C'est bien pour ça que je m'inquiète pour toi.

Il se leva en faisant grincer les pieds de la chaise.

— Oui, il t'a sauvé la vie, poursuivit-il, et je lui en suis sincèrement reconnaissant. Mais tu m'as dit toi-même que les démons ne font jamais rien par gentillesse. Je n'ai pas envie que tu te mettes dans une situation où tu sois obligée de te lier à lui.

Je sentis que je fronçai les sourcils, malgré mes efforts pour rester calme et décontractée.

— Écoute, je fais attention. Je prends en compte tout ce que cela pourrait entraîner.

Son expression inquiète s'accentua un peu plus.

— OK, mais… Bon sang, ne le laisse pas t'approcher… de trop près, d'accord ?

J'avais de plus en plus de mal à ne rien laisser paraître.

— Comment ça, m'approcher de trop près ?

Je n'étais pas sûre d'être parvenue à parler d'une voix calme. Il me lança un regard noir.

—Bordel, Kara, tu veux que je te fasse un dessin ou quoi ? J'ai peur que tu t'entiches de son physique sublime et que tu oublies ce qu'il est, que tu succombes à son charme pour devenir son esclave, en oubliant…

Il se mordit la lèvre, s'empêchant de finir sa phrase, et détourna les yeux avec une expression de douleur si fugace que je n'étais pas sûre d'avoir bien vue. Il prit une inspiration mal assurée.

—En oubliant… qui tu es, dit-il pour finir.

Je déglutis avant de répondre prudemment :

—Je te trouve un peu insultant. Je sais qui je suis.

Il grommela des mots inintelligibles et enfonça les poings dans ses poches.

—Oui, enfin, tu vois très bien ce que je veux dire.

—Non, je ne crois pas. Tu t'imagines que je vais tomber dans ses bras, oublier qu'il s'agit d'un démon et me dépêcher d'obéir à ses ordres en perdant tout contrôle de moi-même. Et tu penses que je vais finir comme son esclave. C'est bien ça ?

Je lus la colère dans ses yeux, ainsi que quelque chose d'autre, que je ne parvins pas à identifier.

—Non. Si. Ah merde, Kara, putain ! Excuse-moi, mais quand je t'imagine avec cette créature… (Il secoua la tête comme pour se débarrasser d'une image désagréable.) Ça me donne envie de vomir.

Je ne pus me retenir et me mis à rire.

—Ça alors ! Est-ce que tu serais jaloux, par hasard ?

Il me lança un regard tellement menaçant que je fis un pas en arrière. Dans la seconde qui suivit, ce regard fut remplacé par un air de frustration, et j'en vins à douter de ce que j'avais lu sur son visage.

—Je ne suis pas jaloux, dit-il sèchement. Ne sois pas stupide.

Je restai à le dévisager une dizaine de secondes, puis me détournai enfin et m'acharnai sans succès à nettoyer la table.

—Non, je ne voudrais surtout pas me montrer stupide. Il ne faudrait pas que tu traînes avec quelqu'un capable de perdre complètement la raison dès qu'un beau gosse se trouve dans les parages.

Et pourquoi ne pourrais-tu pas être jaloux? ajoutai-je intérieurement, la gorge nouée. *Juste un peu?*

—Kara, merde, arrête, dit-il en soupirant. Je ne voulais pas dire ça.

J'astiquai furieusement le plan de travail. Je refusais de me retourner. Je ne voulais pas qu'il s'aperçoive que je clignai des yeux à toute vitesse, pour chasser mes larmes. Depuis quand étais-je devenue si faible, à la fin?!

Après quelques secondes de silence supplémentaires, je l'entendis soupirer de nouveau.

—J'ai un truc à régler, je dois partir, dit-il. Est-ce que ça va aller?

—Oui, vas-y, dis-je en rinçant l'éponge et en l'essorant bien plus que nécessaire. Est-ce que tu te sens mieux?

Après un instant, il répondit:

—Oui. Ça va. Je suis en état de conduire.

—Très bien. Alors on se voit plus tard.

Il resta immobile quelques secondes encore.

—Oui, d'accord, dit-il enfin. À bientôt.

Je restai face à l'évier jusqu'à ce que j'entende la porte claquer, puis laissai mes larmes couler.

CHAPITRE 16

Après le départ de Ryan, je me laissai une demi-heure pour pleurnicher, puis je me lavai le visage, me changeai et me mis à bosser. Une méthode qui avait fait ses preuves quand je voulais m'empêcher de penser à un sujet sensible. Du moins, j'essayai de me plonger dans mon travail, mais malheureusement, je n'avais plus grand-chose à faire. Je m'étais déjà occupée de toute la paperasse en retard, et je n'avais pas le courage de conduire jusque chez ma tante pour commencer mes recherches parmi ses documents sur les arcanes.

Je finis par descendre au sous-sol pour préparer l'étape suivante du rituel qui me permettrait de rappeler l'essence de Tessa. Cette fois-ci, je dus canaliser la puissance à travers le diagramme pendant plus d'une heure, ce qui eut comme heureux effet secondaire de bien me fatiguer. Je n'eus besoin que de deux verres de vin pour m'endormir.

Pourtant, même épuisée, je fis des rêves chaotiques et troublants à propos de Ryan et Rhyzkahl. Il ne me restait au réveil que quelques images d'un combat arcanique entre eux, entourés de démons.

Je me levai tard. Ma cafetière refusa de se mettre en marche, ce qui n'arrangea pas mon humeur. Je tentai toutes les méthodes possibles et imaginables pour allumer cette satanée machine, y compris les cris, les injures et les larmes, mais elle refusait toujours de produire la moindre goutte de café.

Je finis par abandonner et partis pour le café du coin et ses boissons hors de prix. Sans ma tasse du matin, la journée risquait fort d'être pourrie et je n'avais surtout pas besoin de ça en ce moment.

Je farfouillai dans la boîte à gants de la Taurus à la recherche de mes lunettes de soleil, que je chaussai d'une main, tout en réglant le pare-soleil de l'autre. L'aveuglante lumière matinale tombait tout droit sur le pare-brise, de telle sorte que le pare-soleil était inutile. La climatisation était réglée au maximum, mais malgré cela, l'air qui en sortait était presque tiède, et je sentais la transpiration me couler dans le dos. J'avais brièvement essayé de conduire vitres baissées, mais même à 10 heures du matin, la température extérieure était trop élevée. Au moins, la clim ne transformerait pas mes cheveux en choucroute emmêlée. Et puisqu'une visite à Mandeville pour interroger Elena Sharp était au programme de la journée, je me dis qu'il valait mieux éviter de ressembler à la fiancée de Frankenstein en arrivant.

Parce que, évidemment, elle vient à Beaulac pour rôder à l'enterrement de Brian, mais elle me fait quand même aller jusque chez elle pour que je la questionne, me dis-je amèrement. Et j'étais prête à parier que la climatisation marchait très bien dans sa voiture à elle. D'un autre côté, la route que je devais faire me dispenserait d'aller au bureau ce jour-là, ce dont je ne me plaignais pas.

Le trajet se passa sans incident, et je ne mis pas longtemps à trouver l'endroit où logeait Elena Sharp. En arrivant, je me rendis compte que même s'il ne s'agissait pas d'une maison de deux étages au bord du lac Pearl, sa résidence n'était certainement pas un simple appartement. Depuis la grille à l'entrée, pourvue d'un gardien qui vérifia même ma pièce d'identité, jusqu'au jardin magnifiquement aménagé, le complexe tout entier respirait le luxe.

Je repérai la fameuse Mercedes rouge garée entre une Lexus et une BMW. Je garai mon vieux clou dans un coin, près d'une Audi, puis marchai le long d'un chemin ombragé par des lilas des Indes. Je sonnai et entendis des notes graves résonner de l'autre côté de la porte en chêne et en verre. Un claquement de talons sur du marbre me parvint ensuite. Quelques secondes plus tard, Elena Sharp m'ouvrit.

Elle mesurait quelques centimètres de plus que moi, et avec ses talons, elle avait l'avantage de pouvoir me regarder de haut. Elle portait une robe moulante sans bretelles, qui lui arrivait à mi-cuisse et mettait en valeur son ventre plat, ses hanches fines et sa belle poitrine, que je soupçonnais de ne pas être d'origine. Sur elle, une telle robe semblait élégante et haut de gamme. Sur moi, elle aurait paru vulgaire et ridicule. D'ailleurs, j'aurais aussi donné l'impression de l'avoir volée, car elle coûtait probablement plusieurs centaines de dollars. Non pas que je m'y connaisse en matière de mode, mais je savais distinguer les articles qui étaient bien au-dessus de mes moyens.

— Madame Sharp, dis-je en lui tendant la main, je suis l'inspecteur Kara Gillian de la police de Beaulac. Comme je vous l'ai expliqué au téléphone, j'enquête sur les circonstances de la mort de votre mari.

Elle me regarda de haut en bas, en observant mes vêtements, mon pistolet et mon badge, et même ma coiffure, ou plutôt mon absence de coiffure. L'espace d'un instant, j'eus l'impression d'être cataloguée et me demandai si elle arrivait à deviner que je faisais la plupart du temps mon shopping dans des boutiques qui ressemblaient à des hangars. Elle releva les yeux vers mon visage et me prit la main, pour la serrer brièvement. La sienne était parfaitement manucurée, fraîche et douce.

— Inspecteur Gillian, dit-elle avec un sourire poli, entrez, je vous en prie.

Elle recula pour me laisser passer. Je la suivis jusqu'au salon.

Il n'était pas plus grand que le mien, mais il était si immaculé qu'on aurait eu du mal à le qualifier de pièce à vivre. Dans cet espace, on était censé s'asseoir et siroter une tasse de thé, en discutant de belles choses posément et avec esprit. Tout semblait luxueux et élégant. On sentait que les meubles étaient de qualité. Des fleurs fraîches trônaient sur la table basse. Un secrétaire, placé sous une fenêtre, donnait sur une magnifique vue du lac Pontchartrain. C'était de toute beauté, mais j'avais du mal à imaginer quelqu'un passer beaucoup de temps ici.

Elle s'assit gracieusement sur un canapé qui devait avoir la même valeur que tous mes meubles réunis. Il ne me restait plus qu'à prendre place dans un grand fauteuil, à haut dossier, qui m'avalerait sans aucun doute tout entière, mais je n'avais pas non plus envie d'être à côté d'elle, pour lui poser mes questions. Je soupirai intérieurement, et m'assis prudemment sur le bord du fauteuil, en me persuadant que je n'avais pas l'air ridicule.

— Je vous remercie de prendre le temps de me recevoir, dis-je en posant mon carnet sur mes genoux.

Elena Sharp croisa les jambes et joignit les mains.

— Et j'apprécie que vous vous soyez déplacée jusqu'à Mandeville, inspecteur Gillian.

Elle m'adressa un petit hochement de tête comme pour dire : « Très bien, les politesses sont échangées, nous pouvons commencer. »

— Donc, Davis a été assassiné, ajouta-t-elle avec un sourire sans joie. Je suppose que je fais partie des suspects ?

Clairement, elle était loin d'être stupide.

— Vous comprenez que je ne peux pas écarter cette possibilité pour l'instant.

— Oh, je sais. (Elle ferma brièvement les yeux, puis secoua la tête et poussa un soupir.) Davis a trouvé le moyen de m'emmerder, une fois de plus.

— Vous avez déménagé et déposé une demande de divorce la veille de sa mort, dis-je en regardant mes notes. Depuis quand aviez-vous des problèmes tous les deux ?

— Ah, non, répondit-elle avec un rire nerveux. Ce n'était pas nous qui avions des problèmes. C'était moi. Je… je ne voulais plus rester avec lui.

Un étrange mélange de douleur et d'angoisse passa sur son visage, rapidement effacé par un sourire poli, qui n'atteignit pourtant pas ses yeux.

Intéressant. Avait-elle eu peur de son défunt mari ? Assez pour le quitter ? Ou le faire assassiner ?

— Oui, dis-je, les yeux toujours braqués sur mon calepin. Vous avez appelé la police à deux reprises, ces trois dernières années, et porté plainte pour violences conjugales.

J'étudiai l'expression de son visage, tout en restant moi-même aimable et neutre.

— Oui, dit-elle. En effet.

— Vous n'avez jamais engagé de poursuites ?

Elle se leva, marcha jusqu'à la fenêtre, les bras croisés, serrés contre sa poitrine, et regarda le lac.

— Tout le monde pensait que je n'étais qu'un faire-valoir pour Davis, j'en ai bien conscience. Et vous savez quoi ? C'était un peu vrai. J'étais comme un trophée. (Elle passa la main sur sa robe, sans y penser, pour lisser des plis imaginaires.) Mais je ne suis pas stupide. J'ai grandi dans un mobil-home, je suis allée au lycée public et j'ai très vite compris qu'à défaut d'avoir de l'argent et de l'influence, on pouvait obtenir pas mal de choses avec une pipe et un orgasme simulé.

Elle haussa les épaules et eut un rire gêné. Je me sentis soudain moins honteuse de ma situation financière.

— Vous avez donc épousé Davis pour son argent.

Elle me regarda d'un air blasé.

— Évidemment. Il avait presque vingt ans de plus que moi. Mais je ne suis pas une mercenaire complète. On s'est en fait bien amusés ensemble, et je ne m'attendais pas vraiment à ce qu'il me demande en mariage. (Elle eut un vague sourire.) J'étais vraiment sous le choc, pour tout vous dire.

— Et maintenant qu'il est mort, vous n'êtes plus dans le besoin, n'est-ce pas ?

Elle secoua la tête.

— Je ne me plains pas, mais si vous pensez que j'ai hérité de l'immense fortune des Sharp, vous vous trompez. J'ai signé un contrat de mariage en béton avec cet homme. (Elle pencha la tête vers moi.) J'ai moi-même demandé à un avocat de le lire consciencieusement, j'ai apporté quelques modifications, nous avons convenu des clauses qui nous satisfaisaient tous les deux, et nous nous sommes lancés.

— Vous en parlez comme d'une fusion entre deux entreprises, dis-je avant d'avoir pu m'en empêcher.

— C'était un peu ça, d'une certaine manière, s'esclaffa-t-elle. Comme je vous l'ai dit, nous nous sommes amusés, mais je tenais aussi à assurer mes arrières. Davis et moi avions cela en commun. Qui sait, c'est peut-être ce qui lui a plu chez moi ? Je suis attirée par les hommes de pouvoir. C'est sans doute ce qui me perdra.

Une lueur de regret passa sur son visage. Elle haussa les épaules, s'approcha du secrétaire et ouvrit un tiroir d'où elle tira une enveloppe en papier kraft.

— Quoi qu'il en soit, voici ce que j'aurais obtenu dans le divorce, poursuivit-elle en sortant de l'enveloppe un document qu'elle me tendit.

Je parcourus rapidement le contrat de mariage.

— C'est… une belle petite somme d'argent, déclarai-je en faisant de mon mieux pour cacher mon effarement.

— Oui, je sais, dit-elle avec un sourire plein d'ironie. Je me souviens très bien d'où je viens, je vous assure. Contrairement à beaucoup de garces bourrées de fric avec qui j'ai passé du temps, je suis consciente de la chance que représente ce train de vie. Grâce à ce contrat, j'aurais pu vivre le reste de ma vie dans un confort plus qu'agréable.

— Et maintenant qu'il est mort avant que le divorce ait été réglé, qu'obtiendrez-vous ?

Elle esquissa un sourire.

— Eh bien, il avait deux enfants de sa première femme, et c'est à eux que revient la plus grande partie de ses biens. (Elle sortit un autre document de l'enveloppe et me le tendit.) Je touche une somme forfaitaire, plus une pension mensuelle pour le reste de ma vie.

Je regardai les chiffres, plus ou moins similaires à ce qu'elle aurait obtenu en divorçant. Je doutais qu'elle ait falsifié les documents, ce que je pouvais (et que j'allais) très facilement vérifier. Elle n'était pas assez idiote pour commettre cette erreur. Mais il existait des tas d'autres mobiles possibles, hormis la cupidité.

— Pouvez-vous m'en dire plus sur les plaintes pour violences conjugales ?

Elle me regarda de ses yeux verts, qui brillaient dans la lumière radieuse entrant à flots par la grande fenêtre.

— Nous nous disputions parfois, quand il voulait que je fasse quelque chose ou que j'aille quelque part, alors que j'avais déjà fait d'autres projets, vous voyez le genre. Il me disait que c'était mon « boulot » d'être avec lui et de bien présenter, vingt-quatre heures sur vingt-quatre. Et… il pouvait être jaloux, aussi. Il voulait que je sois belle et charmante, mais je n'étais pas censée prêter trop attention à d'autres hommes que lui. Même à ses amis proches. (Elle soupira.) Parfois, il s'en prenait à moi physiquement. Ça m'a fait peur, la première fois. (Elle secoua la tête.) Comprenez-moi bien, je m'étais déjà fait tabasser, mais je ne m'y attendais pas, venant de lui. Il ne m'a même pas fait mal, c'est surtout ma fierté qui en a pris un coup. Bref, je me suis enfermée dans la chambre, et j'ai appelé les flics. (Elle repoussa ses cheveux dans son dos, les joues rouges tout à coup, peut-être parce qu'elle se sentait embarrassée.) Ils sont venus, ils ont pris nos dépositions et ils lui ont dit de passer la nuit ailleurs. (Elle me lança un sourire contrit.) Il est revenu le lendemain, les bras chargés de cadeaux.

— C'est un comportement assez typique, chez les personnes violentes, dis-je d'une voix neutre.

— Oh, je sais, dit-elle en secouant la tête pour montrer qu'elle ne lui cherchait pas d'excuses. Et s'il s'était mis à me frapper régulièrement, je me serais vite barrée, même en culotte si nécessaire. Je suis peut-être un peu mercenaire, mais comme je vous l'ai dit, je ne suis pas stupide. En cinq ans de vie commune, il ne m'a frappée que deux fois. (Elle me regarda d'un air de défi.) On peut difficilement qualifier ça de comportement violent typique.

À mon sens, c'étaient deux coups de trop, que je n'aurais jamais supportés.

— Pourquoi êtes-vous partie, alors ?

Cette fois encore, je lus de la douleur et de la peur sur son visage. Elle parcourut la pièce d'un regard préoccupé, avant de déglutir et de lisser de nouveau sa robe. Elle se rassit ensuite sur le canapé, posa les mains sur ses genoux et inspira profondément.

—J'ai découvert qu'il me trompait, dit-elle en se forçant à sourire.

Avec la blonde mystérieuse ? Ou bien y avait-il quelqu'un d'autre ?

—Et c'est l'unique raison ? demandai-je, avant de me rendre compte des implications de ma question.

Elena haussa un sourcil impeccable.

—Ça ne vous suffit pas ?

Pour quelqu'un comme moi, la raison était plus que suffisante, mais aurait-elle vraiment abandonné son style de vie parce que son mari courait les jupons ? Ça me paraissait peu probable.

—Excusez-moi. Vous avez donc appris qu'il vous trompait, et vous avez demandé le divorce, c'est bien ça ?

Elle hocha sèchement la tête, et je lus de nouveau du regret sur son visage. *Elle n'avait pas du tout envie de le quitter*, pensai-je. J'en aurais mis ma main à couper. Alors pourquoi ? Elle était toujours anxieuse, je le voyais à sa main qui se crispait sur le bras du sofa et au balancement de son pied. Je ne pensais pas que sa nervosité soit liée au fait d'être interrogée par la police.

—Pouvez-vous me dire avec qui il avait une liaison ?

Peut-être était-ce quelqu'un qui avait plus de raisons de souhaiter sa mort ?

Elle serra ses mains au point d'en faire blanchir les articulations, puis secoua la tête de façon un peu guindée.

— Je… je n'ai jamais su son nom. J'étais seulement au courant.

Tu parles. Pourquoi demander le divorce et quitter ce petit nid tranquille sans preuves sérieuses ?

— Je trouve cela peu plausible, dis-je en me penchant légèrement vers elle.

Elle pâlit à tel point que cela fit ressortir son maquillage, mais secoua la tête.

— Je ne savais pas. Je ne voulais pas savoir. Simplement partir.

Là encore, c'étaient des conneries. Elena Sharp ne me semblait pas être le genre de femme à quitter son petit confort sans même se battre pour garder sa place. Je plissai les yeux.

— Quelle est la vraie raison de votre départ, madame Sharp ?

Elle soupira bruyamment, comme pour me faire comprendre son exaspération.

— Écoutez, quelle importance ça a maintenant ? Il est mort, et je me retrouve veuve au lieu de divorcée.

— C'est d'une grande importance, madame, dis-je en durcissant le ton. Votre mari a été tué. Vous comprenez ? S'il avait une liaison avec quelqu'un d'autre, alors vous devez me le dire.

Ses mains se mirent à trembler.

— Mais je ne peux pas !

À présent, nous étions passées de « Je ne sais pas » à « Je ne peux pas vous le dire ». Je me levai et lui lançai mon plus beau regard de flic méchant.

— Si, vous pouvez. Croyez-vous que les choses vont se tasser d'elles-mêmes ? Que la police finira par se lasser d'enquêter sur le meurtre de votre mari ? Si vous pensez avoir besoin de protection, je peux faire ce qu'il faut, mais vous devez vous montrer honnête avec moi !

— Ce n'est pas ce que vous croyez… Je veux dire…

— Alors dites-moi ! Dites-moi pourquoi vous avez quitté votre mari. Dites-moi avec qui il couchait. Sinon, la seule personne qui va en baver, ce sera vous.

Elle secoua la tête, les yeux écarquillés.

— Non. J'ai déjà trop perdu. Et je refuse d'aller en prison pour… pour quelque chose dont je ne suis pas coupable !

Je me rassis et parlai d'une voix un peu plus douce.

— Alors soyez honnête avec moi. C'est le seul moyen de vous en sortir.

Elle leva ses yeux verts, puis les ferma et prit une profonde inspiration. *Voilà*, pensai-je avec un sentiment de triomphe. *Elle va cracher le morceau…*

— Je crois que j'ai besoin de parler à mon avocat.

Merde !

Elle rouvrit les yeux et me regarda bien en face. *Elle n'est pas idiote. Et elle s'avère plus forte qu'elle ne le pensait elle-même. Et merde !*

Je refermai mon carnet et me levai.

— Madame Sharp, merci d'avoir répondu à mes questions, dis-je poliment. Si vous pensez à quoi que ce soit qui puisse m'aider pour l'enquête, n'hésitez pas à m'appeler.

Je lui tendis ma carte de visite. Elle se leva à son tour.

pour vérifier que les barrières avaient bien été enlevées, et pas modifiées depuis.

Je fus soulagée de ne rien repérer de suspect dans mon autrevue. J'entrai avec précaution. Aucune sensation de type rideau de perles, comme lorsque j'avais essayé de passer alors que les couches d'obstacles arcaniques étaient toujours actives. Je m'autorisai un soupir de soulagement. Je ne fus pas foudroyée sur place non plus, ce qui me parut être un bon signe. Je passai prudemment la tête par la porte.

La pièce était tellement silencieuse que j'entendais mes propres battements de cœur. Mon impression de malaise n'avait pas disparu. Je restai sans bouger dans l'embrasure de la porte, pendant plus d'une minute, mais rien ne remua ni ne me sauta dessus.

Je finis par ressortir de la pièce et refermai la porte, puis me dirigeai vers la chambre de Tessa pour prendre quelques-uns de ses objets personnels. Une fois que j'eus fini, je sortis de la maison et verrouillai bien la porte, en m'assurant que les barrières étaient toujours en place.

Je rentrai chez moi, troublée. Rien n'avait été dérangé, je n'avais vu absolument aucune trace de passage, physique ou arcanique, et pourtant, j'avais la conviction viscérale que quelqu'un, ou quelque chose, avait pénétré dans cette maison, ce jour-là.

— Je n'ai pas tué mon mari, inspecteur, dit-elle en prenant la carte. Et je n'ai payé personne pour le faire à ma place non plus.

— Alors, vous n'avez aucune inquiétude à avoir, dis-je. Je vous souhaite un bon après-midi, madame Sharp. Je suis sûre que nous nous reverrons.

Je quittai l'appartement et rejoignis ma voiture. J'allumai le moteur, abaissai les vitres et mis la climatisation au maximum, pour évacuer l'air brûlant, avant de pianoter distraitement sur le volant, le temps que l'atmosphère devienne un peu plus tiède. Mme Sharp tenait à son train de vie, à son argent. Pourquoi quitter son mari sans se défendre ? Avait-elle été victime de chantage ? De menaces ? Et qu'en était-il de l'essence de Sharp ? En était-elle responsable ?

Je repris la route de Beaulac avec plus de questions que je n'en avais en partant.

Le temps que j'arrive, il était assez tard pour que je ne me sente pas obligée de passer au bureau. Je m'arrêtai dans un magasin pour acheter une nouvelle cafetière, puis passai chez ma tante. J'avais rassemblé assez d'échantillons de sa personne, et il me fallait à présent des objets qui lui étaient chers, qui la reliaient émotionnellement à la réalité de cette sphère. Je me garai dans son allée et montai les marches de la maison au pas de course. *Sa tasse à thé préférée et sa brosse à cheveux. Et peut-être cette écharpe que je...*

Je me figeai, la main quasiment sur la poignée, le cours de mes pensées brusquement dérangé par une sensation de picotement, qui se répandait dans les barrières que j'avais installées, après que Kehlirik

239

avait ôté les précédentes. Je retirai lentement ma main, le cœur battant un peu plus vite, et je fis appel à mon autrevue pour observer les protections. Je ne remarquai rien de louche, et fronçai les sourcils. Quelque chose n'allait pas avec la porte, mais les répulsifs me paraissaient normaux. Sauf erreur de ma part, ils n'avaient pas changé le moins du monde, depuis ma dernière visite. Est-ce que quelque chose avait pu passer au travers ? Et si oui, comment le vérifier ?

Je me retournai pour regarder le jardin. La pelouse avait été tondue, les buissons taillés, les herbes arrachées. Je pouvais presque trouver une explication convaincante à cela, d'autant plus que j'avais désarmé la plupart des répulsifs qui tenaient les gens à distance. D'accord, donc quelqu'un s'occupait du jardin. Pas de quoi s'inquiéter outre mesure. *Mais quelqu'un lui rend aussi visite à la clinique…*

Je tendis la main tout doucement et la posai sur la poignée, puis poussai un petit soupir en sentant le picotement se dissiper. Était-ce la faute de mon imagination débordante ? J'entrai et refermai doucement la porte derrière moi, puis restai un moment dans l'entrée, complètement immobile, tous les sens en éveil.

Le seul bruit était celui de l'horloge dans la cuisine, mais je n'arrivais pas à me débarrasser de l'impression très vague que quelque chose n'allait pas. Je me dirigeai vers la bibliothèque, au bout du couloir, en essayant d'avancer sans bruit, mais sur le parquet grinçant, c'était peine perdue.

Je m'arrêtai devant et scrutai la porte fermée, en me mordant la lèvre. L'avais-je laissée ouverte ? Impossible de m'en souvenir. Je sondai mentalement les alentours,

Chapitre 17

Je jetai mon sac à main près de l'entrée et descendis au sous-sol sans plus attendre. Un sentiment désagréable d'urgence m'oppressait, intensifié par les sensations bizarres que j'avais eues chez Tessa et par le visiteur mystérieux qui était peut-être passé. *Maudit Kehlirik, qui m'a conseillé de replacer les barrières toute seule. À la prochaine pleine lune, j'invoque quelqu'un pour le faire.* Mes protections étaient merdiques. Je n'avais pas de difficulté à l'admettre.

Je dessinai soigneusement la section suivante du diagramme, en résistant au désir d'aller vite pour qu'il soit prêt à fonctionner plus tôt. Il suffisait d'un signe incorrect pour que le diagramme tout entier soit inutilisable, et j'étais convaincue de ne pas avoir le temps nécessaire pour réessayer l'opération dans son intégralité, si le rituel ne fonctionnait pas du premier coup.

J'ouvris mon sac à dos et disposai précautionneusement les objets à l'intérieur du diagramme. La tasse, la brosse, l'écharpe. J'ajoutai aussi la photo de nous deux, déguisées en bonshommes violets. Le mélange de sang, de cheveux et d'ongles le long du cercle intérieur avait séché en une croûte sale et brunâtre, et je fis très

243

attention à ne pas la toucher pour éviter d'en déranger un aspect essentiel.

Je pris une inspiration et attirai la puissance à moi en la faisant progressivement passer dans les runes. Je sentis la force arriver par à-coups désagréables, à cause de la lune décroissante, et quelques minutes plus tard, je me retrouvai en nage, tant l'effort à fournir était grand pour faire passer la puissance à travers le diagramme.

Je relâchai enfin la force et fis un pas en arrière en observant les marques au sol avec appréhension. Rien ne bougeait, et je commençai à sentir la consternation me nouer la gorge, au fur et à mesure que les secondes passaient. *J'ai dû faire une erreur quelque part. Merde. Je vais devoir recommencer depuis le début.* Mais où m'étais-je trompée ? Refaire tout le rituel ne changerait rien, si je ne savais pas comment l'améliorer.

Tout à coup, le diagramme émit un petit bruit sec, que je sentis plus que je ne l'entendis, et il commença à vibrer. Une vague de soulagement me submergea, et je dus me plier en deux, les mains sur les genoux, pendant quelques secondes. *Ouf, catastrophe évitée ! Du moins, je l'espère.*

Je remontai, les jambes tremblantes d'épuisement, et m'écroulai sur mon lit. Mais malgré la fatigue, je dormis mal. Mes inquiétudes concernant ma tante et sa maison envahirent mes rêves et me réveillèrent plusieurs fois.

À en juger par le nombre de rêves perturbants dans lesquels il était présent, j'étais de toute évidence très préoccupée aussi par ma dispute avec Ryan. J'ouvris les yeux quelques minutes avant que mon réveil sonne, et constatai que j'avais mal à la tête. Je regardai tristement le plafond, tandis que le soleil dardait ses pénibles rayons à travers mes volets.

Ça m'emmerdait vraiment de m'être engueulée avec Ryan, pour des raisons ridicules qui plus est, et l'idée qu'on puisse finir brouillés me causait une douleur sourde. D'accord, je ne l'intéressais peut-être pas autrement que sur le plan amical, mais c'était mieux que rien.

Pas vrai ?

Je n'étais pas d'humeur à aller travailler, mais il me restait juste assez de fierté pour ne pas gaspiller un jour de congé maladie à m'apitoyer sur mon triste sort. Certes, j'étais extrêmement tentée de le faire, pour rester roulée en boule comme je l'étais sous ma couette. Mais j'avais peur d'être en train de devenir une de ces personnes terriblement avides d'attention, qui s'accrochent à ceux qui se montrent gentils avec elles. J'aimais bien Ryan. Je l'aimais même beaucoup. Mais dans quelle mesure mes sentiments étaient-ils dus au fait que nous partagions la connaissance des arcanes ? Je voulais croire que notre amitié allait au-delà, mais ce désir m'avait peut-être poussée à mal interpréter les signes.

Je poussai un grognement et enfouis ma tête sous l'oreiller. C'était la vérité : je voulais vraiment que notre relation aille plus loin.

— Je fais trop pitié, grommelai-je dans l'oreiller.

D'un autre côté, pourquoi se montrait-il tellement protecteur avec moi – c'en était parfois même vexant – s'il ne me considérait pas comme une amie proche ? Jusqu'à quel point ma réaction lors de notre dispute l'autre jour avait-elle été provoquée par un sentiment de culpabilité, en l'entendant me dire mes quatre vérités ? Ryan avait eu raison, j'avais sauté dans les bras de Rhyzkahl dès notre première rencontre, même si les raisons qui m'avaient poussée à agir ainsi étaient bien trop complexes pour que je commence à les décortiquer. Mais à ma décharge, je n'étais pas devenue son esclave, ni quoi que ce soit d'autre, comme le craignait Ryan. J'étais toujours moi-même.

Pas vrai ?

Et d'ailleurs, qui es-tu, Ryan Kristoff ? me dis-je, soudain sur la défensive. *Comment se fait-il que les démons sachent qui tu es ?*

Je repoussai la couverture et marmonnai quelques jurons de premier choix. Ces réflexions constituaient sans doute le meilleur moyen de devenir encore plus tarée que je ne l'étais déjà.

Il était à peine 6 heures du matin. J'hésitai un instant, puis enfilai une tenue de sport, pris un sac dans lequel je rangeai des vêtements pour le travail et filai au gymnase. Je faisais partie de la catégorie de clients qu'adoraient les clubs de sport : mon abonnement était prélevé automatiquement sur mon compte bancaire, chaque mois, et j'y allais à peu près deux fois moins souvent. Mais ce matin-là, je ressentais un vrai besoin d'évacuer mon agacement et ma frustration, et entre le sport et le ménage, j'avais fait mon choix.

À ma grande surprise, il y avait beaucoup de monde, et je m'aperçus un peu tard que tous les autres étaient venus comme moi se faire une séance avant d'aller travailler. Je reconnus un certain nombre de visages, et au bout de quelques minutes à me creuser la cervelle pour me rappeler leurs noms, je compris que je les avais vus seulement à l'enterrement de Brian Roth. Des fonctionnaires de l'administration locale ou des gens qui évoluaient dans le beau monde. Personne que je connaisse réellement.

Je n'avais pas vraiment décidé de ce que j'allais faire dans la salle de sport, ce qui valait sans doute mieux, car la plupart des machines étaient déjà prises. J'optai enfin pour l'enchaînement suivant : rôder un moment jusqu'à ce que je trouve une machine libre, et me lancer. Étonnamment, au bout de vingt minutes, j'eus l'impression d'avoir accompli quelque chose. Je passai vingt minutes supplémentaires sur un vélo elliptique, puis allai me doucher. J'enfilai ma tenue de travail et arrivai au poste juste à temps.

En marchant jusqu'à mon bureau, je ne vis ni Boudreaux, ni Pellini dans les leurs, mais, allez savoir pourquoi, je doutais qu'ils soient en train de suivre des pistes concernant la mort de Carol et Brian. Il était plus probable qu'ils se trouvent tous les deux au restaurant *Lake o' Butter Pancake House*, à étudier le menu du petit déjeuner.

Je me sentis vertueuse en m'installant à mon bureau, toute fière lorsque le lieutenant m'adressa un signe de tête, en passant dans le couloir, et encore plus ravie lorsque je l'entendis demander quelques secondes plus tard où mes collègues pouvaient bien être.

À présent que la hiérarchie avait vu que j'étais motivée, il était temps de m'atteler réellement au travail qui, je l'espérais, me fournirait des résultats. Les tâches que je devais exécuter étaient malheureusement ennuyeuses, mais trois heures plus tard, j'avais réussi à taper des injonctions de produire des documents, grâce auxquelles nous pourrions consulter les comptes de Sharp et vérifier les informations que sa veuve m'avait fournies.

Mon job ressemblait vraiment à celui des flics dans les films d'action…

Le palais de justice n'était qu'à un pâté de maisons du poste de police, mais il faisait déjà une telle chaleur que cette petite marche suffit à tremper ma chemise. Je soupirai d'aise en sentant l'air climatisé m'envelopper dès que je fus à l'intérieur, sans penser à la chair de poule qui me hérisserait les poils quand la sueur se serait évaporée.

Je fis un signe de tête aux policiers qui travaillaient pour le service de sécurité du bâtiment, et souris en plus à Latif, la grande Afro-Américaine responsable du détecteur à métaux. Elle ressemblait à une amazone, les cheveux coupés si court qu'elle aurait aussi bien pu les raser complètement, mais ce style lui allait très bien et lui donnait un air de dure à cuire magnifique. Nous faisions partie de la même promo et nous étions sorties première et deuxième. C'était elle, la numéro un. Elle aurait été géniale en patrouille, à mon avis, mais elle élevait seule son enfant et m'avait expliqué que, non seulement il lui fallait les horaires les plus normaux du palais de justice, mais aussi qu'elle ne pouvait pas prendre le risque de laisser sa fille orpheline. Je respectais tout à fait son choix.

Elle m'adressa un grand sourire en me voyant passer le contrôle de sécurité.

— Salut, ma belle ! me dit-elle. Qu'est-ce qui t'amène ?

Je lui montrai le dossier des injonctions que j'avais à la main.

— Le côté excitant des enquêtes. La paperasse.

Elle gloussa.

— Des mandats ?

— Injonctions.

— Ouh là là, comme tu vas te marrer ! dit-elle en regardant un papier posé à côté du générateur de rayons X. Le juge Roth est censé être de service aujourd'hui, mais il n'est pas là.

— Pas étonnant. L'enterrement n'a eu lieu qu'avant-hier.

Latif fit la grimace.

— Ouais. Il n'est pas revenu depuis. C'est vraiment une sale histoire ! Ah, voilà, c'est le juge Laurent qui prend la relève, aujourd'hui.

Le juge Laurent m'avait déjà signé des mandats par le passé, et je savais où se trouvait son cabinet. Je dis au revoir à Latif et montai au premier étage.

Juste derrière la porte, assise à un bureau, se trouvait sa secrétaire, une petite brune avec de belles formes, qui réussissait à ne pas avoir l'air grassouillette. J'enviais cette capacité. Elle me sourit au moment où je refermai la porte derrière moi.

— Vous avez besoin de signatures ?

Je lui montrai le dossier.

— S'il n'est pas trop occupé…

Elle prit les papiers que je lui tendais.

— En fait, il est tout le temps débordé, mais je suis sûre qu'il trouvera le temps de s'occuper de vous. Laissez-moi voir ça avec lui.

Elle sortit par une autre porte et revint une minute plus tard, me faisant signe de passer dans la pièce voisine.

Je lui souris pour la remercier et pris le couloir qui menait au cabinet du juge.

J'avais témoigné à plusieurs reprises dans des procès où siégeait le juge Laurent. Il occupait ce poste depuis une vingtaine d'années au moins, et il lui en restait probablement encore quelques-unes avant la retraite. Il ressemblait à un magicien grincheux, et chaque fois que je le voyais, je ne pouvais m'empêcher de penser qu'il ne lui manquait qu'un chapeau pointu et une baguette magique pour aller avec sa robe.

Jusqu'à présent, j'avais réussi à me retenir de lui faire la suggestion.

Il m'adressa un petit sourire au moment où j'entrai, puis se remit à parcourir les injonctions.

— Les finances, hein ?

— Oui, Votre Honneur. Je voudrais vérifier des informations qui m'ont été communiquées au cours d'une enquête.

— Quoi, vous ne croyez pas vos suspects sur parole ? demanda-t-il avec un petit rictus.

— Je suis plutôt du genre méfiant, monsieur, dis-je en souriant.

Il gloussa et commença à feuilleter les documents.

— C'est pour l'affaire Davis Sharp ? Je ne savais pas qu'elle avait été requalifiée en homicide.

— Ce n'est pas complètement sûr pour l'instant, mais il y a des signes de trauma brutal, qui ne collent pas avec une simple chute dans la douche.

Je ne lui révélais rien qu'il n'aurait pas pu lire dans un communiqué de presse.

— Mmm. Vous soupçonnez sa femme ?

— Eh bien, elle n'a pas encore été complètement rayée de la liste, mais on a d'autres suspects.

Inutile de préciser que je n'avais aucune idée de qui il pouvait bien s'agir. Il eut un petit reniflement moqueur.

— Sharp avait la fâcheuse habitude de se mêler de toutes les affaires politiques. Il connaissait pas mal de monde grâce à son satané restaurant, et il pensait que cela lui donnait le droit de faire n'importe quoi sans être inquiété. (Il baissa les yeux sur les papiers en fronçant les sourcils.) Et malheureusement, c'était en effet comme ça que les choses se passaient la plupart du temps.

Tiens, voilà qui était intéressant !

— Comme quoi, par exemple ?

Le juge Laurent leva la tête pour me regarder, puis se laissa aller en arrière dans son siège.

— Eh bien, comme ses deux fils. De vraies ordures, tous les deux. Ils se sont fait choper pour possession de drogue et pour agression, à plusieurs reprises. J'ai arrêté de compter le nombre de fois où Sharp m'a téléphoné en me demandant d'exercer mon influence et d'arranger les choses pour lui. (Il secoua la tête d'un air désapprobateur.) Je n'ai accepté qu'une seule contribution de sa part pour ma campagne. (Il eut un petit rire.) En fait, il ne m'en a jamais proposé une autre. Le jour où je lui ai dit de se démerder tout seul, il a cessé de contribuer. Bizarre, non ? Enfin, ça n'a pas changé grand-chose au final. Il a trouvé d'autres personnes prêtes à réparer ses conneries. (Il me lança un regard éloquent.) Vous savez, le financement des campagnes électorales se doit de figurer dans les archives. Vous trouverez tout ça en ligne.

Je ne pus réprimer un sourire.

— C'est bon à savoir, monsieur.

Il hocha la tête, et je vis ses yeux pétiller. Après avoir soigneusement lu les documents, il prit son stylo et signa toutes les injonctions.

— Bonne chance pour votre enquête, inspecteur Gillian, me dit-il en me rendant les documents.

— Merci, Votre Honneur.

La visite s'était avérée plus productive que je ne m'y attendais. Je sortis du cabinet après avoir salué la secrétaire.

J'étais presque arrivée dans le hall du palais de justice, quand mon téléphone sonna. Le nom de Ryan apparut sur l'écran. Je le fixai des yeux en essayant de choisir entre adopter un comportement adulte et répondre, ou faire ma gamine et refuser l'appel.

Peut-être qu'il appelle pour s'excuser. Je soupirai et décrochai.

— Salut, Ryan.

— Où es-tu ?

Je posai mon pouce sur le bouton « Raccrocher », mais parvins à me retenir.

— Oh, ça va super bien, merci de me poser la question. Je faisais signer des injonctions. J'allais partir du tribunal.

— T'as faim ?

Il parlait sur un ton sec et guindé.

Oui, j'avais faim, mais avais-je envie de me soumettre encore une fois à son jugement déplacé ? Je fis la grimace.

—Oui, d'accord, pourquoi pas.

Quelle optimiste incorrigible je faisais !

—OK, retrouve-moi au *Frigo* dans un quart d'heure.

Et il raccrocha. Je regardais le téléphone en me demandant si je n'allais pas rappeler Ryan pour lui dire d'aller se faire foutre. *Mais il fait peut-être partie de ces gens qui ne sont pas doués pour les excuses.* Je poussai un soupir et replaçai l'appareil sur ma ceinture. Oui, j'étais une optimiste incorrigible, c'était le mot. Mais ma seule autre possibilité, c'était de faire une croix sur lui, et je n'en avais pas envie.

Je regagnai le poste pour récupérer ma voiture, et j'allumai l'air conditionné au maximum, dès que le moteur fut en marche. Comme à mon habitude, je baissai toutes les vitres pour faire sortir l'air irrespirable.

Le Frigo se trouvait à quelques kilomètres de là, dans une rue parallèle à la voie de chemin de fer. Je n'avais mangé dans ce restaurant que deux fois, mais j'en gardais le souvenir d'un endroit calme et sombre, avec des tables bien espacées. Le bâtiment avait vraiment été une chambre froide industrielle, plusieurs décennies auparavant, puis quelques années après sa fermeture, on l'avait transformé en restaurant familial. Les cuves dans lesquelles on conservait la glace avaient été reconverties en vastes box ronds, et les tuyaux étaient toujours visibles. La décoration était sympa, mais la cuisine n'avait pas tenu la route, et l'établissement avait fermé au bout de quelques années. Par la suite, l'endroit était devenu un restaurant chinois, un buffet de fruits de mer, un autre restaurant familial, un grill, encore un autre restaurant familial, et chaque fois, les propriétaires avaient gardé la même décoration. Le nom changeait souvent, mais les gens l'appelaient toujours *Le Frigo*.

Ryan m'attendait juste derrière la porte. Il avait la mine défaite, mais il sourit en me voyant arriver. L'hôtesse nous mena jusqu'à l'un des box-cuves au fond de la pièce. Je m'installai et pris le menu qu'elle me tendait, pendant que Ryan s'asseyait en face de moi.

Même si je n'avais pas envie de l'admettre, je me sentais très soulagée qu'il soit là, qu'il m'ait appelée. J'étais toujours fâchée et blessée, mais son amitié restait importante pour moi. *Trop importante ?* demanda une petite voix intérieure. Je passai outre du mieux que je pus.

— J'ai été con, dit Ryan sans lever les yeux, dès que la serveuse se fut éloignée. Désolé.

Bon, c'était mieux que pas d'excuse du tout.

— Pas grave. Est-ce que tu te sens mieux ?

— Oui. J'ai dormi dix heures d'affilée, et quand je me suis levé, j'avais à peu près l'impression d'être remis.

Il me regarda dans les yeux, l'espace d'un instant, puis baissa la tête pour examiner le menu.

— Qu'est-ce qu'il y a de bon ici ? demanda-t-il.

Je haussai les sourcils.

— C'est toi qui as choisi le restaurant. J'en avais déduit que tu étais déjà venu.

— Non, dit-il en secouant la tête. J'ai juste entendu dire que la déco changeait des autres restos, et que c'était rafraîchissant.

Je le regardai en plissant les yeux, mais il resta concentré sur les suggestions du chef. Le jeu de mots devait donc être accidentel. Sans commentaire.

— Je ne mange pas souvent au restaurant, dis-je. Je suis madame Micro-ondes.

— Ouais, eh ben, il faut que tu commences à te nourrir un peu mieux, dit-il en levant les yeux pour me dévisager, les sourcils froncés.

— D'accord. Alors, c'est toi qui paies.

— Marché conclu, dit-il avec un sourire.

Je m'esclaffai.

— Ha, c'était facile!

La tension qui me crispait les épaules commença à diminuer. *Excuses présentées et acceptées.*

La serveuse revint nous demander ce qu'on voulait boire. Le menu n'étant pas extrêmement complexe, on en profita pour commander nos burgers en même temps. Elle partit chercher nos boissons, et je me tournai vers Ryan :

— Donc, c'est quoi là? des excuses? un plan pour me faire manger plus? ou alors un moment du genre « Il faut qu'on parle »?

Il haussa une épaule.

— Un peu tout ça, mais tu n'es pas obligée de dramatiser. Je me suis comporté comme un crétin. Tu as besoin de manger. Et oui, il faut qu'on parle, mais pas dans le genre « Oh, mon Dieu, il faut qu'on parle! »

— Mmm. (Je pris un sachet d'aspartame dans la petite boîte qui se trouvait sur la table et commençai à le tripoter.) Et de quoi faut-il qu'on parle ?

Parfait, j'avais réussi à garder un ton décontracté, sans trahir l'angoisse qui me rongeait.

— Bordel, Kara ! Ce n'est pas ce que je voulais dire. Juste qu'il faut qu'on se parle, qu'on discute ensemble, parce qu'on est amis. En plus de ça, en ce qui concerne les arcanes, ni toi ni moi n'avons beaucoup de monde à qui en parler ouvertement.

Je me forçai à sourire, malgré les doutes qui m'assaillaient encore.

— Oui, on est amis. Et on peut parler des arcanes. (*Serait-on amis malgré tout, si nous n'avions pas ce point commun ?*) En fait, Jill est aussi au courant, maintenant. À propos des arcanes et des invocations.

— Quoi ? Comment ça ?

Je lui expliquai rapidement la rencontre entre Jill et Kehlirik.

— Et elle l'a plutôt bien pris, dis-je, toujours soulagée qu'elle ne soit pas partie en courant. Ou du moins, elle a bien pris le fait que moi, j'admette leur réalité.

Il se laissa aller contre le dossier de la banquette.

— J'aime bien Jill, aussi peu que je la connaisse. Je ne l'ai pas beaucoup vue depuis l'affaire du Tueur au symbole, bien sûr, sauf à l'enterrement. Et l'affaire sur laquelle je bosse en ce moment ne me demande pas vraiment de travailler avec les services locaux. Mais elle a l'air cool.

Je ressentis une pointe de jalousie ridicule, et je me retins de céder à l'envie puérile de bouder. *On est où, à la maternelle ? C'est de Jill qu'on parle.*

— Oui, elle est cool, dis-je sur un ton délibérément joyeux.

— Il y a du nouveau, du côté de tes recherches pour découvrir ce qui mange les essences ?

— Non, dis-je en faisant la moue. Je suis toujours en train de tâtonner.

Je me tus, le temps qu'on nous apporte notre commande.

— J'ai encore besoin de faire beaucoup de recherches, dis-je dès que la serveuse eut disparu.

Après avoir mordu dans mon hamburger, je fis une grimace de dégoût. Je savais à présent pourquoi l'endroit était désert un vendredi à midi. La cuisine n'était pas immonde, mais elle était loin d'être excellente.

Ryan fit la même tête que la mienne, en avalant sa première bouchée.

— Je ne suis pas sûr d'avoir envie de savoir quel genre d'animal ils ont mis dans ce hamburger.

Je bus une grande gorgée de Coca Light pour faire descendre la bouchée, avant de goûter les frites afin de voir si elles étaient un peu meilleures. Verdict : trop grasses, trop salées. Je les épongeai à l'aide de ma serviette, en soupirant.

— Bref, le reyza a réussi à ôter les barrières, et maintenant, je peux entrer dans la bibliothèque de ma tante.

Je fis une grimace qui, cette fois, n'avait rien à voir avec la qualité, ou plutôt la mauvaise qualité de la nourriture, avant de poursuivre :

— Le seul défi qui me reste, c'est de trouver le bon livre, papier ou manuscrit. Si elle a un système de classement, il me dépasse complètement.

Il continua de manger en silence, pendant un moment.

— Est-ce que tu lui as rendu visite ? demanda-t-il enfin.

— À ma tante ? Oui, plusieurs fois. Mais ce n'est pas elle. Je veux dire, elle n'est pas là, et c'est vraiment bizarre pour moi de rester assise à côté de cette enveloppe vide. C'est comme de venir voir une chaise. (Je jouai avec une frite molle, que je trempai dans le ketchup.) Mais je sais que c'est mon devoir d'y aller, alors j'y passe de temps en temps, assez souvent pour qu'on ne dise pas que je suis une mauvaise nièce.

Il tendit le bras et prit ma main, à ma grande surprise. Je baissai les yeux pour le regarder faire, puis relevai la tête.

— Les gens ne sont pas tous contre toi, dit-il. Laisse passer un peu de temps. Comme tu l'as dit toi-même, ça va se calmer.

Je me forçai à sourire.

— Je sais. Ça va.

Un serveur entra par la porte du fond, et je dus retenir ma respiration en sentant les effluves d'ordures en décomposition qui émanaient de la ruelle derrière le restaurant.

— Ça y est, je t'en veux officiellement de nous avoir amenés ici, dis-je.

— C'est assez infâme, en effet.

Je regardai le serveur qui s'approchait de notre table, et je lui dis, en repoussant mon assiette presque intacte :

— Vous pouvez remporter ça, j'ai fini.

Il prit l'assiette, mais faillit tout lâcher lorsque des grognements et des aboiements retentirent derrière la porte qui donnait dans la ruelle. Une des serveuses, vaguement occupée à passer un coup d'éponge léthargique sur les tables, leva les yeux.

— Tommy, dit-elle, va chasser ces sales clébards. Je t'ai dit de ne pas leur donner les restes.

Tommy jeta mon assiette dans une bassine en plastique qu'il posa sur une table, près de notre box, tout en jetant un regard furieux à la serveuse, avant de retourner jusqu'à la porte en traînant les pieds.

— La prochaine fois, tu pourras m'emmener dans un restaurant vraiment classe, murmurai-je à Ryan. Comme la baraque à frites de la station-service, par exemple.

Ryan se mit à rire et s'apprêtait à répondre, lorsqu'un déséquilibre de puissance écœurant nous passa dessus, nous coupant momentanément le souffle. La sensation disparut rapidement, mais elle laissa comme une traînée de pollution dans les arcanes.

— Qu'est-ce que c'était que ce truc ? dit Ryan, le souffle court, les doigts toujours agrippés au bord de la table.

— Le parking… près de ton bureau, articulai-je avec difficulté, en essayant de faire partir la bile que j'avais dans la gorge. C'était pareil.

Une seconde plus tard, un hurlement strident de douleur et de terreur s'éleva dans la ruelle.

—C'est le jeune homme, dit Ryan qui était déjà sorti du box et s'élançait vers la porte.

Je n'étais pas aussi rapide que lui, mais je parvins à le suivre en trébuchant. Difficile de courir quand on devait résister à l'envie de vomir. De toute évidence, Ryan n'avait pas été touché aussi violemment que moi par la nausée.

Il ouvrit largement la porte, et au lieu de foncer bêtement dans l'allée, il prit un instant pour observer ce qui se passait dans la ruelle et évaluer la situation.

Cela ne changea pourtant pas grand-chose. Dans le quart de seconde pendant lequel il finissait d'ouvrir la porte, une forme noire, lisse et brillante débaula dans l'embrasure, heurta Ryan de plein fouet et l'envoya par terre. Je distinguai des dents et des griffes. Ryan parvint à donner un coup pour repousser le… chien ? C'était la meilleure analogie que je puisse trouver en l'espace de ces quelques secondes. Une tête et un museau à l'aspect canin, plein de dents, quatre pattes, mais une façon fluide et reptilienne de se déplacer.

Je dégainai mon pistolet en voyant la créature s'élancer encore une fois vers Ryan, mais il réagit avec une vitesse qui m'impressionna. Toujours sur le dos, il projeta ses deux jambes en l'air, atteignit la bête en pleine poitrine, et l'envoya valser.

—Tire ! hurla-t-il pour couvrir les cris de la serveuse.

Je n'avais pas besoin de ses encouragements. J'appuyai trois fois de suite sur la détente et les explosions résonnèrent dans la pièce avec un bruit assourdissant. Au moins deux balles atteignirent la créature, qui tressaillit et poussa un glapissement, mais une seconde plus tard, elle s'était remise sur ses pattes et grondait en montrant les dents. Je pus alors l'examiner un peu mieux, mais ça ne me fut pas d'une grande utilité. Elle ressemblait bien à un chien, et me foutait vraiment la trouille.

—Tu l'as touché? demanda Ryan en haletant.

—Oui! On recommence!

Il leva son arme en même temps que moi, et nous nous mîmes à tirer ensemble, mais cette fois, le chien démon se tenait prêt. Il sauta de droite et de gauche, avec une telle rapidité que seules quelques balles le touchèrent. Encore une fois, il se releva, comme si les blessures lui faisaient le même effet que des piqûres de moustique.

—Fils de pute! s'écria Ryan. C'est un démon?

—Je n'en ai jamais vu de cette espèce, criai-je, sans doute plus fort que nécessaire, mais mes oreilles sifflaient encore à cause des coups de feu. Mais cette bête ne vient clairement pas de chez nous.

Je voyais la lumière caractéristique s'échapper de ses plaies, au lieu du sang. J'essayai de me rappeler le nombre de coups de feu que j'avais tirés. Je n'avais pas de chargeur de rechange sur moi. Merde, moi qui avais cru aller simplement déjeuner!

La forme indéterminée, au milieu de laquelle brillaient des yeux rouges et des dents blanches, se jeta de nouveau sur nous. Chacun plongea d'un côté, comme si nous avions mis au point une chorégraphie. L'espèce de chien, en revanche, avait dû rater les répétitions, car il se tordit en l'air pour atteindre Ryan, toutes griffes dehors.

Ryan poussa un juron explosif et, d'un geste soit incroyablement courageux, soit vraiment très stupide, il saisit la bête par la mâchoire inférieure, lui planta le canon de son pistolet dans le ventre, et vida son chargeur. La créature poussa un hurlement de douleur et de rage, mais avoir le bide criblé de balles ne sembla pas la ralentir beaucoup. Elle dégagea sa tête en grognant, sa mâchoire meurtrière prête à mordre pour tuer. Je poussai un cri et enfonçai à mon tour mon arme dans le flanc de la créature, en imitant la technique de Ryan. J'obtins l'effet escompté, du moins en partie : elle glapit et se détourna de Ryan pour braquer ses yeux incandescents sur moi.

D'accord, je suis mal, pensai-je. Je n'avais plus de munitions, et même après la dizaine de balles que j'avais dû lui tirer dessus, cette chose n'était toujours pas morte. Ou plutôt, pas assez morte. Une lumière blanche en sortait par endroits, mais je n'avais pas l'impression qu'elle était prête à se désintégrer immédiatement, sans avoir au préalable refermé ses mâchoires sur moi. Si j'avais eu le temps, j'aurais sans doute été capable de la renvoyer dans la sphère d'où elle était venue. Mais cela dit, je n'étais même pas sûre de pouvoir ouvrir un portail assez rapidement.

Durant la dernière seconde pendant laquelle je jouissais encore de mon corps tout entier, un autre coup de feu retentit. La tête du chien explosa dans un éclair bleu, puis il s'effondra lourdement sur le sol. Je m'éloignai à quatre pattes, en essayant de reprendre mon souffle et observai les étincelles qui recouvraient petit à petit le corps de la créature. Quelques secondes plus tard, il ne restait plus qu'une tache arcanique sur le sol, qui dégageait une odeur pestilentielle.

Je levai les yeux et souris faiblement, soulagée.

—Contente de te voir, agent Garner, dis-je d'une voix un peu tremblante. Joli coup, le Texan.

Zack me fit une parodie de salut militaire en souriant, puis baissa son arme.

—Merci, ma brave dame.

Je parvins à émettre un gloussement essoufflé et me redressai.

—Ça va? demandai-je ensuite à Ryan.

Il fronça les sourcils et releva sa chemise en dévoilant des abdominaux bien sculptés. J'aurais pu profiter du spectacle, s'il n'y avait pas eu les quatre balafres parallèles qui commençaient à saigner.

—Juste une égratignure, dit-il en couvrant son ventre. Ça va aller.

Je lui adressai un petit sourire de soulagement, puis m'accroupis à côté de la tache et restai immobile quelques secondes, pour sentir l'énergie que dégageait le résidu arcanique.

—C'est ce qu'on a senti l'autre jour, près de votre bureau, dis-je en me relevant.

—Alors ce truc nous suit depuis plusieurs jours, constata Ryan d'un air sinistre.

—Je crois, oui, dis-je avant de me tourner vers Zack. Ne le prends pas mal, parce que ton timing était vraiment parfait, mais qu'est-ce que tu fais ici?

Il me sourit.

—J'ai… comme des intuitions parfois. J'ai appris à les écouter. Et j'ai eu l'impression que je devais absolument savoir ce que fabriquait Ryan.

Zack était donc doué de voyance? J'avais du mal à trouver cela surprenant, surtout depuis qu'on m'avait mise au courant de sa sensibilité aux arcanes.

— Eh bien, je leur suis vraiment reconnaissante, à tes intuitions. (Je regardai le sommet de son crâne.) Et encore plus à tes cheveux d'avoir perdu leur couleur orange.

Il rit et se passa une main sur la tête.

— Ouais, j'ai retrouvé mon blond surfeur.

Ryan parcourut la pièce des yeux et repéra la serveuse tapie sous une table.

— On a des problèmes plus urgents à régler, dit-il avant de désigner la porte de derrière. Zack, va voir dehors. Il y a un serveur, quelque part, il est peut-être blessé.

Zack le regarda dans les yeux, d'un air bizarre.

— Tu t'occupes du reste ? demanda-t-il.

Ryan hocha sèchement la tête, le visage soudain plus dur et plus pâle. Zack se faufila à l'extérieur.

De quoi parlaient-ils ?

Ryan s'approcha de la table sous laquelle la fille s'était réfugiée, et s'accroupit. Il posa sa main sur la sienne, et je crus qu'il allait l'aider à se relever. Au lieu de cela, il ne fit que la regarder dans les yeux, jusqu'à ce qu'elle se calme. J'observai cette scène étrange avec perplexité. Ryan resta ainsi un moment à tenir la main de la serveuse en la regardant dans les yeux, un sourire déconcertant et terrible aux lèvres.

Au bout d'une minute environ, il prit une inspiration et détourna le regard. La fille cligna des yeux, puis lui sourit tandis qu'il l'attrapait plus fermement pour l'aider à sortir de sous la table.

— Voilà, mademoiselle, dit-il. Les chiens sont tous partis maintenant.

Elle laissa échapper un petit rire tout à fait normal, qui me troubla beaucoup, étant donné ce dont elle venait d'être témoin.

— Oh, je savais bien que ces chiens errants finiraient par entrer un jour, avec Tommy qui s'obstine à les nourrir ! Merci de les avoir chassés, mon chou.

— Aucun problème, répondit Ryan avec un charmant sourire.

Il me lança un regard et désigna la porte d'un signe de tête. Je me tournai et vis Zack rentrer.

— Ryan, le garçon a été mordu, mais il va s'en sortir. (Ils échangèrent le même regard étrange.) Tu peux aller t'occuper de lui ?

Ryan semblait avoir passé un masque de fer. Il n'acquiesça même pas, et se contenta de sortir, en passant à côté de Zack. Moins d'une minute plus tard, il revint en soutenant Tommy, qui boitait un peu.

— Il faut que tu fasses attention à ces chiens errants, fiston. On ne peut jamais savoir quand ils vous mordront. (Il l'installa sur une chaise.) Ça va aller ?

Le jeune homme se mordit la lèvre en essayant de se montrer fort et de ne pas pleurer à cause de sa blessure à la jambe. Elle n'était pas béante, mais elle était importante, et je savais qu'il allait avoir besoin de sérieux points de suture. Je ne voyais pas comment un médecin croirait qu'un chien errant doté d'une mâchoire normale avait pu infliger une telle morsure.

Mais à cet instant, il y avait beaucoup de choses que je n'avais pas l'impression de bien saisir.

— Ryan…, commençai-je.

Les yeux dans le vide, il leva la main, m'intimant clairement de me taire. J'eus envie de hurler, mais je fis un effort pour me contrôler. Une dizaine de secondes plus tard, il cligna des yeux et se tourna vers Zack.

— Bon, la seule autre personne présente ici, c'est le cuisinier, et il a son iPod sur les oreilles, avec le volume tellement à fond qu'il n'entendrait même pas une explosion nucléaire.

Il se frotta le visage, d'une main légèrement tremblante, et me regarda enfin.

— Des chiens errants sont entrés par la porte du fond, et ont mis un sacré bordel. C'est… c'est de ça qu'ils se souviennent.

Je le dévisageai pendant un moment.

— Qu'est-ce que tu viens de faire exactement ? dis-je d'une voix dont le calme me surprit.

Il eut l'air vraiment peiné, l'espace d'un instant, puis il me sourit tristement. Me prenant par les épaules, il m'examina de haut en bas.

— Tu n'es pas blessée, dis-moi ?

— Non, répondis-je d'une voix étranglée. Et toi ?

— Ça va aller, dit-il en me serrant les épaules, avant de me relâcher. Bon, vas-y maintenant. Retourne travailler.

Il fit demi-tour et se dirigea vers la porte du restaurant. Je le vis monter dans sa voiture et s'éloigner, puis je regardai Zack qui était occupé à ramasser soigneusement toutes les cartouches. Il ne me laissa pas le temps de parler.

— Kara, non, je t'en prie. (Il se redressa, le regard troublé.) Il y a beaucoup de choses chez Ryan qui sont… compliquées.

— Compliquées ? m'écriai-je en perdant un peu le contrôle. Ces gens ont oublié tout ce qui vient de se passer ! Est-ce qu'il fait ça souvent ? Et comment est-ce que ça marche ?

— Non, il ne le fait pas souvent.

Zack semblait vraiment dépité, mais je n'étais pas d'humeur compréhensive à cet instant précis.

— Personne d'autre ne sait qu'il en est capable, poursuivit-il. Même pas le FBI. (Il se tut un instant.) Surtout pas le FBI. Je l'ai appris seulement parce que je l'ai vu faire dans une situation où il n'avait pas le choix.

Je serrai les poings pour empêcher mes mains de trembler.

— Que sais-tu vraiment de lui ?

— Je ne sais pas grand-chose. S'il te plaît, Kara. Si on a une scène ici, on va gâcher tout son travail. S'il te plaît. Retourne à ton bureau.

Il tourna les talons et s'en alla.

Je fis la seule chose que je pouvais faire : je le laissai partir.

CHAPITRE 18

Je pris ma voiture et m'éloignai du restaurant. Mes mains se crispaient à chaque grésillement de la radio. Je savais que d'un instant à l'autre, une alerte serait donnée, au sujet des coups de feu qui avaient été tirés au *Frigo*, mais pour le moment, les messages restaient des plus banals. Une plainte à propos d'un chien qui aboyait, quelqu'un avait déclaré le cambriolage d'un véhicule, mais rien concernant plusieurs dizaines de balles tirées dans un lieu public.

Je fus parcourue d'un frisson. La serveuse était passée de l'hystérie au calme le plus complet, en l'espace d'une seconde, et elle semblait avoir tout oublié. J'avais l'estomac noué, et je ne savais pas si c'était dû au mauvais repas ou à ce qui s'était passé. Ryan utilisait-il ce don consciemment, ou était-ce plutôt quelque chose qu'il dégageait ? *Et s'est-il déjà servi de ça sur moi ?*

Impossible de retourner au bureau après ça. Si on me posait la question, j'inventerais un problème à régler sur le terrain. *C'est bien ce que Boudreaux et Pellini racontent tout le temps, non ?* Et puis c'était vendredi. La plupart de mes supérieurs seraient déjà partis de toute manière.

J'eus encore un frisson. Boudreaux et Pellini… Ryan leur avait fait quelque chose à l'enterrement pour qu'ils arrêtent de se comporter comme des salauds avec moi. Inutile de réfléchir plus longtemps. Leur changement d'attitude ne s'était certainement pas fait naturellement.

Avait-il donc déjà utilisé ce pouvoir sur moi ?

Je conduisis jusqu'à la maison de ma tante, passai à travers les barrières et cachai ma voiture dans le garage. Il y avait à peine la place, mais je ne voulais pas non plus clamer sur tous les toits que je n'étais pas allée travailler. Après avoir coupé le contact et fermé la porte à l'aide de la télécommande, je restai assise et appuyai mon front contre le volant, en écoutant les cliquetis du moteur qui refroidissait.

Mon état d'esprit oscillait entre confusion et terreur. Je souhaitais vraiment laisser à Ryan le bénéfice du doute, mais ce n'était pas facile. L'incident du restaurant me faisait voir une dizaine d'autres éléments sous un jour nouveau et perturbant. Il était clair que Ryan avait fait quelque chose pendant l'enterrement. Et Kehlirik l'avait appelé kiraknikahl. Dommage que je n'aie pas la moindre idée de ce que cela signifiait, mais je me demandais si cela avait un rapport avec sa capacité à faire oublier des choses aux gens.

Et Rhyzkahl a dit que Ryan n'avait pas pleinement conscience de ce qu'il était. Si Ryan peut jouer avec les souvenirs des gens aujourd'hui, que se passerait-il s'il connaissait toutes ses capacités ?

Je finis par sortir de la voiture et pénétrai dans la maison silencieuse. Mes pensées se bousculaient toujours. J'ignorais après qui, de nous deux, l'espèce de chien en avait. Peut-être était-ce lié à la disparition des essences. Ou à l'intérêt que me portait Rhyzkahl. Ou peut-être le chien n'avait-il aucun rapport avec tout cela.

Je pris une profonde inspiration. J'avais suffisamment ressassé les événements et je devais m'occuper du reste. Je tripotai la feuille de papier pliée dans ma poche, sur laquelle figurait ma liste de questions. J'avais encore beaucoup de choses à découvrir.

Comme : qu'est-ce que c'était que ce bordel aujourd'hui ?

Je me donnai une gifle mentale. *Arrête avec ça pour l'instant.* D'abord, je voulais me concentrer sur mes recherches pour trouver quelles créatures pouvaient dévorer les essences. Il fallait que je sache à quoi j'avais affaire, et que je trouve un moyen de l'arrêter. Ensuite, j'avais l'intention de me renseigner autant que possible sur les invocateurs qui s'alliaient avec les démons. Le Tueur au symbole avait formé une sorte d'alliance avec un reyza, mais j'avais le sentiment qu'il s'agissait plutôt d'un arrangement permettant de garder le démon plus longtemps à ses côtés, ou de l'invoquer sans négociation. Peut-être un peu comme l'ajustement des ancrages que Kehlirik m'avait appris à faire.

Mais Rhyzkahl me demandait quelque chose de complètement différent. Il me réclamait une garantie l'assurant que je l'invoquerais régulièrement, avec comme récompense la promesse de ne pas chercher à me massacrer. Sympa, le bonus.

Je ne pouvais pas nier qu'utiliser ses connaissances et ses capacités me tentait énormément, mais avoir Rhyzkahl dans les parages n'était pas la même chose que donner des ordres à un reyza. Rhyzkahl voulait avoir tout ce que j'étais capable de lui donner, et plus encore. Je ne savais pas exactement dans quelle mesure je pourrais le contrôler.

Pas du tout, voilà sans doute la réponse à cette dernière question. Et quel risque courrais-je, que risquait-il d'arriver à ma sphère, si je donnais à Rhyzkahl un accès de plus en plus fréquent ?

Je pris le couloir qui menait à la bibliothèque de Tessa en me rappelant que j'étais censée y réinstaller quelques barrages qui tiendraient, avec un peu de chance, jusqu'à la pleine lune, après quoi je pourrais invoquer un démon capable de le faire correctement. Mais avant tout, j'allais essayer de trouver ce que je cherchais, ce qui ne serait pas une mince affaire. La bibliothèque était dans un désordre cauchemardesque ; du moins, je n'y distinguais aucune forme de classement. Des étagères recouvraient chaque centimètre carré des murs, même au-dessus de la porte, et toutes étaient bourrées à craquer de livres, de papiers, de rouleaux et d'autres objets indescriptibles. Par terre, un chaos de piles de livres écroulées. D'autres livres étaient empilés sur la grande table en chêne, au milieu de la pièce, à tel point qu'ils atteignaient presque le gros lustre qui pendait du plafond, une monstruosité de cristal qui aurait mieux trouvé sa place dans une salle de bal.

Je soupirai. Je me demandais bien comment Kehlirik avait pu manœuvrer dans cet espace exigu. Je posai mon carnet sur une pile de papiers, et pris un livre au hasard sur une étagère, en priant pour que la folie de ma tante soit organisée d'une manière ou d'une autre.

Je me réveillai avec le cou raide et la bouche sèche. Je clignai des yeux pour recouvrer mes esprits, et me rendis compte que je m'étais endormie dans un des fauteuils. Ma montre m'indiqua qu'il était 5 heures du matin. Je m'étais endormie comme une masse pour faire honneur à mon état d'épuisement. J'avais dû lire et faire des recherches pendant quatre heures avant de m'endormir, ce qui ne m'avait permis que de fouiller vaguement parmi les documents, pour arriver à la conclusion qu'il n'y avait apparemment aucun système de rangement.

Je pris une douche rapide et passai des vêtements propres, choisis parmi les affaires que je gardais dans la maison, puis je me rendis à la voiture pour récupérer mon lecteur Mp3. Le casque sur les oreilles, je programmai les Dixie Chicks et Faith Hill, avant de m'affairer dans la cuisine pour essayer tant bien que mal d'y trouver des provisions. Je finis par dénicher des barres de céréales d'un âge indéterminé et je les dévorai, ce qui me redonna la force de retourner dans la bibliothèque pour évaluer mes progrès.

T'as pas beaucoup avancé, me dis-je en entrant dans la pièce. J'avais mis quelques livres de côté, pour plus tard, mais je n'avais pour l'instant rien trouvé qui soit clair et qui me donne les informations que je cherchais. *Un peu comme tante Tessa*, me dis-je en serrant les dents.

Je ne pouvais pas non plus dire que j'avais perdu mon temps. J'avais toujours adoré les bibliothèques, et même si la collection de Tessa était très spécialisée, j'aimais m'asseoir par terre et feuilleter de vieux grimoires et des manuscrits reliés en cuir. Quand j'étais petite, mes parents possédaient une encyclopédie avec un volume par lettre. Je passais des heures, lovée sur le canapé, à parcourir les pages sans rien chercher de précis, pour absorber ce qu'il y avait à savoir. Cela faisait des années que je n'avais pas vu d'encyclopédie sur papier. Ce genre d'ouvrage tenait à présent en un seul CD-Rom. Mais je m'étais toujours dit que si j'avais des enfants, j'en trouverais un exemplaire imprimé, car on ne peut pas feuilleter un disque de la même manière.

Dans la bibliothèque de ma tante, je me sentais un peu comme autrefois, à parcourir des livres au hasard pour tomber sur toutes sortes de précieuses informations. Il était presque douloureux d'être obligée d'en refermer un, quand j'étais certaine qu'il ne contenait pas ce que je cherchais, et je me promis de revenir fouiller plus tard, lorsque le temps ne me serait pas compté.

Malheureusement, plusieurs heures de recherches supplémentaires ne me permirent pas de dénicher quoi que ce soit de concret, et j'avais épuisé tous les albums de Reba McEntire, Taylor Swift, Kellie Pickler et Carrie Underwood sur mon baladeur. J'avais trouvé des informations sur les essences et les âmes, mais rien de spécifique sur la marche à suivre pour prendre ou rendre une essence. Et puisque le classement des livres – si l'on pouvait parler de classement – ne rimait à rien, je ne pouvais pas repérer la section où se trouveraient les réponses à mes questions ; j'étais obligée de les chercher dans chaque volume. Ce système n'était pas vraiment efficace. Je ne vis rien sur ce qui pouvait dévorer les essences. Pour ce qui était des relations entre invocateurs et démons, je ne trouvai qu'une phrase ou deux, perdues au milieu du reste. Quant à ce que kiraknikahl pouvait signifier, rien du tout.

Entre deux morceaux de musique country, j'entendis un bruit bizarre et arrachai mes écouteurs pour en localiser la source. À ma grande déception, il s'agissait de mon téléphone portable qui vibrait et sonnait sur la table en chêne. J'éteignis mon lecteur Mp3 et sentis un drôle de frisson nerveux me parcourir l'échine, en voyant le nom de Ryan affiché sur l'écran. J'hésitai à répondre, à moitié tentée de le laisser tomber sur le répondeur. *Ne soyons pas stupide*, me dis-je en décrochant. *Il ne me ferait pas de mal.* J'avais des doutes sur beaucoup de choses, mais pas à ce sujet.

— Salut, Ryan, dis-je d'un ton aussi neutre que possible.

Fais comme s'il ne s'était rien passé. Tout est normal. C'est si agréable de rester dans le déni.

— Kara, tu veux bien ouvrir la porte et me laisser entrer ? dit-il, l'air contrarié. Ça fait un moment que je frappe.

— Désolée, j'écoutais de la musique. J'arrive.

Je raccrochai et me redressai pour épousseter mon pantalon, lorsque j'aperçus un livre ouvert par terre. Je me figeai. Je ne me souvenais pas de l'avoir pris sur une étagère, et je levai les yeux en me demandant s'il avait pu tomber. C'était sans doute possible, étant donné l'équilibre instable des piles que Tessa avait dressées, mais quelle était la probabilité pour qu'un livre tombe à mes pieds en s'ouvrant à cette page précise ?

Je me penchai pour le ramasser. J'avais sous les yeux tout un traité sur les alliances entre invocateurs et démons. Je gardai le volume dans mes bras comme pour le bercer, tout en continuant de parcourir rapidement la page des yeux. Le texte ne mentionnait pas spécifiquement les alliances avec les seigneurs démons, mais il faisait référence à ce genre de chose. Ryan flipperait complètement s'il voyait ça.

Ryan ! Je glissai un papier dans le livre, pour marquer la page, et je le fourrai dans mon sac avant de courir jusqu'à la porte d'entrée. Je l'ouvris d'un coup sec et vis l'expression contrariée de Ryan se dissiper lorsqu'il m'aperçut.

— Désolée, dis-je. Je viens de dénicher un bouquin que je cherchais depuis longtemps, et je ne voulais pas perdre ma page. Entre.

La tension quitta son visage, au fur et à mesure qu'il montait les marches. Je pris conscience qu'il avait sans doute eu peur que je ne veuille plus lui parler, après ce qui s'était passé au restaurant.

— Qu'est-ce que tu cherchais ?

— Oh, la liste est longue, dis-je en éludant sa question. Mais fouiller la bibliothèque de Tessa est une aventure dans l'univers de la désorganisation. Comment tu savais que j'étais ici ?

— Tu n'étais pas chez toi ni au poste, alors je suis venu voir.

Ma voiture était au garage, mais il avait quand même deviné que j'étais là. Quand il m'avait appelée, il n'avait pas demandé où je me trouvais. Il avait seulement dit qu'il frappait à la porte depuis longtemps. *Il ne me ferait jamais de mal*, me répétai-je, un peu surprise d'en être aussi sûre. Je rentrai dans la maison et avançai dans le couloir en espérant que je ne me montrais pas d'une naïveté trop désespérante. Rien ne me disait que j'avais raison de me sentir en sécurité avec lui, sur le plan physique comme émotionnel.

— J'ai enfin pu entrer dans la pièce, dis-je par-dessus mon épaule, alors j'en ai profité pour faire le plus de recherches possible.

Un silence gênant s'installa, pendant que je rassemblais mes affaires. Nous semblions vouloir tous les deux faire comme si les étranges événements de la veille n'avaient jamais eu lieu. Je n'avais rien contre, mais notre conversation en pâtissait apparemment.

Je m'éclaircis la voix, en essayant à tout prix de combler le silence.

— Je ne t'ai toujours pas remercié de m'avoir accompagnée à l'enterrement, l'autre jour. Je… je ne suis pas sûre que j'aurais tenu le coup, toute seule.

Il secoua la tête, l'air abattu.

— Tu es plus forte que tu veux bien le croire.

Je haussai les épaules et ramassai la pile de livres que je voulais lire plus attentivement.

— Alors, quels sont tes projets ?

Je voulais lui demander ce qu'il faisait là, pourquoi il m'avait cherchée ainsi, mais je craignais un peu sa réponse. Ou plutôt, je n'étais pas certaine d'être prête à l'entendre. *Poule mouillée !*

— Oh…, commença-t-il en cherchant visiblement quoi dire, je pensais que je pourrais essayer de faire monter mon taux de cholestérol, en allant manger au *Lake o' Lard*, et je me demandais si ça te tenterait. Dans le cadre du programme Kara-doit-manger-plus.

Il me fit un sourire un peu crispé, et je lui souris en retour, comme il devait l'espérer.

— Tu crois qu'on peut éviter les chiens démons, cette fois ?

— Comment ça ?! dit-il en riant. Tu n'as pas apprécié le spectacle ?

Je n'eus soudain plus du tout envie de jouer la comédie, et je le regardai dans les yeux :

— Est-ce que tu comptes m'expliquer pourquoi cette créature nous a attaqués ?

Son sourire s'effaça.

— Je ne peux pas… Vraiment, je ne peux pas.

— Tu ne peux pas, ou tu ne veux pas ?

— Je n'ai pas la réponse, Kara, je te jure. Je n'en sais rien.

Je soupirai et hochai la tête, mais je n'eus pas le temps de poser une nouvelle question, car j'entendis frapper. Ce que je voulais demander, c'était à peu près : « Je peux savoir comment tu es capable de modifier les souvenirs des gens ? »

— Salut ! lança Jill d'une voix joyeuse, depuis le porche.

J'emboîtai le pas à Ryan, qui était déjà dans le couloir, tandis que Jill entrait.

— Vous organisez une fête, et personne ne m'invite ? ajouta-t-elle.

— Mon Dieu, où avions-nous la tête ? répliqua Ryan en souriant.

— Ryan trouve que je suis trop maigre, dis-je. On allait chercher quelque chose à manger. Tu veux venir ?

Une lueur de malice passa dans ses yeux.

— Je ne voudrais pas m'incruster dans votre tête-à-tête.

— Non, ce n'est pas…, dis-je en même temps que Ryan.

Je me retournai vers lui et lui rendis son regard noir, avant de détourner les yeux, bêtement vexée qu'il ait si vite nié la possibilité qu'un déjeuner avec moi puisse être un rendez-vous galant. Je ne tins évidemment pas compte du fait que j'avais agi exactement comme lui.

— D'accoooord, dit Jill en ricanant, j'ai compris. OK, je viens avec vous.

Je reposai la pile de livres à mes pieds et me mis à chercher ma clé, un peu réticente à l'idée que Jill se joigne à nous. Il y avait toujours une étrange tension entre Ryan et moi, et je n'arrivais pas à savoir si la présence de Jill nous aiderait à dépasser les événements des deux derniers jours, ou si je continuerais à réagir comme une petite fille jalouse, chaque fois que Ryan la regarderait. *Et si j'arrêtais de jouer à l'idiote mal dans sa peau ? S'il l'apprécie plus que moi, eh bien… grand bien leur fasse. Ils sont tous les deux mes amis. Je peux me comporter en adulte, quand même.*

J'aurais simplement préféré que cette idée ne me fasse pas sentir comme un nœud dans le ventre.

Je refermai la porte derrière nous, et je sursautai en entendant un gros bruit provenant de l'intérieur. Je rouvris lentement la porte.

— Ça venait de la bibliothèque, dis-je.

Je commençais à penser qu'il devait s'agir d'un autre livre tombé d'une étagère, mais une perturbation dans les arcanes arriva jusqu'à moi, me donnant la chair de poule et des frissons le long de la colonne vertébrale. La rencontre désagréable avec la bête du restaurant me revint en mémoire. Je regardai Ryan et ne m'étonnai pas de le voir le pistolet à la main.

— Tu l'as sentie ? demandai-je.

Il hocha la tête, en jetant un regard inquiet dans le couloir. Je me tournai vers Jill pour lui dire de rester sous le porche, mais je fus surprise de constater qu'elle avait à son tour saisi son arme. Son expression restait très calme.

— Tu l'as sentie, toi aussi ?

— Non, mais je te couvre quand même.

Je ne pus m'empêcher de sourire. Un autre bruit retentit, cette fois accompagné d'un fracas, comme si des objets tombaient par terre. J'avais laissé mon flingue dans la voiture, qui était au garage. *Quelle conne !* me dis-je. Je n'avais pas pensé que je pourrais en avoir besoin dans la maison. Les seuls moyens d'y accéder étaient soit de passer par la porte au bout du couloir qui longeait la bibliothèque, soit d'ouvrir la porte extérieure du garage avec la télécommande. Qui se trouvait dans la voiture.

Je scrutai le couloir à la recherche de quelque chose qui puisse être utilisé comme arme, mais le seul candidat possible était un parapluie à fleurs, posé dans le coin, à côté de la porte. *Certainement pas.* Cela dit, j'avais peut-être une solution. J'étais capable de canaliser l'énergie arcanique, non ? Et j'avais déjà vu Rhyzkahl se servir de cette énergie comme d'une arme. Bien sûr, je l'avais vu faire dans mes rêves, mais ceux où il m'apparaissait n'étaient jamais très éloignés de la réalité. Ça valait au moins la peine d'essayer.

J'inspirai profondément et me concentrai pour tirer la puissance vers moi en imaginant son flux passer sous mon contrôle. Je tendis mes mains en coupe et sentis les énergies dispersées se rassembler lentement. Elles devenaient visibles dans mon autrevue, sous la forme d'une boule de lumière bleutée qui tremblotait.

Pas possible… J'y étais arrivée. Je contrôlais le pouvoir arcanique. Je sentis un rire de triomphe monter dans ma gorge.

Soudain, la lueur disparut dans un crépitement. Je regardai mes mains en fronçant les sourcils, mon envie de rire disparaissant comme la boule d'énergie.

— Eh, Kara, c'était quoi ce truc ? demanda Ryan.

Me sentant un peu bête, je poussai un soupir et laissai retomber mes bras, puis je m'avançai jusqu'à la porte pour ramasser le parapluie.

— Disons simplement que je ne risque pas de balancer des boules de force arcanique à la figure de qui que ce soit.

Je vis une étincelle d'amusement au fond de ses yeux, mais heureusement, il n'éclata pas de rire. Il valait mieux pour lui, car j'avais entre les mains un parapluie recouvert de roses géantes, et je n'aurais pas hésité à m'en servir.

— Vous êtes vraiment tordus, tous les deux, murmura Jill.

— Et pourtant, tu décides de rester avec nous, répliquai-je en m'engageant dans le couloir, le parapluie ridicule brandi devant moi telle une épée.

Ryan resta près de moi, en braquant son pistolet pour couvrir les alentours. Jill se tenait derrière nous, surveillant l'entrée.

Je passai la tête par la porte de la bibliothèque avec précaution, juste à temps pour surprendre un mouvement presque trop rapide pour être vu à l'œil nu. Quelque chose de petit, de la taille d'un rat, jaillit d'une étagère et traversa la pièce à toute allure, pour se faufiler derrière un livre, sur l'étagère opposée. J'aurais pu croire qu'il s'agissait d'un oiseau ou d'un écureuil, si ce n'était que, même sans faire appel à mon autrevue, je décelais comme de la poussière d'arcane dans son sillage.

— Je ne crois pas que ton flingue s'avère très utile, dis-je à voix basse, en entrant dans la pièce pour essayer de voir où était passée la créature.

— Oui, tandis que ton parapluie nous protégera tous, répliqua Ryan sur un ton amer, sans ranger son arme. Qu'est-ce que c'est que ce truc ? Je n'ai vu qu'une sorte de lueur.

— J'en sais rien.

Peut-être que le parapluie serait plus utile ouvert ? Je pourrais m'en servir comme d'un bouclier. Un bouclier fragile et très fin.

— Je ne sais pas non plus si c'est dangereux, ajoutai-je, mais c'est clairement arcanique.

La bestiole sortit comme une flèche de derrière le livre, et fonça droit sur moi. Je poussai un cri et donnai un coup de parapluie dans sa direction, mais je la manquai, et me sentis aussi bête que quand on jouait au base-ball, à l'école. Je n'étais déjà pas sportive à l'époque, et je ne m'étais pas vraiment améliorée depuis. Je parvins cependant à mieux voir ce à quoi nous avions affaire : j'entrevis une minuscule forme humanoïde, dentée et ailée. *Comme la fée Clochette qui aurait pris du crack*. Mais la fée Clochette n'avait jamais eu des dents aussi pointues, et encore moins un dard qui lui sortait des fesses.

J'entendis de nouveau le sifflement des ailes, et j'appuyai sur le bouton pour ouvrir le parapluie, juste au bon moment pour que la créature s'y cogne et ricoche. Elle valdingua en poussant un cri tellement perçant qu'il en était presque inaudible.

— Putain de merde ! dit Jill dans un souffle.

— Jill, reste en arrière, ordonnai-je. Je n'ai aucune idée de ce que c'est que ce truc, ni de quoi il est capable.

Ni de comment il est arrivé ici, d'ailleurs.

Jill obtempéra en grognant. J'utilisai mon autrevue, en espérant découvrir où la bestiole était passée, mais j'abandonnai immédiatement, inquiète. Entre les livres et les manuscrits entassés dans la pièce, il y avait tellement d'énergie arcanique dispersée un peu partout que c'était comme de mettre des lunettes adaptées à la vision nocturne en plein jour.

Un vrombissement sourd m'alerta juste à temps pour que je me réfugie sous le parapluie, au moment où la créature me fonçait dessus. J'avais pu apercevoir le dard pointé sur moi, mais je n'avais pas été capable de réagir en flanquant un coup à la bestiole, ayant trop peur d'être piquée. J'entendis Ryan crier et se précipiter dans le couloir.

Je ne pouvais pas laisser la créature s'échapper dans notre monde. Elle était arcanique, j'en étais sûre, mais je n'arrivais pas à dire si elle était native d'ici ou si elle venait d'une tout autre sphère. Mon instinct m'indiquait en tout cas qu'elle était dangereuse.

—Surveillez la porte, tous les deux! criai-je. Ne la laissez pas sortir de la pièce.

—Avec quoi veux-tu qu'on la bloque? hurla Ryan. Avec mon charme irrésistible?

—Non, je ne veux pas la tuer tout de suite!

Jill apparut dans l'embrasure, un parapluie dans chaque main, comme un samouraï armé de deux katanas. Elle en lança un à Ryan.

—Tiens, je les ai trouvés dans le placard du couloir. Kara a l'air de trouver ça efficace.

Ryan rengaina son pistolet et saisit ce que lui tendait Jill, en grommelant quelque chose qui paraissait méchant.

—Allez, donne-moi celui avec les canards violets, puisqu'on en est là!

Jill se contenta de sourire et s'accroupit en ouvrant le parapluie. Le sien était orange et jaune, avec une tête de girafe.

—Mets-toi en haut; moi, je prends le bas.

Ryan ouvrit son parapluie.

—Qu'est-ce que tu vas faire, Kara?

—Il faut que je capture ce truc!

—Fait chier! grogna-t-il. Et je suppose que tu es obligée de rester à l'intérieur de la pièce avec cette chose?

Oui. J'aurais préféré rester dehors, mais ce n'était pas une solution envisageable. Je fis aussitôt tomber une pile de livres de la table, et je serrai les dents en les entendant dégringoler dans un bruit de papier froissé. Je ramassai un crayon qui traînait par terre, et je gravai à toute vitesse un cercle grossier sur la table, en tenant toujours le parapluie au-dessus de ma tête. Tessa sera furieuse, en voyant que j'avais abîmé le beau plateau en chêne de sa table, mais je m'en foutais pas mal, à cet instant. J'aurais bien le temps de le revernir ultérieurement. Je fis un pas en arrière et commençai encore une fois à attirer la puissance, mais cette fois, dans le cercle. Je voulais essayer de révoquer la bestiole, mais comme j'ignorais totalement ce qu'elle était et quel nom elle portait, la révocation classique que j'utilisais pour les démons ne fonctionnerait pas. J'allais plutôt ouvrir un portail générique, en essayant de le garder assez étroit pour que la créature arcanique, et rien d'autre qu'elle, y soit aspirée et retourne là d'où elle venait.

Seulement deux éléments pouvaient faire rater le rituel. D'abord, si jamais elle était en fait une résidente de notre sphère, je dépenserais de l'énergie arcanique pour faire un passage qui ne servirait à rien. Ensuite, si elle avait été invoquée par quelqu'un d'autre et qu'elle était ancrée dans cette sphère, la révocation aurait besoin d'être bien plus spécifique que ça.

Je fis de mon mieux pour rester concentrée à la fois sur le miniportail que j'étais en train de créer, en m'efforçant de garder le contrôle de l'énergie, et sur l'étagère où j'avais vu la bête pour la dernière fois. Je n'avais encore jamais essayé de former un passage d'une taille précise, et je me raccrochais à des bases théoriques, dont je me souvenais plus ou moins bien. Par ailleurs, faire cela en plein jour et en période de lune décroissante ne me facilitait vraiment pas la tâche, bien au contraire. Mais je n'avais pas besoin de beaucoup de puissance pour ce que je voulais obtenir.

La douleur fusa soudain au milieu de mon dos, et je sentis l'épuisement s'abattre sur moi. Mon contrôle de l'ouverture du portail faiblit tout à coup. Je tombai à genoux et passai un bras dans mon dos, tout en essayant de me projeter mentalement vers le cercle. Mes doigts se refermèrent autour de quelque chose qui gigotait et griffait de façon alarmante, en provoquant comme une onde de choc dans mon corps. *C'est le troisième élément qui va tout faire foirer : il y a plus d'une seule bestiole !*

J'avais quand même réussi à garder le contrôle du passage vers l'autre sphère. Il s'était un peu agrandi et formait à présent une fente lumineuse de quelques centimètres de large. Je jetai la créature qui se tortillait dans ma main vers la lumière, et je fus satisfaite de la voir disparaître avec un petit bruit, pareil à celui d'un cafard avalé par le tuyau d'un aspirateur. J'entendais Ryan crier quelque chose à Jill, mais je ne pouvais pas me permettre de tendre l'oreille pour comprendre ce qu'il disait, au risque de perdre ma concentration. La douleur dans mon dos et l'étrange impression d'épuisement s'étaient accentuées, au point que je dus lutter de toutes mes forces pour garder le portail ouvert. J'entendis un gémissement suraigu monter de l'étagère que j'observais depuis un moment, et l'autre petite bête jaillit de derrière un livre. Elle s'agrippa au grand lustre et me montra les dents, les griffes serrées autour des pendeloques de cristal pour résister à l'aspiration du portail. Je savais qu'il me suffisait de lui donner un coup pour qu'elle tombe dans le vortex, mais la douleur dans mon dos était à présent si intense qu'elle me coupait le souffle, et la simple idée de me mettre debout me tirait des larmes de souffrance.

—Viens là, espèce de mouche ! cria Jill.

À travers mes yeux plissés par la douleur, je la vis sauter dans la pièce, un sac-poubelle dans une main et une grande pince dans l'autre. Elle fit une grimace féroce et saisit la créature à l'aide de la pince, puis la tira d'un coup sec en arrachant une pendeloque du lustre par la même occasion, et jeta sa prise dans le sac.

— Et maintenant ? cria-t-elle, couvrant le gémissement étrange qui sortait du vortex.

— Dans le portail ! criai-je en même temps que Ryan.

Ou plutôt, Ryan cria, alors que moi, j'avais à peine la force de parler. Jill se retourna et balança le sac dans la fente lumineuse, d'un beau geste fluide digne d'un joueur de base-ball. L'espace d'un instant, j'eus peur que le portail soit trop étroit pour laisser passer le sac et la pince en plus, mais la deuxième créature disparut malgré tout.

— Kara, referme le portail !

J'eus un frisson et détachai d'un coup la puissance du cercle pour l'envoyer vers le sol et l'enfouir sous terre. Un silence assourdissant s'installa soudain, entrecoupé seulement par nos halètements.

J'essayai de me relever et poussai un gémissement. Ryan tourna la tête vers moi :

— Ah, merde ! dit-il.

La douleur dans mon dos devenait insoutenable. Il m'attrapa et m'allongea à plat ventre sur le parquet, sans faire attention aux cris que je poussais au moindre mouvement.

— Jill, va chercher de l'eau chaude, un couteau et des allumettes ou un briquet, ordonna-t-il. Et aussi tout le sel que tu pourras trouver.

Jill se précipita à la cuisine. Je ne pus m'empêcher de penser qu'elle avait l'air de s'amuser un peu trop, pendant son initiation aux arcanes.

— Ne bouge pas, me dit Ryan avec un calme troublant, en relevant ma chemise.

Je n'avais pas besoin qu'il me mette en garde. Bouger me faisait bien trop mal, et la douleur s'étendait de plus en plus.

— C'est grave ? articulai-je avec difficulté, entre mes mâchoires crispées.

— Assez grave, répondit-il sincèrement.

Je lui en fus reconnaissante, car s'il m'avait dit le contraire, je n'aurais pas pu le croire.

— Ça ne va pas être facile, mais je crois que je peux t'épargner le pire, ajouta-t-il.

Jill débloua dans la pièce avec les accessoires que Ryan lui avait réclamés. Il lui prit le couteau des mains.

— Bon, Kara, je te préviens, ça va faire un mal de chien.

La sincérité n'était peut-être pas une si bonne chose, en fin de compte. Il ne s'était pas trompé. J'entendis quelqu'un hurler, puis me rendis compte que c'était moi. Tout devint noir, et je luttai l'espace d'un instant, avant de céder à mes instincts qui me suggéraient de perdre connaissance.

Ce que je fis.

CHAPITRE 19

Lorsque je me réveillai, la douleur dans mon dos me torturait toujours autant. Ce fut du moins ce que je crus d'abord, mais après avoir pris quelques inspirations hésitantes, je fus forcée de constater que c'était loin d'être aussi insoutenable qu'avant mon évanouissement. Désormais, j'en étais revenue au mal de chien.

J'étais allongée sur le lit de ma tante, le visage enfoui dans sa couverture en laine, dont les poils me chatouillaient le nez. Je bougeai légèrement pour les chasser de ma figure, et je grimaçai sous la douleur foudroyante qui me traversa. J'entendis une chaise racler le sol, et Ryan s'accroupit à côté du lit. J'aperçus Zack derrière lui, appuyé contre le mur, les bras croisés et l'air inquiet.

— Comment tu te sens ? me demanda Ryan d'une voix douce et chargée d'émotion.

— Comme si quelqu'un avait décidé de m'enfoncer un pic à glace dans le bas du dos. À part ça, la grande forme.

Je fis un mouvement prudent, et je fus soulagée de pouvoir me mettre sur le côté sans avoir trop mal. Je passai délicatement une main dans mon dos pour découvrir une compresse fixée avec du sparadrap.

Je sentais aussi une forte odeur d'ail, et j'en déduisis que Ryan en avait utilisé pour traiter la piqûre. Je me demandais bien où ils en avaient trouvé. Certainement pas dans le garde-manger de Tessa, car j'avais fait le tri quelque temps auparavant et jeté tout ce qui était périssable.

—Alors, c'était quoi ce truc? lui demandai-je en plissant les yeux. En tout cas, tu savais exactement quoi faire.

Il se tourna vers Zack, et une ombre passa sur son visage. Il se frotta les yeux d'une main, comme pour chasser son air troublé.

—C'était comme… comme des rêves que j'ai faits, répondit-il en plongeant ses yeux dans les miens. Je veux dire, j'étais assis là, à me creuser la cervelle, mais je sais, je suis sûr et certain que je n'ai jamais vu quelque chose comme ça de toute ma vie.

Une lueur profonde brillait dans ses yeux verts et dorés comme le cœur d'une forêt un jour d'été. La lumière qui entrait par la fenêtre tombait sur son visage sous un angle qui le faisait ressembler à une statue aux traits durs et aux yeux de marbre. Il soupira en secouant la tête, et l'illusion disparut.

—J'ai fait ce qui me paraissait le plus approprié, et ensuite j'ai appelé Zack. Il savait comment soigner la piqûre et m'a rapporté le matériel.

Zack hocha légèrement la tête.

—Et toi, comment savais-tu ça? demandai-je à Zack.

—J'ai déjà eu affaire à un cas similaire, il y a quelques années.

Il me répondit d'un ton aimable, mais je compris qu'il n'était pas vraiment prêt à me donner plus d'informations.

Je restai silencieuse pendant une bonne minute, puis je m'assis doucement. La blessure m'élançait, mais la douleur était en train de devenir supportable.

— Pendant combien de temps est-ce que je suis restée dans les pommes ?

— Deux jours.

— Quoi ?

Je me redressai d'un coup, sous le choc, ce qui provoqua un élancement désagréable le long de ma colonne vertébrale. Je poussai un grognement, et Ryan ricana.

— Je plaisante, dit-il, les yeux pétillants. Deux heures.

Je gémis encore une fois : deux heures, ça restait malgré tout impressionnant.

— Jill est partie chercher à manger, dit Zack. Il n'y a pas un seul truc à se mettre sous la dent dans cette baraque, à part des haricots rouges qu'elle trouvait dégoûtants.

J'eus un petit rire faiblard.

— Non, elle n'est pas fan des plats tout préparés.

Je m'efforçai de me lever, tout en respirant profondément pour chasser les vertiges qui me faisaient chanceler.

— Bon, et on a réussi à virer toutes ces bestioles de la bibliothèque avant que je m'écroule ?

Ryan hocha gravement la tête.

— Apparemment, oui.

— Donc, les questions suivantes sont : qu'est-ce que ça pouvait bien être ? et comment sont-elles entrées ?

Son visage s'assombrit encore une fois, et il haussa légèrement les épaules, comme pour chasser un frisson.

— Zack dit que ce sont des sortes d'insectes nuisibles, mais… qui ne viennent pas d'ici.

— D'où, alors ?

Je ne quittai pas Ryan des yeux : je voulais voir ce qu'il savait exactement.

— D'une autre sphère. Celle des démons, je pense. Comme l'espèce de chien.

Il fronça les sourcils, et j'eus la chair de poule. Il leva sur moi des yeux sombres, comme deux puits noirs.

— Ne me demande pas comment je sais tout cela, Kara. Je n'ai pas la réponse.

Il y avait tant de questions que je voulais lui poser. J'avais même envie de le secouer un bon coup en lui criant : « Mais qui es-tu, à la fin ? »

— OK, me contentai-je de dire. Donc, ça ne m'a pas tuée. Tant mieux. Je suppose que je dois maintenant découvrir comment ces trucs sont entrés dans la pièce.

— Je crois que je peux t'aider pour ça. Il y a un coin de la bibliothèque qui me paraît vraiment bizarroïde.

— « Bizarroïde » ? répétai-je en haussant les sourcils.

Il eut un rire un peu forcé.

— Ouais, c'est un terme technique.

— Comment arrives-tu à distinguer quoi que ce soit là-dedans ? C'est bourré de bordel arcanique !

Il enfonça les mains dans ses poches, en souriant d'un air penaud.

— Euh… c'est-à-dire qu'on a bougé pas mal de choses pour s'assurer que les bestioles étaient toutes parties.

— Aïe! Vous allez avoir de gros ennuis quand ma tante va rentrer. Si ça se trouve, vous avez dérangé tout son système.

— Oui, eh ben, maintenant le système, c'est une grosse pile de bouquins par terre. Et il y a une zone bizarroïde. Est-ce que tu te sens d'attaque pour aller y jeter un coup d'œil?

Je m'apprêtai à répondre, mais j'entendis frapper à la porte, puis des pas précipités. Jill arriva en trombe, et s'arrêta sur le seuil, les bras chargés de hamburgers et de frites. Son visage s'illumina en me voyant debout.

— Eh ben, il était temps que tu te remettes de ta petite piqûre de moustique, dit-elle en entrant dans la chambre.

Elle laissa tomber les sacs sur le bureau et croisa les bras en m'examinant. Je souris et l'étreignis.

— Lâche-moi, espèce de tarée, grommela-t-elle d'une voix faussement bourrue, qui trahissait son soulagement. Tiens, Ryan et Zack ont dit que tu avais besoin de manger. Et moi aussi. J'ai passé les deux dernières heures, perchée au milieu de cette zone sinistrée que ta tante appelle bibliothèque, à brandir une putain d'épuisette en attendant qu'un autre de ces lutins psychopathes fasse son apparition, pendant que Ryan et Zack déplaçaient des livres et se chuchotaient des secrets.

Sa description de la scène me fit rire.

— Très bien, on mange d'abord, et ensuite on ira jouer avec les épuisettes.

Deux anti-inflammatoires et un hamburger-frites plus tard, j'étais de nouveau prête à m'attaquer à la bibliothèque de Tessa. La piqûre dans mon dos m'élançait beaucoup moins, et je parvins à traverser le couloir sans lâcher plus de deux jurons.

Je caressai le montant de la porte avant d'entrer. L'absence de barrières autour de la pièce me faisait un drôle d'effet. Je fis un pas en avant et sentis quelque chose. Il ne s'agissait pas de l'impression de traverser un rideau de perles, comme quand je passais à travers une barrière arcanique, mais plutôt de m'approcher d'une source maléfique. Je compris tout de suite ce que Ryan avait voulu dire par « bizarroïde ». Devant l'étagère du mur orienté vers l'est, il y avait une partie du sol, faisant moins d'un mètre carré, qui n'était tout simplement pas normale. Je me forçai à m'approcher, certaine que j'allais trouver un diagramme ou un cercle, car tout en moi me signalait que je me trouvais devant un portail.

Je n'arrivais pas cependant à comprendre s'il était ouvert. Je m'accroupis en fronçant les sourcils : ça ne ressemblait pas à un passage ouvert, comme j'en connaissais, avec une fente lumineuse créant une porte entre deux sphères, mais je voyais bien qu'il n'était pas fermé non plus. Il semblait… poreux, c'était la meilleure façon de le décrire. Il pouvait laisser passer des choses, mais pas si facilement.

Je relevai la tête et regardai vers la porte. Ryan et Jill se tenaient juste devant, dans le couloir, et me regardaient d'un air inquiet, mais ce n'étaient pas eux qui m'intéressaient.

— Les barrières…, dis-je entre mes dents.

— Qu'est-ce qu'elles ont? demanda Ryan.

— Je crois qu'elles fonctionnaient dans les deux sens.

Bon sang!

— Comment ça? Qu'est-ce que tu veux dire?

— Cet endroit, là, c'est une… une sorte de passage. Un point faible.

— Oh merde! dit-il dans un souffle. Les barrières empêchaient les choses de rentrer, mais en gardaient aussi d'autres à l'intérieur de la pièce…

— Voilà, grognai-je. Il y en avait des tas, dans toute la bibliothèque, ce que je ne comprenais pas trop. Et quand j'ai demandé à Kehlirik de les enlever, ce portail-là est resté grand ouvert, pour ainsi dire.

Jill s'appuya contre le chambranle de la porte, les pouces coincés dans les poches de son jean.

— Et pourquoi Kehlirik ne l'a-t-il pas détecté?

En réfléchissant à la question, je sentis un sentiment désagréable se loger dans mon ventre.

— Je ne sais pas trop. Il était épuisé après avoir enlevé les obstacles, et avec tous ces livres empilés un peu partout, je suppose qu'il ne l'a peut-être pas remarqué. (Je me frottai les bras.) D'ailleurs nous non plus, nous n'avions rien vu avant que Zack et toi ne commenciez à tout déplacer.

Tout de même, un démon du niveau de Kehlirik aurait dû pouvoir le sentir. Alors pourquoi ne m'en avoir rien dit? Peut-être avait-il de bonnes raisons de ne pas le faire? *Il voulait me parler de Ryan. Mais après avoir ôté les barrières, il a décidé que ça n'avait plus d'importance.* Parce qu'il avait découvert ce portail? À présent que je me trouvais juste à côté, je trouvais qu'il dégageait quelque chose de terriblement familier. *Il est sans doute juste assez grand pour laisser passer cette espèce de chien.*

Ce passage pouvait-il aussi avoir un rapport avec les essences qui avaient disparu ? J'y pensai un moment, mais finis par écarter l'idée. Les barrages étaient encore en place quand l'essence de Brian avait été dévorée. Le responsable n'avait pas pu passer par ici.

Ryan posa la question qui nous préoccupait tous :

— Est-ce que ce portail peut être refermé ?

— Aucune idée, répondis-je en soupirant. Je ne sais même pas s'il faudrait le refermer ou pas.

Ryan fronça les sourcils.

— Oh, tu crois que ça peut être une soupape ou quelque chose comme ça ? demanda Jill, la tête penchée sur le côté.

— Oui, et tu l'expliques beaucoup plus clairement que je ne l'aurais fait. (Je m'assis un peu mieux pour soulager mon dos.) Je… Il faut que je voie si ma tante se réveille, et je lui demanderai.

Jill changea de position, mal à l'aise.

— Et si elle ne revient pas, poursuivis-je la gorge serrée, il faudra que je pose la question à… hum… à quelqu'un d'autre.

J'aurais juré entendre Ryan grincer des dents. Il marmonna quelque chose dans sa barbe, puis tourna les talons et partit dans le couloir. Je serrai les poings, comptai lentement jusqu'à dix, puis recommençai une deuxième fois, histoire de faire bonne mesure.

Jill tourna la tête pour le regarder partir, puis posa de nouveau les yeux sur moi, haussant les sourcils d'un air interrogateur.

—Ryan et moi avons eu une petite discussion, l'autre soir. Il aurait peur que je me jette au cou de Rhyzkahl et que je craque pour son joli minois, en oubliant que c'est un démon.

Elle fit la moue.

—Mmm… Et il ne sait pas que Son Altesse et toi avez déjà joué à la bête à deux dos ?

—Non, certainement pas, et les choses vont rester comme ça, vu que, pour lui, c'est comme si je vendais mon âme.

L'ombre d'un doute passa dans le regard de Jill, et je soupirai.

—Ne t'inquiète pas, ajoutai-je, il n'est pas du genre démon-sorti-de-l'enfer.

—Alors pourquoi on les appelle des démons ? demanda-t-elle en croisant les bras.

—Pour la même raison qu'on appelait les sages-femmes des sorcières, il y a plusieurs siècles. La peur de l'incompris.

Je pris conscience que j'étais sur la défensive, et je me forçai à baisser d'un ton. En réalité, Rhyzkahl me faisait peur. Et je ne pouvais certainement pas dire que je le comprenais.

Pendant quelques secondes, elle réfléchit à ce que je venais de répondre, puis elle haussa les épaules et s'assit en tailleur sur le sol.

—Très bien, dit-elle, donc tu arrives à invoquer des démons. Et tu as des pouvoirs magiques qui…

—Je peux canaliser l'énergie arcanique, expliquai-je.

—Mouais… Ça m'avait tout l'air d'être de la magie, dit-elle en faisant une petite grimace comique.

D'un autre côté, l'électricité aussi ressemble à de la magie pour moi. On appuie sur le bouton, lumière. Et pour les autres trucs surnaturels ?

—Comment ça ?

—Comme les vampires, les loups-garous, les sorcières et tout le toutim.

Je secouai la tête.

—Je n'ai jamais rien vu de tout ça. Enfin… j'ai rencontré des sorcières, mais pas du genre de celles qui volent sur des balais ou jettent des sorts. Et pour ce qui est des vampires et des loups-garous…

Je haussai de nouveau les épaules, avant de repenser soudain aux essences dévorées. Était-ce là une sorte de vampirisme ? Et cette créature canine l'autre jour ?

—Je ne peux pas non plus affirmer qu'ils n'existent pas, ajoutai-je. Qui suis-je pour dire ça ? Mais, je n'en ai jamais rencontré.

—D'accord, dit-elle en riant. Je ne connais peut-être rien à toutes tes histoires de magie, mais en attendant, Ryan fait clairement une crise de jalousie à propos de ton seigneur démon, tu ne crois pas ?

—Il n'est pas jaloux, fais-moi confiance. Il croit simplement que je vais oublier qui je suis, dès que j'apercevrai Rhyzkahl.

Elle me dévisagea avant de pousser un soupir, puis leva les yeux au ciel.

—Tu sais, pour une fille intelligente, parfois, tu peux vraiment en tenir une couche.

Je me retins de prendre moi aussi un air exaspéré. C'était elle qui en tenait une couche, si elle pensait que l'air grincheux de Ryan signifiait quoi que ce soit.

298

Par chance, elle ne semblait pas tenir à défendre ses arguments.

— Et tu penses que ta tante savait que ce truc était dans la bibliothèque ? demanda-t-elle en désignant le portail du menton.

Je poussai un profond soupir.

— Elle devait forcément être au courant. Je n'ai pas l'impression qu'il soit récent. Et je crois que j'ai fait une énorme connerie, en enlevant toutes les barrières.

Je fus de nouveau submergée par un sentiment de colère envers Tessa. Pourquoi ne m'en avait-elle pas parlé, merde ? Un point sensible dans la trame entre les sphères, c'était quand même assez important pour qu'elle me mette au courant.

— Pourquoi ne t'en a-t-elle pas parlé ? demanda Jill en faisant écho à mes propres pensées.

Je me passai une main dans les cheveux.

— Sans doute pour la même raison que les gens qui ne font pas de testament. Ils refusent d'envisager l'idée que le temps pourrait leur manquer pour mettre les choses en ordre. Personne n'aime se dire que la mort peut être soudaine et injuste. Tous s'imaginent qu'ils auront au moins quelques dernières minutes pour murmurer leurs instructions finales. (Je soupirai.) Bon, maintenant je dois réinstaller les barrières du mieux que je peux, et invoquer le plus vite possible un démon capable de tout remettre en place correctement.

Mais la lune était loin d'être pleine, ce qui signifiait que j'en baverais, pour invoquer quelqu'un de vraiment utile. Et ce serait plus dangereux, aussi.

— Bon, laisse-moi m'occuper de tout ça, dis-je. J'espère que je pourrai suffisamment protéger la pièce pour empêcher autre chose d'entrer.

Jill recula, et je me concentrai pour attirer à moi la puissance qui me permettrait de tisser les barrières arcaniques. Je pris le contrôle lentement, difficilement, constatant que je n'étais pas au mieux de ma forme. Je soufflai entre mes dents serrées, tout en canalisant l'énergie engourdie, sans oublier de sonder précautionneusement le point faible. Je n'étais pas sûre qu'il faille laisser mes barrières entrer en contact avec cette espèce de passage, au cas où un déséquilibre se créerait. Je trouvais donc un compromis et formai un petit dôme d'énergie par-dessus. Une fois que j'eus terminé, je sortis de la pièce pour installer des barrières d'une autre sorte, cette fois pour éviter les intrusions et les sorties.

Une fois mon travail fini, j'observai le résultat et poussai un soupir. J'étais nulle pour tisser des barrages, mais j'estimai qu'ils tiendraient, le temps que je fasse venir un démon qui puisse en installer de plus robustes. Je tirai mon téléphone de ma poche, pour consulter le calendrier lunaire, même si je savais très bien qu'une semaine seulement s'était écoulée depuis la dernière pleine lune. Encore une semaine de plus, et ce serait la nouvelle lune. Il faudrait que j'essaie à ce moment-là.

— Sortons d'ici, dis-je à Jill en réactivant le sort répulsif sur la porte d'entrée. Je crois qu'on a fait assez de dégâts pour la journée.

CHAPITRE 20

Je n'avais pas l'impression que c'était dimanche. J'étais habituée à ce que mes week-ends filent à toute vitesse et soient terminés avant que j'aie le temps de dire « ouf ». Mais il s'était passé tant de choses, les deux jours précédents, que j'aurais juré qu'on était au moins mercredi. Voire déjà en septembre.

Mais à présent, le temps s'était ralenti pour retrouver un rythme un peu moins frénétique, et j'avais une liste de choses dont je *devais* m'occuper, d'autres dont je *voulais* m'occuper. Il me restait de saines courbatures de ma séance de sport, quelques jours auparavant, juste assez pour me rappeler qu'avoir des muscles n'était pas si désagréable, et je n'avais aucune envie de retrouver mes bourrelets. Avant d'avoir le temps de changer d'avis, je me mis en route pour la salle de sport, prenant le risque de choquer son personnel, qui me verrait arriver pour la deuxième fois en une semaine.

À 8 heures du matin, un dimanche, les lieux étaient presque déserts, contrairement à la fois précédente. Seules quelques personnes étaient occupées à soulever des haltères, et j'eus la possibilité de me concentrer totalement sur ce que je faisais. Je m'efforçai de purger mes incertitudes et mes inquiétudes, et je supportai volontiers la brûlure de l'effort et la sueur en contrepartie.

À ce rythme, j'allais avoir de vraies tablettes de chocolat.

— Vous nous mettez tous la honte, dit une voix derrière moi, alors que je faisais une pause pour ralentir mon rythme cardiaque.

Je me retournai et pris ma serviette afin de m'éponger le visage. Un homme séduisant m'adressa un sourire amical. Je l'avais déjà vu, mais mon cerveau mal oxygéné refusait de me transmettre plus d'informations.

— C'est dimanche, ajouta-t-il en souriant encore plus. On est là, en train de parler foot pour éviter de retourner à notre jardinage, et vous transpirez à notre place.

Je lui rendis son sourire, flattée par ses compliments, et soudain, cela fit « tilt » dans ma tête. *Merde alors, c'est le juge Roth !* Je ne l'avais vu qu'au tribunal et à l'enterrement, et il avait l'air très différent – et bien plus abordable – en simple short et tee-shirt.

— Désolée, dis-je en plaisantant, mais si vous n'arrivez pas à suivre, ce n'est pas ma faute.

Il se mit à rire.

— Je devrais savoir qu'il ne faut pas chercher des noises aux femmes pleines de volonté. Impossible de faire le poids ! (Il m'observa un peu plus sérieusement.) Je ne crois pas vous avoir déjà vue ici. Vous venez d'arriver ? Harris Roth.

Je serrai la main qu'il me tendit. Sa poigne était chaude et agréable.

— Kara Gillian, dis-je.

Je faillis lui rappeler que nous nous étions déjà croisés au palais de justice, mais je me dis finalement que je risquais d'évoquer trop de choses déplaisantes.

— Je suis membre du club depuis pas mal de temps, mais mes visites sont sporadiques.

— Enchanté de faire votre connaissance, Kara. Je ne veux pas vous importuner plus longtemps, et j'espère qu'on se recroisera bientôt.

Sur ce, il me lança un autre sourire charmeur et s'éloigna. Je terminai rapidement mes exercices, perplexe et un peu abasourdie qu'il ait choisi de flirter précisément avec moi. D'autant plus que je ne portais pas le déguisement de Barbie Cardio en Lycra, comme la plupart des femmes qui venaient s'entraîner ici. Ma tenue consistait en un short, un soutien-gorge de sport et un tee-shirt. Sexy.

Je me dirigeai vers les vestiaires et récupérai mon sac. Je m'apprêtais à me diriger vers les douches, lorsqu'une femme blonde, parfaitement maquillée, surgit à côté de moi, vêtue justement de cette tenue stretch aux couleurs criardes, que je n'aurais jamais portée, même si ma vie en dépendait. Il fallait malgré tout reconnaître qu'elle consacrait visiblement beaucoup de temps et d'efforts – et peut-être même d'argent en chirurgie esthétique – pour se sculpter le genre de corps qui pouvait se permettre les tenues en Lycra.

— Je sais que vous ne me connaissez pas, me dit-elle à voix basse, mais je préfère vous mettre en garde concernant Harris Roth.

Je la regardai, attendant la suite. Son expression semblait sincère.

—Ça ne me regarde pas, je sais bien, poursuivit-elle, mais je l'ai souvent vu se servir de ses charmes pour attirer de jolies filles dans son lit. Et il se fiche pas mal de ce qui peut leur arriver ensuite.

J'eus besoin de quelques secondes pour articuler une réponse.

—Euh… merci. Mais je n'ai aucune intention de coucher avec lui.

Elle me lança un sourire amer.

—Je suis contente de vous voir dans cette disposition, mais croyez-moi, c'est un charmeur. Enfin, vous avez l'air gentille, et je ne voulais pas en voir encore une autre se faire balader par Harris.

Mon instinct de flic se réveilla tout à coup.

—Qui d'autre a-t-il baladé comme ça ?

Elle hésita, puis haussa les épaules.

—Eh bien, comme elle ne vit plus ici, je suppose que je peux vous le dire… (Elle regarda rapidement autour de nous et baissa un peu plus la voix.) Il a eu une liaison avec Elena Sharp, que son mari a ensuite mise dehors !

Je clignai des yeux. Voilà qui ne collait absolument pas avec la version que m'avait racontée Elena Sharp.

—Ça alors, dis-je avant de vérifier, à mon tour, que nous étions toujours seules. Et son fils à lui, il s'est bien tué après avoir tué sa femme, non ?

Elle soupira.

—Oui, ça a été terrible. C'est vrai, Harris est un séducteur dépravé, mais ce qui s'est passé reste affreux. (Des éclats de voix féminines montèrent des vestiaires, et la femme recula.) Bref, je voulais juste m'assurer que vous aviez connaissance de la situation.

Je hochai gravement la tête, sans trahir mon envie de rire.

— Je vous en suis très reconnaissante. Excusez-moi, vous êtes ?

— Becky. Becky Prejean.

Elle me fit un clin d'œil et s'éloigna précipitamment, emportant avec elle sa tenue Lycra et sa poitrine artificielle.

Je me douchai et m'habillai, par chance sans être de nouveau dérangée, et j'en profitai pour réfléchir à toutes les informations que je venais d'apprendre. *Elena et Harris, tiens, tiens.* Elle avait en effet reconnu que les hommes de pouvoir l'attiraient. Encore un retournement de situation intéressant.

Mais était-ce vrai ? Je m'installai au volant de ma voiture, climatisation en marche, puis j'appelai l'opérateur pour demander l'adresse d'une Becky ou Rebecca Prejean, femme blanche d'environ trente-cinq ans.

Il me rappela quelques minutes plus tard. Le domicile de Becky Prejean se trouvait dans le domaine Ruby. La femme de ménage de Davis Sharp avait dit qu'une femme blonde était venue le voir après le départ d'Elena.

Coïncidence ? Sans doute. Mais Becky Prejean m'avait fait douter d'un certain nombre de choses, et j'avais le pressentiment que je serais forcée de retourner à Mandeville, avant que toute cette affaire soit close.

Le programme de l'après-midi, ambitieux mais malheureusement nécessaire, comprenait une suite d'activités passionnantes : faire la lessive, nettoyer ma cuisine et astiquer la salle de bains. Les tâches ménagères avaient d'habitude un effet relaxant sur moi, mais un sentiment de culpabilité me rongea toute la journée. Une petite voix me reprochait de n'avoir fait aucun progrès dans mes recherches concernant les essences, et me rappelait que le temps était compté pour Tessa. J'avais espéré passer le dimanche à me reposer et recharger mes batteries, mais tous mes soucis continuèrent à me harceler.

À quatre reprises, je saisis mon téléphone pour appeler Ryan, et j'allai même deux fois jusqu'à composer son numéro, avant d'appuyer immédiatement sur la touche « Raccrocher », frustrée. Je ne savais absolument pas quoi dire. *Tu veux faire quelque chose ? Tu veux aller voir un film ? Je suis stressée et j'ai besoin de me passer les nerfs sur quelqu'un ?*

Génial. Comme si Ryan avait besoin de preuves supplémentaires de ma névrose.

J'abandonnai et allumai mon ordinateur. Me plonger dans le travail… Puisque j'avais un peu de temps libre, je pouvais en profiter pour vérifier une chose qui m'était sortie de la tête : le juge Laurent avait fortement sous-entendu que certaines informations relatives au financement des campagnes électorales pourraient m'être utiles.

Ce genre de contribution était répertorié dans les archives publiques, et grâce aux merveilles de la technologie moderne, on pouvait consulter ces dernières en ligne. Je dus m'y reprendre à plusieurs fois pour trouver le bon site, mais une fois que je trouvai la bonne page, j'obtins plus d'informations sur chaque élection et chaque candidat que je n'en demandais.

Lorsque j'eus limité mes recherches aux contributions versées par David Sharp, les résultats s'avérèrent fort instructifs. Stupéfiants, même. Il avait considérablement participé à la campagne du juge Roth, une dizaine d'années auparavant, en versant la somme maximale autorisée par la loi. Je parcourus le reste de sa fiche et appris qu'il avait soutenu d'autres candidats dans d'autres élections, mais jamais autant que Harris Roth.

Je fis ensuite une nouvelle recherche, pour voir l'ensemble des contributions versées à Harris Roth. La liste était remarquablement longue, mais Sharp ressortait clairement comme le plus important donateur.

J'ajoutai la page Web à mes favoris et j'éteignis l'ordinateur. Je savais à présent qu'il existait un lien financier entre Davis Sharp et le juge Roth, mais qu'est-ce que cela signifiait? Le juge Laurent avait sous-entendu que Sharp attendait qu'on lui rende des services en échange de ses versements. Je pouvais donc en déduire qu'il en avait été ainsi avec Roth et que ses attentes avaient été comblées. Surtout au vu des sommes colossales qu'il avait versées.

J'étais à court d'idées, et ce fut avec un immense soulagement que je vis le soleil passer derrière les arbres. Je pouvais enfin faire taire un peu la culpabilité que je ressentais envers ma tante, même si c'était loin de suffire à calmer la confusion qui régnait dans mon esprit.

Je pris une douche, me changeai et descendis au sous-sol. J'en étais à la dernière étape de l'appel que je lançais à son essence, celle du « transpondeur arcanique » qui devait la rappeler à notre niveau de réalité et à son corps. Je savais que la réussite de l'opération dépendait beaucoup du degré d'éloignement de l'essence par rapport au corps, au cours de l'invocation. Je devais aussi accepter la possibilité que ma tante ne se réveille jamais.

Mais ce n'est pas le moment de penser à tout ça, me dis-je sévèrement. Je devais mettre toute ma confiance dans le rituel, croire de tout mon cœur que ce n'était qu'une question de temps avant que Tessa ne revienne. *Et ensuite je lui demanderai de m'expliquer pour le portail dans la bibliothèque, et de me guider un peu.*

Je dessinai la dernière partie du diagramme compliqué, en faisant bien attention à ne rien déranger. Je me relevai en grimaçant, mais ce n'était pas seulement dû au craquement de mes genoux, ankylosés parce que j'étais restée accroupie trop longtemps. Comptais-je un peu trop sur ma tante ? Mais auprès de qui d'autre pourrais-je recevoir la formation dont j'avais encore besoin ?

Rhyzkahl, me chuchota une voix intérieure, qui me donna la chair de poule. Je frissonnai et me frottai les bras, en réfléchissant à la possibilité d'être encore plus liée à lui que je ne l'étais déjà. Je n'avais pas, je ne pouvais pas avoir confiance en lui. Il était ancestral, puissant et très doué pour mentir, sans pour autant trahir la vérité.

Tu t'inquiéteras de ça plus tard, me dis-je, agacée contre moi-même. *Concentre-toi !*

308

J'inspirai profondément et commençai à canaliser la puissance. Au bout d'une demi-heure environ, je relâchai enfin mon emprise sur l'énergie et la sentis filer dans le diagramme. J'observai les lignes au sol et faillis pleurer lorsqu'elles se mirent à vibrer. Une seconde plus tard, la vibration se transforma brutalement en un petit vrombissement, inaudible et puissant à la fois. Je retins mon souffle, le sentant se changer en pulsation. Je fus alors envahie d'une sensation qui m'évoqua Tessa.

L'énergie l'appelle, lui montre où est sa place. Elle lui rappelle qui elle est.

Je m'avançai jusqu'à la cheminée froide et m'écroulai dans le fauteuil. Je ne pouvais plus rien faire à présent. Rhyzkahl m'avait prévenue que ça prendrait peut-être beaucoup de temps, mais je ne savais pas combien il en restait encore à Tessa. Elle était déjà sur le déclin. Le chagrin me serra la poitrine. Je doutais que son corps tienne plus de quelques semaines.

Je laissai aller ma tête en arrière et examinai les poutres de la cave. À peine plus d'une semaine s'était écoulée depuis la dernière fois où j'avais invoqué Rhyzkahl, mais j'avais l'impression que cela faisait un an. Je ne m'étais toujours pas décidée à l'invoquer de nouveau. Je tournai la tête de côté en soupirant, et j'observai le petit cercle dans lequel les possessions de ma tante étaient disposées. Je savais ce qu'elle aurait dit : que l'idée d'envisager cette invocation était folle. Il me restait presque trois semaines pour décider si je l'invoquais lors de la prochaine pleine lune, mais je pouvais toujours attendre plus longtemps.

L'accès à ses connaissances me tentait plus que je n'aurais pu le dire, même si je me doutais qu'il imposerait ses limites. Il me donnerait sans doute les informations au compte-gouttes, pour me laisser sur ma faim.

Je me relevai. Au point où j'en étais, ce qu'il voudrait bien me dire serait toujours mieux que rien. J'avais le pressentiment que j'aurais besoin de réponses pendant longtemps encore.

Je regardai le diagramme qui contenait l'espèce de balise destinée à guider l'essence de Tessa, et je perçus la vibration d'énergie, sans même me servir de mon autrevue. Je suivis des yeux les liens arcaniques entremêlés. À présent qu'ils étaient actifs et au complet, je trouvais l'ensemble moins confus et commençais à comprendre comment cela fonctionnait. J'avais en fait canalisé la puissance dans le premier diagramme, et les liens la transféraient progressivement dans l'autre cercle, pour former la balise.

Alors que je gardais les yeux rivés sur le sol, une nouvelle idée, un peu étrange, me traversa l'esprit, et mon cœur se mit à battre plus fort. Si ce diagramme accumulait l'énergie arcanique, cela signifiait-il que je pouvais faire la même chose dans d'autres circonstances ? Je réfléchis à ce que cela impliquait et me mis à respirer plus vite. *Merde alors ! Ça voudrait dire qu'il est possible de stocker de l'énergie sans avoir recours à une magie de mort.* Le Tueur au symbole avait torturé et assassiné ses victimes dans le but d'amasser d'énormes quantités de puissance, assez pour lui permettre d'invoquer et de retenir un seigneur démon. Les restrictions des phases lunaires m'avaient toujours frustrée, mais jamais au point de me pousser à envisager des méthodes aussi ignobles. Les invocations nécessitaient un flux d'énergie stable et constant, et le moindre déséquilibre ou hoquet pouvait s'avérer désastreux, quand on ouvrait un portail. Mais s'il existait un moyen de stocker l'énergie peu à peu dans un diagramme, pour la récupérer et s'en servir ensuite… Je m'agrippai au dossier du fauteuil, submergée par une indicible jubilation.

— Merde alors ! chuchotai-je.

La technique pouvait-elle vraiment marcher, sans qu'on verse le sang de victimes innocentes ? Dans ce cas, je n'aurais plus à me soucier des phases de la lune. Je pourrais accumuler de l'énergie petit à petit, sur un mois, puis l'utiliser en une fois, quand je le souhaiterais. Le jour, la nuit, par lune croissante ou décroissante. Ce serait également plus facile d'invoquer ainsi des démons de haut niveau. Les rituels étaient épuisants. La création des diagrammes pouvait s'avérer pénible, puis il fallait fournir un effort pour mettre en place les barrières, et l'on devait ajouter à cela la concentration et les forces nécessaires à l'invocation elle-même. Lors d'une invocation de haut niveau, il fallait avoir l'habitude d'ouvrir des portails entre deux sphères, sans quoi il ne vous restait plus de force pour contrôler le démon. C'était principalement pour cette raison que ce genre de rituel était réservé aux invocateurs très expérimentés.

Je me frottai le visage, en essayant de ne pas trop m'emballer. Il y aurait forcément des inconvénients. La convergence des sphères restait toujours un facteur restrictif, et je devais systématiquement négocier les clauses des invocations, ce qui, en soi, limitait de toute façon leur fréquence.

Je sortis un morceau de craie de la boîte dans laquelle je rangeais mon matériel, puis m'avançai jusqu'à un espace dégagé, loin du diagramme de Tessa. Je ne voulais pas prendre le risque de créer des interférences. Je me baissai et commençai à dessiner lentement, en réfléchissant bien à la manière dont je pouvais ajuster la structure afin d'arriver à ce que je voulais.

Il me fallut plus d'une heure pour terminer le nouveau diagramme. Mon dos et mes genoux étaient tout engourdis. Je posai la craie et frottai mes mains l'une contre l'autre, avant de me redresser. J'avais dû redessiner certaines parties plusieurs fois, en me fiant uniquement à mon instinct et à ce que j'imaginais être le plus logique. J'espérais seulement que je ne m'étais pas trompée. J'examinai minutieusement le résultat, à la recherche d'erreurs que j'aurais laissé passer.

Testons-le pour voir. Je voulais juste essayer, pour vérifier si j'avais raison, ou bien si ce que je cherchais à faire était impossible.

Je pris une profonde inspiration, et attirai la puissance à moi. Elle me parvint par à-coups irréguliers, de la même manière que pour la balise de Tessa. Si j'avais été en train d'invoquer un démon, le résultat aurait été désastreux, mais dans ce cas précis, je n'avais pas besoin d'un flux constant, puisque aucune protection arcanique ni aucun ancrage n'en dépendaient. J'avais juste besoin que la puissance passe dans le diagramme. Je canalisai donc prudemment l'énergie jusqu'au milieu du cercle et la regardai emplir la structure et se fixer le long des barrières, comme un mélange de lumière et d'eau, qui miroitait dans mon autrevue.

Je finis par couper mon lien mental avec le diagramme. Je n'avais pas canalisé beaucoup d'énergie, car les conditions ne le permettaient pas, mais sauf erreur de ma part, elle semblait rester à l'intérieur du diagramme, exactement là où je l'avais déposée.

— Merde, c'est dingue! m'écriai-je.

La tête me tournait. *J'ai créé une recharge arcanique! Et sans avoir recours à des actes horribles et meurtriers!*

Je gardai les yeux rivés sur mon œuvre pendant près d'une demi-heure, puis me dis que la réserve de puissance paraissait bien en place. La question était désormais de savoir si le diagramme résisterait assez longtemps. Jusqu'à la prochaine invocation, par exemple. Serais-je alors capable de retirer l'énergie qui s'y trouvait de manière assez stable pour pouvoir l'utiliser correctement?

Je canalisai encore un peu de puissance jusque dans le diagramme, extrêmement satisfaite de la voir s'adjoindre au reste, comme du miel que j'aurais versé dans un bol déjà à moitié plein.

C'était vraiment trop cool! J'observai ma «recharge arcanique» encore un moment, avant d'être enfin convaincue que la structure tiendrait le coup. J'étais tentée de chercher à savoir quelle quantité d'énergie le diagramme serait en mesure de stocker, mais me forçai à m'arrêter là pour cette fois. J'avais l'impression qu'il supporterait que je canalise encore plus de puissance, mais il ne me servait à rien de tester la capacité de stockage tout de suite. Le plus important était de savoir si je pourrais réutiliser l'énergie.

Je tournai la tête vers la balise de Tessa, contente de voir qu'elle était toujours active et continuait d'appeler son essence, puis je remontai l'escalier et fermai la porte du sous-sol derrière moi. Au pire, si mon nouveau diagramme ne résistait pas à l'énergie qu'il contenait, celle-ci s'en échapperait progressivement pendant la nuit pour réintégrer l'énergie ambiante que contenait cette sphère.

Si, en revanche, elle était toujours là le lendemain matin, prête à être utilisée, l'art de l'invocation deviendrait alors tout à coup beaucoup plus simple.

Chapitre 21

Dès que je me levai le lendemain matin, je courus au sous-sol voir ce qu'était devenue ma recharge arcanique. Avant même d'avoir bu ma tasse de café, ce qui était une première pour moi. L'atmosphère était étouffante dans la cave, mais je le remarquai à peine. La puissance se trouvait toujours à l'intérieur de la structure et bourdonnait doucement, sans pour autant être audible par une personne normale.

— Qu'est-ce que je suis douée, dis donc ! murmurai-je avec un grand sourire niais.

Mais allais-je pouvoir utiliser cette énergie ? Je frottai mes mains l'une contre l'autre, en jubilant comme un vrai savant fou, sans tenir aucun compte de mon estomac qui réclamait du café et de la nourriture. J'inspirai profondément, en essayant de me concentrer, et tirai l'énergie hors du diagramme, d'abord doucement, puis avec un peu plus d'assurance, jusqu'à ce que je la sente s'enrouler et crépiter autour de moi. Je vis ses ondulations miroitantes et me mis à rire. Deux heures seulement après l'aube, à une période du mois où la puissance était irrégulière et difficile à maîtriser, j'étais pourtant là, avec une masse d'énergie stable et solide à ma disposition.

Je jouai avec pendant un moment, m'entraînant à la renvoyer dans le diagramme puis à l'en sortir de nouveau. J'améliorai aussi ma connaissance de la structure, en observant la façon dont l'énergie se déplaçait, et je repérai des façons de l'ajuster pour mieux retenir la puissance ou de l'altérer pour permettre des utilisations différentes.

Je voyais aussi pourquoi il était probable que je sois la première à avoir découvert cette technique. Sans le composant arcanique essentiel, qui se trouvait dans la balise de Tessa, le système n'aurait pas fonctionné. *Et les invocateurs n'ont pas souvent la chance de glaner des informations auprès d'un seigneur démon.* Mes compétences en matière de création de diagrammes n'allaient pas bien loin pour l'instant, mais j'avais tout de même conscience que ce genre de structure ne pouvait être réalisé que par un « grand maître du douzième dan ». Et Rhyzkahl m'avait permis d'accéder à ce niveau. Savait-il de quelle autre façon je pouvais utiliser cette structure ?

Je relâchai à regret l'énergie dans le diagramme, rompis la connexion et soupirai en regardant la masse brillante s'installer au milieu des barrières arcaniques. Le prochain véritable test consisterait à procéder à une invocation en utilisant cette énergie-là. *Une expérience dangereuse*, me dis-je. S'il arrivait quelque chose et que l'invocation échouait, je ne perdrais pas seulement la réserve d'énergie, mais aussi des morceaux de mon propre corps. *Je vais me contenter d'appeler un démon de bas niveau, ça vaut mieux.* Comme à l'époque où j'apprenais à faire des invocations.

Mais ce n'était pas le moment de faire venir qui que ce soit. J'avais besoin de mon café. Je remontai au rez-de-chaussée à grand-peine, sentant soudain la fatigue me tomber dessus. Certes, l'énergie était dorénavant à ma disposition, et il était beaucoup plus simple de la prendre dans le diagramme plutôt que de l'extraire de ma sphère, mais j'avais malgré tout fourni de gros efforts pour la maintenir en place. J'avais l'impression d'avoir invoqué trois reyzas d'un seul coup. *Note pour plus tard : ne pas oublier que ce travail est épuisant.*

Je finis de me préparer pour me rendre à mon poste, puis je me versai une tasse de café dont je me munis pour aller sous le porche, derrière la maison. Il n'était pas encore 7 heures, mais je sentais déjà dans l'air la promesse d'une humidité écrasante. Ah, l'été dans le sud de la Louisiane ! Une saison qu'il fallait supporter. Cependant, même la perspective d'avoir des frisottis sur le haut de la tête, toute la journée, ne pouvait gâcher ma bonne humeur. Je savais que j'étais sur le point de faire une découverte cruciale avec ce nouveau diagramme.

J'entendis mon téléphone sonner dans la maison, mais je ne me précipitai pas pour répondre. Je n'étais pas d'astreinte, et j'avais envie de profiter du calme. Je savais que ce n'était pas la clinique qui m'appelait, car je lui avais attribué une sonnerie spécifique, dès que Tessa y avait été admise. La sonnerie finit par se taire, et trente secondes plus tard, un petit bruit m'indiqua qu'on m'avait laissé un message vocal.

Ça attendra, me dis-je, obstinée. J'avais l'impression de ne pas avoir eu un seul moment de tranquillité depuis des mois. Il restait toujours quelque chose à faire, quelque part où je devais me rendre. Il fallait que je rentre dans la bibliothèque de Tessa, il fallait que j'en apprenne plus sur les arcanes et les barrières et les essences, il fallait que j'élucide ces meurtres.

Il fallait surtout que je me détende et que je prenne un peu de temps pour moi. Même si ce n'étaient que quelques minutes.

La sonnerie de mon téléphone retentit de nouveau, suivie encore une fois de l'alerte des messages vocaux. Je serrai la tasse entre mes mains et sentis mes épaules et ma bouche se crisper. Ce n'était pas juste. C'était mon moment à moi ! Je n'étais pas d'astreinte.

Je finis par pousser un soupir. Très peu de gens se permettraient de m'appeler sans motif valable. Et si c'était quelqu'un qui me téléphonait à propos de Tessa, mais d'un numéro inconnu ?

Je décroisai les jambes et regagnai la maison. C'était Ryan qui essayait de me joindre, et je me sentis un peu agacée. Rien à voir avec Tessa, finalement. Non pas qu'un appel de Ryan soit agaçant, mais je me rendais compte que l'état de santé de ma tante me préoccupait de plus en plus. Je savais qu'il était idiot de mettre tous mes espoirs dans le rituel que m'avait enseigné Rhyzkahl, et que je devais accepter la possibilité d'un échec. Rhyzkahl avait même dit qu'il y avait peu de chance que ça marche. *Et alors ? Je suis têtue, et puis c'est tout.*

J'appelai mon répondeur, tout en vidant le fond de ma tasse dans l'évier.

« Kara, rappelle-moi. »

Je levai les yeux au ciel et supprimai le message. *Merci de me donner autant de détails, Ryan.* Le message suivant était encore plus instructif.

« Kara, appelle-moi. C'est important. »

Génial! Je commençai à composer son numéro, mais je fus interrompue par un appel. Un nom s'afficha sur l'écran… Ryan, comme par hasard.

— J'étais en train de te rappeler, dis-je en décrochant.

— J'ai besoin que tu me rejoignes à Gallardo, dans North Highland Street, me dit-il sans préambule. Meurtre-suicide. À première vue.

Gallardo était une petite ville à l'est de Beaulac, pas assez conséquente pour avoir sa propre police, ce qui signifiait que le shérif se chargeait d'en assurer la sécurité.

— Ça ne relève pas de ma juridiction, lui dis-je.

— Je ne te demande pas de venir travailler. Il y a un truc qu'il faut que tu voies. Tu situes la rue ?

— Non, mais le GPS, ça sert à ça. Il y a un rapport avec mes enquêtes ?

— Je ne sais pas encore, c'est pour ça que je veux que tu viennes, répliqua-t-il d'un ton un peu rude.

— Gros malin, va! Bon, j'arrive.

Je fus tentée de traînasser un peu pour le punir de faire de la rétention d'informations, mais ma curiosité l'emporta. Environ quarante-cinq minutes plus tard, je m'engageai dans une rue traversant un quartier qu'on ne pouvait que qualifier de « miteux ». Ou pour être plus précise : une maison sur deux y est un repaire à junkies. Un certain nombre de véhicules appartenant aux forces du shérif se trouvaient garés là, parmi lesquels des voitures banalisées. Je garai ma Taurus à côté de la Crown Victoria de Ryan et je m'en allai rejoindre le groupe des shérifs adjoints. Je comprenais pourquoi Ryan ne m'avait pas donné l'adresse exacte. Seule une maison dans cette rue se donnait la peine d'afficher un numéro, qui avait été peint à la bombe sur la toile goudronnée qui lui tenait lieu de crépi. J'adressai un signe de tête, accompagné d'un sourire aux adjoints et aux inspecteurs que je reconnaissais, et je repérai Ryan parmi eux.

—Alors, qu'est-ce qui se passe ? lui demandai-je en arrivant à sa hauteur.

Il me désigna, d'un signe de tête, la maison devant laquelle nous nous tenions, pas celle qui comportait le numéro, mais c'était bien la seule différence. La nôtre aussi était recouverte de toile goudronnée, le toit avait été rafistolé à l'aide d'une bâche déchirée, en plastique bleu délavé, et plus de la moitié de ses vitres étaient cassées.

—Viens voir.

Ryan se baissa pour passer sous le ruban jaune, et je le suivis après avoir inscrit mon nom sur la fiche de présence. Il me conduisit jusqu'à un porche à la stabilité douteuse et pénétra dans une pièce lugubre, où il alluma une lampe halogène qui avait été installée dans un coin, pour que je puisse enfin voir ce qu'il voulait me montrer.

D'accord, deux personnes blessées par balles à la tête, toutes les deux de race blanche, un homme et une femme, la soixantaine. Telle fut ma première réaction, avant de sursauter. *Merde ! Ce sont les Galloway.* Je les observai avec consternation.

Soudain, un sentiment de malaise m'envahit sans prévenir. Je posai machinalement la main sur mon ventre, et j'eus l'impression que le café que j'avais bu devenait de l'acide en ébullition.

— Elles ont disparu… et c'est encore pire que les autres, dis-je dès que j'eus retrouvé la force de parler.

Ryan hocha la tête.

— Zack a trouvé qu'il y avait des vibrations bizarres. Je ne suis pas aussi réceptif que toi, mais j'ai quand même réussi à sentir aussi que quelque chose ne tournait pas rond.

N'importe qui doté d'un minimum de sensibilité aux arcanes l'aurait perçu, sans forcément pouvoir mettre le doigt sur ce qui n'allait pas, mais les deux cadavres l'auraient certainement mis mal à l'aise. Je me forçai à approcher un peu plus, en prenant garde à l'endroit où je posais les pieds, pas seulement pour conserver la scène en bon état – je supposais d'ailleurs qu'elle avait déjà été inventoriée et les indices nécessaires prélevés –, mais aussi parce que je n'avais pas l'impression que le sol était très solide.

Je m'accroupis à côté de Sam Galloway. On lui avait tiré une balle dans la tempe, et je voyais des traces de poudre et de brûlures à ce niveau. Je reportai mon attention vers Sara.

— Quelle est la théorie pour l'instant ? Qu'il lui a tiré dessus, et s'est suicidé ensuite ?

— Oui. Le pistolet a déjà été saisi. Il l'avait à la main.

— Je ne peux pas dire que ce n'est pas ce qui s'est passé, dis-je lentement, tout en faisant appel à mon autrevue pour mieux évaluer la situation, mais je ne crois pas que ça soit la vérité.

Je repassai en vision normale, tout en me relevant, incapable de chasser la chair de poule qui me hérissait les poils.

— Je... je crois que quelqu'un les a tués en leur volant leur essence, poursuivis-je, puis a essayé de faire croire à un meurtre-suicide. Peut-être que les Galloway respiraient encore quand on leur a tiré dessus, mais ils n'étaient plus en vie. (Le spectacle me rendait malade, et je posai de nouveau une main sur mon ventre.) Ryan, ça veut dire que quelqu'un ayant la capacité de dévorer les essences, ou contrôlant une créature qui peut le faire, s'en sert comme d'une arme.

— Fait chier, dit Ryan dans un grognement. Tu as dit que c'était pire que les autres. Pourquoi?

Je déglutis avant de répondre.

— L'essence a été... arrachée alors qu'ils étaient toujours vivants, dis-je en sentant un frisson glacial me courir le long du dos. Je ne sais pas trop ce qui pourrait faire ça, mais j'ai le sentiment que ça devait être extrêmement puissant pour y arriver, avant que le corps ait eu le temps de relâcher son emprise sur l'essence. Qu'est-ce qu'ils fabriquaient ici? ajoutai-je en frissonnant.

Il passa une main dans ses cheveux en fronçant les sourcils.

— Je t'ai dit qu'ils possédaient un restaurant, n'est-ce pas? C'était avant qu'on trouve un joli petit paquet de méthamphétamines dans leur congélateur, pendant une descente, il y a quelques années.

J'étais perplexe. Les Galloway ne m'avaient pas semblé être du genre à dealer des drogues dures.

— Le restaurant a été saisi, poursuivit-il, et ils ne s'y sont pas opposés, probablement pour éviter que leur fils, consommateur occasionnel déjà répertorié par la police, ne passe je ne sais combien d'années en tôle pour production et trafic de stupéfiants. Même si rien n'indiquait chez eux l'existence d'un laboratoire, ou de tout autre moyen de fabriquer une telle quantité de méthamphétamines.

Je restai immobile pendant quelques secondes, puis je levai les mains en signe d'incompréhension.

— Je ne te suis plus. Qu'est-ce que cette histoire a à voir avec leur mort ? Je croyais que tu essayais de les convaincre pour qu'ils témoignent dans ton enquête sur une histoire de corruption.

— Je ne peux pas en parler ici, dit-il en soupirant. Retournons chez ta tante, et je t'expliquerai.

Chapitre 22

J'avais mal à l'estomac en arrivant chez Tessa, sans doute la conséquence de mon état de choc et du manque de nourriture, puisque je n'avais rien eu le temps de manger le matin. Je sentais que les effets stimulants de la caféine et du sucre n'allaient pas tarder à retomber.

Un mal de crâne ne tarda d'ailleurs pas à se déclarer, et je plissai les yeux pour me protéger du soleil de midi, le temps d'atteindre les marches menant au porche. J'entendis un grondement sourd qui venait de l'ouest, et je regardai l'horizon, chargé de gros nuages annonciateurs d'orages dans l'après-midi. Il était temps. Les caprices de ce climat pouvaient surprendre ceux qui n'étaient pas originaires de la région, mais sans ce genre d'orage en pleine journée, les chaleurs estivales auraient été insupportables. La température allait chuter d'environ cinq degrés, et même si le taux d'humidité crèverait le plafond, c'était toujours préférable à la fournaise. Et en ce qui me concernait, l'humidité n'était pas un problème. Je me serais desséchée et transformée en poussière dans un climat désertique.

Un autre grondement résonna, pendant que j'ôtais la barrière arcanique qui se trouvait sur la porte. Mon mal de crâne commença à m'élancer. *Il me faut des analgésiques. Et quelque chose à manger.* J'entendis le bruit d'un moteur dans l'allée et me retournai pour vérifier qu'il s'agissait bien de Ryan. C'était lui et, encore mieux, je vis qu'il portait des sacs en papier, du genre de ceux qu'on vous donne dans les fast-food.

Enfin quelque chose de positif dans cette journée.

Je mis la clé dans la serrure et m'arrêtai net, le cœur battant et la respiration coupée. La porte avait déjà été déverrouillée. J'expirai doucement, lâchai la clé et reculai un peu, en sortant mon pistolet. Avais-je fait beaucoup de bruit en montant l'escalier ? J'entendais quelqu'un bouger à l'intérieur. Je me glissai sur le côté, pour ne pas rester devant la porte, et j'aperçus une silhouette qui se déplaçait, mais impossible de dire qui c'était – ou ce que c'était – à travers les voilages. *Mais les barrières étaient pourtant bien en place*, pensai-je. Je n'avais aucun doute là-dessus.

Je me tournai pour avertir Ryan et me rendis compte que c'était inutile. Il était vif et avait dû remarquer que je m'étais éloignée de la porte. Ayant abandonné les sacs sur le capot de sa Ford, il se tenait au pied des marches, son arme à la main.

— Il y a quelqu'un, articulai-je sans proférer le moindre son.

Il hocha la tête pour me dire qu'il avait compris et qu'il attendait que je prenne les devants.

La porte étant ouverte, il nous fut facile de pénétrer à l'intérieur. L'ayant ouverte d'une main, je reculai vivement pour ne pas rester dans l'embrasure.

— Police de Beaulac! criai-je en braquant mon Glock sur le couloir et l'entrée de la cuisine. Montrez-vous!

Du coin de l'œil, je vis Ryan se faufiler dans la maison et se positionner de manière à couvrir les zones qui m'étaient inaccessibles.

— Merde! s'écria une voix masculine depuis la cuisine. Kara, c'est moi.

Je n'identifiai pas la voix, même si je savais qu'elle m'était familière.

— Montrez-vous, et laissez vos mains bien en évidence!

Je ne crois pas que j'aurais été plus choquée si le pape lui-même était apparu à la porte. Mais ce fut Carl, le technicien dégingandé qui travaillait avec le docteur Lanza à la morgue, qui surgit dans l'entrée, en avançant avec précaution, les yeux écarquillés et les mains en l'air.

— Kara, ce n'est que moi.

Je restai bouche bée pendant plusieurs secondes et cherchai mes mots, tout en essayant de m'expliquer ce qu'il fichait là. *Est-il possible qu'il soit à l'origine des perturbations que j'ai remarquées dans les barrières arcaniques?* Si j'apprenais qu'il était invocateur, je voulais bien me faire bonne sœur.

— Qu'est-ce que vous foutez ici? finis-je enfin par dire, sans baisser mon arme tout de suite.

— Je garde un œil sur la maison, depuis que Tess est entrée à l'hôpital.

Une nouvelle pièce du puzzle venait de se mettre en place dans mon esprit.

— Alors c'est vous qui tondez la pelouse?

Carl était grand, mince, avec des yeux noisette. La description de Mélanie-la-cinglée n'était pas si éloignée de la vérité, finalement. Il fit un petit sourire.

— Oui, et j'ai aussi élagué les haies et désherbé le jardin. J'ai réparé une fenêtre, et puis les rosiers avaient besoin d'être taillés, alors je…

— Pourquoi ? demanda Ryan en lui coupant la parole d'un ton sec. Qu'est-ce que vous en avez à foutre, des rosiers ?

Carl cligna des yeux.

— Eh bien, c'est ma petite amie, dit-il, comme si c'était la chose la plus naturelle du monde.

Son regard oscillait entre Ryan et moi.

— Vous ne le saviez pas ? ajouta-t-il.

— Non, dis-je d'une voix étranglée.

Je rangeai mon pistolet dans son étui et me passai la main dans les cheveux.

— Non, repris-je, elle n'a jamais jugé utile de m'informer qu'elle avait une… vie sociale.

Non pas que je sois choquée de l'apprendre… Si, en fait, je trouvais ça choquant. Il s'agissait de Tessa, cette femme curieuse, étrange, excentrique, qui invoquait des démons chez elle. Je restai perplexe.

— Écoutez, ne le prenez pas mal, mais ma tante est un peu… étrange. Et elle a quelques… quelques secrets.

Aïe ! J'avais l'impression de la décrire comme une espionne. Folle, qui plus est. Carl baissa les bras, un léger sourire aux lèvres.

— Je sais. Elle invoque des… (je le vis braquer son regard sur Ryan et chercher ses mots) créatures étranges.

— Des démons, grogna Ryan.

— Oui, dit Carl en hochant la tête, c'est une invocatrice de démons.

Je respirai profondément. Je n'avais aucune envie de devenir bonne sœur.

— Et vous ?

— Non, dit-il. Je l'aime bien, c'est tout. Je l'aime beaucoup.

Ryan avait également rengainé son pistolet et observait Carl, le visage renfrogné.

— C'est facile de dire qu'on est le petit ami de quelqu'un, quand ce quelqu'un n'est pas là pour le confirmer.

Carl inclina la tête en signe d'acquiescement.

— Oui, je vois de quoi vous voulez parler. (Il resta silencieux un instant, puis se tourna vers moi.) Elle m'a dit que lorsque vous aviez quatorze ans, il avait fallu vous hospitaliser pour overdose.

Je me sentis rougir. C'était typique de Tessa, d'aller raconter cette mignonne petite anecdote. Avant que je commence à m'initier à l'art de l'invocation, ma crise d'adolescence s'était traduite par une expérimentation douloureuse des drogues et de la rébellion. Sans les arcanes et le sens qu'elles avaient donné à ma vie, j'aurais sans doute déjà trouvé la mort, à l'heure qu'il était.

— Bon, vous devez effectivement bien vous connaître, tous les deux. Donc vous n'êtes pas un invocateur, mais vous devez savoir comment manipuler les barrières arcaniques. J'ai été obligée de les désactiver pour entrer dans la maison.

Il secoua la tête.

—À vrai dire, elles ne me font aucun effet.

—Pardon ?

—Je ne sais pas exactement pourquoi, expliqua-t-il en haussant les épaules. Je vous jure, je suis au courant qu'elles existent, uniquement parce que Tessa m'a montré l'effet qu'elles avaient sur les autres. Mais je ne les sens pas. Je peux passer au travers sans m'en rendre compte.

—C'est… intéressant, dis-je, incapable de construire une phrase plus complexe.

Je commençai cependant à comprendre certaines choses.

—Vous avez rendu visite à ma tante à la clinique ? demandai-je.

—Oui. Je ne sais pas si ça lui apporte quelque chose, mais ça m'aide à me sentir mieux. Écoutez, si je vous ai convaincue que je n'étais pas là pour cambrioler la maison, j'aimerais vraiment pouvoir y aller. Je suis d'astreinte aujourd'hui.

—Euh, oui, bien sûr.

Tessa a un petit ami. Il allait me falloir un moment pour m'habituer à cette idée.

—Merci de vous être occupé du jardin, ajoutai-je.

Il inclina légèrement la tête en me regardant, puis salua Ryan de la même manière.

—À bientôt, alors.

Sur ce, il sortit de la maison. Je le regardai s'éloigner dans l'allée.

—Il doit habiter dans le quartier, observa Ryan sans vraiment attendre de réponse.

—Je vérifierai ça, répliquai-je avec une grimace. Je vérifierai tout, d'ailleurs. Mais d'abord, il faut que je mange.

—Je vais récupérer tes mets de luxe.

—Et moi, je vais faire le tour de la maison.

J'avais l'impression que Carl disait vrai, ce qui était étrange, étant donné le choc que j'avais eu en apprenant que Tessa et lui étaient ensemble. Mais ça n'avait rien de tellement invraisemblable, même si je n'y aurais jamais pensé toute seule. Je ressentis malgré tout un besoin irrépressible de fouiller la maison et la bibliothèque, pour m'assurer que tout était en ordre. Je voulais bien croire qu'ils sortaient ensemble, mais ça ne voulait pas dire qu'il n'était pas aussi en train de chercher quelque chose. *Comme un portail ouvert sur une autre sphère, dont ma tante aurait omis de me parler.*

Je soupirai et me frottai le visage, avant d'allumer la lumière dans la bibliothèque et d'entrer dans la pièce. Tessa était parfois fantasque, impulsive, parfois même pénible, mais je ne pouvais pas dire que mes intérêts ne lui tenaient pas à cœur. *Et puis, c'est ma tante à moi*, pensai-je farouchement.

J'examinai rapidement les barrières autour de la bibliothèque, surtout celles qui entouraient le portail, mais je ne trouvai rien de suspect. *Cela étant, dans le cas contraire, est-ce que je serais en mesure de m'en rendre compte ?* J'avais vraiment honte que mes compétences soient si faibles. Il était au moins certain que j'avais la capacité de voir et de manipuler les barrières. Plus j'en apprenais sur ma tante et les barrières dans sa maison, plus je soupçonnais que son art de les manier restait, comme pour moi, à un niveau élémentaire.

Elle était apte à former les protections dont elle avait besoin pendant une invocation, mais au-delà, j'avais l'impression qu'elle comptait sur les autres pour faire le travail à sa place.

Je me redressai et retournai à la cuisine, sans oublier de replacer les barrières derrière moi. Ryan vint s'asseoir sur un tabouret, de l'autre côté de la table. Il posa les deux sacs *Taco House* devant lui, ainsi qu'un bloc-notes.

— Essayons de voir ce qu'on sait pour l'instant, dit-il en sortant une dizaine de tacos emballés dans du papier.

— D'accord, faisons d'abord la liste. Carol et Brian Roth sont morts. Davis Sharp est mort. Les essences de Brian et de Sharp ont toutes les deux été dévorées. Une espèce de chien démon nous a attaqués. Les essences des Galloway ont été arrachées, et maintenant, ils sont morts eux aussi.

Il hocha la tête en griffonnant dans son bloc-notes.

— Et ta tante a un portail ouvert dans sa bibliothèque, et tu t'es fait attaquer par un... un lutin psychopathe.

Je déballai un taco, faisant dégouliner du fromage sur le plan de travail en granit noir.

— Ce que j'aimerais vraiment savoir, c'est si tout ça est lié.

— Je n'ai pas fini, dit Ryan en continuant d'écrire. On devrait ajouter le fait que je mène une enquête sur le juge Harris Roth, pour abus de pouvoir.

Je venais de mordre dans mon taco, et je dus me forcer à mâcher et avaler plutôt que de le dévisager la bouche ouverte.

— C'est sur lui que tu enquêtes ? Tu m'expliques ?

Du dos de la main, il enleva un bout de salade qu'il avait sur le menton.

—Intimidation de témoin, distribution abusive de drogues saisies par les autorités, dissimulation possible de drogues pour incrimination sans fondement, refus d'engager des poursuites contre ceux qui lui apportaient leur soutien. Ce genre de chose.

Je compris tout à coup quelque chose.

—Les Galloway ?

—Exactement. Après que leur restaurant a été saisi, il a été vendu aux enchères. À Davis Sharp.

Soudain, tout prit un sens.

—Oooh ! Leur restaurant est devenu celui de Sharp !

Ryan me regarda avec un sourire triste.

—C'est ça. Et Sharp l'a obtenu pour une bouchée de pain. Quant au juge qui présidait lors de la saisie et de l'accord entre les parties, concernant le chef d'inculpation du fils Galloway, il s'agissait de...

Il me lança un regard interrogateur.

—Harris Roth, dis-je dans un souffle. Qui, comme par hasard, recevait pour ses campagnes des contributions assez énormes de la part de Davis Sharp, depuis une dizaine d'années environ. Eh ben ! C'est donc un pourri ?

—Ça en a tout l'air. On pense que la descente de police et la saisie de drogues n'étaient qu'un coup monté pour que Davis Sharp puisse s'approprier le restaurant. (Il soupira et se frotta les yeux.) On travaillait avec les Galloway depuis des mois, pour essayer de monter le dossier et d'accumuler des preuves. Pas si honorable

333

que ça, le juge! Malheureusement, les Galloway ne se montraient pas aussi coopératifs qu'on l'espérait.

— Pourquoi? Ils devaient pourtant bien avoir envie que Roth finisse entre quatre murs.

Je lus de l'agacement et de la frustration sur son visage.

— C'est sûr. Mais ils voulaient aussi une compensation financière importante, et vite. Sam était assez gravement malade, et ils croulaient sous les frais médicaux. Ils n'étaient pas contents du tout quand on leur a dit qu'on ne pouvait leur garantir une compensation, et que même s'ils en obtenaient une, des années s'écouleraient peut-être avant qu'ils en voient la couleur. Ce genre de chose ne dépend absolument pas de nous.

— Et ils se sont rabattus sur le chantage, grommelai-je.

— C'est ce qui nous paraît le plus probable, dit-il, le visage grave.

Je l'observai pendant plusieurs secondes.

— Celui qui les a tués est aussi notre mangeur d'essence. Mais tu n'es pas convaincu que ce soit le juge Roth qui ait appuyé sur la détente. Je me trompe?

Il secoua la tête.

— Le juge Roth n'était pas le seul à risquer quelque chose, si l'affaire de corruption était dévoilée. Il n'était pas non plus le seul à se trouver dans une position qui le rendait vulnérable au chantage. Il y avait aussi les gens qui travaillaient avec lui, les donateurs qui soutenaient sa campagne, les hommes d'affaires avec qui il était associé… Si l'affaire éclate enfin, ça va être un sacré bordel.

— Bienvenue sur la scène politique louisianaise ! marmonnai-je.

— C'est un vrai spectacle ici, non ? (Ryan mordit de nouveau dans son taco.) Bon, continuons de réfléchir. On a aussi l'histoire d'Elena Sharp, qui a porté plainte à deux reprises contre son mari pour violences conjugales, sans jamais engager de poursuite.

J'étais déjà au courant, et je fis une grimace.

— Malheureusement, ce n'est pas si rare que ça. Je ne compte même plus le nombre de fois où j'ai commencé à remplir la paperasse pour mettre un connard derrière les barreaux, et vu ensuite l'épouse ou la copine, ou le copain d'ailleurs, débarquer pour payer sa caution.

— En déclarant que leur amour était éternel, c'est ça ? demanda-t-il avec un sourire amer.

— Plus ou moins, oui.

— Est-ce que tu crois que c'est le genre de chose qu'Elena Sharp pourrait faire ?

— Pas vraiment, non. En tout cas, pas en ce qui concerne la déclaration d'amour. À moins qu'il ne s'agisse de l'amour éternel qu'elle porte à son style de vie, qu'elle ne voulait pas perdre. (Je levai les yeux au ciel.) Histoire d'en rajouter une couche, une rumeur circule comme quoi elle avait une liaison avec notre cher juge d'ailleurs, et que Sharp l'a mise à la porte. Mais c'est Barbie Cardio qui m'a dit ça, dans les vestiaires d'une salle de sport, alors je ne peux pas t'assurer que l'info soit sûre.

— Est-ce que ça pourrait expliquer sa demande de divorce ?

—Je ne crois pas. Elle appréciait d'avoir épousé tout cet argent. Pourquoi quitter ça pour devenir la maîtresse de Roth ? Non, elle avait peur de quelque chose… ou de quelqu'un, à tel point qu'elle s'est résolue à abandonner son petit confort.

—Peut-être que c'était Davis qui souhaitait le divorce, et qu'il a demandé à quelqu'un de lui mettre la pression ?

—Possible. Ajoute cette hypothèse à ta liste.

—Oui, c'est ce que je fais.

Au bout d'un moment, il posa son stylo et poussa le carnet vers moi.

—Alors, dit-il, tu crois qu'il y a un lien entre tout ça ?

Je regardai la liste, puis relevai les yeux vers lui.

—Impossible à dire. Je n'arrive pas à déchiffrer tes gribouillis.

Il émit un petit ricanement.

—Il y en a un entre les trois Roth, en tout cas, dit-il.

—Carol et Brian, meurtre-suicide présumé, même si je ne crois pas à cette hypothèse, dis-je, sentant renaître mon agacement de m'être fait retirer le dossier.

Je ne croyais pas une seconde que Pellini pousserait l'enquête assez loin pour découvrir qui les avait vraiment tués.

—Brian est le fils du juge sur qui le FBI enquête pour abus de pouvoir, et Davis Sharp, l'un des principaux sympathisants de ce même juge, a été retrouvé le cul en l'air dans sa douche. Il se trouve que Sharp a racheté, pour une bouchée de pain, une propriété confisquée à ses propriétaires, les Galloway, à la suite d'une descente de police. Les Galloway sont morts eux aussi, sans doute parce qu'ils ont essayé de faire chanter quelqu'un qui était impliqué dans toute cette histoire. (Je regardai la feuille de papier, les sourcils froncés.) Donc Harris Roth est lié à tous les acteurs de l'affaire, mais pourquoi aurait-il tué Brian et Carol ? Ou Davis Sharp ? Même s'il se tapait vraiment Elena, est-ce que c'est une raison suffisante pour éliminer Sharp ? Je veux bien croire qu'il ait tué les Galloway pour faire disparaître les traces de ses magouilles. Mais les autres meurtres ? Et si c'est lui le coupable, comment fait-il pour dévorer leurs essences ? À moins qu'il ait quelque chose qui le fasse pour lui, mais quoi, dans ce cas ? Et est-ce lui qui a lâché le chien démon sur nous ?

Ryan reprit son bloc-notes.

— Ouais, il nous manque encore quelques éléments.

— Quelques-uns seulement, tu crois ?

— Bon, si tu veux, beaucoup d'éléments, dit-il en souriant avant d'entamer un autre taco. Est-ce que tu as trouvé des informations sur ce qui pourrait bien dévorer les essences comme ça ?

Je secouai la tête, de nouveau énervée contre moi-même pour avoir gaspillé l'une de mes questions à Rhyzkahl.

— J'y travaille toujours. Je vais passer tout mon temps libre dans cette foutue bibliothèque. En tout cas, celui qui fait ça devient de plus en plus puissant, ou alors il s'améliore beaucoup dans ce domaine. Sam et Sara n'étaient ni morts ni mourants, quand le tueur a arraché leurs essences.

Ryan ramassa le fromage et la viande qui étaient tombés sur la table, et les replaça dans son taco.

337

— Ouais, ce n'est pas une nouvelle très encourageante.

— Encore des recherches à faire, dis-je en soupirant.

— Fais attention à cette espèce de portail, hein.

Je regardai la pile de papiers gras devant lui. J'avais mangé trois tacos, et il semblait que Ryan ait englouti le reste de la dizaine qu'il avait apportée, pendant les quelques minutes qu'avait duré notre conversation.

— Bon sang, Ryan, dis-je en riant, t'avais faim ?

— Je prends des forces, répondit-il avec un grand sourire, pour le cas où tout ça prendrait la même tournure affreuse que la dernière affaire sur laquelle j'ai travaillé avec toi.

— Arrête, ne dis pas ça ! Je n'ai aucune envie de mourir encore une fois.

— Surtout que je serais certainement obligé de payer l'enterrement de ma poche, cette fois-ci.

— Fais une collecte ! lui dis-je en riant. Avec tous les fans que j'ai…

— Et tes ex. Et tous les collègues avec qui tu as été accusée d'avoir couché. Allez, avoue, je sais que tu craques pour Pellini et pour Boudreaux.

— Je viens de manger. Ne me fais pas vomir.

Il se mit à rire.

— Je suis certain que tu as plein d'anciens amants qui t'adorent. Je serais obligé d'engager des agents de sécurité pour les empêcher de se jeter sur ton cercueil.

— C'est triste à dire, mais je doute que tu aies à en chasser beaucoup, dis-je en poussant un soupir théâtral. Ça fait bien trop longtemps que je n'ai pas couché avec un humain.

Les mots sortirent tout seuls, avant que j'aie eu le temps de me rendre compte de ce que j'étais en train de dire. Je me fis violence pour rester souriante en priant de toutes mes forces que Ryan ne comprendrait pas le sens caché de ma phrase.

Il reposa lentement son taco et s'essuya les mains, le visage figé. Je le voyais réfléchir à toute vitesse, additionner divers commentaires que j'avais faits et d'autres indices. Je commençai à transpirer, et ma poitrine se serra de plus en plus. *Non, non, non. Il va péter les plombs.*

— Un humain ? répéta-t-il d'une voix terriblement calme, en levant ses yeux vert doré sur moi.

Je commençai à bredouiller quelque chose pour me rétracter, mais je savais que mes excuses sembleraient nulles et pathétiques. Et merde ! Je m'étais bien foutue dedans. Mais en quoi ça le regardait, de toute façon ?

— La première fois que j'ai rencontré Rhyzkahl, je…

Bon, ce n'était peut-être pas si facile de le dire carrément. Pas à Ryan en tout cas.

Il resta immobile, et son regard s'assombrit, soit de peine, soit de fureur. Je n'arrivais pas à le déterminer. Lorsqu'il parla de nouveau, sa voix était si glaciale que je m'attendais presque à ce qu'elle casse.

— Tu as couché avec lui ?

J'avais l'impression que quelqu'un venait de me vider des glaçons dans le dos. J'avais craint une de ces manifestations de jalousie, typiquement masculines, mais son comportement était bien plus intense, comme s'il me méprisait soudain. *Arrête*, me dis-je. *Arrête d'attacher autant d'importance à ce qu'il pense de toi.*

Peine perdue. Je ne pouvais pas m'en empêcher, cela m'importait beaucoup. Je ne supportais pas l'idée qu'il puisse ne plus m'apprécier ou me respecter.

— Ce n'est pas ce que tu crois, dis-je en essayant, sans grand succès, de paraître calme et décontractée. Ce que je veux dire, c'est que ce n'est pas comme si je l'avais invoqué et que je lui avais sauté dessus tout de suite après. J'étais terrifiée au début. Je croyais qu'il allait me mettre en charpie.

— Il t'a violée ? rugit-il en montrant presque les dents.

— Hein ? Mon Dieu, non, pas du tout ! C'était… tout à fait consenti. Pas de contrainte ou quelque chose du genre.

Il resta complètement impassible.

— Je ne comprends pas. Comment tu peux faire l'amour avec une créature pareille ? Je pensais que tu avais plus de respect envers toi-même.

J'en eus le souffle coupé, et je dus lutter pendant plusieurs secondes pour retrouver l'usage de la parole.

— Du respect ? Putain, mais tu es qui pour monter sur tes grands chevaux comme ça ?

— J'arrive pas à croire que tu aies pu baiser avec ce truc ! cracha-t-il d'une voix dédaigneuse. Pourquoi… pourquoi tu as fait ça ?

Je le dévisageai, en essayant de contrôler la rage, la douleur et l'immense déception qui me submergeaient. Je n'aurais jamais deviné qu'il pourrait porter un jugement aussi catégorique sur moi. Il me voyait comme quelqu'un de tellement faible et en manque, sur le plan affectif, que j'étais obligée de trouver un démon pour me réconforter, j'en étais certaine.

—Parce que je me sens seule! finis-je par m'écrier.

Je me levai d'un seul coup et faillis renverser le tabouret.

—Parce que je n'ai eu que deux petits amis de toute ma vie, poursuivis-je, et qu'ils étaient nuls au pieu, et qu'en plus ils ne sont pas restés bien longtemps. Il y avait ce type incroyablement sexy, qui voulait m'embrasser et me faire l'amour, et j'en avais envie. Je n'ai pas beaucoup d'amis. Merde, quoi! Je sais bien qu'il cherchait à obtenir quelque chose de moi, mais tu sais quoi? Moi aussi, je voulais obtenir quelque chose de lui. Je voulais qu'il me touche, qu'il veuille de moi. Je voulais me sentir, pendant quelques pauvres petites minutes, belle et désirable. Expérimenter une sensation que je n'avais jamais éprouvée jusque-là, et que je ne ressentirais sans doute plus jamais!

Je restai debout, haletante. *Merde. Merde.* Comment avais-je pu lui dire tout ça? Mais lui, comment pouvait-il me juger ainsi?

Il grimaça de fureur et serra les poings si fort que les articulations de ses doigts blanchirent. Il se leva d'un bond et fit le tour de la table en deux grandes enjambées. Il tendit un bras vers moi et je reculai contre l'évier, craintive, le cœur battant à tout rompre. Était-il en colère au point de me frapper? J'avais du mal à l'imaginer faire une chose pareille, mais pourquoi alors s'approchait-il de moi, le bras tendu?

Il me vit reculer et se figea, les yeux hagards et la main toujours levée. Je le dévisageai, redoutant sa prochaine réaction.

Nous restâmes ainsi pendant quelques secondes, puis il baissa le bras, l'air soudain fatigué et abattu.

Il resta silencieux un moment, en me regardant dans les yeux comme s'il y cherchait désespérément quelque chose, puis il finit par tourner la tête.

— Je… je ferais mieux d'y aller, dit-il d'une voix rauque.

Je déglutis et hochai sèchement la tête.

— Oui, je crois que c'est une bonne idée.

Je parvins à ne pas laisser ma voix trembler. Il fit quelques pas et s'arrêta devant la porte, sans se retourner, la main sur le montant.

— Merci pour ton aide sur la scène de crime.

Sa voix était si basse et si rude que je l'entendis à peine. Il s'éloigna et j'entendis la porte s'ouvrir, puis se refermer.

— De rien, chuchotai-je.

Je me laissai enfin aller. Assise par terre, j'éclatai en sanglots.

CHAPITRE 23

La craie s'émietta entre mes doigts au moment où je traçai sur le sol le dernier signe du diagramme. Je pris appui sur mes talons et nettoyai les fragments du dos de la main en faisant attention à ne pas abîmer le cercle. Je me sentais terriblement calme. Ou terriblement vide, peut-être. Quoi qu'il en soit, mes mains ne tremblaient pas, et j'étais plus concentrée que je ne l'avais jamais été depuis mon retour d'entre les morts.

Après le départ de Ryan, je m'étais autorisée à pleurer toutes les larmes de mon corps, pendant plus d'une heure, puis j'étais rentrée chez moi avec l'impression d'avoir lâché prise. *Je n'ai pas besoin de son approbation*, avais-je pensé avec un mélange de colère et de chagrin. Et puis en quoi avait-il le droit de me donner des leçons sur les dangers que représentaient les démons ?

Je m'étais enfouie sous ma couette et j'avais dormi comme une souche pendant presque quatre heures, pour me réveiller au moment où le soleil couchant commençait à embraser la cime des arbres qui entouraient ma maison. J'avais largement le temps de préparer l'invocation. La lune n'était pas pleine, mais c'était justement là l'intérêt.

Je respectai soigneusement les protocoles du rituel, avec une facilité fluide et gratifiante. Quand il fut temps de puiser la puissance dans le diagramme de stockage, l'énergie afflua vers moi en une vague stable et agréable, que je parvins à canaliser sans problème.

— *Rhyzkahl.*

Son nom emplit la pièce, et je maintins le portail ouvert. J'avais donné à cette invocation la forme d'un appel plus que d'un ordre de venir à moi, chose qui, normalement, aurait pu être très dangereuse, mais j'étais certaine que Rhyzkahl ne chercherait pas à me châtier. Pas après m'avoir clairement fait comprendre qu'il souhaitait disposer d'un meilleur accès à notre sphère.

Je sentis l'afflux de puissance m'indiquant que quelque chose avait traversé le portail, et je fis appel aux liens arcaniques, pour me protéger au cas où quelqu'un d'autre que Rhyzkahl soit passé, et non contre lui directement. Je ne savais que trop bien qu'il me serait impossible de lui tenir tête.

Le portail se referma et Rhyzkahl se dressa, son beau visage illuminé par un sourire. Je lâchai les liens, défis les barrières et restai sans bouger au bord du diagramme. Il m'observa, puis, comme je m'y attendais, tourna la tête vers la réserve d'énergie et partit d'un rire grave.

— Ingénieux, ma douce. Ta lune décroît, et te voilà pourtant avec un seigneur démon à ton entière disposition.

Il se moquait de moi, je le savais bien, d'autant plus que j'avais été punie pour être partie du principe que je pouvais l'obliger à me servir, comme les autres démons. J'inclinai la tête.

— Rien ne me permet de penser que tu es à ma disposition, seigneur.

Il sortit du diagramme et vint me prendre le menton pour lever mon visage vers lui.

— Tu es plus reposée que la dernière fois, à ce que je vois.

— Je ne voudrais pas gâcher ton cadeau, seigneur.

Il me relâcha et se mit à rire.

— Je t'en prie, abandonne cette attitude cérémonieuse, Kara. Ça ne te va pas.

Il me contourna pour aller jusqu'à la table, devant la cheminée éteinte, puis se retourna vers moi.

— Tu me rends plus heureux que tu ne peux l'imaginer, avec ta découverte qui te permet de passer outre au cycle lunaire dont tu dépendais.

Il ne s'y était pas attendu. Je me sentais fière de l'avoir impressionné, même juste un peu. Je m'avançai lentement vers lui, en déboutonnant ma chemise.

— Je suis ravie de te donner ce plaisir.

Je m'arrêtai devant lui et laissai le vêtement de soie grise glisser sur le sol. Il me caressa des yeux.

— Est-ce là le cadeau que tu as pour moi ?

Je secouai la tête en défaisant la ceinture de mon pantalon de soie. Il tomba par terre et je l'éloignai du pied. J'étais nue devant lui à présent.

— Oh non, seigneur Rhyzkahl. Il ne s'agit pas de cela. Tu veux toujours que je devienne ton invocatrice, n'est-ce pas ?

Mon cœur battait à toute vitesse, et pas seulement de désir. Une partie de moi-même savait que je laissais mon amour-propre blessé prendre le contrôle de mes actions, mais je m'efforçai de ne pas en tenir compte.

Je vis une lueur briller dans ses yeux pendant une fraction de seconde, la crainte ou le trouble peut-être. Il cligna des yeux pour la chasser, et je dus faire un effort pour réprimer le sentiment de triomphe que je sentais naître en moi.

— Oui, dit-il simplement.

Il vint près de moi, glissa une main sous ma nuque pour m'attirer à lui, puis il leva mon visage et plongea ses yeux dans les miens, en crispant ses doigts dans mes cheveux.

— Oui, répéta-t-il. Tu es mienne.

Il plaqua sa bouche sur la mienne et posa son autre main sur ma poitrine. Son baiser s'intensifia et devint presque sauvage. Je poussai un gémissement, en sentant la chaleur se répandre dans tout mon corps. *Oui. Aie besoin de moi. Désire-moi.*

Je parvins à m'arracher de ses lèvres, assez longtemps pour reprendre mon souffle.

— Prouve-le, dis-je en retenant mes larmes, haletante.

S'il te plaît. Prouve-moi qu'il existe au moins quelqu'un *qui veuille de moi.*

La puissance embrasa son regard, et il me fixa, l'espace d'une seconde, avant de me soulever pour m'installer sur la lourde table en chêne. Il m'y plaqua d'une main et me maintint ainsi, une main posée sur mon sternum, les lèvres retroussées. De son autre main, il me caressa la gorge et j'eus à peine le temps de sentir la pression de sa main, avant qu'il la fasse glisser jusqu'à mes seins, puis mon ventre. J'avais le souffle court et sentais des émotions contradictoires, le désir, l'avidité, la peur, la honte, se bousculer en moi.

— Tu souhaites que je te donne du plaisir ? demanda-t-il d'une voix grave et vibrante.

Non. Oui. Je fermai les yeux pour retenir mes larmes. Que voulais-je réellement ? Je sentis sa main m'écarter les cuisses. Il m'excitait de ses doigts, me pinçait légèrement. Je pris une goulée d'air et laissai un frisson me traverser le corps.

— Ou bien cherches-tu autre chose que le plaisir ?

Je déglutis.

— Non, chuchotai-je.

Pas la douleur. Je souffrais assez comme ça. Il commença à me caresser doucement.

— Ah, mais tu es mienne à présent. Ce que tu veux ne devrait pas avoir d'importance.

Je sentis une brûlure se réveiller au creux de mon ventre, et j'ouvris les yeux pour le regarder. *Oui. Ne me demande pas de choisir. Ne me laisse rien décider. Ne me demande pas de réfléchir.*

Un sourire naquit sur ses lèvres, comme s'il avait remporté une immense et terrible victoire. Il ôta sa main de mon sternum, mais je ne bougeai pas. Il défit alors ses hauts-de-chausses, et une seconde plus tard, je le sentis, dur de désir, contre moi.

— Je veux te baiser.

La crudité de ses mots me surprit.

— Je veux te baiser, reprit-il, jusqu'à ce que tu hurles de plaisir, et ensuite, je te baiserai encore.

Je sentais la puissance dans sa voix, et aussi la promesse de choses que je ne pouvais même pas imaginer. Il me pénétra, et je gémis, autant de le sentir en moi qu'excitée par ses paroles. Il agrippa mes cuisses et commença à aller et venir entre mes reins.

—Je veux te baiser jusqu'à ce que tu cries mon nom et que tu me supplies de continuer, d'aller jusqu'au bout, de te donner tout ce que je peux.

Il me prit encore plus fort, en montrant les dents. *Oui. Vas-y. Fais ce que tu veux de moi. S'il te plaît!* Je cambrai le dos en sentant la jouissance approcher. J'étais à bout de souffle et sanglotais à moitié. La puissance rougeoyait dans ses yeux, et il continuait de me baiser sans relâche. Il ne ralentirait pas, je le savais. Pas avant d'en avoir fini avec moi.

Cette seule pensée suffit à me faire basculer. Le hurlement de plaisir qu'il attendait s'éleva de ma gorge, et il continua ses assauts, parfaitement en rythme avec les vagues de mon orgasme. Il ne diminua l'allure que lorsqu'il sentit mon corps épuisé et sans forces sur la table, alors il s'arrêta enfin.

Il se retira, et je repris mon souffle, haletante. Il tendit la main et me caressa la bouche du bout des doigts, puis se mit à rire doucement.

—Quel magnifique hurlement, ma douce. Mais je n'ai pas entendu mon nom.

—Attends, je…

Il ne me laissa pas le temps de finir et me saisit par le poignet pour me remettre debout en m'arrachant un cri de surprise. Il me souleva sans effort, m'emmena jusqu'au fauteuil et s'assit en maintenant mon dos plaqué contre sa poitrine, puis il passa un bras autour de mon cou et de mes épaules, pour mieux me tenir. Il avait trouvé le temps de se déshabiller sans que je le remarque, et sa peau me faisait l'effet d'un voile de soie tendu sur un bloc d'acier. Je frémis en le sentant me pénétrer de nouveau, et je gémis lorsqu'il fit glisser sa main entre mes jambes.

En quelques secondes, du moins me sembla-t-il, je criai de nouveau sous ses coups de reins, maintenue entre ses bras qui formaient comme une cage de fer autour de moi. Je m'y accrochais désespérément.

— Supplie-moi, ma douce, m'ordonna-t-il d'une voix suave tandis qu'il me conduisait toujours plus haut vers la jouissance.

J'arrivai avec difficulté à articuler les mots :

— S'il te plaît...

— Ahhh... Tu peux mieux faire. Supplie.

Ses paroles vibraient de puissance. Son emprise se resserra autour de moi, et son rythme s'accéléra.

— Supplie-moi de te baiser, dit-il. Supplie-moi d'en finir.

— S'il te plaît...

Je me débattais entre ses bras, en gémissant d'une voix faible.

— Oui, s'il te plaît, je... je t'en supplie. S'il te plaît... donne-moi tout !

— Maintenant, crie pour moi, siffla-t-il dans mon oreille. Crie mon nom. Hurle pour me demander grâce.

Ce que je fis. Je hurlai. Je criai son nom en me tordant contre lui. Je hurlai, suppliai et pleurai tandis qu'il me donnait ce que je lui avais demandé, et plus encore.

CHAPITRE 24

J'étais allongée sur l'épais tapis, blottie contre le torse de Rhyzkahl qui me caressait doucement les cheveux. Je tremblais encore un peu sous l'effet de l'attention qu'il m'avait portée, même si un peu de temps s'était écoulé depuis qu'il en avait fini avec moi. *Depuis qu'il m'avait achevée, devrais-je plutôt dire*, pensai-je avec ironie.

Il ne faisait aucun doute que Rhyzkahl était un amant extraordinaire. Aucun humain n'arriverait jamais à égaler sa sagacité, son talent et sa modération. *Je ne vais plus avoir envie des humains.* On ne pouvait pas dire non plus que je croulais sous les propositions…

Mais j'en vins à penser à Ryan. Il m'avait blessée et énervée au plus haut point avec ses remarques déplacées, mais malgré tout… *bon sang…* malgré tout, je tenais à lui, même si nous ne restions qu'amis. Et si je devais être franche, j'étais forcée d'admettre que ce rendez-vous avec Rhyzkahl n'avait pas été grand-chose de plus qu'un règlement de compte, un moyen de prendre ma revanche sur Ryan. *Super, j'ai donc choisi l'option « Na na nère, moi, je peux coucher avec un démon. Et toc. »* Je soupirai, serrée contre Rhyzkahl. *Je fais tellement pitié.*

— Tu es préoccupée, ma douce, dit Rhyzkahl d'une voix de basse que j'entendis gronder dans sa poitrine. Mes efforts ont-ils été vains ?

Je levai les yeux vers lui, en souriant malgré moi.

— Pas vains, non. (Je dus faire un effort pour ne pas pouffer de rire.) C'était très… très érotique.

Pour éviter de me faire un torticolis, je me relevai sur un coude et appuyai la tête sur ma main. Il tendit le bras pour caresser la courbe de mon sein.

— J'aime te donner ce que tu désires.

— Que je le demande à haute voix ou pas ?

Il sourit, et je vis encore une fois la puissance luire au fond de son regard.

— Je pourrais faire tellement plus pour toi. Je pourrais combler ces désirs que tu ne t'es pas encore avoués à toi-même et dont tu as peur. Tu serais en sécurité avec moi.

J'eus la chair de poule. Certes, Rhyzkahl me protégerait sans doute de beaucoup de choses. Mais je voyais aussi comment cette situation réussirait à me transformer en esclave, comme l'avait dit Ryan.

— Mais tu n'es pas encore prête, dit-il en retirant sa main. Et te laisser en faire l'expérience trop tôt pourrait te nuire. (Il plongea ses yeux dans les miens.) Je ne laisserai personne te faire de mal.

Je m'assis.

— Tu ne pourras pas toujours me protéger, dis-je en attrapant ma chemise. Quelque chose de complètement banal pourrait m'arriver, par exemple. Je pourrais être renversée par une voiture, tomber dans l'escalier ou me faire tirer dessus par un suspect. (Je passai le vêtement et commençai à le boutonner.) Et le sexe n'est pas au cœur de tous mes problèmes, tu sais.

Non, parfois c'étaient seulement mes sentiments qui se retrouvaient froissés.

— Je pourrais t'apporter ma protection à tout moment, si tu le souhaitais.

Je le regardai en fronçant les sourcils.

— Quoi, t'avoir près de moi 24 heures sur 24 ?

— Ce n'est pas ce à quoi je pensais, dit-il en secouant la tête, et ce n'est pas réalisable. Je ne peux pas me permettre de négliger mon propre royaume, si je ne veux pas risquer de le perdre.

Voilà un détail intéressant. C'était la première fois que je l'entendais faire référence aux luttes de pouvoir dans sa sphère.

— Quoi d'autre, alors ?

— Je chargerais l'un de mes serviteurs de jouer le rôle de protecteur.

— Ça rendrait mon travail de flic un peu compliqué, dis-je en riant.

— Je lui signifierais que la discrétion est de rigueur, se contenta-t-il de répondre en haussant les épaules.

La discrétion ? Je ne voyais pas comment un démon pouvait se montrer discret, tout en restant efficace. Il devait y avoir quelque chose qui m'échappait. J'attrapai mon pantalon et l'enfilai. De plus, un protecteur à plein-temps pourrait aussi être pris pour un chaperon qui me suivait partout.

— Ça va aller, dis-je.

Je baissai la tête vers lui. Il ne faisait pas mine de se rhabiller et restait allongé sur le flanc, à m'observer. Mais bon sang, qu'est-ce qu'il était beau !

— Tu as été blessée récemment, dit-il. C'est pour cette raison que tu es venue chercher du réconfort et une distraction auprès de moi.

Je m'apprêtais à nier, mais je pris soudain conscience qu'il ne parlait pas d'une blessure physique. Il avait senti ou deviné ma confrontation avec Ryan. Je déglutis, tout à coup réticente à le regarder dans les yeux.

— J'ai… eu une sorte de… différend avec un ami.

Il eut un rictus de dégoût, et je compris qu'il voyait tout à fait de qui je parlais.

— Il est contre moi. Quelle ironie!

Ironie?

— Que veux-tu dire?

— Tu te demandes peut-être comment il peut en savoir assez sur moi pour désapprouver ma présence dans ta vie?

Je ne savais pas quoi répondre à cela. Je dus d'ailleurs rester presque trente secondes à le regarder fixement, tandis que les pensées se bousculaient dans ma tête. En une seule phrase, Rhyzkahl avait réussi à mettre le doigt sur mes doutes et mes soupçons à propos de Ryan. Car effectivement, je me posais la question. Pourquoi Ryan parlait-il comme quelqu'un qui en savait long sur les démons et les seigneurs démons? À le croire, il n'en avait jamais rencontré, avant une date très récente, et pourtant Kehlirik le connaissait et semblait le mépriser. Ryan connaissait-il lui-même la réponse? Peut-être étais-je mieux sans lui, finalement.

Je faillis faire l'erreur de demander à Rhyzkahl ce qu'il savait de lui, mais je me retins juste à temps.

J'avais envie de l'apprendre, oui, mais je n'étais pas sûre de vouloir que ce soit de la bouche de Rhyzkahl.

En outre, il y avait d'autres questions auxquelles j'avais vraiment besoin d'une réponse, et je ne pouvais pas me permettre de gaspiller cette chance.

— Puis-je te demander quelque chose ?

Il choisit ce moment pour se lever et renfiler rapidement ses vêtements, sans me répondre. Quand il eut enfin fini de chausser ses bottes, il se redressa et me regarda.

— Est-ce une faveur que tu me demandes ?

Merde. Il n'avait pas laissé passer le fait que je devais encore accepter officiellement d'être « son » invocatrice. Je pris une profonde inspiration.

— Pour le moment, oui.

Je me détournai pour qu'il ne voie pas mon mécontentement. J'allais avoir une dette envers lui, mais pour l'instant, je préférais cela au fait d'être liée plus étroitement à lui. *Je suppose que notre partie de jambes en l'air était gratuite.*

Il croisa les bras. Je n'arrivais pas à déterminer s'il m'en voulait de ne pas avoir accepté son offre, ou s'il était satisfait que je lui doive quelque chose.

— Quelle est ta question ?

— Quelque chose ou quelqu'un dévore des essences. Lorsque ça a commencé, elles disparaissaient au moment où la victime mourait, mais maintenant on dirait que les essences sont arrachées pour tuer les victimes. As-tu déjà entendu parler de quelqu'un capable de cela ?

Il resta silencieux et immobile pendant un moment, ses yeux sombres rivés sur moi.

— Nous appelons saarn les créatures qui se nourrissent d'essences, dit-il enfin. La puissance qu'apportent les essences est addictive. Celui qui a la capacité de l'utiliser finira vite par en être dépendant, par en avoir besoin.

— Tu veux dire que la situation risque d'empirer ?

— Je ne saurais dire. De telles créatures sont rares, sans doute parce qu'elles sont immédiatement anéanties, dès qu'elles sont découvertes.

— Mais que sont-elles exactement ? Est-ce un humain qui commet ces actes ?

— C'est possible, en effet, répondit Rhyzkahl, le visage impassible.

— Mais comment ?

Il me regarda en haussant un sourcil.

— Comment se fait-il que tu sois capable d'ouvrir un portail entre deux mondes ?

Sa question me donna à réfléchir. J'étais née avec cette capacité, et d'après ce qu'on racontait, je l'avais héritée de ma grand-mère.

— Ce serait donc un pouvoir arcanique que possède cette personne depuis sa naissance ?

— D'une certaine manière, dit-il d'une voix presque morne. Il y a de nombreux humains qui ont la capacité de manipuler et de canaliser la puissance. Certains peuvent ouvrir des portails. D'autres peuvent utiliser les essences pour produire de l'énergie. Un petit nombre d'entre eux ne sont que des parasites. Vous êtes tous issus de la même source.

Je n'avais jamais entendu cela auparavant. Je savais qu'il existait d'autres personnes capables de manipuler la puissance arcanique, sans forcément être en mesure d'ouvrir un portail, mais jamais je n'avais entendu dire que tous les praticiens de mon espèce partageaient une sorte d'ancêtre commun. Quelle était cette source, alors ? Je voulais qu'il m'explique, mais je constatais déjà que mes questions l'importunaient et je ne savais pas jusqu'à quel point il les supporterait. Je revins à regret au problème qui me préoccupait le plus.

— Comment cette personne peut-elle devenir plus forte ?

— En restant exposée à suffisamment de puissance. Ou peut-être par la consommation d'un autre dévoreur d'essence. (Il haussa une épaule d'un mouvement élégant.) Ce ne sont pas les façons qui manquent.

Je me passai une main dans les cheveux.

— D'accord, et comment puis-je l'arrêter ?

Il plissa les yeux.

— Je n'aime pas l'idée que tu pourchasses l'un de ces saarns.

— Peut-être, mais c'est mon travail. Et il y a des gens qui meurent.

Il grimaça.

— Ah, oui, ton devoir de protéger et servir.

Je perçus du mépris dans sa voix, du dédain non pas envers ce que je faisais, mais envers ceux que je choisissais de protéger et de servir. Il inclina la tête et ajouta :

— Pourtant, je sens qu'il s'agit d'une question d'honneur pour toi.

— Oui. J'ai prêté serment.

Ce qui était vrai, même si je n'avais jamais envisagé les choses sous cet angle. J'avais commencé à travailler tout de suite après être sortie de l'académie de Police, et comme tous les autres, j'avais levé ma main droite et répété le bla-bla : « Je soussignée et cætera », sans y réfléchir plus que ça. C'était simplement un passage obligé pour entrer dans la police. Mais pour un démon, un serment était quelque chose de sérieux, et l'honneur, une vertu cardinale.

Tous mes espoirs de le voir un peu plus enclin à m'aider, parce qu'il s'agissait d'une question d'honneur, furent réduits à néant lorsque je vis qu'il me tournait le dos et se dirigeait vers le diagramme. Il me faisait passer un message, car il n'avait pas besoin de se tenir au centre du cercle pour retourner dans sa sphère. Je voulais savoir s'il m'en voulait ou s'il était satisfait, j'avais ma réponse. Mais tout de même, ce n'était pas son honneur à lui qui était en jeu, mais le mien.

— Rhyzkahl, dis-je en le suivant. S'il te plaît. Comment puis-je arrêter ce tueur ?

Il fit volte-face, l'air furibond.

— Toi, tu ne peux rien pour arrêter cette créature, hormis la détruire. Et dépêche-toi avant qu'il ne devienne trop puissant pour que tu puisses l'annihiler avec les moyens dont tu disposes.

Je m'apprêtais à lui demander comment je pouvais remonter sa piste, mais il leva une main sévère pour m'intimer le silence.

— Je ne répondrai plus à tes questions tant que tu n'auras pas accepté mes conditions, gronda-t-il.

Puis, dans un miroitement de puissance, il disparut.

Chapitre 25

Heureusement que j'avais bien dormi avant l'invocation, car évidemment, je fus incapable de trouver le sommeil après le départ de Rhyzkahl.

Je gardai les yeux rivés au plafond de ma chambre et oscillai entre l'angoisse et la colère contre moi-même. Ah, ça lui apprendrait, à Ryan ! Ça lui apprendrait que je pouvais invoquer le seigneur démon. Ça lui apprendrait que je pouvais coucher avec qui je voulais, ou ce que je voulais. Et tant pis pour moi si je me sentais horriblement mal à présent.

Rhyzkahl était un amant incroyable, je ne pouvais le nier. Il savait ce qu'il faisait et pouvait lire mes désirs, pour me donner ce que j'attendais, exactement au moment où je le voulais, même si je n'en avais pas conscience. Il savait aussi parfaitement apporter du bien-être après l'amour : il me prenait dans ses bras, me caressait les cheveux et me murmurait des mots doux à l'oreille.

Mais rien de tout cela n'était sincère. C'était un démon, et il agissait uniquement dans le cadre d'un plan plus large.

Et pour finir la nuit en beauté, j'avais réussi à le vexer en refusant toujours de devenir son invocatrice.

Et pourquoi est-ce que j'avais l'impression d'avoir trompé Ryan ? C'était là le plus fou de toute l'histoire. Ryan et moi ne partagions absolument rien qui puisse ressembler à une relation sentimentale. Nous n'avions jamais couché ensemble, ni même failli nous embrasser. Me sentais-je coupable uniquement parce que Ryan avait protesté avec beaucoup de véhémence à l'idée de me voir avec Rhyzkahl, même si le seigneur démon et moi ne formions pas non plus un couple ?

Je poussai un soupir. De toute évidence, je ne pouvais pas invoquer Rhyzkahl de nouveau, tant que je n'étais pas prête à m'engager auprès de lui. Mais à présent, j'avais la recharge arcanique et je pouvais appeler tous les démons que je voulais. Je n'avais plus besoin de son aide.

Pourquoi, dans ce cas, sentais-je mon ventre se nouer à l'idée de ne plus jamais le faire venir à moi ?

J'étais bel et bien l'être humain le plus tordu de tout l'univers.

Mes pensées continuèrent à tourner ainsi pendant un moment. Sans m'en rendre compte, je finis par trouver le sommeil ou quelque chose qui y ressemblait beaucoup, et je me réveillai en sursaut, lorsque mon téléphone sonna.

Je clignai des yeux pour y voir plus clair, et je parvins à lire sur l'écran qu'il s'agissait du standard de la police de Beaulac. Je tâtonnai pour trouver la touche « Répondre ».

— Gillian à l'appareil, dis-je d'une voix rauque.

Je jetai un coup d'œil à mon réveil : 5 heures du matin. Aïe. Si j'avais bel et bien dormi, ce n'était pas plus d'une heure.

— Inspecteur Gillian, ici le caporal Powers, depuis la pièce radio. La police de Mandeville vient d'appeler. Ils ont trouvé votre carte de visite dans l'appartement d'Elena Sharp.

Je m'assis dans mon lit.

— Pourquoi se trouvaient-ils chez elle ? Qu'est-ce qui s'est passé ?

— Elle est morte. Suicide, on dirait. Vous voulez que je vous envoie leurs coordonnées par texto ?

— Oui, merci, dis-je en essayant de sortir de mon état de choc.

Le moment était bien choisi. Drôle de coïncidence… Tout était lié, j'en étais sûre. *Suicide, tu parles !* pensai-je amèrement.

Environ une heure plus tard, j'arrivai sur le parking de la résidence d'Elena Sharp. L'inspecteur à qui j'avais parlé, Robert Fourcade, s'était montré assez obligeant. Je lui avais fait un récapitulatif de l'enquête que je menais sur la mort du mari d'Elena, et il avait accepté de me laisser pénétrer dans l'appartement.

Je sortis mon badge et le montrai à l'agent posté devant la porte.

— Inspecteur Gillian de la police de Beaulac. L'inspecteur Fourcade m'attend.

L'agent hocha la tête, comme s'il s'attendait à mon arrivée.

— C'est bon, vous pouvez entrer.

J'entrai avec un étrange sentiment de déjà-vu, auquel la scène de crime venait s'ajouter en surimpression. Quelques policiers, qui se trouvaient dans l'appartement, me lancèrent de drôles de regards, l'air de dire « C'est qui celle-là ? », mais un inspecteur assez baraqué, aux cheveux auburn, s'avança vers moi.

— Vous devez être l'inspecteur Gillian, dit-il en me tendant la main. Rob Fourcade.

— Appelez-moi Kara, dis-je en le saluant. Merci de me permettre de venir voir les lieux.

— Aucun problème. Mais rien ne laisse penser qu'il s'agisse d'autre chose que d'un suicide.

Oui, mais moi, j'étais capable de voir et de sentir des choses auxquelles l'inspecteur Fourcade était insensible. Je me contentai de sourire, et j'ajoutai :

— Mais vous comprenez pourquoi j'ai envie de voir ça par moi-même, d'autant plus que son mari a été assassiné.

— Oui, la paperasse. Et des détails qui restent inexpliqués. Je connais bien le problème.

Il pensait que je perdais mon temps en venant jusqu'ici, je le sentais. D'un signe de tête, il me désigna l'une des pièces du fond.

— Elle est là-bas.

— Merci.

Je m'avançai dans le couloir. C'était une partie de l'appartement dans laquelle je ne m'étais pas aventurée, lors de ma première visite. Les murs étaient nus ; la seule touche de décoration consistait en un élégant vase de fleurs séchées, posé sur un guéridon contre un mur.

La chambre à coucher ressemblait au reste. De beaux meubles solides et robustes, qui semblaient pouvoir résister à la fin du monde. Et en travers du couvre-lit gisait Elena Sharp, morte, de toute évidence. J'aperçus les boîtes de médicaments vides sur la table de nuit et m'approchai pour l'observer de plus près.

Dès que je fus à côté du lit, je sentis son corps et me figeai. Ma tête se mit à tourner et je pris une goulée d'air. Le vide terrible qu'avait laissé l'essence était si profond que je dus littéralement m'accrocher à la colonne du lit, pour garder l'équilibre. La blessure était bien pire que celle de Brian Roth ou Davis Sharp, et même celle des Galloway. Je sentais la déchirure, la violence là où l'essence avait sauvagement été arrachée, alors que Mme Sharp était toujours en vie. Je crispai les doigts autour de la colonne et luttai pour ne pas vomir.

— Est-ce que ça va ?

Je ne m'étais pas rendu compte que Fourcade m'avait suivie jusque dans la chambre. Je me redressai, respirai profondément et m'efforçai de retrouver mon sang-froid, dans la mesure du possible.

— Oui… Je me remets tout juste d'une intoxication alimentaire.

Il fronça les sourcils et hocha la tête, mais je vis une lueur ironique briller au fond de ses yeux. Il croyait que la vue d'un cadavre me donnait des haut-le-cœur. Si seulement il savait combien de cadavres j'avais vus au cours des six derniers mois…

— Je ne voudrais pas vous bousculer, mais l'équipe du médecin légiste est arrivée. Dès que vous aurez fini, ils vont venir retirer le corps.

— Oui, bien sûr, dis-je en scrutant le visage de la femme.

Rien ne laissait paraître qu'elle était morte dans les souffrances que je pouvais percevoir. Aucun masque d'horreur gravé dans ses traits, pas de signes arcaniques tracés en lettres de sang sur son corps, rien de ce à quoi on aurait pu s'attendre, si sa mort avait été constatée dans un film.

— Pas d'effraction, poursuivit Fourcade d'un ton un peu morose. Aucune trace de lutte. Je suppose que cela vous aidera à boucler l'autre affaire sur laquelle vous enquêtez.

Je le regardai d'un air ébahi.

— Comment ça ?

Il désigna d'un geste les boîtes de comprimés, et je me rendis compte qu'elles étaient posées sur une feuille de papier.

— La lettre, m'expliqua-t-il comme s'il parlait à un enfant de trois ans. Ses aveux. C'est pour cette raison que je vous ai appelée.

Je serrai les dents, mais réussis à garder mes réflexions pour moi. Je me penchai au-dessus de la table de chevet, et je lus le mot.

« J'ai trompé mon mari, et ensuite je l'ai tué. Je ne pouvais pas accepter l'humiliation du divorce. Maintenant je n'arrive plus à vivre sans lui, la culpabilité est trop lourde. »

Une jolie petite lettre de suicide, mais qui sonnait complètement faux.

— Elle n'a pas signé. Ce n'est qu'un texte imprimé.

— La moitié des gens qui se suicident ne laissent même pas de lettre, répondit-il d'un air agacé. Vous allez faire tout un plat parce qu'elle n'a pas pris son beau stylo pour le faire dans les règles de l'art ?

— Si vous vous imaginez que je vais me contenter de ça pour clore mon autre dossier, alors oui, je vais en faire tout un plat, répliquai-je sèchement, trop à cran pour me retenir. Où est son ordinateur ?

Il ouvrit la bouche, mais la referma aussitôt, l'air grave.

— Comment voulez-vous que je le sache ? Sans doute dans l'une des autres pièces.

Je le contournai pour regagner le couloir. Je savais déjà que l'ordinateur ne se trouvait pas dans son salon. La porte de l'autre chambre à coucher était entrouverte. J'entrai pour balayer la pièce du regard.

— Pas d'ordinateur ici, dis-je à haute voix, par-dessus mon épaule.

J'entendis un son étouffé, qui ressemblait à un grognement, puis le bruit de portes qu'on ouvrait et refermait. J'enfilai une paire de gants et commençai à ouvrir les tiroirs.

— Ici, cria Fourcade au bout de trente secondes.

Je ressortis de la chambre, et je le vis qui brandissait une housse d'ordinateur portable, un sourire arrogant aux lèvres.

— Un ordinateur. Ça vous va ?

— À moitié, répondis-je en haussant les épaules. Bon, où se trouve l'imprimante ?

Sa moustache rousse commençait à sembler pâlotte, par comparaison avec son teint cramoisi.

— Elle a très bien pu écrire sa putain de lettre et ensuite l'imprimer ailleurs que chez elle.

Jusqu'à quel point ce type allait-il rester aussi borné ? Je savais bien qu'il ne fallait pas me disputer avec un inspecteur à propos de la façon dont il devait mener son enquête, mais je n'arrivais pas à croire qu'il puisse se ficher complètement de savoir s'il s'agissait de plus qu'un simple suicide. J'essayai de rationaliser, en me disant que les analyses toxicologiques révéleraient les causes exactes de la mort. Je doutais qu'elle ait vraiment avalé tous ces comprimés, de toute façon. Mais je n'avais pas envie d'écouter mon esprit logique pour l'instant. Ces derniers jours s'étaient avérés éreintants et stressants, et je n'étais pas disposée à laisser ce connard bâcler son travail.

— Écoutez, dis-je en faisant un pas vers lui. Si elle n'a pas pris le temps de chercher un stylo pour signer sa lettre, expliquez-moi pourquoi elle se serait emmerdée à apporter son portable quelque part où elle pouvait le brancher à une imprimante ? Tout ce que je vous demande, c'est de traiter cette affaire comme un homicide jusqu'à ce que vous soyez certain de pouvoir écarter cette hypothèse. Je vous demande de faire votre travail.

J'aurais mieux fait de garder cette dernière phrase pour moi.

— Foutez le camp de ma scène de crime, immédiatement, inspecteur, dit-il entre ses dents.

— Visionnez les enregistrements de la caméra de sécurité à la grille, pour voir qui est entré, insistai-je. (Autant y aller carrément, puisque je l'avais déjà mis hors de lui.) Vérifiez les ordonnances des médicaments. Faites votre enquête, merde !

— Ne vous avisez pas de me dire comment faire mon travail. Dehors !

Je reculai d'un pas pour esquiver ses postillons, tout en prenant soudain conscience que le reste de l'équipe qui se trouvait sur les lieux s'était arrêté de travailler et que tout le monde avait les yeux braqués sur nous. Je relevai la tête d'un air provocateur.

— Très bien, dis-je en observant l'assemblée. Ne vous préoccupez surtout pas de l'assassin de cette femme. Il est resté en liberté, parce que votre inspecteur n'était pas assez motivé pour se donner un tout petit peu de mal.

Je laissai les policiers de Mandeville bouche bée et sortis comme un ouragan.

Chapitre 26

Plus je m'éloignai de Mandeville, plus ma colère contre moi-même s'intensifiait. Je m'étais conduite comme une conne. Une conne grossière et indisciplinée. J'aurais pu gérer la situation de milliers de façons différentes ; elles auraient toutes été préférables, et auraient sans doute abouti au résultat que j'espérais, c'est-à-dire que la mort d'Elena soit correctement examinée. Il était possible, probable même, que Fourcade soit un bon inspecteur. Mais confronté aux délires hostiles d'une inspectrice débarquée d'une juridiction voisine, pas étonnant qu'il soit passé à la défensive. Ma réaction avait ensuite été de l'humilier devant ses collègues. Je l'avais mis dans une situation où il ne pouvait ni avoir le dernier mot, ni sauver la face. À présent, s'il récupérait les vidéos de surveillance ou vérifiait la validité des ordonnances de la victime, choses qu'il aurait sans doute faites de lui-même sans que j'aie besoin de le lui demander, il passerait pour un incompétent à qui il avait fallu tout expliquer.

J'avais envie de me cogner la tête contre le volant de ma voiture, mais comme j'étais en train de conduire, je me dis que ce n'était peut-être pas une si bonne idée. Au lieu de cela, je commençai à prendre de profondes inspirations et me concentrai sur la monotonie du trajet pour calmer mes nerfs. La voie rapide qui reliait Mandeville à Beaulac passait par la campagne, et au bout d'environ trente minutes de forêts de pins et de pâturages, je commençai à lâcher prise et à retrouver un peu de ce sentiment d'apaisement qui ne m'avait pas manqué tant que je ne l'avais pas perdu.

Il y avait seulement quelques mois, ma vie était simple. Avant Rhyzkahl et Ryan, et avant que je perde ma tante. Je pianotai distraitement sur le volant usé. D'un certain côté, j'étais contente que ma vie ne soit plus aussi simple. La perte de ma tante me rendait malade, même si j'espérais que la situation ne soit pas insoluble, mais je devais tout de même me rendre à l'évidence que je ne voulais pas d'une existence guindée et raisonnable. Je n'aurais jamais choisi de devenir flic, sinon. J'aimais les moments d'action et de fièvre, même si l'inaction caractérisait la majeure partie de mon travail. Pendant mon entraînement pour travailler sur le terrain, mon formateur m'avait dit que le travail d'un flic était composé à quatre-vingt-quinze pour cent d'ennui et cinq pour cent de pure terreur, mais que ces cinq pour cent en valaient la peine.

J'approchai du pont qui traversait la rivière Kreeger, et dépassai le panneau indiquant que nous entrions dans le comté de Saint-Long. J'avais perdu une grande partie de la journée pour aller jusqu'à Mandeville, mais au moins, je pouvais rayer Elena de la liste des suspects, officieusement en tout cas.

Une grosse explosion, sur le côté droit de la voiture, me fit sursauter et interrompit le cours de mes pensées. J'agrippai le volant de toutes mes forces pour ne pas laisser le véhicule dévier dans la direction du pneu crevé.

Je sentis les roues glisser sur la structure métallique du pont, et l'adrénaline afflua dans mes veines. Je tournai le volant dans le sens du dérapage, même si la barrière de sécurité penchait dangereusement, et je parvins enfin à redresser le foutu véhicule en manquant presque de racler contre le muret en béton.

Je m'autorisai une seconde pour reprendre mon souffle, mais j'aperçus bientôt quelque chose dans mon rétroviseur. J'eus à peine le temps de comprendre qu'il s'agissait d'une grosse camionnette, et qu'elle me fonçait droit dessus, bien trop vite…

Elle me percuta dans le coin arrière gauche. Ma voiture partit en vrille et je me retrouvai projetée en avant, le souffle coupé par la ceinture. Je vis le mur de soutènement se rapprocher, beaucoup trop près, beaucoup trop vite. Je braquai de toutes mes forces et crus l'espace d'un instant que j'avais repris le contrôle de ma Taurus, mais la camionnette m'emboutit une fois de plus et ma stupide voiture bascula sur le côté, dans un hurlement de métal atroce. Pendant une fraction de seconde, elle resta en équilibre sur le muret, au bord du pont, puis elle bascula.

La ceinture s'enfonça dans ma poitrine encore une fois, au moment où la voiture heurta la surface de l'eau. J'eus vaguement l'impression que quelque chose cédait dans mon thorax ou mon épaule, mais la dose d'adrénaline qui circulait dans mon corps ne me permit pas de sentir la douleur. L'eau bouillonnait contre les vitres de façon menaçante tandis que le véhicule commençait à sombrer. En l'espace de trois battements de cœur, il avait disparu sous la surface de la rivière.

Je me mis à hurler, mais l'intérieur de la voiture était d'un calme insensé, rompu seulement par quelques craquements de métal et de plastique et le bruit de plus en plus fort de l'eau qui s'infiltrait dans les conduits d'aération. *Reste calme ! Reste calme !* hurlai-je silencieusement, les mâchoires serrées, la respiration sifflante, tandis que je me débattais avec la ceinture. Le niveau de l'eau atteignit mes genoux. Mon cœur battait à tout rompre. *Reste calme, putain !* C'était la clé de ma survie. Rester calme, attendre que l'habitacle se remplisse de telle sorte que la pression soit équilibrée, puis ouvrir une porte.

Je n'arrivais pas à me rendre compte si la voiture coulait toujours, ou si j'avais déjà atteint le fond. Je ne connaissais pas la profondeur du cours d'eau, et ne savais pas non plus dans quelle zone j'étais tombée. Pour autant que je sache, je n'étais peut-être séparée de l'air libre que de trente centimètres. Mais ça pouvait tout aussi bien être dix mètres. Je finis par me détacher en poussant un sanglot de soulagement. La Taurus commença à tanguer dangereusement, et je dus m'agripper aux sièges. Elle finit par s'immobiliser la tête en bas et les roues en l'air.

J'appuyai sur le bouton pour baisser la vitre, mais soit le système électronique avait déjà rendu l'âme, soit la pression était trop forte. L'eau continuait d'entrer à flots et montait de plus en plus. Je me fis violence pour ne pas me précipiter sur la portière, et je pris une profonde inspiration, juste avant de me retrouver complètement submergée. Quand le bon moment arriva, j'ouvris enfin la portière. Je tirai la poignée et donnai un grand coup d'épaule. Un frisson de soulagement me parcourut, lorsque je constatai que la portière cédait.

Malheureusement, je ne parvins à l'ouvrir que de quelques centimètres. Mon soulagement se transforma en horreur. *Elle est bloquée. La voiture est coincée contre quelque chose.* Je passai la main par l'interstice et effleurai ce qui semblait être une surface rugueuse en bois. *Un arbre… merde, merde, merde, la voiture est calée contre un putain de tronc d'arbre!* Des milliers d'arbres s'étaient retrouvés au fond des rivières, à cause de l'ouragan Katrina, et la plupart d'entre eux y étaient toujours. Je ravalai ma terreur, qui me hurlait de continuer à pousser contre la portière, et j'enjambai le siège pour passer à l'arrière. Je repris avidement mon souffle, grâce à une poche d'air qui ne tarderait pas à disparaître. Mon vieux tas de ferraille n'était pas étanche pour un sou. J'étais d'ailleurs surprise que l'eau ne l'ait pas encore rempli, étant donné les fuites qui survenaient par temps de pluie.

Je pris une nouvelle inspiration, puis replongeai pour essayer d'ouvrir la porte côté passager, mais même à travers l'eau trouble, j'arrivais à distinguer la forme sombre des branches qui bloquaient toutes les issues.

Je remontai jusqu'à ma poche d'air. Ma panique enflait et me criait de tirer des coups de feu dans le pare-brise arrière, mais ma dernière once de calme s'imposa. La voiture était renversée, je maintenais à peine ma tête hors de l'eau, et si je me servais de mon pistolet, un Glock qui fonctionnerait sans doute au moins une fois, je risquais fort de me faire tuer par les ondes de choc, d'autant plus que mon arme était chargée de balles à embout creux, plus puissantes.

Mais j'avais encore d'autres idées en tête. Je sortis mon pistolet de son étui, retins mon souffle et replongeai la tête sous l'eau, tout en calant mes pieds contre les dossiers des sièges. Je saisis fermement le Glock à deux mains, par le canon, et donnai un grand coup de crosse dans le pare-brise arrière, aussi fort que possible.

Avec un immense soulagement, je sentis la vitre céder au troisième essai. Les bris de verre trempé furent emportés par les flots. Je me redressai pour avaler une des dernières goulées d'air qui restaient, et je plongeai encore une fois.

Je fis un effort pour garder les yeux ouverts, mais cela ne servait à rien. Je ne voyais même pas mes mains à travers la vase. Je me glissai à tâtons jusqu'au pare-brise arrière et tentai de me faufiler à l'extérieur, mais je ne sentais rien d'autre que de la boue. L'absence d'oxygène dans mes poumons commença à me brûler, et je me mis à creuser désespérément la gadoue, dans l'espoir de me faire un chemin. Je fus de nouveau frappée d'horreur : je me trouvais contre la berge. Impossible de passer par là.

Je ne pouvais pas retenir ma respiration une seconde de plus, et je remontai dans le coin de l'habitacle où se trouvait la réserve d'air. Il ne restait qu'un espace de trois centimètres cubes à peine. Je collai ma joue contre la moquette et pris mon dernier souffle. *Le pare-brise avant. Garde ton calme. Tu pourras sortir par là.* Je portai la main à ma ceinture pour prendre mon pistolet, mais l'étui était vide. *Putain !* L'avais-je fait tomber ? Ou bien mal raccroché ?

La poche d'air avait disparu à présent. Une brume rouge apparut à la périphérie de ma vision. *Je vais mourir*, me dis-je en sentant comme une grosse décharge électrique me parcourir. Je m'étais déjà retrouvée une fois face à une mort certaine, mais cette fois-ci, je n'acceptais pas mon sort calmement. J'étais terrifiée, en colère, et beaucoup d'autres sentiments m'assaillaient. J'avais envie de hurler de rage, mais je ne me sentais pas prête à expulser l'air qui me permettait encore de survivre. La brume rouge devant mes yeux s'épaissit et, sans m'en rendre compte, je passai en autrevue.

Je restai à flotter dans l'eau sans bouger, choquée par la vague de puissance qui se mit à tournoyer autour de moi et de la voiture. L'espace d'un instant, je crus que mon accident était dû à une attaque arcanique, puis je compris enfin ce que j'étais en train de voir.

C'était la rivière. L'énergie de l'élément à l'état brut, une puissance que je n'avais jamais utilisée auparavant, un spectacle auquel je n'avais jamais eu l'occasion d'assister. J'étais habituée à me servir de la puissance dont était composé le tissu des sphères, une énergie douce, chaude et élégante. Mais cette puissance-là… Elle était primitive, profonde, et je compris qu'on pouvait se laisser emporter par elle.

Je m'armai de courage et attirai cette puissance à moi.

Tout d'abord, elle me résista. Je savais bien que je n'avais aucune expérience en la matière, et que je ne méritais pas de la manier, de la canaliser. Mais je ne voulais pas la canaliser. Je ne cherchai rien d'élégant ni de beau, pas à ce moment-là, alors qu'il ne me restait plus que quelques secondes. Je tirai encore un peu, et tout à coup, j'eus l'impression qu'un barrage venait de céder. Une force s'abattit sur moi, et je m'ouvris à elle. Je la sentis se soumettre à mon contrôle, puis le dépasser. Je la rassemblai maladroitement, du mieux que je pus, et je continuai à l'attirer vers moi. La rivière hurlait en moi, bouillonnait.

D'un seul coup, je renversai la manœuvre, et je poussai. De toutes mes forces. Je repoussai la force hors de moi, en une grosse vague. Je sentis, et j'entendis aussi, le métal, le bois et le plastique se tordre et se déchirer. Je me sentis hurler, utiliser ce dernier souffle pour évacuer cette puissance hors de moi. Elle déferla et se mit à tourbillonner en formant un vortex.

Et soudain, je fus incapable de continuer à pousser. Je n'avais plus d'air, plus de force. Je restai ainsi à flotter, épuisée, à bout de souffle, avec les débris de ma voiture à la dérive autour de moi.

Puis ce fut la rivière, cette fois, qui se mit à pousser. Je la sentis me heurter, puis me soulever de plus en plus haut. Et tout à coup, je jaillis à la surface comme si la rivière me donnait naissance. Je repris mon souffle, haletante, et j'avalai malencontreusement un peu d'eau, au moment où une vaguelette atteignit mon visage. Je toussai et me débattis, essayant de faire des moulinets, alors que mes membres n'avaient plus aucune force. Je voyais le pont et la rive, mais je ne parvenais pas à faire réagir mon corps. *Trop loin. Il ne me reste plus rien pour parvenir jusqu'au bord.* Je fus happée par le courant, qui m'emmena au centre du cours d'eau. Mes bras étaient comme deux poids de plomb, qui me tiraient vers le fond. *Dommage, j'y étais presque.*

Je coulai de nouveau, mais avant que j'aie pu disparaître sous l'eau, je sentis quelque chose me tirer très fort par les cheveux. Je refis surface, et je laissai échapper un cri de douleur étouffé.

— Je vous tiens, cria une voix. C'est bon, je vous tiens !

Ce qui m'agrippait les cheveux me prit rapidement par le col et les bras, et me souleva dans un bateau, en me faisant passer par-dessus un rebord métallique et dur qui m'égratigna les côtes et le ventre. Je m'écroulai sans grâce sur un tas de cannes à pêche emmêlées et de canettes de bière.

— Ça va ? demanda la voix. Y avait quelqu'un d'autre avec vous, dans la voiture ?

Je levai une main, en toussant, et je m'efforçai de hocher et de secouer la tête en même temps. Je parvins enfin à prendre une inspiration, qui me permit de répondre :

— Non… personne d'autre. Que moi.

J'avais l'impression d'avoir de la vase plein les yeux, et lorsque je pus enfin respirer sans que cela me cause une douleur insupportable, je les frottai pour voir qui était mon sauveur.

Un bon gars du Sud. Ce fut la première description qui me vint à l'esprit. Il semblait avoir une soixantaine d'années et portait un jean taché et un tee-shirt blanc, usé jusqu'à la trame. Il avait la peau tannée d'un homme qui passe ses journées au soleil, et une silhouette plutôt maigre, hormis une petite brioche autour de la taille. Il s'accroupit à côté de moi.

— Vous êtes sûre qu'il n'y avait personne avec vous ?

—À cent pour cent, dis-je d'une voix râpeuse. J'étais toute seule.

Il se détendit visiblement.

— Tant mieux. J'ai assisté à toute la scène, j'ai vu la voiture passer par-dessus le parapet. Je me trouvais là-bas, dans le coude. (Il fit un geste pour désigner l'amont.) Je suis venu aussi vite que j'ai pu, mais la voiture a coulé très vite. (Il secoua la tête.) Heureusement que la rivière a décidé de vous recracher.

Il me fit un grand sourire, que j'essayai faiblement de lui rendre. *C'est à peu près l'effet que ça m'a fait*, me dis-je. Il leva la tête pour regarder le pont, s'abritant les yeux d'une main.

—J'ai entendu un gros bruit, et puis j'ai vu une camionnette vous foncer dedans. La seconde d'après, vous étiez déjà en train de dégringoler.

Il fronça les sourcils, avant de sortir un téléphone portable d'un sac plastique qui se trouvait dans sa boîte de matériel de pêche. Il me jeta un coup d'œil avant d'ajouter :

— Z'êtes flic ?

Je hochai la tête et sentis tout l'effort que me demandait ce léger mouvement.

— Inspecteur à la police de Beaulac.

— Mmm. On se fait tout un tas d'ennemis, quand on est flic. J'ai été shérif adjoint à Saint-Tammany, pendant plus de trente ans. Suis à la retraite maintenant. Je peux pêcher autant que je veux.

Il embrassa le paysage d'un regard où se lisait l'amour pur et dur. Il composa le 911 et expliqua brièvement l'accident à l'opérateur.

—Comment tu t'appelles, ma fille ?

—Kara Gillian.

Il répéta mon nom dans le combiné et prévint qu'il attendrait sur la petite plage qui se trouvait près du pont. Quelques minutes plus tard, je sentis la cale du bateau heurter le sable. Il sauta adroitement à terre et tira l'embarcation un peu plus haut. Dès que je me sentis à peu près stable, je me mis debout, malgré des jambes encore tremblantes. Il prit ma main dans la sienne, épaisse et calleuse, et me porta presque jusque sur la terre ferme. Je lui souris pour le remercier et fis deux pas chancelants jusqu'à un coin de la rive sans trop de cailloux, où je m'assis lourdement. *Incroyable, je suis encore en vie.* Je me retournai pour regarder le pont et j'eus envie de rire et de frissonner en même temps. *Quelqu'un souhaitait-il ma mort, ou était-ce un accident?* Je serrai mes bras autour de ma poitrine et fis appel à mon autrevue pour observer l'endroit où ma voiture avait sombré. La camionnette m'avait percutée à deux reprises. Difficile de croire à la thèse de l'accident.

Je ne vis pas la puissance extraordinaire qui m'entourait lorsque j'étais sous l'eau. Était-ce parce que je n'en avais plus besoin? Aucun moyen de le savoir, mais j'étais certaine à présent que la rivière était tout à fait normale. *Je me demande s'ils vont réussir à extirper ma voiture de là. Et ce qu'ils penseront des dégâts qu'elle a subis.* L'autre jour, chez ma tante, j'avais éprouvé des difficultés à former une boule d'énergie bleue dans mes mains, mais quelques minutes auparavant, j'avais contrôlé et exploité assez d'énergie pour réduire ma Taurus en miettes.

Cependant, cela n'aurait peut-être pas suffi à me sauver, si le vieux pêcheur ne s'était pas trouvé dans les parages. Je me tournai vers lui.

— Merci, dis-je. Je ne connais même pas votre nom.

Il me fit un beau sourire, amical et franc.

— Raimer. Hilery Raimer.

— Je m'en souviendrai.

Il hocha la tête et regarda de nouveau la rivière.

— Vous voulez que je vous dise quelque chose de bizarre ? Vous allez me prendre pour un dingue…

— Je suis bien la dernière à penser ça de qui que ce soit, dis-je avec un sourire.

Il émit un petit ricanement.

— C'est vraiment drôle… à peu près cinq minutes avant que votre voiture tombe à l'eau, j'avais jeté l'ancre dans le coude de la rivière. De là, je ne vous aurais jamais vue passer par-dessus bord, et même si j'avais entendu le bruit de l'accident, je ne serais jamais arrivé assez vite. (Il secoua la tête.) Mais j'aurais juré avoir entendu une femme crier à l'aide.

Il baissa les yeux sur moi d'un air troublé.

— Continuez, dis-je pour l'encourager.

Il haussa les épaules en essayant de faire comme si ce n'était rien.

— Je sais pas. J'ai dû rester trop longtemps au soleil. Mais j'aurais juré qu'une femme me criait : « Ohé, le vieux, ramène tes fesses toutes maigres près du pont. Ma liesse t'attend ! » (Il gloussa en secouant la tête.) Pas le genre de chose que dirait un ange gardien, n'est-ce pas ?

Je me forçai à rire avec lui, mais un frisson me parcourut la colonne vertébrale. «Ma liesse t'attend»? Ou plutôt: «Ma nièce t'attend»?

CHAPITRE 27

Dès que je fus en mesure de sortir des urgences, je demandai à Jill de m'emmener au centre neurologique pour rendre visite à ma tante. Les paroles du pêcheur résonnaient dans ma tête, tandis que je faisais un scandale auprès de la réceptionniste et des infirmières pour qu'elles me laissent passer, en brandissant mon badge et en montrant les dents à quiconque se mettrait sur mon chemin.

Lorsque j'arrivai dans la chambre de Tessa, j'eus le choc de ma vie.

— Où est-elle?

Je tournai le dos au lit bien fait et vide de ma tante, pour faire face à l'infirmière auxiliaire qui m'avait suivie. J'envisageai rapidement, et avec une horreur grandissante, toutes les explications possibles.

— Mais c'est ce que j'essaie de vous dire depuis tout à l'heure! protesta la jeune femme, essoufflée. On l'a changée d'endroit.

Elle hésita en se mordant la lèvre. Je sentis une angoisse glacée me serrer la poitrine.

— Où ça? Est-ce qu'elle est toujours en vie?

L'infirmière hocha la tête plus vigoureusement que nécessaire.

— Elle avait simplement besoin de meilleurs soins que ceux qu'on pouvait lui donner ici.

Je lui lançai un regard froid.

— Est-ce qu'elle est sous respirateur ?

J'avais essayé de me préparer à cette éventualité, surtout étant donné la vitesse à laquelle son état de santé s'était dégradé, mais mon cœur se serra malgré tout, quand j'entendis la jeune femme soupirer et hocher la tête.

— Oui. On a installé l'appareil, il y a quelques heures seulement. Nous avons essayé de vous joindre, mais vous ne répondiez pas.

— Mon téléphone est tombé dans l'eau, dis-je d'une voix hébétée. J'ai besoin de la voir.

— Bien sûr, murmura-t-elle. Par ici.

Elle m'emmena au deuxième étage, dans une partie de la clinique qui ressemblait vraiment à un hôpital, avec des moniteurs qui bipaient, des tubes et une absence d'espoir flottant dans l'air. Je suivis l'infirmière jusqu'à une chambre où se trouvaient quatre patients, séparés les uns des autres par des rideaux.

J'ignore pendant combien de temps je restai là, à me persuader que la forme affaiblie que j'avais sous les yeux était bien le corps de ma tante. Le seul signe distinctif grâce auquel je reconnaissais ma Tessa, c'était sa touffe de cheveux blonds et frisés, mais même eux semblaient pendre de son front, sans vie.

Je finis par faire les pas nécessaires pour franchir la distance qui me séparait de son lit, et je me forçai à prendre sa main ballante. Un frisson me parcourut lorsque je touchai son enveloppe vide. *Allez, Tessa*, lui dis-je mentalement, avec désespoir. *Je sais que tu es là, quelque part. Il faut que tu reviennes. C'est le moment de rentrer, maintenant.*

Une main se posa doucement sur mon épaule, et je fus surprise de voir Jill lorsque je levai les yeux. Je me rendis alors compte qu'elle était restée avec moi depuis le début, immobile et silencieuse, pour me laisser le temps dont j'avais besoin.

— Viens, Kara, dit-elle d'une voix douce. Il faut que tu rentres chez toi. La journée a été longue. Ta tante va bien.

Je la regardai encore quelques secondes, puis je hochai la tête et retirai ma main de celle de Tessa. Je savais que j'aurais dû trouver le récit de M. Raimer encourageant, car cela voulait peut-être dire que les choses évoluaient pour Tessa, qu'elle était peut-être sur le chemin du retour. Mais je ne voulais qu'une seule chose : constater une amélioration, une lueur de conscience dans ses yeux. Tout sauf ce corps qui perdait ses forces et ne tiendrait sans doute plus très longtemps.

Je sortis de la pièce, accablée et vidée. Je me dirigeai déjà vers l'ascenseur, lorsque je tournai brusquement les talons pour aller au bureau des infirmières.

— Ma tante n'a signé aucun papier pour refuser la réanimation, rappelai-je méchamment à la femme qui se trouvait de l'autre côté du comptoir. Vous m'entendez ? Elle n'a pas refusé la réanimation. S'il lui arrive quoi que ce soit, vous allez me faire le plaisir de trouver toutes les putains de solutions possibles pour la garder en vie. Compris ?

Je sentis la main de Jill se poser sur mon bras, mais elle n'essayait pas de m'éloigner ; elle voulait sans doute s'assurer que je me contenterais de leur crier dessus.

L'infirmière ne paraissait pas spécialement intimidée par ma véhémence. Je lisais dans son regard qu'elle pensait que j'étais dans le déni et que je n'arrivais pas à me montrer réaliste, mais heureusement – pour elle, surtout – elle garda ses réflexions pour elle et se contenta de me répondre : « Oui, madame. »

Je me retins de répéter ce que je venais de dire et de lui signifier une nouvelle fois qu'elle devait garder le corps de ma tante en vie. Je compris que cela ne changerait rien. Si son cœur s'arrêtait de battre, l'équipe médicale suivrait sans doute la procédure, mais sans faire d'efforts extraordinaires, en s'imaginant qu'il était inutile de nous imposer, à ma tante et moi, une attente indéfinie qui mènerait à une mort inévitable.

— Je veux rentrer, dis-je en me tournant vers Jill.

Elle hocha la tête et m'emmena avec elle.

Chapitre 28

Des coups frappés à ma porte me tirèrent du sommeil le plus profond que j'avais jamais connu.

— C'est une blague, grommelai-je en enfouissant ma tête sous l'oreiller.

J'avais besoin de dormir. Je *méritais* de dormir.

Le tambourinement reprit de plus belle, quelques secondes plus tard, et je soulevai un coin de l'oreiller pour jeter un coup d'œil au réveil : il était 9 heures du matin. *D'accord, j'ai donc dormi douze heures d'affilée, mais ça ne veut pas dire que je ne mérite pas un peu plus de sommeil.* Surtout après la journée atroce que j'avais passée.

Je soupirai en entendant l'importun insister. Je savais déjà qui j'allais trouver derrière la porte. Une seule personne pouvait se donner la peine de conduire jusqu'ici, pour me crier dessus. Et je n'avais aucun doute là-dessus, c'était exactement ce qu'il ferait.

Je marmonnai une obscénité et me tirai du lit en poussant un grognement, chaque fois que je sentais un bleu, une égratignure ou une entorse se réveiller. J'avançai d'un pas lourd jusqu'à la porte d'entrée, et je l'ouvris sans prendre la peine de regarder par le judas.

— Ta voiture est tombée d'un putain de pont, et tu n'as pas pris la peine de m'appeler ?!

Je regardai Ryan à qui la lumière matinale faisait plisser les yeux. Une petite veine ressortait au niveau de sa tempe gauche, et son visage trahissait de l'inquiétude. Il ne semblait pas sur le point de perdre son sang-froid : il avait dépassé ce stade depuis longtemps.

— Mon téléphone est tombé dans l'eau, dis-je.

Pendant un moment, j'avais pensé à l'appeler, mais je n'avais pas envie de rentrer dans le schéma émotionnel que cela impliquerait, surtout parce que notre dernière conversation ne s'était pas spécialement conclue sur une note très agréable.

— Ton téléphone…, dit-il sans finir sa phrase, la voix étranglée.

Sa main se resserra autour de son propre téléphone, et pendant une seconde, j'eus l'idée absurde qu'il allait le réduire en miettes. Il leva de nouveau un regard furieux vers moi.

— Et tu ne pouvais pas trouver un autre téléphone pour m'appeler ? Après la chute de ta voiture d'un putain de pont, Kara ?

Je le laissai planté sur le seuil et m'éloignai vers la cuisine avec un grognement.

— T'es qui, mon père ? J'étais un peu occupée, et très fatiguée. Le seul repos que j'ai eu hier, c'était pendant le trajet en ambulance, pour aller à l'hôpital.

Il referma la porte derrière lui et me suivit.

— Tu es blessée ? Où ça ? Pourquoi as-tu eu besoin d'une ambulance ?

Le niveau de stress dans sa voix me surprit et, je dus bien l'admettre, me fit secrètement plaisir. C'était sympa de savoir que quelqu'un s'inquiétait pour moi, surtout lui, et surtout après notre dernière entrevue.

Je me retournai et sortis la carafe de la machine à café.

— Non, je n'ai pas été blessée, sauf quelques bleus et une côte cassée.

Je versai le reste du café de la veille dans l'évier et commençai à rincer le récipient.

— Je me suis laissé emmener en ambulance, poursuivis-je, simplement parce que je savais que je pourrais m'allonger, ce qui n'aurait pas été du tout possible à l'arrière d'une voiture de la police de l'État.

Puisque l'accident avait eu lieu sur une autoroute qui dépendait de l'État de Louisiane, l'enquête était assurée par la police d'État. Malheureusement, ce détail n'avait pas empêché tous les agents de la police de Beaulac ayant la moindre autorité de débouler aux urgences pour me questionner à n'en plus finir sur ce qui s'était passé.

— Tu vas bien alors ?

Je fis « oui » de la tête, surprise par sa voix éreintée. Peut-être s'était-il fait autant de souci que moi à propos de notre dispute. Entendre dire que j'avais failli mourir avait dû être assez terrible pour lui, les dernières paroles que nous avions échangées ayant été si dures.

— Ouais. Ma bagnole est foutue. J'ai perdu mon flingue. Et mon calepin. Et mon téléphone. (Je haussai les épaules de manière fataliste.) Mais je suis toujours là. Je… je suis désolée. J'aurais dû te prévenir que j'étais tirée d'affaire.

Il hocha sèchement la tête pour me signifier qu'il acceptait mes excuses, puis il m'observa pendant que je préparais le café.

— Qu'est-ce qui s'est passé ? demanda-t-il.

— Je ne suis toujours pas très sûre. Je ne sais pas si c'était un accident ou une agression.

Je mis la cafetière en route, puis m'appuyai contre la table en soupirant.

— Un de mes pneus a explosé, poursuivis-je, et j'ai failli perdre le contrôle de ma voiture, et là-dessus, une grosse camionnette bleue m'est rentrée dedans et je suis passée par-dessus bord.

Il s'assit à la table d'un air préoccupé et perplexe.

— Je n'aime pas ça.

— Moi non plus, je n'ai pas trop aimé ça, hier. Et je n'aime toujours pas tellement ça maintenant, à vrai dire, parce que j'ai mal partout.

— J'ai deviné : les médecins voulaient te garder en observation pendant la nuit, mais tu as refusé.

Je lui fis mon plus beau sourire de petite maligne.

— Qu'est-ce que tu es intelligent, mon garçon ! C'est vrai, je ne supportais pas l'idée de rester là-bas une minute de plus, et Jill m'a ramenée ici. J'ai une côte cassée, le sternum contusionné et je suis sous antibiotiques prophylactiques, parce que j'ai bu quelques tasses par la même occasion. Après être rentrée, je suis restée consciente assez longtemps pour me changer, et puis je me suis mise au lit.

Une bonne douche figurait tout en haut de ma liste des tâches pour la journée. Je n'en avais pas eu la force, et je m'étais sentie trop déprimée la veille.

— Eh bien, dit Ryan en se laissant aller contre le dossier de la chaise, je suis content que tu ailles bien.

La tension commençait à s'effacer de son visage.

— Merci, dis-je doucement.

Son regard croisa le mien, et il me fit un sourire chargé de différentes émotions, dont la plus visible était le regret. Je lui souris en retour. Nous étions de nouveau amis. Du moins autant que nous pouvions l'être, avec tous les doutes et toutes les questions qui restaient entre nous. Je me dis que nous ne parviendrions peut-être jamais à dépasser tout cela, et mon cœur se serra. Tant de choses chez lui me semblaient justes, comme le fait qu'il s'inquiétait beaucoup de savoir si j'étais bien vivante.

— Bref, poursuivis-je, je dois la vie à un type qui pêchait sur la rivière.

— Il t'a aidée à sortir ?

Je lui fis un résumé de ce qui s'était passé après le plongeon de ma voiture, sans lui préciser que le pêcheur avait entendu une voix l'appeler vers le pont. Je n'avais pas tellement envie d'y réfléchir et n'osais pas placer mes espoirs trop haut, pour les voir réduits à néant si jamais le corps de Tessa ne survivait pas assez longtemps.

Je ravalai mes pensées sinistres, puis ouvris le frigo et jetai un coup d'œil dubitatif à l'intérieur. Je n'avais pas beaucoup de provisions dans la maison. Les courses n'avaient pas vraiment été ma priorité, ces derniers temps. Je me tournai de nouveau vers Ryan.

— Tu as apporté des beignets ?

— Non, désolé, dit-il en riant. J'étais surtout inquiet de ton état de santé.

Je répondis par un « pfff » de dépit, puis j'ajoutai :

— J'irai mieux après mon café, une douche et quelque chose à manger.

Il se leva.

— Va prendre ta douche. Je vais te préparer le petit déjeuner.

— Tu sais cuisiner ? demandai-je en m'illuminant.

— Non, mais je vais faire semblant.

Il sortit le récipient de la cafetière, versa le liquide dans une tasse et me la tendit après y avoir ajouté une tonne de lait et de sucre.

— C'est comme ça que tu le prends, non ? Pour que ça ait le goût d'une crème dessert ?

Je lui pris la tasse des mains en riant.

— Tu traînes beaucoup trop avec moi, décidément.

— Va te laver, dit-il en plissant les yeux. Tu pues.

Je me sentis mieux après une douche chaude, même si je constatai qu'une belle ecchymose commençait à apparaître là où la ceinture m'avait fait mal. J'enfilai un jean et un tee-shirt portant l'insigne de la police de Beaulac, puis je revins à la cuisine.

Je me mis à rire en voyant une boîte blanche posée sur la table.

— Tu as mis la sirène en marche pour conduire jusqu'au magasin de beignets ?

Il me lança un regard faussement furieux, mais une lueur de malice brillait au fond de ses yeux.

— Tu n'as absolument rien à bouffer dans cette maison.

Je pris un beignet au chocolat et poussai un petit grognement de plaisir en sentant qu'il était encore chaud.

— Je crois me rappeler te l'avoir déjà dit. Et puis j'ai découvert que c'était un super moyen de perdre du poids.

Je pris une bouchée et savourai l'apport de sucre, de graisse et de tout ce qui était mauvais dans un beignet. Ryan eut un petit rire.

— Dis donc, on dirait presque que tu es en train de jouir.

— Non, c'est encore mieux que ça. Est-ce que tu peux me conduire jusqu'au poste ? Il faut que je fasse une demande pour avoir une nouvelle voiture. Jill m'a dit qu'elle viendrait me chercher quand je serai prête, mais puisque tu es là, je préfère t'embêter, toi.

— Pas de souci. Et ton arme, ton téléphone, et tout ça ?

Je pris une mine renfrognée.

— Eh bien, une fois que j'aurai la voiture, je pourrai m'occuper de mon téléphone, et puis passer à l'armurerie pour m'acheter un nouveau pistolet.

La police de Beaulac ne délivrait aucun matériel. Les agents avaient le droit de s'en acheter eux-mêmes, tant qu'ils se limitaient aux armes à feu de la liste autorisée. Ça avait certains bons côtés, mais ce n'était pas toujours très pratique. Ryan fit la grimace.

— Ça va te coûter bonbon, dit-il.

Il venait de mettre le doigt sur le côté moins pratique.

— Je sais, répondis-je en soupirant. Je crois que cette journée nécessite que je mange une boîte entière de beignets.

Je me figurais jusque-là que ma vieille Taurus était un tas de ferraille. J'étais désormais l'heureuse propriétaire d'une Chevrolet Caprice qui datait de Mathusalem, d'une couleur blanchâtre. Les traces du vieux logo de la police de Beaulac se voyaient encore très bien sous la couche de peinture, pas si nouvelle que ça. L'intérieur empestait la cigarette, la jauge à essence ne fonctionnait plus et la mousse qui habillait le volant s'émiettait par endroits. *Elle ne me coûte rien*, me répétai-je. *Pas de contrat de location, pas d'essence à payer, pas d'assurance, aucun entretien.*

Je me délestai en revanche d'une somme coquette à l'armurerie et à la boutique de télécom, puis je me rendis au poste. Une paire de brassards gonflables avait été scotchée à ma porte, ainsi qu'une annonce pour des cours de natation à la piscine municipale.

— Sympa, murmurai-je en souriant.

J'arrachai les brassards, et ma bonne humeur baissa d'un cran, lorsque je trouvai en dessous un mot me demandant de passer au plus vite dans le bureau du capitaine. *S'il m'oblige à raconter les événements encore une fois, je vais faire un massacre…*

En entrant dans mon bureau, je remarquai une pile de papiers et une enveloppe à bulles dans la boîte à courrier, à côté de l'entrée. Je posai les beignets et les brassards sur ma table de travail et feuilletai rapidement les documents. Il s'agissait de toutes les informations que j'avais réclamées dans mes injonctions, et je les parcourus des yeux, sans rien y trouver qui contredise les déclarations d'Elena Sharp à propos de ses finances.

Mais ça n'avait plus tellement d'importance.

J'ouvris la grosse enveloppe matelassée et en sortis un DVD. L'étiquette d'une compagnie de sécurité, portant une date et une heure, avait été collée dessus, et ce fut seulement lorsque je vis la lettre qui accompagnait l'envoi que je compris qu'il s'agissait de la vidéo de surveillance filmée à l'entrée de la résidence de Brian.

J'observai le disque en faisant la moue. Le dossier Roth ne m'appartenait plus, et il aurait été convenable de donner l'enregistrement à Pellini. *Mais se donnera-t-il au moins la peine de le regarder?* Examiner une vidéo de surveillance était un travail fastidieux et ennuyeux, et je doutais qu'il s'empresse de découvrir ce qui s'était réellement passé.

Je trouvai un compromis. J'allumai mon ordinateur et gravai une copie du DVD, la fourrai dans mon sac, puis je remis l'original dans l'enveloppe, que je glissai dans la boîte à courrier de Pellini. Je pris même la peine de lui écrire un mot sur un Post-it, pour lui expliquer de quoi il s'agissait et pourquoi j'avais réclamé une copie de la vidéo. *Qui sait, il fera peut-être l'effort.* Je n'y comptais tout de même pas trop.

Malheureusement, j'avais à présent affaire à mon supérieur. Après la promotion de l'ancien capitaine, Robert Turnham, au poste de chef de la police, un lieutenant du service des patrouilles s'était fait muter chez nous, à la crim'. Tout cela s'était déroulé pendant que j'étais « morte », et dans les semaines qui avaient suivi, avant que je reprenne du service.

Le capitaine Barry Weiss ressemblait presque en tout point à un bulldog, sauf pour ce qui était du pelage. Court sur pattes et trapu, il avait les jambes légèrement arquées, les épaules larges et une mâchoire inférieure juste assez proéminente pour parfaire le tableau. Je l'avais rencontré à plusieurs reprises, sur le terrain, mais je n'avais, jusque-là, passé que très peu de temps avec lui.

Je frappai contre le montant de sa porte ouverte. Il détourna les yeux de son écran et me regarda par-dessus ses lunettes, avant de me faire signe d'entrer en souriant.

——Bonjour Kara, ça fait plaisir de vous voir. Je ne pensais pas que vous reviendriez si vite. Comment vous sentez-vous ?

——Ça va, dis-je en m'asseyant sur la chaise devant son bureau. Je m'en suis sortie avec des bleus. J'ai eu de la chance. La police de l'État a-t-elle trouvé quelque chose ?

——Pas encore. Ils ont récupéré des fragments de verre sur les lieux de l'accident, mais la surface du pont est faite d'une grille en métal, si bien que la plupart des indices ont dû passer au travers et tomber dans l'eau. Je vous tiendrai au courant s'il y a du nouveau. Ils essaient toujours de sortir la voiture de la rivière. Les plongeurs disent que c'est un vrai chantier.

Je ne répondis rien. De toute façon, ils ne me croiraient jamais si j'essayais de leur expliquer pourquoi la voiture était dans un tel état. Je préférais ne rien dire du tout. Quant aux fragments de verre retrouvés sur le pont, je n'en attendais rien. Je savais déjà que le véhicule qui m'avait percutée était une camionnette Chevrolet bleue, mais dans cette région de péquenauds et de braves gars, ce détail réduisait le nombre de suspects à… disons cinquante ou soixante mille personnes.

— Écoutez Kara, dit-il en se laissant aller contre le dossier de son siège, avec une grimace. Ça m'ennuie de vous parler de ça alors que vous venez de subir cet accident, mais j'ai reçu un coup de fil de la police de Mandeville.

J'eus un rictus gêné, avant de répondre :

— Capitaine, je sais que j'ai dépassé les bornes. Je suis vraiment désolée de ce qui s'est passé.

— Oui, vous avez déraillé, dit-il. On nous fout déjà assez la pression comme ça, pour clore l'affaire Davis Sharp, et maintenant, voilà que notre seul suspect est mort. Elle s'est suicidée et a laissé une lettre, c'est ça ? Alors où est le problème ? Classons ce dossier et tout le monde nous foutra la paix.

— Je vais vous dire où est le problème, monsieur, dis-je en prenant la même expression contrariée et le même ton que lui.

J'en oubliai de me censurer et de m'adresser à lui de manière respectueuse, mais j'avais eu assez d'emmerdes ces derniers temps pour me sentir au-delà du tact et de la diplomatie.

— Oui, Elena Sharp est morte, poursuivis-je, mais elle n'a jamais été considérée comme un suspect solide. J'ai remarqué des incohérences dans son appartement de Mandeville, et j'ai de sérieux doutes sur la thèse du suicide. Classer l'affaire maintenant, en lui mettant le meurtre de Davis Sharp sur le dos, c'est non seulement injuste envers eux deux, mais cela permettra aussi à celui qui les a tués de rester en liberté.

— Mmm, dit-il en plissant les yeux. Bon, je peux comprendre… Faites ce qui vous paraît être nécessaire. (Il me lança un regard furieux.) Mais si vous recommencez une scène pareille sur les lieux d'un crime, surtout en présence d'un service avec lequel nous sommes censés coopérer, je vous suspendrai de vos fonctions si vite que vous n'aurez pas le temps de dire « ouf ». C'est clair ?

Je lui répondis par le hochement de tête réglementaire.

— Oui, monsieur. Ça ne se reproduira plus.

Je savais que je devais déjà m'estimer heureuse qu'il ne m'ait pas mise à pied immédiatement.

Il soupira avec force, me rappelant encore une fois sa ressemblance avec un bulldog.

— Encore une chose. Vous avez été recommandée pour rejoindre un détachement spécial du FBI, qui s'occupe d'une affaire d'escroquerie et d'autres activités du même acabit.

Je crus pendant un instant qu'il allait lever les yeux au ciel, mais il parvint à se retenir et se contenta de prendre un air agacé.

— Le chef Turnham a déjà approuvé, ajouta-t-il. Vous travaillerez avec les agents spéciaux Ryan Kristoff et Zachary Garner. (Il posa sur moi son regard glacial.) N'allez pas vous imaginer que cela vous exemptera de votre quota d'affaires dans cette circonscription.

— Non, monsieur, bien sûr que non, répondis-je, surprise par cette nouvelle annoncée de manière un peu abrupte. Merci de me donner cette possibilité.

— C'est le chef, pas moi, qu'il faut remercier, répliqua-t-il sèchement. Je trouve ça complètement con.

(Il secoua la tête, et je dus me retenir de sourire devant cette manifestation d'honnêteté.) Ce sera tout.

Il fit un geste de la main pour me congédier, et je sautai sur l'occasion pour ficher le camp.

Après être sortie, je poursuivis mon chemin vers la sortie. Théoriquement, j'étais encore en congé maladie jusqu'au lendemain, ce qui me laissait l'occasion de m'occuper enfin des barrières arcaniques dans la maison de ma tante, et de ce foutu portail dans sa bibliothèque. Je me mis en route pour aller chez elle, mais je m'arrêtai quand même dans une supérette, le temps d'acheter des Oreos et de la glace au chocolat. Les dernières vingt-quatre heures avaient été un enfer, et j'avais besoin de tout le chocolat et de tout le gras que je pouvais trouver.

Tout en conduisant, je me repassais la conversation que je venais d'avoir avec le capitaine. Je méritais tout à fait le savon qu'il m'avait passé pour mon comportement chez Elena Sharp à Mandeville, et j'avais bien conscience d'avoir échappé à des jours de congés non payés, uniquement parce que je venais d'avoir un accident. Sur ce point, je pouvais me considérer redevable à mon agresseur.

Mais c'était bien la seule raison. J'avais été obligée de pousser ma carte de crédit à sa dernière limite pour remplacer mon arme et la ceinture qui allait avec, ainsi que mon téléphone, même si je nourrissais l'espoir ridicule que l'assurance m'en rembourserait une partie. Voilà qui aurait été une bonne surprise.

Je montai les marches qui menaient à la maison de Tessa et observai rapidement la porte d'entrée à l'aide de mon autrevue, mais rien ne semblait clocher.

Les répulsifs étaient toujours en place, et n'avaient apparemment pas été dérangés. Je soupirai avant d'ouvrir la porte, puis j'allai jusqu'à la cuisine pour mettre la glace dans le congélateur vide. La feuille de papier couverte de noms, de lignes et de cercles, que Ryan et moi avions gribouillés en essayant de trouver un lien entre les meurtres, se trouvait toujours sur la table. Je la pliai et la fourrai dans mon sac. Après avoir perdu mon calepin dans la rivière, je savais qu'il me faudrait remettre par écrit tout ce dont j'arrivais à me souvenir.

Je fis un tour rapide dans la bibliothèque et le reste de la maison, mais je ne perçus rien d'anormal. Je fermai ensuite la porte d'entrée à clé et montai le grand escalier pour arriver dans la chambre d'invocation. Ma tante l'avait installée dans son grenier, puisque avoir un sous-sol, là où elle vivait, était hors de question. Ces pièces restaient assez rares dans les habitations en Louisiane, car le niveau des nappes phréatiques était extrêmement élevé. Si j'en possédais une, c'était uniquement parce que ma maison se situait sur une colline. Une raison supplémentaire pour me dissuader de la vendre un jour.

Heureusement, comme Tessa faisait de temps en temps descendre des démons jusqu'à la bibliothèque, elle avait dû faire construire un escalier digne de ce nom et non pas une échelle branlante escamotable. En théorie, le grenier avait pu servir de chambre supplémentaire, même si elle avait été petite. En ouvrant la porte, je fus surprise par la vague de chaleur qui déferla sur moi. Je mis la climatisation en marche au maximum, puis je restai devant le courant d'air frais, en attendant que la pièce se rafraîchisse un peu.

La température finit par devenir à peu près supportable. J'avançai jusqu'au milieu de la pièce et sortis un morceau de craie de ma poche. Je créai un diagramme de stockage de puissance, puis je m'accroupis et canalisai autant d'énergie que possible vers l'intérieur de la figure. Je ne parvins pas à en attirer beaucoup, mais j'avais l'intention de continuer ainsi pendant la journée, en espérant que transférer la puissance par petites quantités ne m'épuiserait pas trop.

Je prévoyais de passer le reste de mon temps à manger des Oreos et regarder des films ringards. Tessa possédait une tonne de DVD, et après être redescendue du grenier, je m'installai devant la télévision et commençai à décortiquer sa collection. Mais je me rendis vite compte que ses goûts en matière de films étaient les mêmes que pour tout le reste : excentriques, décalés et très éclectiques. *L'Heure du crime*, *Metropolis*, *El topo*, *Heroic Trio*, *La Nuit du chasseur*, *Jesus Christ Vampire Hunter*, *Dr. Horrible's Sing-Along Blog*. Qu'est-ce que c'était que ça ? Je continuai à parcourir la liste des yeux, puis je m'arrêtai net en voyant *Au-delà des grilles*. Je me souvins que je n'avais toujours pas visionné la vidéo de surveillance du complexe résidentiel de Brian Roth.

Je sortis le disque de mon sac et l'insérai dans le lecteur, puis je retournai m'asseoir avec mes Oreos et la télécommande. L'écran était divisé en quatre sections, qui montraient les points de vue des différentes caméras, les deux de la grille principale, à l'entrée et à la sortie, et puis les deux autres appareils, situés près du sol, pour enregistrer les plaques d'immatriculation des voitures qui allaient et venaient. Les écrans multiples rendaient le visionnage pénible, mais au bout de quelques minutes, je finis par ne plus tenir compte des plaques, et je me concentrai sur les deux caméras principales. Heureusement que j'avais absorbé beaucoup de sucre pour rester éveillée.

Une dizaine de gâteaux plus tard, je vis une Prius bleue sortir. Je revins en arrière et vérifiai son immatriculation. Oui, c'était bien Carol, à 18 h 30. Trente minutes après, je vis la Ford F-150 de Brian entrer. Voilà qui excluait la possibilité infime que Carol ait pu tuer Brian pour aller ensuite retrouver quelqu'un qu'elle avait rencontré. Cela m'aidait aussi à prouver ma théorie, selon laquelle Brian ne l'avait pas assassinée au motel.

Mes yeux commençaient à avoir du mal à faire le point, et mon estomac protestait contre le nombre d'Oreos que je le forçais à digérer. Je me permis donc de faire passer plus rapidement les heures de vidéos suivantes, guettant une réapparition de la Prius ou de la camionnette de Brian quittant la résidence.

Un éclair rouge attira soudain mon attention. Je me redressai d'un seul coup, tout en appuyant sur pause. Je revins doucement en arrière et poussai un petit cri d'étonnement lorsque je reconnus la Mercedes décapotable rouge.

— Ça alors ! m'écriai-je.

Je vérifiai alors la plaque d'immatriculation, puis soupirai. Fausse alarme. Ce n'était pas Elena Sharp.

Je continuai à regarder l'image figée pendant un instant, et je finis par prendre mon téléphone pour appeler l'opérateur de la police de Beaulac.

— Ici, l'inspecteur Gillian. Vous pouvez vérifier une immatriculation pour moi, s'il vous plaît?

Une minute plus tard, je le remerciai et raccrochai. *Deux Mercedes décapotables rouges assorties.* La voiture n'était pas celle d'Elena, mais de son mari.

Je regardai l'heure indiquée en bas de l'écran : 23 h 30. Je me repassai cette section plusieurs fois, puis accélérai pour arriver au moment où la voiture ressortait de la résidence : 23 h 50.

Je me laissai aller dans le canapé et contemplai la voiture rouge, immobile sur l'écran. Je me sentais tout aussi figée qu'elle. J'avais cherché un lien entre Brian Roth et Davis Sharp, et je l'avais trouvé. Mais je n'en comprenais pas encore tous les tenants et les aboutissants. Peut-être que Becky, la Barbie Cardio, s'était trompée ; peut-être qu'Elena ne couchait pas avec le juge Harris Roth, mais avec son fils, Brian. *Dans ce cas, Davis a pu découvrir que Brian et Elena avaient une liaison, et tuer Brian pour se venger. Ça semble assez plausible.* Mais cela n'expliquait pas la mort de Carol.

Je secouai la tête. Je mettais la charrue avant les bœufs. Le fait que Davis soit entré dans le complexe ne faisait pas de lui le tueur. Rien ne prouvait qu'il se soit rendu chez Brian, d'ailleurs. *Restes-en à ce dont tu es sûre, pour l'instant.*

Il était aussi possible que Davis ne soit pas celui qui conduisait la voiture. J'appuyai sur la touche « Ralenti » de la télécommande pour faire défiler l'enregistrement image par image.

Mais très vite, je vis bien que c'était lui à la place du conducteur. *Cela dit, il y a quelqu'un d'autre avec lui.* Sa femme, peut-être ? S'il voulait affronter l'homme avec qui elle le trompait, l'aurait-il emmenée avec lui ? Malheureusement, l'angle de la caméra ne laissait rien voir de plus qu'une forme sombre à côté de lui. J'allai plusieurs fois en avant et en arrière, scrutant chaque plan dans l'espoir d'apercevoir un indice et grommelant des injures, mais je n'obtins aucune information supplémentaire. Je fronçai les sourcils. Dans les films, l'inspecteur aurait simplement emporté le DVD au laboratoire de criminologie, et, comme par magie, un ordinateur super puissant aurait effacé le reflet sur le pare-brise et affiné les pixels pour rendre le passager visible.

— La technologie du monde réel, quelle plaie ! marmonnai-je.

CHAPITRE 29

J'avais bien conscience des limites de ce que la retouche vidéo était capable d'accomplir, mais j'avais malgré tout la ferme intention d'apporter le DVD au labo pour voir s'ils pouvaient faire quoi que ce soit. Avant toute chose, j'avais une invocation à préparer, et je retournai à mon projet initial, qui consistait à canaliser un peu d'énergie, manger des cochonneries et regarder des films. En début de soirée, j'étais ivre de sucre, il faisait frais au grenier, mais surtout, mon joli petit diagramme de stockage était rempli et semblait parfaitement conserver l'énergie. Pour couronner le tout, je ne me sentais pas épuisée, ni même très fatiguée. *La différence est sans doute la même que celle qui existe entre courir un kilomètre, et le faire en marchant avec beaucoup de pauses.* Je commençais à préférer cette nouvelle méthode.

J'avais procédé à des invocations dans la pièce de ma tante par le passé, mais jamais toute seule. Y faire mes préparatifs et y tracer le diagramme me donnaient une impression étrange, comme si j'étais en train d'essayer ses sous-vêtements. Mais je tentai de ne pas tenir compte de mon malaise, car il ne me fallait aucune distraction. Je finis ma préparation habituelle, disposai mes instruments, puis je me tins au bord du cercle. J'inspirai profondément, puis j'attirai à moi la puissance contenue dans l'autre diagramme. À mon grand soulagement, elle afflua sous mon contrôle, avec fluidité. C'était mille fois plus facile que de l'attirer normalement, même par une nuit de pleine lune. Je mis rapidement les protections en place et j'installai les liens arcaniques, en me disant que ma puissance en tant qu'invocatrice avait vertigineusement augmenté.

Mais pour le moment, je devais déjà finir cette invocation particulière. Je maniai l'énergie arcanique pour mettre en place le portail entre les deux mondes. Je l'ajustai pour qu'il corresponde au démon que je voulais appeler, puis, lorsque j'eus terminé, je prononçai son nom à haute voix.

— Zhergalet.

Quelques secondes plus tard, une petite créature trapue, ressemblant à un lézard poilu à six pattes, se trouvait à mes pieds. Son corps devait faire à peine un mètre de long, mais sa queue sinueuse mesurait au moins deux fois plus, même si c'était difficile à dire, car elle ne cessait de remuer et de s'enrouler. Zhergalet portait autour de la taille une ceinture vert clair, d'où pendaient deux petits sacs. Son pelage était d'un bleu profond, irisé de violet, et il avait des yeux dorés et brillants, fendus, comme ceux d'un reptile. Je trouvai personnellement ce faas tout à fait magnifique.

Il leva la tête et braqua ses yeux dorés sur moi.

— Tu invoques par mauvaise lune maintenant pas pleine tu invoques nuit besoin de lune toujours pleine non ?

Je restai muette un instant, occupée à raccorder les mots les uns aux autres, tout en maintenant soigneusement les liens. Les clauses de notre accord n'avaient pas encore été négociées, et je devais faire attention à ne pas trop en dire. Je hochai lentement la tête.

— J'invoque habituellement par pleine lune, oui.

Ses petits yeux firent le tour de la pièce.

— Tessa Pazhel avant appeler moi barrières pour moi construire.

Je hochai de nouveau la tête. C'était la raison pour laquelle j'avais appelé ce démon-là. Selon Kehlirik, il avait installé toutes les barrières dévastatrices dans la maison.

— Je suis Kara Gillian, nièce de Tessa Pazhel. Je t'ai invoqué ici pour me servir d'après des clauses qui nous honoreront tous les deux.

Il me montra ses dents pointues et inclina la tête. Il avait l'air féroce – et devait très certainement l'être –, mais je savais que montrer les dents était sa façon de sourire.

— Oui oui oui offrandes as-tu ?

Sans relâcher les liens arcaniques, je pris la boîte de café que j'avais achetée au fameux *Café du Monde*, à La Nouvelle-Orléans, et qui se trouvait par terre à côté de moi. Rien n'avait été réglé encore, et même une petite créature comme lui pouvait me faire beaucoup de mal. J'avais déjà versé assez de sang comme ça cette année, merci bien.

Le lézard émit un gargouillis et avança d'un bond.

— Tâche tu souhaites pour échange ?

Je fis un effort pour ne pas lui montrer à quel point j'avais honte.

—J'ai besoin que tu remplaces les barrières dans toute la maison et dans la bibliothèque aussi.

Il m'observa en clignant des yeux, puis tourna la tête de part et d'autre, comme s'il reconnaissait seulement le décor et poussa une sorte de mugissement grave, et indubitablement triste.

—Oooh… travail disparu. Joli travail tout disparu qui a fait disparu?

—Je…, commençai-je avec une grimace. J'ai invoqué un reyza pour ôter les barrières. J'avais besoin d'accéder à la maison et à la bibliothèque, mais Tessa Pazhel est… indisposée.

À ma grande surprise, le petit démon se leva sur ses quatre pattes arrière et bomba le torse.

—Oui oui! Prends reyza pour ôter barrières de moi! (Il se mit à sautiller sur place en sifflant.) Oui oui, accepte clauses. Travailler encore. Joli travail!

Aïe. J'avais oublié à quel point il était pénible d'écouter parler un faas. Les structures de phrases n'étaient pas très importantes à leurs yeux.

—Entendu, dis-je en lui tendant mon offrande.

Le démon la fourra dans l'un des sacs de sa ceinture et attendit que je relâche les liens et que j'enlève les protections.

Lorsque j'eus fini, je lui désignai la porte d'un signe, mais il se dirigeait déjà dans cette direction, en sautillant.

—Je crois que le plus important, c'est de nous occuper du portail qui se trouve dans la bibliothèque, dis-je en le suivant dans l'escalier.

Le démon fit volte-face en poussant un cri rauque, horrifié, et il faillit me faire perdre l'équilibre et dégringoler les marches. Je m'agrippai à la rambarde sous son regard furieux.

— Portail pas barrières ? dit-il d'une voix perçante.

— Euh, le reyza les a toutes enlevées. Je crois qu'il n'a pas dû se rendre compte que le passage se trouvait là.

Il retroussa les babines, mais cette fois, impossible de penser qu'il souriait. Son expression exprimait clairement la menace, même si j'étais plutôt sûre qu'elle n'était pas dirigée contre moi. Enfin, plus ou moins.

— Reyza se rend compte portail, grogna-t-il. Le sent force, le sait. Découvert pour utiliser ou dire à autres. Pousser au travers.

Il se retourna et descendit le reste des escaliers en bondissant. Il traversa le couloir de la même manière, jusqu'à la bibliothèque, avant que j'aie eu le temps de lui demander de quoi il parlait. Je me précipitai derrière lui, l'estomac soudain noué.

J'entrai dans la pièce et trouvai le démon accroupi devant le passage, les épines dressées sur son dos et désormais teintées de rouge. Je restai sur le pas de la porte. Je n'avais jamais vu un faas en colère et troublé à ce point.

— Que veux-tu dire par « pousser au travers » ? Il y avait des créatures dans la pièce, l'autre jour…

— Espèces créatures ? s'écria-t-il en tournant vivement la tête vers moi. Comme quoi ?

— Elles étaient petites… (J'écartai mes doigts d'une quinzaine de centimètres, pour le lui montrer.) Avec des ailes et un dard.

Zhergalet renifla dédaigneusement.

— Hriss. Insectes nuisibles. Venus tout seuls. Poussés non. Mangent fragments émotions.

Je me pinçai l'arrête du nez, accablée par l'impression d'avoir toujours plusieurs wagons de retard par rapport à sa vitesse de réflexion.

— Des fragments d'émotions ?

Il agita ses pattes.

— Puissance. Aspirent excès. Fait rien que épuiser toi. Insectes à écraser. Inquiétude non pour hriss. Inquiétude oui si pousser gros par portail.

Je me mordis la lèvre.

— Tu… tu t'inquiéterais si quelque chose de gros traversait le passage ? Gros comment ? Et qui viendrait d'où ?

— Gros comme moi mais pas moi. Pousser démons au travers difficile. Créatures inférieures pas très difficile.

— Gros comme… un chien ?

— Qu'est-ce un chien ? demanda-t-il en inclinant la tête sur le côté.

Je tins ma main à soixante centimètres du sol environ, pour lui faire voir la taille, et lui expliquai le reste :

— Noir, quatre pattes, long museau, gueule pleine de crocs, une queue…

D'accord, cela correspondait à la description de la moitié des espèces animales sur la terre, mais le petit démon sembla reconnaître la bête que je lui décrivais. Il cracha et secoua la tête.

— Mal mal. Kzak. Pas venu tout seul. Poussé ici.

Mes efforts pour le comprendre commençaient à me donner mal à la tête.

— D'accord, ça s'appelle un kzak. Et il a été poussé au travers du portail pour atterrir ici. Pourquoi ? Et d'où ?

Zhergalet hocha la tête.

— Kzak poussé dégâts causer. Blesse et tue. Un dangereux un peu. Meute dangereux beaucoup.

— Attends… Ils sont envoyés pour une cible spécifique ? Comme des assassins ?

Il acquiesça en sautillant.

— Oui oui !

Un frisson glacé me parcourut l'échine. L'espèce de chien avait été envoyé pour moi ? pour Ryan ?

— Tu es certain que Kehlirik connaissait l'existence du portail ?

— Reyza certain connaître. Reyza science grande. Revient avec statut meilleur.

Je me sentais étrangement trahie, même si je savais bien que ça ne servait à rien de réfléchir en ces termes. Kehlirik avait fait exactement ce que je lui avais demandé de faire, il avait ôté les barrières. Au cours de sa tâche, il avait découvert l'existence du portail, et lorsqu'il était revenu dans la sphère, soit il avait utilisé cette information, soit il l'avait vendue à l'équivalent démoniaque du plus offrant. Ensuite, le portail avait servi à lâcher le kzak sur… quelqu'un.

J'avais envie de m'asseoir et de me mettre en boule, mais je ne pouvais pas me permettre ce luxe pour le moment. C'était forcément Ryan que le chien avait poursuivi. Forcément. Kehlirik ne l'aimait pas, et certains de ses congénères partageaient peut-être ce sentiment. Par ailleurs, qui, dans le monde des démons, pouvait bien me vouloir du mal ? Rhyzkahl ?

Je ne voyais pas ce qui aurait pu le pousser à cela, d'autant plus qu'il m'avait répété assez souvent qu'il ne voulait pas me voir prendre des risques.

Pouvait-il s'agir d'un autre seigneur démon, qui aurait été au courant des efforts que faisait Rhyzkahl pour me convaincre de devenir son invocatrice ? M'éliminer le priverait de cette possibilité.

J'abandonnai et me laissai glisser contre le mur, puis je me recroquevillai. Zhergalet, lui, continuait de sautiller sur place.

— Je fais portail premier. Impossible sceller un seul jour. Beaucoup temps, beaucoup invocations pour faire. Mais rend difficile passage.

— Oui, parfait, dis-je en agitant la main. Fais ce que tu peux. Que celui qui fait passer des saloperies à travers ce portail ait le plus de mal possible.

Le gros lézard poussa une sorte de sifflement et se mit au travail. J'avais conscience qu'il valait mieux que je reste à l'observer pour essayer d'apprendre des choses de lui, mais j'avais vraiment besoin de réconfort, et un énorme pot de glace au chocolat m'attendait dans le congélateur de ma tante.

Chapitre 30

Je me sentis un peu mieux – et un peu plus grosse –, après avoir fini le pot de glace, et je remontai au grenier pour me distraire un peu. Le diagramme de stockage dont je m'étais servi pour invoquer Zhergalet était toujours là et encore rempli d'énergie. Appeler le petit démon n'avait pas demandé beaucoup de puissance, et il ne me fallut pas longtemps pour remplacer celle que j'avais utilisée. J'en rajoutai même un petit peu.

Le temps que Zhergalet ait fini de remettre en place la première couche de protections sur le portail et la maison et que je l'aie révoqué, il était déjà 3 heures du matin, et je luttais pour rester éveillée. Je voyais bien qu'il n'était pas ravi de refaire en intégralité ce qu'il avait déjà fait une fois, et je me rendis compte avec effarement du travail que cela représentait. Je savais que ma tante l'avait invoqué quatre fois, vers la fin de l'année précédente, pour obtenir ce qui était considéré comme de bonnes protections. En revanche, Zhergalet m'apprit qu'elle l'avait invoqué de nouveau quelques mois auparavant, peu après ma première rencontre avec Rhyzkahl, et qu'elle lui avait demandé de renforcer considérablement ses protections.

Je soupirai. L'énergie me manquait pour m'inquiéter de tout ça, en cet instant.

Je parcourus la bibliothèque des yeux. Les barrières actuelles n'étaient pas beaucoup plus efficaces que celles que j'avais placées ; en revanche, elles étaient d'une qualité hautement supérieure. J'avais appris qu'elles équivalaient à une sous-couche de peinture, sur le plan arcanique, et qu'elles étaient absolument nécessaires pour créer des protections solides, du moins d'après Zhergalet. Il me l'avait assez répété pour que je comprenne le message. Le lendemain, ou devrais-je dire vu l'heure, plus tard dans la journée, j'invoquerais de nouveau le petit démon, pour qu'il commence à construire de bonnes protections.

Adoptant un ton parfois sévère, il m'avait également délivré un cours magistral, assez dur à suivre, sur les mesures de sécurité à respecter, et j'avais réfléchi au système de protection, ou plutôt à l'absence de système de protection dans ma propre maison. *D'accord, donc pendant tout ce temps, je me suis un peu comportée comme quelqu'un qui part faire des courses sans fermer sa voiture à clé et laisse ses sacs bien en évidence sur le siège avant.* Tessa elle-même m'avait dit de faire quelque chose, mais je ne l'avais jamais vraiment prise au sérieux. Après tout, je vivais au milieu de nulle part, et j'étais flic.

En d'autres termes, quand Zhergalet aura fini de s'occuper de la maison de Tessa, il faudra que j'arrive à le convaincre de protéger la mienne.

Mais tout d'abord, j'allais dormir.

Mon téléphone sonna dès que je me fus confortablement installée sur le canapé. Ce fut du moins ce qui me sembla. Et pourtant, lorsque je parvins à faire le point sur l'écran de l'appareil, il m'indiqua avec insistance qu'il était en fait 13 heures.

— Kara Gillian.

— Tu n'es pas au poste. Tu n'es pas chez toi. Tu n'es pas en train de te reposer ! Tu te surmènes…

— Tais-toi, Ryan, grognai-je. Tu viens de me réveiller, tu fais chier.

Il gloussa.

— Eh bien, puisque tu n'es pas chez toi, tu dois être chez ta tante.

— Tu es bien trop malin pour être un agent fédéral. Au fait, quand est-ce que tu comptais me dire que j'avais été affectée à une unité spéciale ?

— Dès que j'aurais reçu la confirmation que ça avait été approuvé. Si tu m'en parles, je suppose que c'est le cas.

— Je pense, oui. Le capitaine n'a pas l'air enchanté par l'idée, mais il peut aller se faire voir.

— Ah, s'esclaffa-t-il, je vois que tu es de bonne humeur, aujourd'hui. Je peux t'inviter à déjeuner ? Ou plutôt à petit-déjeuner, en ce qui te concerne ?

— J'ai changé d'avis. Si tu es obligé de me poser la question, c'est que tu n'es pas assez malin pour être du FBI.

— C'est ça. On se retrouve au *Lake o' Butter* dans une demi-heure ?

— Passe me prendre. Ma nouvelle voiture est complètement pourrie.

— T'avais qu'à pas jeter celle d'avant dans la rivière.

Je lui répondis par une injure et raccrochai, mais je souriais malgré tout.

Je sautai dans la douche et laissai l'eau chaude couler sur mon corps, pendant deux divines minutes, avant de la couper à regret. Je me séchai rapidement. Je venais tout juste d'enfiler des vêtements propres quand j'entendis la voiture de Ryan arriver. Je passai une main dans mes cheveux mouillés et sortis sur le perron pour l'apercevoir, planté au bout de l'allée, les sourcils légèrement froncés.

— Quelque chose a changé? demanda-t-il.

— Ouais. Entre, pendant que je cherche mes chaussures. J'ai fait refaire les barrières arcaniques. Enfin, en partie.

Il monta les marches en hochant la tête, et son expression inquiète s'effaça.

— Tu les as fait refaire, c'est-à-dire que tu as invoqué quelqu'un?

Je refermai la porte derrière lui et me dirigeai vers la chambre.

— Oui. Le démon que ma tante avait appelé. Mais il n'a pas encore fini. Il va lui falloir plusieurs sessions pour y arriver, mais il vaut mieux ça que de garder les protections merdiques que j'avais installées. (J'extirpai mes chaussures de sous le lit.) Bon, s'il te plaît, dis-moi que cette unité spéciale n'est pas vraiment spécialisée dans les escroqueries, parce que je t'aime bien, mais ces histoires financières me barbent au dernier degré.

— Eh bien, répondit-il en riant, je suis content que tu trouves le terme «barbant», parce que c'est justement le but. Oui, on a notre quota d'enquêtes courantes, mais on nous appelle aussi chaque fois que survient quelque chose de pas tout à fait normal. Je t'avoue que ton expérience à la brigade financière a été décisive dans l'approbation de notre hiérarchie. Quoi qu'il en soit, ce n'est pas un job à plein-temps, mais maintenant qu'on t'a fait accepter, ce sera plus facile de faire appel à toi pour certaines de nos affaires pas comme les autres.

— OK, comme ça, je veux bien. Ça sonnait bien d'être affectée à un détachement spécial, mais je n'avais pas envie qu'on me demande de quitter complètement la crim'.

Il plissa les yeux, amusé.

— Je suis si heureux que nous ayons pu satisfaire à votre demande. Allez, dépêche-toi un peu et mets tes chaussures. Zack nous garde une table.

Zack nous gardait en effet une table, mais à 13 h 30, cela n'avait pas beaucoup d'importance, puisqu'il n'y avait personne d'autre dans le restaurant.

— J'ai cru comprendre que Ryan t'avait convaincue de passer du côté obscur, dit-il avec un sourire taquin, pendant que je prenais place.

— Quand l'occasion se présentera, c'est tout, précisai-je. Je ne suis pas sûre que vous supporteriez mon côté obscur à moi, 24 heures sur 24.

— Il vaut mieux ignorer certaines choses, dit-il en riant. Alors, des nouvelles ?

Je me penchai et baissai la voix, même si personne n'était là pour nous écouter.

— À vrai dire, oui. J'ai invoqué un démon hier soir, pour qu'il répare les barrières chez ma tante, et j'ai appris des choses sur le portail de la bibliothèque, par la même occasion.

Ils se penchèrent en même temps vers moi.

—Raconte, dit Ryan.

—Tout d'abord, il semble que le reyza que j'ai invoqué pour ôter les barrières ait été parfaitement au courant de la présence du portail. Il s'en est sûrement rendu compte, à la seconde même où il est entré.

Ryan fit la grimace.

—Et il a gardé cette information pour lui, dans le but de s'en servir ou de la vendre, c'est ça ?

—Il y a des chances, oui, dis-je en souriant. J'ai envie de lui en vouloir, mais je ne peux pas dire qu'il m'ait trahie. C'est comme ça qu'ils honorent les tâches qu'on leur confie. Il a fait exactement ce que je lui avais demandé de faire.

Cette histoire m'énervait encore, mais je savais que c'était inutile et j'essayais de ne pas en tenir compte.

—Enfin, ce n'est que le début de ce que j'ai appris, poursuivis-je. Il s'agit apparemment d'une sorte de connexion entre les sphères, mais par laquelle les créatures de grande taille ou celles qui sont trop évoluées ne peuvent pas passer. Par contre, d'autres démons plus communs peuvent être « poussés au travers », depuis l'autre côté.

—Comme les lutins psychopathes ?

—Non, ceux-là sont des sortes d'insectes, qui peuvent passer tout seuls, si le portail est ouvert. Ce qui était le cas, évidemment. Je veux parler de quelque chose de plus gros. Avec des dents. Et des griffes.

—L'espèce de chien, dit Zack dans un souffle, en se laissant aller contre le dossier de sa chaise.

Je croisai son regard et hochai la tête.

—Ça s'appelle un kzak. Zhergalet avait l'air de penser que la bête avait été poussée au travers du portail, quand les barrières ont été retirées.

Plusieurs expressions traversèrent le visage de Zack, mais trop vite pour que je puisse deviner ce qu'il était en train de se dire. Je regardai Ryan, mais son visage restait de marbre. Il finit cependant par parler :

—La question est donc de savoir qui l'a fait passer par le portail, et pourquoi.

La serveuse arriva, interrompant notre conversation, le temps que nous commandions des quantités absurdes de nourriture malsaine. Elle nous servit du café, puis partit s'occuper du reste.

—Il est allé du portail jusqu'au *Frigo*, repris-je. Carl a dit qu'il avait réparé une fenêtre cassée, le chien a donc dû sauter par là, avant de déguerpir. Je crois qu'on peut affirmer, sans trop s'avancer, que cette bête avait été envoyée spécialement contre l'un d'entre nous.

Je me tus pour voir s'ils réagiraient. Surtout Ryan, mais il avait toujours l'air dérouté. Je me tournai vers Zack. Lui n'avait pas l'air dérouté, mais seulement pensif.

—À moins que vous pensiez que le jeune serveur ait pu être la cible d'une attaque arcanique ? ajoutai-je.

Je sentais la frustration et l'aigreur m'envahir, et je luttai pour me contrôler.

Au bout de quelques secondes, pendant lesquelles ils ne dirent mot ni l'un ni l'autre, je pris une profonde inspiration et j'ajoutai :

—C'est… aussi possible que le chien en ait eu après moi. Rhyzkahl m'a demandé d'être son invocatrice, ce qui accroîtrait encore sa réputation et son pouvoir. Si un autre seigneur souhaite contrecarrer ses plans, le meilleur moyen serait de se débarrasser de moi.

Je haussai légèrement les épaules, même si cela ne reflétait absolument pas mon état d'esprit. Je regardai Ryan, le défiant presque de s'énerver en entendant encore une fois que Rhyzkahl voulait faire de moi son invocatrice, mais il n'eut aucune réaction.

— Ou alors, il pouvait en avoir après moi, dit-il enfin d'une voix grave et rauque. Pour quelle raison, ça… (Il leva alors les yeux vers moi.) Kara, je te jure que je ne te cache rien. Honnêtement, j'ignore pourquoi.

Je hochai sèchement la tête. Curieusement, je le croyais. Je me tournai vers Zack.

— Et toi ?

Il cligna des yeux.

— Je n'étais pas là quand il a lancé l'attaque, répondit-il. Il ne pouvait pas en avoir après moi.

— Peut-être, dis-je en plissant les yeux, mais une chose est sûre, tu savais parfaitement ce que Ryan trafiquait ensuite avec les témoins.

Il secoua la tête, d'un air peiné.

— Uniquement parce que je l'avais déjà vu faire, après d'autres… rencontres étranges. Ça fait plusieurs années qu'on travaille ensemble maintenant. Il y a eu un certain nombre d'occasions comme celles-là.

Je poussai un soupir et courbai le dos.

— En tout cas, le portail devrait rester assez étanche pour empêcher que ce genre de chose se reproduise.

La serveuse revint, les bras chargés d'assiettes de pancakes, qu'elle déposa devant chacun de nous. Une fois de plus, la conversation resta en suspens, cette fois parce que nous étions trop occupés à nous goinfrer.

—Et les lutins psychopathes? demanda Zack au bout d'un moment. Ils sont venus par eux-mêmes?

—Apparemment, oui. Ce sont des hriss, et j'ai l'impression que ce sont des sortes de moustiques arcaniques cinglés. Ça fatigue, rien de plus. Un seul hriss ne peut pas te tuer, mais à plusieurs, ils peuvent te vider de ton énergie.

Ryan devint plus préoccupé.

—Attends, dit-il. Est-ce qu'ils se nourrissent de la puissance? Ou de la force vitale?

Je m'apprêtai à répondre, mais je m'interrompis en me rappelant l'explication nébuleuse de Zhergalet.

—Je suis pratiquement certaine que le démon parlait de l'essence, oui.

—Peut-être qu'il y a un essaim en liberté, qui retire leur essence aux gens?

Je réfléchis un instant à la question, puis je secouai la tête.

—Non, ça n'expliquerait pas les… déchirures. Et puis le faas semblait penser que ces créatures étaient plus insupportables qu'autre chose. (Une idée désagréable me vint soudain à l'esprit.) Mais j'ai appris aussi qu'un mangeur d'essence pouvait devenir plus fort s'il dévorait l'essence d'un autre mangeur comme lui…

Je décidai d'omettre les circonstances dans lesquelles j'avais obtenu cette information.

—On se disait, l'autre jour, que le tueur a beaucoup changé, dit Ryan. Au départ, il tuait d'abord et dévorait

421

ensuite les essences, et maintenant, il les tue justement en la leur arrachant. Quelque chose a changé.

Je sentis une crispation dans mon ventre, et je savais que ce n'était pas la faute d'un excès de pancakes.

— Tu crois que le tueur est entré dans la maison de ma tante, a trouvé le passage, et que d'une façon qu'on ignore, sa capacité à prendre les essences des autres s'est soudain développée ?

— Ce n'est qu'une hypothèse, dit-il en haussant les épaules.

Je me passai une main dans les cheveux.

— Merde ! Je demanderai à Zhergalet ce soir. (J'ouvris mon sac et en sortis la page gribouillée avec les noms, les lignes et les cercles.) En attendant, je n'arrête pas de chercher ce qui peut relier ces meurtres les uns aux autres.

Zack regarda la feuille.

— On dirait que tu as beaucoup de possibles et pas assez de probables, dit-il.

— Tu m'étonnes ! dis-je dans un soupir.

Je commençais à sombrer dans une évaluation sérieuse et morose de la situation, quand mon téléphone sonna.

— Inspecteur Gillian.

— Bonjour Kara, piailla une voix aiguë. C'est Annie, du labo de Slidell.

Il me fallut quelques secondes pour comprendre de quel laboratoire il s'agissait.

— Oh, oui, le test ADN ! Excusez-moi. Qu'est-ce qui se passe ?

— Je voulais simplement vous donner une info, à propos de votre demande. Je vais faire mon rapport, mais je suppose que ça vous intéresse de savoir que ça n'a rien donné.

Encore une fois, il me fallut quelques secondes.

— Attendez, de quelle affaire parlez-vous ?

Je l'entendis fouiller dans ses papiers.

— Heu, Carol Roth, homicide. Notre échantillon de référence appartenait à Brian Roth.

J'avais l'impression que mon cerveau fonctionnait au ralenti.

— Ça n'a rien donné. Donc elle n'a pas eu de rapports sexuels avec Brian, avant de se faire tuer ?

— Eh bien, je ne peux pas vous dire s'il y a eu pénétration ou pas. C'est le docteur Lanza qui pourra le déterminer. Mais il n'y avait aucune trace de liquide séminal, donc s'il y a eu pénétration, son partenaire portait sans doute un préservatif. On a testé un poil pubien et la salive qui ont été prélevés. Le poil avait encore son bulbe, donc on a pu faire la comparaison. Il appartenait à la même personne que la salive, mais ça ne correspondait pas à l'échantillon de référence.

Au moins, je ne m'étais pas trompée à ce sujet. *Brian s'est fait assassiner pour couvrir celui avec qui Carol couchait.* Cela ne m'aidait cependant pas beaucoup, sauf pour confirmer ce que je suspectais déjà.

Je faillis ne pas entendre ce qu'Annie disait.

— Attendez une seconde. Qu'est-ce que vous venez de dire ?

— Je disais que ça correspondait presque. Ce n'était pas la même personne, mais pas loin.

— Qu'est-ce que ça signifie ?

Mon cœur se mit à battre plus vite. Je me souvenais juste assez de mes cours de biologie génétique, à l'université, pour avoir l'impression de connaître la réponse, mais je voulais qu'elle me la confirme pour en être sûre.

— Eh bien, il est fort probable qu'il s'agisse d'un membre de la famille de votre personne de référence.

Je restai bouche bée. J'avais voulu un lien entre les victimes ? Ce lien-là était assez énorme. Je lui répondis quelque chose qui ne dut pas être très intelligible, puis je raccrochai, le téléphone serré dans la main. Un sourire se dessina progressivement sur mon visage, tandis que les morceaux du puzzle se mettaient en place dans ma tête.

— Bonne nouvelle ? me demanda Ryan.

— De manière indirecte, oui. Les prélèvements d'ADN effectués sur Carol ne correspondaient pas aux éléments prélevés sur Brian.

— Et en quoi c'est une bonne nouvelle ? demanda-t-il.

— Les molécules d'ADN trouvées sur Carol étaient très proches de celles de Brian. Il y a de fortes chances pour que ce soit quelqu'un de la même famille.

— On dirait que Roth père a fait des bêtises, murmura Zack en souriant.

— C'est lui qui a tué Carol, dis-je. Il s'agissait peut-être d'un accident, mais c'est lui.

Ryan leva la main.

— Vous pensez vraiment qu'il a pu tuer son propre fils ? Je sais qu'il est toujours difficile de savoir ce qui se passe chez les gens, une fois la porte refermée, mais ils semblaient assez proches tous les deux.

Des hypothèses se dessinaient dans mon esprit, et j'étais surexcitée. Je haussai un sourcil.

— En tout cas, pas au point d'avoir des scrupules à coucher avec sa femme. Et la vidéo de surveillance de la résidence de Brian montre bien que Davis Sharp est arrivé aux alentours de 23 h 30, ce soir-là, et qu'il est reparti environ vingt minutes plus tard. Il y avait quelqu'un avec lui. Harris Roth, peut-être ? Harris a pu se mettre à paniquer, après s'être rendu compte que Carol était morte, et il a appelé son ami, qui se trouvait être son plus gros partisan politique.

Ryan ne semblait pas convaincu.

— J'ai toujours du mal à croire que Harris ait pu tuer son propre fils, ou le faire tuer, pour étouffer l'histoire. Avoir une liaison avec sa belle-fille est une chose, mais il avait vraiment l'air anéanti, à l'enterrement.

Je respirai profondément, et fis un effort pour envisager une autre explication.

— Et si Elena ne couchait pas du tout avec Harris Roth, mais plutôt avec Brian ? À ce moment-là, Davis aurait pu tuer Brian par jalousie.

Zack haussa les sourcils.

— Un crime passionnel… mais qui ne l'aurait pas empêché de garder son calme assez longtemps pour déguiser la scène de crime en suicide ?

— Ouais, tu as raison, dis-je avec une grimace. Ça ne colle pas. Et puis, Elena aimait les « hommes de pouvoir ». Et Brian n'avait pas vraiment le profil. (Je baissai la tête et relus le papier.) Harris Roth est celui qui les relie tous, les uns aux autres. Je pense que Davis Sharp est quand même impliqué dans le meurtre de Brian, mais je ne comprends pas encore bien comment.

Peut-être était-ce la raison pour laquelle Elena s'était montrée si anxieuse ? Elle connaissait peut-être l'identité du tueur.

— Mais au moins, poursuivis-je, on a maintenant une base solide sur laquelle travailler. (Je me tournai vers Ryan.) Je suis sûre qu'on peut obtenir une injonction pour faire prélever de l'ADN et procéder à une analyse plus complète, et aussi pour qu'on nous fournisse la liste des appels passés et reçus sur le téléphone de Harris Roth.

— Pour ce qui est de l'identification ADN partielle, je pense que tu as raison.

Je hochai la tête. J'avais très envie de faire tomber Harris Roth pour tous les meurtres, histoire de conclure joliment et proprement l'affaire, mais nous n'avions pas encore assez de preuves.

— Je vais commencer à taper tout ça à l'ordinateur, dis-je.

Fous-lui d'abord la mort de Carol sur le dos, il nous balancera tout le reste.

CHAPITRE 31

Taper l'injonction pour obtenir la liste des appels de Harris Roth et un prélèvement de sa salive ne me prit pas beaucoup de temps, mais il m'en fallut presque autant pour trouver ce que j'allais dire à Crawford. Je composai son numéro de téléphone, en faisant les cent pas dans le salon de Tessa, et je fis la grimace lorsqu'il décrocha, dès la deuxième sonnerie. J'espérais pouvoir lui laisser un message. *Mais ça n'aurait pas été la meilleure solution*, me rappela ma conscience.

— Sergent, c'est Kara Gillian.

— Qu'est-ce qu'il y a ?

Je lui expliquai rapidement ce qu'impliquaient les résultats des analyses, et je lui exposai ma théorie. Quand j'eus fini, il émit un petit sifflement.

— Eh bien, Kara, on peut dire que tu vois les choses en grand.

— Je sais… Mais tu dois bien admettre que ça paraît logique.

— Oui, je vois ce que tu veux dire, dit-il avant d'hésiter un peu. Kara, je suis désolé de te le faire remarquer, mais tu ne t'occupes plus du meurtre de Carol Roth.

Je me raidis.

427

— Je sais, sergent, mais il y a ce détail dans la vidéo de surveillance, et puis…

Il m'interrompit en riant.

— Ne te donne pas tant de mal. Pellini et Boudreaux peuvent bien aller se faire foutre. Ce sont des paresseux et des incompétents. Si le fait que tu viennes mettre ton grain de sel dans cette affaire pose un problème à quelqu'un, je m'en occupe. D'autant plus qu'au départ, c'est toi qui t'en occupais. Ça devrait s'arranger sans mal.

Je soupirai de soulagement.

— Merci, Cory.

— Mais Kara, si tu te trompes là-dessus, ta carrière est finie, tu m'entends ? Une injonction pour un prélèvement de salive, ce sera très humiliant pour une personnalité connue comme Harris Roth. Je ne te dis pas de ne pas aller jusqu'au bout, mais je veux m'assurer que tu sais ce que tu fais.

— Oui, je sais, dis-je en essayant d'avoir l'air sûre de moi.

Je l'entendis soupirer bruyamment.

— Très bien. Je peux te retrouver dans une demi-heure à…

— Sergent, l'interrompis-je. Je pense que ce serait mieux si… si tu ne venais pas.

Je fis la grimace, gênée par ce que je venais de dire. Mais je ne voyais pas comment être moins brutale. Si Harris Roth était capable d'arracher l'essence des gens, je ne voulais pas emmener avec moi quelqu'un qui ne pourrait pas se défendre, ni même se rendre compte du danger qu'il courait.

— Je suis ton sergent, Kara, dit-il d'un ton froid.

J'essayai de formuler ma pensée au mieux.

— Cory, tu m'as dit un jour que tu avais vu beaucoup de trucs bizarres au cours de ta carrière, et que tu étais sans doute plus disposé que beaucoup de gens à croire à des choses qui dépassaient l'entendement.

Il resta silencieux quelques secondes, avant de répondre :

— Et donc… d'après toi, on serait dans une telle situation ?

Je perçus à sa voix qu'il était incrédule, mais aussi, me sembla-t-il, résigné.

— Oui, je crois bien. J'ai… j'ai juste besoin que tu me fasses confiance.

Je levai les yeux en m'entendant parler. Bon Dieu, qu'est-ce que ma phrase paraissait débile ! Je m'en rendais compte moi-même.

— Écoute, ajoutai-je avant qu'il ait eu le temps de dire autre chose. Quand toute cette histoire sera bouclée, je te promets que je te donnerai toutes les explications que tu voudras.

Si tu es vraiment prêt à les entendre. Et si tout se passe bien.

Il continua de se taire, mais j'entendais encore des bruits de fond, si bien que je savais qu'il était toujours au bout du fil.

— Est-ce que l'agent Kristoff sera avec toi ? demanda-t-il enfin.

Je poussai un soupir.

— Oui.

Il soupira une fois de plus.

— Bon, tiens-moi au courant. Je te couvrirai autant que possible, si on me pose des questions.

J'avais bien conscience qu'il prenait de gros risques en me permettant de faire ce que je voulais.

— Merci, sergent.

Je ne jugeai pas utile d'ajouter un commentaire plat tel que « Je ne te décevrai pas », ou « Tu ne le regretteras pas ». Je n'étais malheureusement pas assez certaine que ça serait le cas.

— Fais attention à toi, Kara.

— Cela va de soi.

Je raccrochai avant de fixer mon téléphone à ma ceinture. En cet instant précis, Cory Crawford avait toute mon admiration.

Je montai les marches du palais de justice à petites foulées, tandis que Ryan faisait le tour du quartier en voiture, pour éviter d'avoir à trouver une place où se garer. Nous avions laissé mon véhicule de fonction chez Tessa. Il était tellement pourri que j'étais prête à trouver n'importe quelle excuse pour ne pas avoir à le conduire. Je montrai mon badge à l'agent de sécurité, puis je passai sous le détecteur de métaux, sans faire attention à la sonnerie odieuse. Je parcourus rapidement l'emploi du temps scotché au bureau et vis avec soulagement que le juge Laurent travaillait ce jour-là. Je m'étais un peu inquiétée sur la route, en imaginant des scénarios, pas si improbables que ça, dans lesquels certains juges refuseraient de signer une injonction contre un de leurs confrères. Mais avec le juge Laurent, je ne pensais pas avoir ce genre de problème.

Sa secrétaire était en train d'éteindre son ordinateur quand j'arrivai dans son bureau. Elle me regarda de façon à me faire bien comprendre qu'elle ne serait pas contente du tout si je la faisais rester plus tard que son heure habituelle. Je lui adressai mon plus beau sourire.

— Désolée d'arriver si tard, dis-je, mais ça ne devrait prendre qu'une seconde. Le juge Laurent est-il encore là ? J'ai besoin d'une signature pour une injonction concernant un prélèvement ADN et une liste d'appels téléphoniques.

Elle soupira.

— Oui, il est là.

Elle tendit la main pour que je lui donne le dossier.

— Merci, c'est vraiment gentil, dis-je avec autant de ferveur que je le pus.

Elle hocha vivement la tête et disparut derrière la porte qui menait au bureau du juge, puis elle revint quelques minutes plus tard, les mains vides.

— Vous pouvez y aller, dit-elle en me tenant la porte.

Je la remerciai d'un signe de tête, et elle m'adressa un regard plein de méfiance et non plus de résignation blasée. *Elle a dû regarder le document*, pensai-je. Tant pis. Dans moins d'une heure, tout le monde serait au courant, de toute façon.

J'entrai dans le bureau et refermai la porte derrière moi. Le juge n'avait l'air ni inquiet ni troublé, mais il semblait au contraire jubiler.

— Alors comme ça, vous allez pincer ce vieux pervers pour s'être tapé la femme de son fils jusqu'à ce que mort s'ensuive ?

Tout en gloussant, il apposa sa signature sur les papiers, en très grandes lettres, comme pour s'assurer que personne ne pourrait se tromper sur l'identité du juge qui avait donné son approbation.

— Eh bien, je n'ai pas encore de preuves solides, en fait. C'est pour cette raison qu'il me faut une analyse ADN.

— Ah ! Vous allez en trouver. Ce salaud s'est fait, ou a essayé de se faire toutes les jolies filles de la ville. Je ne sais pas comment sa femme peut le supporter. (Il me rendit le dossier contenant les documents signés, en secouant la tête.) Elle s'imagine peut-être qu'être l'épouse d'un juge compense toutes les liaisons extra-conjugales.

Je lui pris les papiers des mains, perplexe.

— Je vous remercie du temps que vous m'avez accordé, monsieur. J'espère que cette affaire se réglera comme je le souhaite.

Il me fit un grand sourire.

— N'hésitez surtout pas à revenir me voir, quand vous aurez besoin d'une signature pour le mandat d'arrêt.

Je ne pus m'empêcher de rire doucement.

— Sans faute, monsieur.

Je souriais toujours en quittant son bureau, et ne fus pas surprise de constater que sa secrétaire était déjà partie. Je téléphonai à Ryan tout en me dirigeant vers la sortie.

— C'est bon, lui dis-je quand il décrocha.

— Je suis juste à l'angle. Je viens te récupérer tout de suite.

Le juge Harris Roth vivait dans le domaine Ruby, à moins d'un kilomètre de chez les Sharp. *Rien qu'une petite distance à parcourir, et le juge pouvait aller s'amuser*, pensai-je amèrement, tandis que nous passions devant l'escalier monumental et le jardin prétentieux de la maison du conseiller. Celle de Roth se trouvait au bord du lac, elle aussi, mais il disposait de deux fois plus de terrain, et le fond était encore occupé par la forêt. Le bâtiment lui-même était grand, mais ne donnait pas l'impression de vouloir ressembler à la propriété d'un planteur de coton, comme la maison de Sharp. La maison de Roth, une structure en pierre sur un étage, me rappelait plutôt un cottage. Je me serais bien vu vivre dans un endroit comme celui-là, beau, calme et paisible.

Mais il fallait croire qu'il n'était pas si paisible que ça. Une ambulance débola de l'allée, sirène allumée, au moment où nous arrivions. Ryan me lança un regard inquiet.

—Mauvais pressentiment, dit-il.

—Pareil, répondis-je.

Ça ne s'arrangea pas, lorsque je vis une autre ambulance, garée près de la maison.

—C'est très très mauvais, dis-je.

Ryan se gara sur le côté. Je sortis avec lui et le suivis jusqu'aux marches qui menaient à l'entrée. J'avais l'impression que l'injonction pour le prélèvement ADN allait s'avérer inutile.

La porte était grande ouverte, et j'entrai sans plus attendre, à la suite de Ryan. À l'intérieur, des infirmiers s'affairaient autour de quelqu'un qui était allongé par terre, sur le dos. Une femme blonde que je ne reconnus pas se tenait un peu plus loin et se tordait les mains.

Harris Roth gisait sur le sol. Mort, de toute évidence, mais l'équipe de secours ne semblait pas encore avoir accepté cette réalité. Je sentais, pourtant, que c'était le cas.

—Ce n'est pas lui, le meurtrier, murmurai-je à Ryan d'une voix rauque. À moins qu'il se soit arraché sa propre essence.

Ryan poussa un juron. Je m'obligeai à faire quelques pas vers le cadavre, pour pouvoir m'approcher de la femme par la même occasion.

—Madame? Je suis Kara Gillian, inspecteur à la police de Beaulac. Pouvez-vous me dire qui vous êtes, et ce qui se passe?

Elle déglutit et hocha la tête avec nervosité.

—Connie Cavendish. J'habite de l'autre côté de la rue. (Elle désigna la porte d'une main tremblante.) Je suis amie de Rachel. On se promène parfois ensemble. Oh, mon Dieu, est-ce qu'il va s'en sortir?

—Les infirmiers font tout leur possible, tout ira bien, dis-je en mentant.

Je lui pris doucement le bras et l'éloignai vers ce que je pensais être la cuisine. J'avais vu juste, et quelque secondes plus tard, je l'aidai à s'asseoir à la table.

—Madame Cavendish, pouvez-vous m'expliquer ce qui s'est passé?

Elle se pétrit les mains.

—Ils… Rachel et Harris se sont disputés très fort. C'était très dur pour eux, depuis que Brian a tué sa femme avant de se suicider. Enfin, c'est ce que tout le monde croit.

Elle avait les yeux écarquillés, et j'avais envie de la secouer, mais je me retins.

— Je vois. Mais que s'est-il passé ici ? Où se trouve Rachel Roth ?

Elle prit une inspiration tremblante.

— J'étais chez moi, et j'ai entendu quelqu'un hurler. J'ai passé la tête par la porte, et Rachel était devant la maison, complètement hystérique. Alors j'ai couru pour venir voir ce qui n'allait pas. (Elle se frotta les bras, l'air toujours aussi choqué.) Au début, je n'arrivais pas à suivre ce qu'elle me disait. Puis j'ai fini par comprendre que quelqu'un avait appelé Harris pour lui dire que la police était en route et voulait lui parler de Carol.

Elle s'arrêta pour nous regarder Ryan et moi, d'un air presque accusateur. Je lui lançai en retour un regard glacial, et elle baissa les yeux.

— Rachel avait entendu la conversation. Elle m'a dit que Harris et elle s'étaient disputés. (Sa lèvre se mit à trembler.) Elle n'arrêtait pas de répéter : « Il a tué son propre fils pour se protéger, il l'a tuée elle, et puis il a tué son fils ». (Des sanglots lui secouèrent les épaules, et elle me regarda avec des larmes dans les yeux.) Quel genre de monstre pourrait tuer son propre fils ?

Je commençai à avoir ma petite idée sur la question, et il ne s'agissait plus de Harris Roth.

— Où est passée Rachel ?

— Oh, mon Dieu ! Elle répétait ça en hurlant, et puis elle m'a dit que Harris s'était écroulé, alors j'ai couru jusqu'ici, et je l'ai trouvé par terre. Je... je suppose qu'il a fait une crise cardiaque pendant leur dispute. J'ai appelé le 911. La pauvre Rachel était dans tous ses états. Une vraie crise de panique. Je n'avais pas de Xanax sur moi, et je n'en ai pas trouvé dans sa salle

435

de bains. (Elle semblait consternée et choquée, à l'idée que tout le monde ne puisse pas avoir une réserve de Xanax chez soi.) J'ai donc rappelé les secours pour leur dire d'envoyer une deuxième ambulance. Ils l'ont emmenée, il y a quelques minutes.

Je tournai les talons et courus jusqu'au salon. Ryan se tenait devant la porte de la cuisine, les bras croisés, l'air grave.

—C'est Rachel?

—Forcément, oui. Attends une seconde.

Je m'avançais jusqu'au corps de Harris Roth. Les infirmiers avaient arrêté de le réanimer; je n'eus donc pas de mal à m'accroupir à côté de lui. Je commençai à fouiller ses poches, sans m'inquiéter des regards surpris qu'on me jetait. Je trouvai enfin ce que je cherchai.

—Je suis de la police, et je vais seulement emprunter ceci, expliquai-je à l'équipe médicale qui me dévisageait.

Je me relevai rapidement et revins près de Ryan. Je lui montrai la porte d'un signe de tête, et il me suivit jusqu'à la voiture.

—Ce n'est pas Harris qui a tué Brian, mais elle. Elle a nettoyé le bordel qu'avait causé son mari, en tuant accidentellement sa maîtresse.

Ryan fit la grimace.

—Alors il couchait vraiment avec la femme de son fils?

—D'après ce que j'ai entendu dire, il couchait avec tout ce qui bougeait, dis-je avec un petit rire méprisant. (Je me rendis subitement compte d'autre chose.) Merde alors, avec la secrétaire du juge Laurent aussi, je parie!

Ryan me lança un regard inquisiteur avant de monter dans la voiture.

— Je sais que Laurent n'aurait pas appelé Roth pour le prévenir, expliquai-je. Il le détestait. Il trouvait que c'était une ordure et un pervers.

— Laurent a l'air d'être un fin psychologue.

— C'est clair ! Et je sais aussi que le sergent Crawford n'aurait pas prévenu Roth non plus. Donc la secrétaire de Laurent était la seule autre personne au courant. Il se trouve qu'elle est jeune, mignonne et ambitieuse.

Ryan regarda le téléphone que j'avais pris dans la poche de Harris.

— Tu es devenue pickpocket, on dirait ?

Je haussai les épaules et commençai à parcourir l'historique des appels.

— La réponse à l'injonction pour obtenir la liste des appels peut prendre des semaines. On n'a pas le temps.

— Dans ce cas, j'approuve ce vol de tout cœur. Tu veux qu'on aille à l'hôpital, maintenant, c'est ça ?

Il sortit de l'allée et s'engagea sur la route. Je hochai la tête.

— Oui. Mais si Rachel Roth a vraiment fait une crise de panique, je veux bien bouffer mon badge.

— Ça lui donnait une bonne excuse pour se tailler.

— Je me demande si elle se croit tirée d'affaire maintenant, dis-je en pianotant sur ma cuisse. On n'a aucune preuve contre elle.

— Les analyses ADN vont montrer que Harris couchait bien avec Carol, dit-il avec une grimace. Et il l'a sans doute tuée par accident, pendant leurs ébats, en effet. (Il secoua la tête.) Ça a dû lui demander beaucoup de courage pour appeler sa femme et tout lui avouer.

— Ce n'était peut-être pas la première fois qu'elle arrangeait les choses pour lui.

Je me tus et continuai à consulter la liste des appels. Nous approchions de la maison des Sharp, et l'escalier apparut dans notre champ de vision, juste au moment où j'arrivais à la date qui m'intéressait.

— Ce n'est pas lui qui l'a fait! m'écriai-je.

Une grosse pièce du puzzle trouvait enfin sa place. Ryan me regarda sans comprendre.

— De quoi tu parles?

— Harris n'a pas eu le courage d'appeler sa femme, dis-je avec un petit rire. Mon hypothèse de départ était juste, enfin, partiellement. Il a appelé Davis Sharp. (Je lui montrai l'écran, triomphante.) Mais Davis ne devait pas être tout seul, à ce moment-là.

— Continue, dit Ryan en plissant les yeux.

— Barbie Cardio ne s'était pas trompée. Elena et Harris avaient une liaison. Davis l'a appris, et s'est énervé contre sa femme.

Je pris une inspiration, en essayant d'organiser mes pensées. Tout commençait à prendre sens.

— La femme de ménage a décrit celle qui se trouvait avec Davis comme une femme aux cheveux clairs. J'ai cru qu'elle voulait dire blonde, mais maintenant je me dis qu'elle devait penser à des mèches, comme la couleur châtain-blond cendré des cheveux de Rachel. Et donc après avoir foutu Elena dehors, Davis a appelé Rachel pour la mettre au courant des coucheries de son mari…

— Ah, fit Ryan avec un petit rire amusé, cette bonne vieille méthode de vengeance, qui consiste à s'envoyer en l'air avec le partenaire de celui qui vous a fait cocu.

—Tout à fait, dis-je en souriant. Et pendant qu'ils se vengeaient ensemble, Harris était occupé à tuer sa belle-fille. (Je tapotai sur les touches du téléphone.) Il appelle Davis, paniqué…

—… Rachel surprend leur conversation et comprend qu'elle doit se charger de nettoyer tout ça.

—Voilà. Rachel est une femme intelligente et forte. Elle n'avait pas l'intention de divorcer. Elle supportait sans doute les infidélités de son mari, parce qu'elle tenait au pouvoir et au prestige d'être mariée à un juge. Ça lui a très bien réussi, c'est sûr, et je te parie qu'elle comptait se présenter très bientôt, pour être élue juge, elle aussi. Si Harris se faisait inculper d'homicide, même involontaire, ça aurait sali son image.

—Une dure à cuire, celle-là.

—Ça oui! Donc Rachel s'est fait conduire par Davis jusque chez Brian.

Je me tus, le temps de comprendre comment les choses s'étaient déroulées. Ryan fronça de nouveau les sourcils.

—Elle a convaincu Davis de tuer Brian?

—Non, je crois vraiment que c'est elle qui a tout fait. Je ne pense pas que Davis aurait soutenu son ami jusqu'à ce point, surtout après avoir appris qu'il couchait avec sa femme. Rachel s'est sans doute approchée sans problème de son beau-fils, pour lui tirer dessus et s'arranger pour faire croire à un suicide. En fait, je suis sûre que Davis ignorait tout du meurtre de Brian, avant de l'apprendre par la presse.

—C'est à ce moment-là qu'il s'est mis à flipper.

— Oui. Il a demandé des explications à Rachel et s'est fait zigouiller. Mais avant ça, je crois qu'il a appelé Elena pour tout lui raconter. C'est la seule chose qui expliquerait son état de panique, quand je suis allée la voir. Je te parie ce que tu veux que ça se vérifiera avec la liste des appels qu'il a passés.

Ryan s'engagea sur l'autoroute, en secouant la tête.

— Et pourquoi Elena n'a-t-elle rien raconté à la police ? Ça lui aurait évité d'être considérée comme suspecte dans l'enquête sur le meurtre de son mari.

Je réfléchis un instant.

— Les preuves qu'on avait contre elle ont toujours été faibles, et elle le savait très bien. Au début, elle devait avoir peur que Rachel sache que Davis lui avait tout raconté, mais après ma visite, elle a dû se rendre compte qu'il lui suffisait d'un seul coup de fil pour la faire tomber…

— Le chantage, encore une fois.

— Oui, c'est ce que je pense aussi. Mais je ne crois pas qu'elle l'ait fait pour l'argent.

Ryan me lança un regard interrogateur, et je lui souris.

— Elena Sharp adorait sa vie sociale. Avec l'aide de Rachel, elle pouvait revenir à Beaulac et jouer les veuves éplorées…

— … et se remarier dès qu'elle aurait trouvé un pigeon.

La même expression pensive se lisait sur son visage.

— Qu'est-ce que Rachel compte faire à présent ? demanda-t-il. Comme on n'a aucune preuve qu'elle a tué Brian, Davis va s'imposer comme le suspect le plus probable.

— Oui, mais tu oublies un détail important.

Il me regarda, le sourcil levé.

— Je suis tenace et butée, tu sais, dis-je. On peut très bien prouver que Harris a tué Carol. Grâce à l'ADN. Facile. Je vais mettre la main sur la liste des appels qu'a passés Harris, pour prouver qu'il a téléphoné à Davis. Et je vais trouver le moyen de prouver que Rachel se trouvait avec Davis, dans la Mercedes, même s'il faut que je visionne les vidéos de toutes les caméras de surveillance de la ville. Je vais aussi aller ramper devant Fourcade pour m'excuser et essayer de travailler avec lui pour épingler Rachel pour le meurtre d'Elena, en utilisant des vidéos, les traces laissées dans son appartement... Bref, ce qu'il faudra.

Ryan eut l'air inquiet.

— Elle va sentir qu'on est en train de comprendre, et qu'elle ne pourra pas s'en sortir indemne. Tout est en train de se retourner contre elle.

— Merde ! Je comprends mieux maintenant. Si Rachel a été bénévole au centre neurologique et dans des maisons de retraite, ce n'est pas par bonté d'âme, mais...

— Pour pouvoir aspirer les essences des patients décédés, dit Ryan en finissant à ma place.

— Et quand elle a tué Brian, elle ne pouvait pas passer à côté d'une telle aubaine...

— Et ensuite, elle a dû se retrouver face à un de ces lutins psychopathes, et elle est devenue encore plus puissante.

— Oui, répondis-je, et arrête de finir mes phrases. Ça commence à...

— T'agacer ?

Il me jeta un regard taquin.

—C'est malin. Elle a dû se demander pourquoi Tessa n'avait plus d'essence, alors elle est allée chez ma tante et a découvert un lutin psychopathe.

Je me calmai tout à coup. Si je n'avais pas retiré toutes les barrières, elle n'aurait jamais pu entrer dans la maison.

—Ça veut aussi dire qu'elle n'a pas besoin d'arme pour tuer. (Une pensée horrible me traversa soudain l'esprit.) Oh, merde! L'ambulance…

Avant que j'aie eu le temps de finir ce que je disais, Ryan était déjà en train d'appeler. J'écoutai la conversation, à bout de nerfs. Il expliqua à l'opérateur qu'il fallait diffuser une alerte générale concernant Rachel Roth, qu'une ambulance avait emmenée de chez le juge Roth, qu'elle était soupçonnée de meurtre et considérée comme extrêmement dangereuse. Je vis ses yeux se plisser en écoutant la réponse. Il finit par raccrocher.

—Ils n'arrivent pas à contacter l'ambulance.

Les infirmiers sont morts, me dis-je, tandis qu'un sentiment de culpabilité m'assaillait. J'étais restée tellement persuadée que Harris était le coupable que je n'avais tenu compte d'aucun des indices qui auraient pu me permettre d'arrêter Rachel plus tôt.

—Ce n'est pas ta faute, dit Ryan en interrompant ma réflexion.

—Ça se discute, dis-je en me mordant la lèvre.

J'aperçus l'hôpital, quelques pâtés de maisons plus loin.

—Attends! dis-je à Ryan. Arrête-toi là.

Je lui indiquai un parking, de l'autre côté de la rue, sur lequel une ambulance était mal garée.

Ryan fit une embardée et évita, je ne sais comment, de se faire emboutir par la berline qui le suivait. Sa voiture escalada le trottoir et s'immobilisa, dans un crissement de pneus, à côté de l'ambulance.

— Regarde à l'arrière! lui dis-je.

Je sortis à toute vitesse et courus jusqu'à l'avant du véhicule. Je sentis une crispation dans mon ventre, lorsque j'aperçus la conductrice affalée dans le siège.

— Fait chier, dis-je dans un souffle en regardant avec horreur la jeune femme brune aux yeux grands ouverts.

Inutile de vérifier son pouls. Mes sensations m'expliquaient ce qui s'était passé.

Je reculai au moment où Ryan claquait la porte arrière, l'air préoccupé. *C'était trop facile. Il y en avait un à l'arrière avec elle, et une fois qu'elle a eu fini, elle est passée dans la cabine de la conductrice pour s'occuper d'elle.* J'avais vaguement conscience que Ryan parlait de nouveau au téléphone pour prévenir l'opérateur de la police. Mais mon attention était ailleurs. J'avais soudain compris où nous nous trouvions.

Devant la clinique neurologique.

CHAPITRE 32

Je m'élançai vers la porte, mais Ryan m'attrapa le bras.

—Attends, dit-il.

Je me retournai pour le regarder, surprise par la force de sa poigne. Il ne me faisait pas mal, mais il me tenait bien, et il était clair qu'il ne me laisserait pas partir avant d'avoir pu me dire ce qu'il voulait.

— Ne me laisse pas croire encore une fois que tu es morte, dit-il d'une voix grave et aussi intense que l'emprise de sa main sur mon bras.

Je faillis répondre quelque chose de désinvolte, faire une remarque rigolote pour détendre l'atmosphère, mais je me ravisai en voyant la lueur qui brillait dans ses yeux. Je pris soudain conscience que l'annonce de ma mort avait dû être terrible pour lui. Il m'avait vue éviscérée, le ventre et la poitrine lacérés par les griffes d'un démon, me vider de mon sang, gisant par terre. Et il n'avait aucune raison de croire qu'il me reverrait un jour. Et pendant presque deux semaines, il avait vécu avec la certitude que j'étais morte.

Je lisais l'émotion qui se peignait sur son visage. En cet instant précis, il avait baissé la garde et me laissait voir qu'il ne pouvait pas me perdre encore une fois, qu'il n'y survivrait pas.

Mais s'agissait-il d'un ami qui perdait un autre ami ? Ou de quelque chose de plus que cela ? J'aurais aimé pouvoir le dire.

— D'accord, dis-je doucement. Je te le promets.

La tension dans son regard s'apaisa un peu, même si nous savions tous les deux pertinemment qu'il était impossible d'être sûr de pouvoir tenir une telle promesse. Mais je savais qu'il voulait plus que cela. Il voulait que je jure de ne pas faire le même sacrifice cette fois-ci.

Je posai ma main sur la sienne et la serrai brièvement.

— Cette salope va payer. Ça, je peux te l'assurer.

Il sourit, mais je vis bien qu'il n'était pas très rassuré. Il avait compris que je ne lui avais pas fait la promesse qu'il désirait, tout en sachant que cela m'était de toute façon impossible. Rachel n'était peut-être pas aussi dangereuse qu'un seigneur démon obéissant aux ordres du Tueur au symbole, mais je devais l'arrêter malgré tout.

Ryan ne dit rien de plus et relâcha mon bras. Quelque chose en moi avait envie de le prendre, de le serrer dans mes bras et de lui dire les mots qu'il voulait entendre, mais nous n'avions pas beaucoup de temps, et de toute façon, je n'aurais pas su quoi dire.

Je courus jusqu'à la porte d'entrée, Ryan sur mes talons. Je montrai mon badge à la réceptionniste sans même ralentir, puis contournai les ascenseurs pour prendre l'escalier. J'aurais voulu monter les marches quatre à quatre, mais je n'étais pas assez en forme pour cela. En plus, je n'étais pas assez grande, et l'exercice se serait sûrement avéré très douloureux. Heureusement, ma tante avait été installée au deuxième étage, et je

446

ne perdis pas trop de temps. Ryan, lui, monta les marches quatre à quatre et me lança un sourire tout fier, en arrivant sur le palier, plusieurs secondes avant moi.

Je lui aurais bien lancé une petite pique, mais je me concentrai plutôt sur ma respiration, pour essayer de faire entrer de l'oxygène dans mes poumons à l'agonie. Je me contentai d'un regard noir, et traversai en haletant le couloir qui conduisait à la chambre de ma tante.

Ma hâte n'avait servi à rien. Je déboulai à l'angle du couloir, et je me pris la porte de la chambre en pleine figure, comme dans une scène classique de dessins animés, le tout accompagné du crissement de mes semelles sur les dalles.

Je m'étais attendue à tomber sur un tableau dramatique, dans lequel le rôle de la folle dangereuse aurait été joué par Rachel, et celui de l'otage sans défense par ma tante comateuse. Au lieu de ça, je déboulai dans la pièce et tombai sur Carl, assis à côté du lit de ma tante et occupé à lui faire tranquillement la lecture. Il s'arrêta au milieu d'une phrase et releva la tête pour me regarder. Une infime trace d'étonnement se lisait sur son visage. Je balayai rapidement la pièce des yeux pour m'assurer que Rachel n'était pas cachée derrière la porte ou quelque part ailleurs, mais aucun des rideaux qui séparaient les quatre lits n'était tiré. Les seules personnes présentes étaient Carl, ma tante et trois autres patients dans le coma.

— Il y a du monde aujourd'hui, dit Carl en posant son livre. Quelque chose ne va pas ?

Du monde ?

— Quelqu'un d'autre est passé ? demandai-je en essayant toujours de reprendre mon souffle.

Il fallait vraiment que je fasse une sérieuse remise en forme !

— Est-ce que Rachel Roth est passée ? ajoutai-je.

— Oui, dit-il en fronçant les sourcils. Il y a environ dix minutes. Très bizarre.

— Pourquoi bizarre ? demanda Ryan.

Il n'était même pas essoufflé. J'étais verte de jalousie. Carl pencha un peu la tête, avant de répondre :

— Elle est arrivée en courant, comme vous deux, et elle a semblé très surprise de me voir. Ensuite, elle m'a dit qu'elle était venue chercher Tessa pour la descendre, parce qu'il fallait lui faire faire de nouveaux tests. Je lui ai demandé plus d'explications, et elle s'est mise en colère et m'a saisi par le bras. (Carl racontait les événements d'une voix calme et posée.) Je ne comprenais pas ce qu'elle fabriquait, et au bout de quelques secondes, elle m'a relâché, l'air perplexe et très contrariée. Elle m'a dit : « Laissez tomber. Je vais aller directement à la source. »

Il haussa ses frêles épaules.

— Et vous n'avez pas pensé à appeler la police, ni à prévenir qui que ce soit ? demandai-je.

Il leva légèrement un sourcil.

— Pour quoi faire ?

Il n'avait pas tort. Comment pouvait-il savoir que Rachel était une folle dangereuse, dévoreuse d'âme ?

— Elle… n'a pas réussi à vous tuer, dis-je en essayant de comprendre ce que j'étais en train de dire. Sans doute pour la même raison que les barrières n'ont pas d'effet sur vous.

Il haussa de nouveau les épaules.

—Finalement, elle a filé à toute allure. Il doit y avoir dix minutes, maintenant.

—La source? murmura Ryan.

Je lâchai un juron.

—Le portail. Elle est en route pour la maison de Tessa.

—Je ne sais pas ce que le lutin psychopathe a bien pu lui faire, mais elle en redemande, dit-il dans un grognement.

Merde! Elle arrivait à tuer simplement par le toucher à présent. Je ne voulais même pas imaginer à quel point elle pourrait devenir puissante. Je tournai les talons, mais jetai quand même un dernier regard à Carl, en lui montrant Tessa du doigt.

—Protégez-la!

—Absolument, dit-il en hochant gravement la tête.

En arrivant, je vis qu'une Honda Civic bleue était garée de travers dans l'allée, et je me demandai brièvement si Rachel avait tué quelqu'un d'autre pour se procurer cette voiture. Sur la route, j'avais rappelé l'opérateur pour modifier l'alerte lancée contre Rachel. Je voulais dissuader les policiers d'essayer de l'approcher. Il ne fallait surtout pas que quelqu'un pose les mains sur elle pour l'arrêter.

Je m'approchai de la maison avec Ryan, arme au poing, tout comme lui. La fenêtre flanquant la porte d'entrée, désormais grande ouverte, avait été cassée. Les barrières répulsives n'avaient apparemment aucun effet sur quelqu'un qui était vraiment décidé à entrer. *J'espère que les protections autour du portail tiendront le coup et l'empêcheront de faire venir un autre lutin.*

Je pénétrai dans le vestibule, le pistolet braqué dans le couloir. Ryan restait derrière moi, pour couvrir le reste de la pièce. Je restai aux aguets, et je lui indiquai la bibliothèque. Il me fit signe qu'il avait compris. Nous entendions tous les deux du bruit en provenance de cette pièce. *Pitié, faites que les protections résistent*!

Je passai rapidement la tête par la porte, et j'aperçus Rachel debout devant le portail, dos à la porte. Les protections étaient toujours intactes, à mon immense soulagement.

— Pas un geste! criai-je en pointant mon Glock sur elle. Laissez vos mains bien en évidence!

J'entrai dans la bibliothèque et m'écartai pour laisser aussi passer Ryan. Rachel se raidit, mais ne leva pas les mains pour autant.

— Vous avez deviné, n'est-ce pas? dit-elle d'une voix tendue, en serrant les poings.

— Oui, je l'ai senti. J'ai senti ce que vous avez fait.

Je laissai mon pistolet braqué sur elle, même si ma voix n'était pas aussi stable. Le souvenir des trous béants dans les victimes me soulevait encore le cœur.

— Vous avez tué tous ces gens et dévoré leurs essences, ajoutai-je.

— Je ne voulais pas. Je le jure! Je n'ai jamais voulu que les choses aillent si loin. (Sa voix se mit à trembler.) Mais je… je ne peux pas m'arrêter. Enfin si, j'en suis capable. Je le sais. C'est juste que…

Elle se tut, et je la vis frissonner. *Comme une junkie en manque.*

— Comment faites-vous? demandai-je.

Je me doutais qu'il s'agissait d'une capacité naturelle, Rhyzkahl me l'avait expliqué. L'idée que la capacité d'invoquer des démons et celle de détruire des essences aient des racines communes me perturbait quelque peu. Mais pour l'instant, j'avais besoin d'une excuse pour gagner du temps et réfléchir au plan de bataille.

Rachel eut un rire mal assuré.

— Jadis, c'était comme un petit don que j'avais. Mon grand-père est mort quand j'avais cinq ans. On a rassemblé tous les enfants dans la pièce, juste après son dernier soupir. Imposer une expérience pareille à des enfants est assez traumatisant, mais pour moi, ça a été un signe du destin.

— Parce que son essence venait d'être libérée, dis-je.

Je l'entendis déglutir.

— Elle n'était retenue à l'enveloppe vide de son corps que par un fil. Je la voyais, je la sentais, et c'était tellement bon… Lorsque je me suis jetée dessus, tout le monde a pensé que je me précipitais sur le corps de mon grand-père, par désespoir. Quand ils sont venus me détacher de lui, j'avais déjà absorbé son essence. (Elle tourna sur moi ses yeux hagards et sombres.) On se souvient toujours de sa première fois, pas vrai ?

— Je n'ai jamais dévoré l'essence de personne, répliquai-je. Je n'ai aucune idée de ce que ça fait.

Un sourire timide se dessina sur ses lèvres.

— C'était merveilleux. Je me suis sentie si bien. Je n'ai jamais oublié cette sensation. Un peu plus tard, j'ai commencé à faire du bénévolat dans les hôpitaux. Mais je ne tuais jamais personne, j'attendais toujours que… que ce soit fini. (Elle se tut quelques secondes, avant de reprendre.) Et puis je suis tombée malade. Cancer du sein. J'étais terrifiée et désespérée, et à cette époque-là, je sortais avec un homme qui était patient dans une clinique...

—Pourquoi se donner la peine d'attendre, c'est ça ?

—Il allait mourir, de toute façon ! rugit-elle, mais je voyais toujours la peur et la culpabilité briller au fond de ses yeux. Je n'ai pas eu trop de mal à lui administrer une dose mortelle de son médicament pour le cœur. Ensuite, je me suis sentie mieux. Je... je me suis dit que c'était comme faire un don d'organe. Il est mort un tout petit peu en avance, et mon cancer a disparu.

—Mais vous avez continué à travailler là-bas, dis-je.

Oui, c'est ça, continue de parler. Je savais d'expérience que la plupart des gens qui voulaient se confesser, voulaient se confier à quelqu'un, n'importe qui. J'étais tout à fait prête à lui rendre ce service. Cela me laisserait peut-être le temps d'élaborer un plan.

—Combien d'autres sont morts avant l'heure, à cause de vous ?

—Quelques-uns seulement, répondit-elle d'une voix à peine audible. Seulement... quand je ne supportais plus d'être affamée comme ça.

—Mais ensuite, vous avez tué Brian, grognai-je.

Elle se redressa, se tourna légèrement vers nous, laissant ses mains bien visibles, les yeux rivés sur nos pistolets.

—Oui, mais uniquement parce que feu mon mari était un abruti fini et un connard de coureur de jupons.

Sa voix avait retrouvé sa froideur cassante. Ce n'était plus la junkie qui parlait, mais l'épouse méprisée et vengeresse.

—J'étais prête à tolérer ses indiscrétions jusqu'à un certain point, car être mariée à un juge était une bonne chose pour ma carrière. Mais ensuite, il a fait le con en tuant Carol. Il baisait avec sa belle-fille.

Il y avait un dégoût immense dans sa voix, et j'avais du mal à ne pas ressentir la même chose qu'elle, envers Harris Roth.

—Ensuite, il a téléphoné à Davis en panique…

—Mais vous étiez avec Davis à ce moment-là, occupée à vous venger de votre côté, dit Ryan.

—Harris l'avait bien mérité, dit-elle en haussant les épaules. Mais Davis n'était qu'un pleurnicheur pathétique. Il a menacé de tout révéler à la police, cet abruti.

—Mais il avait déjà tout raconté à sa femme, soulignai-je.

—Une vraie abrutie, elle aussi, dit-elle sur un ton méprisant. Vous savez ce qu'elle attendait de moi ? Elle voulait revenir à Beaulac, comme si de rien n'était. Elle m'a demandé de faire en sorte qu'elle soit toujours «acceptée». Quelle conne ! Il lui suffisait d'un coup de fil pour me mettre derrière les barreaux, mais elle n'avait pas les tripes pour le faire.

La colère me nouait la gorge.

—Mais pourquoi tuer Brian ? Il n'avait fait de mal à personne. Vous ne pouviez pas trouver un autre moyen, pour déguiser le meurtre de Carol ?

Elle eut un rictus féroce.

—Je voulais faire souffrir Harris. Je savais que ça le tuerait. (Son rictus se transforma en un sourire triste et égaré.) De toute façon, Brian n'aurait pas pu continuer à vivre s'il avait su ce qu'ils avaient fait, Harris et elle.

— Vous êtes sacrément siphonnée, dites donc, lui dit Ryan.

Elle lui lança un regard empli de haine pure.

— Je ne suis pas folle. J'ai fait ce que j'avais à faire. Mais… (Elle prit une inspiration, comme pour se calmer.) Mais je ne m'étais pas rendu compte à quel point il est préférable de se trouver là, au moment précis où l'essence est libérée, surtout quand la mort est… violente. Je n'en ai pas laissé échapper du tout, j'ai presque tout absorbé. Mon Dieu, ce que c'était bon ! (Elle ferma les yeux en se remémorant cet instant de béatitude.) C'était si puissant, tellement parfait. Et quand Davis m'a dit qu'il voulait parler à la police…

— Vous vous êtes aussi occupée de lui, dis-je en finissant à sa place. Tout comme pour les Galloway, qui se sont montrés assez stupides pour faire chanter votre mari.

— Oui, c'était vraiment bête de leur part, dit-elle en hochant la tête.

— Et Ron Burnside, dit doucement Ryan, l'avocat qui comptait se présenter aux élections en même temps que votre mari. Vous vous êtes également occupée de lui ?

Un autre haussement d'épaule.

— Les gens meurent souvent, des suites d'une opération. Une vraie tragédie.

Je vis cependant la satisfaction briller dans ses yeux.

Mes pensées tournoyaient de manière chaotique. *Comment va-t-on l'arrêter ? Y a-t-il un moyen pour revenir en arrière ? Lui ôter sa capacité ? On peut difficilement lui passer les menottes et la jeter en prison.*

— Pourquoi êtes-vous venue ici ? demandai-je.

J'étais presque certaine de connaître déjà la réponse, mais je cherchais un indice qui pourrait m'indiquer la marche à suivre. Elle se tourna vers moi.

— Votre tante. Elle est toujours en vie, mais il n'y a plus rien en elle. Je savais qu'elle avait été blessée au cours de l'affaire du Tueur au symbole, et j'ai décidé de découvrir ce qui la rendait si spéciale. (Elle inclina la tête.) Je suis passée devant cette maison en voiture pendant des semaines, sans arriver à prendre mon courage à deux mains et à essayer d'entrer pour faire un tour.

Grâce aux répulsifs et aux protections, me dis-je. *Les premiers, ceux qui fonctionnaient.*

— Et puis un jour, j'ai eu envie d'essayer.

Oui, c'est sûrement le jour où je les avais retirés. Quelle idiote !

— Je n'eus pas trop de mal à entrer, d'autant plus qu'il y avait déjà une fenêtre cassée, derrière la maison. Je suis entrée dans cette pièce et… j'ai trouvé une sorte de petite fée Clochette. Elle m'a attaquée et piquée, mais j'ai réussi à l'attraper. (Elle secoua la tête.) Je ne me souviens pas de ce qui s'est passé, mais… Bon sang, c'était comme de dévorer une dizaine de vies d'un seul coup. Je crois que je me suis évanouie… mais lorsque j'ai repris connaissance, j'étais différente. Plus forte. (Sa voix se transforma en chuchotement.) Et j'avais encore plus faim. (Elle trembla de tout son corps, et je vis que son front était couvert de sueur.) Je ne veux plus tuer personne, je vous le jure. Mais je ne sais pas pendant combien de temps encore j'arriverai à me contrôler. (Elle jeta un coup d'œil en direction du passage arcanique.) La créature est sortie de ce coin-là, je m'en souviens. Je crois que si j'arrive à en trouver une autre, je pourrai tenir un bon moment. Peut-être que je pourrais me nourrir comme ça et ne plus avoir à tuer personne. Mais je n'ai rien vu pour l'instant. (Elle me lança un regard suppliant.) Il faut que vous m'aidiez à en attraper une autre. Je vous en prie!

Je secouai lentement la tête.

— Rachel, je ne peux pas faire ça. Ça ne ferait qu'aggraver les choses. Je suis désolée.

Elle ouvrait et fermait les poings en tremblant.

— Non, vous n'êtes pas désolée. Vous voulez au contraire que je meure de faim.

Est-ce que ça peut marcher? Pouvait-elle se sevrer d'une drogue pareille?

— Laissez-moi trouver un autre moyen de vous venir en aide.

— Non! Je n'ai pas le temps de vous laisser chercher autre chose! (Elle humidifia ses lèvres desséchées.) Si vous refusez de m'aider, alors je… je ferai autrement. Quoi? Vous croyez que vous pouvez m'arrêter? (Elle eut un rire hystérique.) Vous ne pouvez pas me tirer dessus.

— Et qu'est-ce qui vous fait dire ça? demanda calmement Ryan.

— Vous n'attaqueriez pas la pauvre femme d'un juge récemment décédé, alors qu'elle est en détresse et qu'elle est venue vous voir pour en apprendre un peu plus sur les crimes perpétrés par son mari? répliqua-t-elle, les yeux brillants. Vous n'avez aucune preuve contre moi!

Elle fit un pas dans notre direction.

— J'en ai rien à foutre, grondai-je. Faites un pas de plus, et je vous assure que je vous tire dessus.

Je préférais détruire ma carrière plutôt que de la laisser me toucher. Elle hésita une seconde, haletante, puis haussa les épaules.

— On va voir comment ça se passe, d'accord ? dit-elle mystérieusement.

J'essayais de comprendre ce qu'elle voulait dire, lorsqu'elle bondit vers nous, les mains tendues en avant.

Je pressai plusieurs fois sur la détente, en même temps que Ryan. Une tache de sang apparut sur le chemisier de Rachel, mais contrairement à ce que l'on voit dans les films, elle ne fut pas projetée de l'autre côté de la pièce. Elle fit quelques pas chancelants vers Ryan, qui recula contre le mur, et elle parvint à saisir sa main qui tenait le pistolet, au moment où il lui tirait plusieurs balles supplémentaires en pleine poitrine.

Ryan poussa un hurlement que j'espérais ne plus jamais entendre.

— Tirez-moi dessus encore une seule fois et il mourra ! dit-elle d'une voix rauque.

Ryan lâcha son arme et tomba à genoux, les yeux écarquillés, le visage crispé par la douleur.

— Non ! criai-je, prise de panique. Arrêtez ! Ne lui prenez plus de son essence ! Je vais vous aider, je vous le jure.

Tout en haletant, elle saisit Ryan par les cheveux.

— Lâchez votre arme ! m'ordonna-t-elle.

Elle saignait à plusieurs endroits, au niveau de la poitrine, mais tandis que je regardais ses blessures, je fus témoin d'un phénomène monstrueux : le sang s'arrêta de couler, et les trous se refermèrent. Ryan frissonna et il pâlit. Je compris avec horreur qu'elle pompait son énergie naturelle, son essence, pour se soigner.

—Arrêtez ça immédiatement! hurlai-je.

—Lâchez votre arme, répéta-t-elle, sinon je le finis.

Si je lui tire dans la tête, est-ce que ça va l'arrêter? Je chassai cette pensée de mon esprit aussi vite qu'elle m'était venue. Plusieurs pas nous séparaient, et elle se servait de Ryan comme d'un bouclier. Je savais assez bien tirer, mais je ne me faisais pas assez confiance : je pouvais blesser Ryan par accident. Je baissai lentement mon arme.

—Si vous jurez de ne pas nous tuer, je… j'ouvrirai un autre portail pour que vous puissiez attraper d'autres espèces de lutins.

Elle plissa les yeux, méfiante.

—Comment ça?

—J'ai le pouvoir d'ouvrir des passages entre notre monde et un autre. Tout comme ma tante.

—Eh bien, allez-y! dit-elle avec un rictus menaçant.

—Je ne peux pas me servir de celui-ci, mentis-je. Il faut que j'en crée un nouveau. Jurez que vous ne nous ferez rien, et j'en ouvrirai un autre, rien que pour vous.

—Il est très puissant, cet homme-là, dit-elle tout bas.

Elle serra un peu plus la main autour du bras de Ryan, et il étouffa un cri de douleur. Elle alla même jusqu'à se lécher les lèvres.

—Je n'ai jamais rien goûté de tel, ajouta-t-elle.

Je sentais l'essence de Ryan circuler de façon irrégulière.

—Je ne peux pas ouvrir le portail qui se trouve ici, dis-je en parlant vite, mais je peux en créer un autre, là-haut, au grenier. Ça ne me prendra qu'un instant. Il sera beaucoup plus large, et plus puissant. (Je baissai la voix.) Mais si vous le tuez, je vous assure que je ferai appel à des pouvoirs que vous ne pouvez même pas imaginer, et là, vous serez bel et bien foutue.

Je lus de la méfiance, de la peur et de la faim dans ses yeux, mais elle finit par hocher la tête.

— Montrez-moi le chemin, dit-elle sèchement, en relevant Ryan.

Il respirait bruyamment, et son teint était devenu grisâtre. Mais son regard croisa le mien, et il hocha très légèrement la tête. Il pensait que je cédais aux menaces de Rachel. Ou peut-être se doutait-il de mon plan.

— Si vous tentez quoi que ce soit, votre petit ami y passe, me rappela-t-elle inutilement.

— C'est pas mon petit ami, bordel, râlai-je en m'engageant dans le couloir qui conduisait à l'escalier.

Elle me suivit tout en traînant Ryan par le bras et les cheveux. Il avait mauvaise mine, mais une lueur de haine brillait toujours dans son regard.

J'ouvris la porte du grenier et j'allumai les lumières. Il faisait frais, presque froid même, grâce à la climatisation que j'avais laissée allumée. Mais surtout, j'avais dans cette pièce un diagramme prêt à l'emploi, et juste à côté une réserve arcanique pleine de la puissance miroitante que j'avais accumulée la veille. Rachel poussa un petit soupir en entrant.

— C'est la même chose que le truc dans la bibliothèque ? Ça n'y ressemble pas du tout.

Je m'avançai jusqu'au bord du diagramme, ramassai un morceau de craie et me tournai vers elle.

— Vous avez raison. Mais comparer ces deux passages, ce serait comme de chercher des similitudes entre une petite voiture pour enfant et une Ferrari. Vous allez avoir accès à beaucoup plus de pouvoir que vous ne pourriez jamais en obtenir avec l'autre.

J'espère vraiment que je ne vais pas tout faire foirer. Je devais l'arrêter, mais je n'avais pas non plus l'intention de la laisser se déchaîner en liberté dans le monde démoniaque.

J'étais certaine de pouvoir la détruire, Rhyzkahl m'avait assuré que c'était possible. Mais je ne savais pas comment m'y prendre.

Elle regarda le diagramme, l'air affamé, et elle plissa ses yeux, qui devinrent deux fentes.

— Kara, non…, articula Ryan avec difficulté. Ne fais pas ça.

Rachel accentua sa pression sur son bras, et il poussa un cri de douleur.

— Mais si, elle va le faire, dit-elle en riant doucement. Oui, ce sera parfait. Allez-y, faites ce qu'il faut.

Elle me regarda, le menton levé avec un air de défi. *Compte sur moi.*

— Reculez et ne touchez surtout pas le diagramme, dis-je. J'en ai pour deux minutes.

— Oui, allez, dépêchez-vous.

Je ne me retournai plus vers Ryan. J'ignorais s'il savait ce que je m'apprêtais à faire, mais je ne voulais pas voir sa réaction au moment où il comprendrait. J'allumai rapidement les bougies, traçai les modifications au sol et je me plaçai au bord du diagramme, de façon que Rachel et Ryan se trouvent à ma droite.

Je levai les bras et commençai l'incantation, en incorporant progressivement l'énergie dans le rituel, fière de pouvoir me servir de mon invention. Les runes et les barrières s'illuminèrent, tandis que je suivais le protocole. Je me permis quelques raccourcis, mais ça ne changerait rien à cette invocation.

Je savais que je ne craignais rien, surtout avec les offrandes que j'avais à ma disposition.

Le portail s'élargit en un vortex brillant, et j'entendis le rire triomphal de Rachel. *Tu ne riras plus pour très longtemps, salope.*

Je prononçai le nom du démon, et une seconde plus tard, le passage se referma. Toutes les lueurs disparurent, et les bougies furent soufflées par un vent inexistant.

— Qu'est-ce qui s'est passé? demanda Rachel. Vous l'avez ouvert? C'est fini?

Mon cœur cognait douloureusement dans ma poitrine. Je sentais sa présence au cœur du cercle. J'entendais la respiration lourde de Ryan, entre ses mâchoires serrées. Il savait qui je venais d'invoquer. Je mis un genou à terre et courbai le dos, en serrant les poings pour empêcher mes mains de trembler.

Une lumière bleue apparut, et Rachel poussa un cri. Je savais qu'il ne me restait que quelques secondes, avant qu'elle se rende compte de la supercherie.

— Seigneur Rhyzkahl, dis-je d'une voix tremblante, malgré mes efforts pour paraître sûre de moi. Viens en aide à Ryan Kristoff, arrête Rachel Roth, et je consentirai à devenir ton invocatrice.

CHAPITRE 33

J e m'attendais à ce que Ryan pousse un cri de protestation, ou que Rachel dise quelque chose, mais le silence s'installa. Au bout de quelques secondes, je relevai la tête. Rhyzkahl se tenait debout devant moi, les bras croisés, le visage impassible. Je me risquai à regarder rapidement autour de moi, et je fus choquée de reconnaître la grande salle de marbre blanc qui m'était familière, et le dais sur lequel figurait la marque de Rhyzkahl, un symbole que je ne connaissais que trop bien. Je clignai des yeux, désorientée, et me tournai vers le démon.

— Non, nous ne sommes pas dans mon royaume, dit-il d'une voix grave, qui vibrait de puissance. Ceci n'est qu'une illusion qui nous donne du temps et un peu d'intimité, de sorte que nous puissions conclure un contrat en bonne et due forme.

Je comprenais enfin. Il n'avait pas exactement interrompu le cours du temps, et ne m'avait pas non plus transportée ailleurs. Ce devait être comme les messages qu'il m'avait envoyés en rêve, dans lesquels il manipulait l'apparence de la réalité. Et puisque mon offrande n'était pas négligeable, Rhyzkahl voulait sans doute être absolument certain que notre accord était solide.

463

Je pris une inspiration, le cœur battant à tout rompre.

— Cette femme, Rachel Roth, est la créature dont je t'ai parlé. Elle dévore les essences, et... elle devient de plus en plus puissante. Beaucoup trop. Je crois qu'elle a dévoré un hriss qui venait de... (j'hésitai à faire mention du passage, puis je me rendis compte qu'il était un peu tard pour ce genre de scrupule) du portail qui se trouve dans la bibliothèque de ma tante. (Je crus voir ses yeux se plisser, mais je n'en étais pas certaine, puis je déglutis et me forçai à continuer.) Elle a voulu nous attaquer, mais nous lui avons tiré dessus, tous les deux. Elle a malgré tout réussi à prendre Ryan en otage, et elle a soigné ses blessures, grâce à l'essence qu'elle aspire chez lui. (Je transpirais malgré la fraîcheur de la pièce.) Elle a tué beaucoup de gens, et je ne sais pas comment l'arrêter...

— Et tu tiens à cet être que tu nommes Ryan Kristoff, dit-il en finissant la phrase pour moi.

J'avais la bouche affreusement sèche, et l'horrible impression que j'allais éclater en sanglots, ce qui était vraiment la dernière chose à faire, alors que j'essayais d'établir les termes d'un contrat avec un seigneur démon. Et bien sûr, plus je faisais d'efforts pour retenir mes larmes, plus je les sentais affluer.

— Oui, seigneur. En échange de votre aide, quel service voudriez-vous que je vous offre, pour honorer ma dette envers vous ?

Et voilà, je pleurais pour de bon. Je sentais ces traîtresses de larmes couler le long de mes joues, et je dus me contrôler de toutes mes forces pour ne pas les essuyer.

—Relève-toi, Kara. Tu n'as rien à faire à genoux.

Je me redressai maladroitement, puis je cédai et m'essuyai le visage du dos de la main. Rhyzkahl me tourna le dos et franchit les deux pas qui le séparaient de son trône, puis s'y assit langoureusement.

—Ce problème est plus compliqué que tu ne le penses, dit-il d'un air songeur.

—À cause de Ryan ? Ce n'est pas un simple agent du FBI, n'est-ce pas ?

Il ne m'offrit aucun signe de dénégation ou d'affirmation.

—C'est un problème complexe. Il ne m'est pas si facile d'interférer avec cette sphère.

—Pourquoi ? persistai-je. Est-ce que quelqu'un souhaite sa mort ? Est-ce pour cette raison que le kzak a été poussé à travers le portail ? Pour venir le chercher ?

Il posa sur moi ses yeux perçants, d'un bleu cristallin.

—Quand as-tu rencontré un kzak ?

—Il y a une semaine environ, je crois. Est-ce qu'il le poursuivait lui ?

Ou était-ce moi qu'il cherchait ? pensai-je.

Son expression demeurait impénétrable.

—Je ne peux te répondre.

Je fronçai les sourcils. Mon envie de pleurer s'était tout à coup dissipée. À présent, je me sentais surtout agacée de ne pas être mise au courant.

—Tu ne peux pas ou tu ne veux pas ?

—Revenons plutôt au problème qui nous préoccupe, si ça ne te dérange pas.

Il se leva et marcha jusqu'à moi, puis me prit le menton et leva mon visage vers lui, pour me dévisager.

— Tu aimerais que la menace que représente cette femme soit éliminée, et aussi que Ryan Kristoff soit épargné.

— Oui.

Je n'étais pas vraiment en position de hocher la tête, puisqu'il me maintenait toujours le menton.

— Et pourtant, tu voudrais également protéger ta sphère, ton monde, de la possibilité qu'une créature arcanique aussi puissante que moi le pille pour son propre intérêt.

— Oui.

Il me relâcha et recula d'un pas, à mon grand soulagement. Il était bien plus grand que moi, et je commençais à avoir la nuque raide. Il joignit ses mains derrière son dos et m'observa d'un air pensif.

— Si cette créature dévore l'essence de Ryan Kristoff, il ne fait aucun doute qu'elle s'attaquera ensuite à toi et te détruira.

Il ne semblait attendre aucune réponse, mais avait plutôt l'air de chercher une solution. J'aurais aimé savoir ce qui le faisait hésiter. Je ne dis rien, attendant simplement qu'il veuille bien cracher le morceau.

Au bout de plusieurs secondes, il ajouta enfin :

— Tu m'invoqueras dans ton monde au moins une fois par cycle lunaire, pendant les trois prochaines années terrestres. À chaque invocation, je ne resterai pas plus d'une demi-journée, sauf si de nouvelles clauses sont conclues au moment du rituel. Pendant mon séjour dans ton monde, je ne ferai rien qui puisse te blesser ou violer ton code de l'honneur, sans ton accord préalable.

Je réfléchis rapidement à sa proposition. Une fois par mois, pour les trois prochaines années, pas plus d'une demi-journée chaque fois.

— Mon code de l'honneur inclut l'obéissance aux lois qui me concernent. Je veux que tu les respectes, au même titre que moi, sauf indication contraire.

— Entendu, dit-il en inclinant la tête. En échange, je vais supprimer la menace que représente cette femme pour toi et pour ceux à qui tu tiens.

Je crus deviner un rictus ironique sur son visage, mais l'expression s'effaça immédiatement.

— Et pour toutes les prochaines invocations de ta personne, dis-je en me redressant, tu dois aussi accepter de répondre, du mieux que tu pourras, à au moins trois questions que je te poserai.

Cette fois, il eut un petit sourire, comme si je lui faisais plaisir, en essayant de tirer le plus de bénéfices possible de cette négociation, aussi infimes soient-ils.

— Une seule question.

— Deux.

— Je consens. Telles sont les clauses que je peux et veux respecter.

Je poussai un soupir.

— Telles sont les clauses que je peux et veux respecter, répétai-je.

À mon grand soulagement, je pouvais affirmer que c'était le cas.

— Donne-moi ta main, Kara.

Je lui tendis ma main droite, mais il secoua la tête et prit ma main gauche, paume en l'air. Un couteau apparut soudain dans la sienne, un objet inquiétant, pourvu d'une lame qui brillait d'une lueur bleue.

Le manche était recouvert de piques, visibles entre ses doigts, quand il le tenait en main. Saisir ce poignard sans faire très attention devait sans doute être extrêmement douloureux. Une pierre précieuse, d'un bleu profond, en ornait le pommeau et luisait d'un éclat qui semblait trembloter dans ses profondeurs.

Je fus prise d'une terreur abjecte à la vue de ce couteau, sans que je puisse dire exactement pourquoi. Avant que j'aie eu le temps de retirer ma main, Rhyzkahl resserra sa poigne, tendit mon bras et m'entailla la chair en suivant exactement la cicatrice laissée par l'invocation de Kehlirik. Une vague de nausée terrible me submergea, lorsque la lame entra en contact avec ma peau, pour s'évaporer dès que Rhyzkahl la retira. Je regardai mon sang apparaître à la surface de la blessure, puis j'observai le seigneur démon s'infliger la même chose. Il s'approcha et positionna son entaille sur la mienne. Je m'attendais à sentir quelque chose, un choc, une brûlure, ou une autre sensation étrange, au moment où nos sangs se mêleraient, mais je ne perçus rien d'autre que son aura puissante, qui nous enveloppait tous les deux.

—À présent, le serment est scellé par le sang.

Il sourit et me déposa, sur les lèvres, un baiser léger et étonnamment chaste, comparé aux baisers sulfureux et passionnels qu'il m'avait déjà fait partager.

—Il faut que je sache quelque chose, dis-je après qu'il se fut éloigné. Je veux dire… Es-tu prêt à répondre à deux questions dès maintenant ?

Il inclina à peine la tête, pour m'indiquer son consentement.

— Tu m'as dit que ce qui nous reliait dans mes rêves s'était brisé quand je suis morte… mais… te sens-tu encore lié à moi d'une certaine façon ?

L'espace d'un instant, j'eus l'impression qu'il avait envie de rire, mais il se contenta de sourire.

— Perspicace et intelligent. Durant les dernières secondes avant que tu périsses, j'ai forgé un lien nouveau et différent, susceptible de survivre à ta mort.

Le petit malin ! Il ne m'avait pas menti, mais il ne m'avait certainement pas dit toute la vérité non plus. Au moins, j'étais enfin fixée.

— Ta seconde question ? demanda-t-il.

À mon avis, il devinait ce que j'allais dire. Je n'étais pas complètement certaine de vouloir connaître la réponse, mais j'avais besoin de savoir.

— Qu'est-ce qu'un kiraknikahl ? dis-je d'une voix cassée.

Il esquissa un sourire glacial.

— Un kiraknikahl est un briseur de serment.

La salle de marbre s'effaça soudain, et je me retrouvai au grenier, sans avoir la possibilité de digérer la nouvelle. Rhyzkahl tenait toujours le poignard à la main, et à peine m'étais-je rendu compte du changement de décor qu'il fit volte-face et attrapa Rachel d'un geste rapide et fluide. Avant qu'elle ait eu le temps de faire autre chose qu'écarquiller les yeux, il lui plongeait la lame dans la poitrine, en plein dans le cœur.

Elle hurla, agrippa le manche du couteau et tenta de repousser la main de Rhyzkahl, qui le maintenait enfoncé jusqu'à la garde. Ryan tomba lourdement à genoux, puis releva les yeux pour observer la scène.

Une expression horrifiée apparut sur son visage, quand il aperçut le poignard, et il se traîna en arrière.

Rachel poussa un autre hurlement, mille fois pire que celui que Ryan avait lâché, quand elle avait commencé à lui aspirer son essence. Rhyzkahl passa un bras autour de sa taille et l'attira contre lui, d'un geste qui aurait pu paraître tendre, si le seigneur démon n'avait tenu une lame plantée dans son cœur. Je sentis un flux négatif de puissance parcourir la pièce, et je reculai moi aussi jusqu'à ce que je me retrouve dos au mur, à côté de Ryan.

—Non, gémit-il. Non. Pas ça.

Je détournai les yeux de la scène lugubre et le regardai. Une douleur et un sentiment d'horreur incroyables se lisaient dans ses yeux. Il se tourna soudain vers moi, baissa les yeux sur mon bras, et sa panique sembla s'accroître encore.

Je suivis son regard, m'attendant à voir la petite coupure pratiquée par Rhyzkahl, mais des volutes de puissance avaient remplacé la blessure. En l'espace de quelques secondes, elles se concentrèrent pour former une marque complexe sur mon avant-bras, comme un tatouage arcanique. Je reconnus immédiatement le symbole. La marque de Rhyzkahl. Je tournai la tête pour ne pas regarder Ryan. Je n'avais pas besoin de sa condamnation.

—J'ai fait ce que j'avais à faire.

La pierre bleue, incrustée dans le manche du poignard, s'illumina soudain, et Rachel se laissa aller dans les bras du démon. Il la lâcha et recula d'un pas, la laissant tomber comme un sac de farine. Son corps s'écroula par terre, puis, sous nos yeux, se ratatina et commença à se désintégrer, pour se réduire finalement à une poignée de poussière et quelques vêtements.

J'essayai de retrouver ma respiration. *On aurait dit un putain de vampire en plein soleil! La comparaison est assez juste, d'ailleurs,* me dis-je en essayant de me concentrer sur quelque chose qui me fasse oublier l'écho de ce dernier hurlement de douleur.

Rhyzkahl me regarda et, la tête inclinée vers moi, leva le poignard, pour une parodie de salut.

—Comme convenu, dit-il sans autre explication.

Il jeta un coup d'œil à Ryan, avant de poser de nouveau ses yeux sur moi. Je n'avais effectivement pas besoin d'explications supplémentaires. Il m'informait simplement qu'il avait rempli sa part du contrat. Je déglutis et inclinai la tête à mon tour.

—Comme convenu, répétai-je d'une voix rauque.

Il me fit un grand sourire, puis disparut.

Ryan se releva lentement, les yeux rivés sur le tas de poussière et d'habits que Rachel Roth avait laissé derrière elle. Je restai à l'observer pendant une dizaine de secondes, mais il ne semblait pas vouloir bouger ni même me regarder.

—Est-ce que ça va? demandai-je.

Il avait l'air mieux qu'avant. L'essence que Rachel lui avait volée semblait lui avoir été restituée quand Rhyzkahl l'avait tuée.

Il hocha la tête sans se tourner vers moi, sèchement, se contentant du mouvement minimum pour me fournir la réponse attendue.

J'avais comme une boule dans la gorge et un poids sur l'estomac. Je m'étais plus ou moins attendue à ce genre de réaction, mais ça ne la rendait pas plus facile à accepter. *Il est vivant. Je l'ai sans doute perdu, mais au moins il est en vie.*

Perdu ? Il ne m'avait jamais appartenu. Et à présent, il était trop tard.

Je voulais dire quelque chose, mais je décidai que ça ne servirait à rien. Je sortis de la pièce et descendis les marches, tout en espérant l'entendre m'appeler, mais lorsque j'arrivai à la porte, le seul bruit audible dans la maison, c'était le tic-tac de l'horloge.

Je sortis dans le crépuscule, au moment où une Crown Victoria noire arrivait, en trombe, dans l'allée. Zack courut jusqu'à moi.

— Kara, je viens d'entendre l'alerte qui a…

Il se tut en voyant la marque sur ma peau, et pâlit. Je croisai les bras.

— Ryan est à l'intérieur. Il va bien, enfin… mieux. Rachel a été supprimée. Je rentre chez moi.

Je passai devant lui et atteignis ma voiture sans me retourner.

— Kara ? appela-t-il, abasourdi.

— Ryan va bien, d'accord ? répétai-je entre mes dents. Et moi, je rentre !

Je grimpai dans ma voiture, claquai la portière et m'en allai.

CHAPITRE 34

Il me fallut plusieurs jours pour régler tous les détails et finir de remplir tous les papiers, mais au milieu de la semaine suivante, les affaires allaient bientôt pouvoir être classées. La mort de Carol avait été qualifiée d'homicide involontaire, et Harris Roth était le premier sur la liste des suspects. Des mandats d'arrêt avaient été délivrés pour Rachel Roth, accusée des meurtres de Brian Roth et de Davis Sharp. J'étais parvenue à rassembler assez de motifs raisonnables pour les mandats, même si je savais bien qu'il serait impossible de prouver sa culpabilité devant un tribunal. Peu importait. Il fallait juste remplir les documents nécessaires. Personne ne risquait de retrouver Rachel.

Pendant tout ce temps, je n'avais pas revu Ryan. J'étais repassée chez ma tante, le lendemain de la confrontation avec Rachel, prête à passer ma route si je voyais encore sa voiture ou celle de Zack, garées devant, mais l'allée était déserte. J'avais fait un tour dans la maison, pour constater que tout avait été nettoyé et rangé.

Après quoi, je m'étais rendue au poste et m'étais expliquée avec le sergent Crawford. J'avais commencé par lui demander ce qu'il voulait savoir.

Il m'avait regardé droit dans les yeux, avant de répondre :

— Dis-moi ce que j'ai besoin de savoir.

Une solution qui nous convenait à tous les deux.

Il semblait se contenter d'une version officielle assez proche de la vérité, le personnage de la mangeuse d'âme en moins : Harris couchait à droite à gauche, avait accidentellement tué l'une de ses partenaires, qui se trouvait être sa propre belle-fille, et Rachel avait essayé de le couvrir en tuant Brian et en faisant croire à un suicide. Un autre détail fut réglé, quand on fouilla la maison des Roth et qu'on y trouva une camionnette bleu foncé, dont le pare-chocs avant droit avait été enfoncé.

Le sergent avait également été en mesure de m'informer que le juge Roth avait fait pression pour qu'on me retire les meurtres de Brian et Carol au profit de Pellini.

— Il savait sans doute que Pellini était un vrai flemmard, et il avait dû se dire que la vérité risquait moins d'être découverte, avec lui.

Le vendredi suivant, le monde en général semblait avoir recouvré un semblant de normalité. Personne ne m'avait rien dit concernant la marque sur mon avant-bras. Si on ne la regardait pas avec l'autrevue, elle ressemblait à un tatouage au henné à demi effacé, qui brillait un peu et que voyaient surtout ceux qui connaissaient son existence. Mes supérieurs m'avaient discrètement félicitée de m'être occupée des différentes affaires, mais ils avaient rapidement senti que je ne voulais pas en entendre parler davantage, et les choses en étaient restées là.

Je glissai le dernier document dans la boîte du capitaine, plus que soulagée d'en avoir enfin fini. J'étais la dernière à quitter le bureau, ce jour-là. Tout le monde était déjà parti depuis des heures. Je fermai la porte à clé, puis rentrai chez moi, surtout parce que je n'avais nulle part ailleurs où aller.

En arrivant dans mon allée, je vis que la voiture de Ryan s'y trouvait déjà. Je me garai à côté, le ventre noué par l'appréhension. Je ne me sentais pas d'attaque pour des explications, une confrontation, ou pour me justifier.

Je me fous pas mal de ce qu'il pense, au point où j'en suis, décidai-je. Bizarrement, je parvins presque à m'en convaincre.

Il ne se trouvait pas dans sa voiture, mais lorsque je regardai autour de moi, je l'aperçus, assis sur les marches du perron. J'avais oublié d'allumer la lumière extérieure en partant, et il était presque dissimulé par l'ombre.

Je passai la sangle de mon sac autour de mon épaule, et je me dirigeai vers l'entrée. Je me préparai psychologiquement à le dépasser, s'il faisait seulement mine de vouloir se disputer.

— Kara, il faut que je te parle, dit-il d'une voix grave et émue.

J'avançai jusqu'à la porte et posai mon sac par terre, avant d'allumer la lumière. Il se releva et monta les marches pour me rejoindre. La lumière de l'ampoule projetait des reflets roux sur ses cheveux. Il ouvrit la bouche, puis se ravisa. J'allai lui demander ce qu'il s'apprêtait à dire, mais il me devança.

— Kara, je…

Je levai vers lui un regard plein d'attente, ne voulant surtout pas le brusquer. Je redoutais ce qu'il était sur le point de m'annoncer.

— Je t'apprécie, dit-il enfin d'une voix douce.

Je sentis quelque chose d'étrange remuer au creux de mon ventre, et ma gorge se noua. Un ex m'avait dit un jour qu'il m'aimait, et ma seule réaction émotionnelle avait été une sorte de grimace intérieure. Cette petite phrase de Ryan avait suffi à me faire mille fois plus d'effet.

— Merci.

Je ne savais pas trop quoi dire d'autre. À la réflexion, il n'y avait en fait pas grand-chose à ajouter, de son côté comme du mien. Ces trois petits mots avaient réussi à effacer les inquiétudes et les doutes que je nourrissais depuis plusieurs jours. Le soulagement de ne pas l'avoir sauvé que pour mieux le perdre était tel que je me sentais bouleversée.

Il soupira doucement, comme pour faire écho à mes propres sentiments.

— Allez, passe-moi donc tes clés.

Je le regardai fixement, puis les lui tendis.

Il ouvrit rapidement la porte, ramassa mon sac, m'attrapa par le poignet et m'attira à l'intérieur.

— Ryan, je peux savoir ce que tu fabriques ?

Il referma la porte d'un coup de pied et jeta mon sac par terre, puis m'attrapa par les épaules et me força à le regarder. J'étais si étonnée par son drôle de comportement que je ne pouvais rien faire d'autre.

— Kara Gillian, invocatrice de démons, dit-il d'une voix basse mais intense.

— Euh… oui, en personne. Qu'est-ce que tu fous ?

— Tu es à cran, espèce de cinglée. Tu es épuisée, tendue, et tu as l'air au bord des larmes, toutes les deux minutes.

— C'est-à-dire que ces deux derniers mois ont été vraiment pourris, si tu vois ce que je veux dire.

Les larmes se mirent à couler malgré moi, et avant de m'en rendre vraiment compte, j'éclatai en sanglots. Il m'attira contre lui et me prit dans ses bras en maintenant ma tête contre sa poitrine. Il ne parla pas, ne murmura aucune parole de réconfort. Il me serra simplement contre lui.

Au bout de quelques minutes, que je passai à pleurer contre sa chemise, il me souleva et calant ma tête contre son épaule, il m'emmena dans la chambre. Personne ne m'avait jamais portée ainsi auparavant, comme une demoiselle en détresse dans les bras de son héros. Mes sanglots redoublèrent. Pour ne rien arranger, je ne pleurais pas de façon très charmante. Tout mon corps était secoué de spasmes, mon nez coulait et mes yeux étaient tout gonflés. Pourtant il me garda contre lui, silencieux mais présent. Il m'allongea sur le lit, s'installa près de moi et me prit de nouveau dans ses bras.

Je continuai à pleurer, blottie contre lui, jusqu'à ce que je m'endorme.

Lorsque je me réveillai, j'étais seule dans la chambre. Je ressentis une pointe de déception, mais du soulagement aussi. Dans la cuisine, je trouvai une boîte de beignets au chocolat sur la table, et je parvins même à rire.

J'étais en train de préparer du café, lorsque mon téléphone sonna. Je l'attrapai, en remarquant distraitement que la sonnerie était inhabituelle.

— Kara Gillian, dis-je en versant le café en poudre dans la machine.

— Madame Gillian, ici Rebecca Stanford, de la clinique Nord du Lac Neuro. Votre tante s'est réveillée, et elle vous demande.

Je restai figée pendant ce qui me parut être un très long moment, mais qui ne dura sans doute pas plus de quelques secondes. *Ça a marché. Elle est revenue!* Je finis par laisser échapper un rire fébrile.

— C'est… incroyable!

L'infirmière hésita.

— Oui, enfin… Je dois malgré tout vous prévenir que son comportement ne sera peut-être pas tout à fait celui auquel vous vous attendez.

— Que voulez-vous dire?

— Parfois, après une longue période de coma, le cerveau a besoin d'un peu de temps pour fonctionner normalement de nouveau. Les patients peuvent dire des choses qui semblent n'avoir ni queue ni tête, et cela peut causer un choc, si l'on n'est pas préparé.

— Quel genre de chose dit-elle?

J'entendis la femme soupirer.

— Elle a dit: «Prévenez ma nièce que si elle croit pouvoir échapper au savon que je vais lui passer pour s'être soumise à un seigneur démon, elle se fourre le doigt dans l'œil.»

J'éclatai de rire. Oui, Tessa était bien de retour!